亞伯丁
連續殺人案

COLD GRANITE

STUART MACBRIDE

史都華・麥克布萊德 著　　李麗珉 譯

A NOVEL

WINTER IN ABERDEEN: MURDER, MAYHEM AND TERRIBLE WEATHER...

致

費歐娜

謝辭

本書純為虛構。書裡少數的事實來自於那些回答了一堆蠢問題的人。因此，我要感謝：格蘭坪警局的傑基・大衛森警佐和麥特・麥凱警佐，他們提供了亞伯丁警方流程的協助；亞伯丁皇家醫院病理學部門的資深解剖病理學家伊莎貝爾・韓特博士，感謝她提供的驗屍圖解參考；以及新聞日報的保安主管布萊恩・狄克森的導覽。

特別感謝我的經紀人菲利普・派特森，感謝他向HarperCollins的珍・強森和莎拉・哈契森美言，讓他們出版了這本書。還有偉大的露西・范德比特、安德莉雅・喬伊斯，以及團隊裡的其他成員，感謝你們在國際版權上的傑出貢獻。還有安德莉雅・貝斯特、凱莉・雷葛蘭和薩斯基亞・凡・艾普藍，謝謝你們的傾聽和意見。

此外，還要感謝詹姆士・奧斯華在早期的投入，馬克・海威德——我在馬雅克的第一位經紀人，後來他離開了馬雅克，改行成為了一名稅務稽查員，感謝他建議我不要再寫那些無聊的科幻小說，轉而嘗試連續殺人案的故事。

□□□

最重要的是，感謝我調皮的妻子費歐娜；幫我泡茶、糾正文法、挑出拼字錯誤，並且拒讀這本書，以免發現她不喜歡，以及這麼多年來對我的容忍。

最後：亞伯丁真的沒有聽起來的那麼糟糕，相信我……

1

死掉的東西對他來說總是很特別。它們那種特殊的冰冷。皮膚的感覺。它們在腐爛時散發出的成熟的、甜美的氣味。就在它們回歸上帝的時候。

此刻，在他手裡的東西尚未死去太久。

幾個小時前，它還充滿了生命。

它還很快樂。

它還是那麼地骯髒、不完美而且污穢不堪……

不過現在，它已經乾淨無瑕了。

他用自己輕柔的手，虔誠地將它堆在頂端，和其餘的東西並排在一起。這裡所有的東西都曾經有過生命，都曾經忙碌、嘈雜、骯髒、不完美，而且也污穢過。然而現在，它們都和上帝在一起了。現在，它們都安息了。

他閉上雙眼，深深地呼吸，沐浴在這樣的氣息裡。有些還很清新，有些則已經腫脹。不過都很迷人。這一定就是身為上帝的味道，他一邊想著，一邊低頭笑看他的收藏。這一定就是置身天堂的味道。被死掉的東西所圍繞。

一絲笑容在他的唇邊蕩漾開來，彷彿在建築物上燃燒的火焰一樣。他真的應該吃藥了，不過，不是現在。還要再等一等。

此刻，還有那麼多死掉的東西等著他欣賞。

2

戶外大雨滂沱。雨水打在犯罪現場的藍色塑膠帳篷頂上和側面，嘩啦啦的雨聲和手提發電機的轟隆聲在侷促的帳篷裡互爭高下，讓人幾乎無法交談。不過，在週一凌晨十二點一刻的現在，也沒有人有什麼想要聊天的欲望。

特別是大衛．雷德就躺在那裡。躺在冰冷的地上。

在傾斜的帳篷一端，有一條四呎長的水溝被警方用藍色的膠帶封鎖了起來。漆黑、油膩的水在聚光燈下閃閃發亮。帳篷的其餘部分遮住了長滿枯草的河岸，不過，因為冬天而枯黃的草已經被泥濘的鞋子踩平了。

帳篷裡很擁擠。四名來自亞伯丁鑑證科的探員身著白色的連身工作服：其中兩個正在用指紋粉和透明膠帶採集指紋；一個人正在拍照；第四個人則負責用攝影機記錄犯罪現場，作為事後分析之用。此外，還有一名看起來還很生嫩的警員、一名值班醫生、一個風光不再的警佐，以及今晚的貴賓。幼小的大衛．布魯克萊恩．雷德。還差三個月就滿四歲了。

在宣判死亡之前，他們得先把他從積滿冷水的水溝裡挖出來。不過，那麼做並不是因為他們不確定他的死活。那個可憐的小傢伙已經死了很長一段時間了。他就躺在一塊方形的藍色塑膠布上，所有人都可以看到他身上只有一件被拉到肩膀上的X戰警T恤，此外，別無長物。

相機的鎂光燈又閃了一下，所有的細節和顏色瞬間被抹去，讓視網膜上留下了一片久久都難以消退的閃白。

站在角落裡的羅根．麥雷警佐閉上眼睛，試著思考他要怎麼對大衛．雷德的母親開口。她的兒子已經失蹤了三個月。什麼消息也沒有的三個月。在這三個月裡，她期待著她的孩子會平安回來。然而，他卻早已死在了這條水溝裡。

羅根舉起手抹過自己疲憊的臉，他可以感覺到鬍碴摩擦著他的指尖。天哪，他好想抽根菸。他甚至不應該在這裡！

他拿出手錶看了一眼，不禁發出了一聲呻吟，一縷白色的霧氣伴隨著他的呻吟飄散在空氣裡。從他昨天上午報到至今已經有十四個小時了。對於剛剛重返工作崗位的人來說，這實在令人難以招架。

一陣冷風捲入帳篷裡，讓羅根抬起頭來，只見一個渾身濕透的身影從雨中衝進了帳篷裡。病理學家到了。

伊莎貝兒．麥克艾利斯特博士：三十三歲，留著黑色的妹妹頭髮型，五呎四吋高（一六三公分）。每當大腿內側被輕咬時，就會發出喵喵的聲音。她穿了一套合身的灰色褲裝，搭配了一件黑色的大衣，不過，這一身完美的效果卻因為那雙及膝而鬆垮的橡膠雨靴而打了折扣。

她帶著專業的眼神環顧著擁擠的帳篷內部，當她的目光掃到羅根時，她整個人都僵住了。一絲不確定的微笑閃過她的臉龐，隨即消失無蹤。不過，只要想想他現在看起來是什麼模樣，這也就沒什麼好驚訝的了。滿臉鬍碴、兩個大眼袋、一頭深棕色的頭髮因為淋雨而顯得蓬頭垢面、雜亂無章。

伊莎貝兒張開了嘴，卻什麼也沒說地又閉上。

大雨敲打的帳篷頂上，相機在鎂光燈下發出喀噠喀噠的聲響，發電機也持續地在咆哮。然而，最為震耳欲聾的卻是那份沉默。

值班醫生首先打破了這個詛咒。「噢，該死！」他用單腳撐在地上，甩著另一隻鞋子已經浸水的腳。

伊莎貝兒又回復了專業的神色。

「已經宣告死亡了嗎？」她提高音量地大聲問道。

羅根嘆了一口氣。那個時機點已經過去了。

值班醫生憋住呵欠，指著帳篷中央那具腫脹的小屍體。「哎，他很明顯已經死了。」說著，他把雙手插進口袋裡，大聲地吸了吸鼻子。「如果你想聽我的意見的話：他已經死了好一陣子。至少有兩個月了。」

伊莎貝兒點點頭，把她的醫用包放到屍體旁邊的防水布上。「你也許是對的。」說著，她蹲下來看著那個死掉的孩子。

在伊莎貝兒戴上乳膠手套、開始拿出她的工具時，值班醫生先是前後搖晃了一會兒，然後就站在泥濘中不再出聲。「哎，好吧，」他說。「如果你需要什麼的話，就告訴我們吧。好嗎？」

聽到伊莎貝兒保證她一定會的之後，值班醫生微微地欠身，隨即從羅根身邊擠過，回到帳篷外大雨淋漓的夜色裡。

羅根俯視著伊莎貝兒的頭頂，腦子裡想起他打算在重新見到她的時候所說的話。好讓一切都重歸於好。好修補在安格斯・羅伯森被判入獄服刑三十年那天所發生的崩壞。然而，在羅根想像的畫面裡，當他說這些話時，並沒有一個遭到謀殺的三歲小孩躺在他們之間的地上。這似乎打壞了他的計畫。

因此，他改口說道：「你可以告訴我死亡的時間嗎？」

她從正在腐爛的屍體上抬起頭來，臉頰微微泛紅地說：「威爾斯醫生說得沒錯。」她沒有迎向他的目光。「兩個月，也許三個月。等我解剖屍體時會比較清楚。你知道他的身分了嗎？」

「大衛・雷德。三歲。」羅根嘆了一口氣。「從八月起就被列在失蹤人口的名單上。」

「可憐的孩子。」伊莎貝兒從袋子裡拿出一具輕薄的耳機，戴在頭髮上，檢查麥克風是否正常。然後將一捲新的錄音帶插入她的錄音機裡，開始對年幼的大衛・雷德進行檢查。

凌晨一點半，雨勢依舊沒有停歇的跡象。羅根・麥雷警佐站在一株扭曲橡樹的下風處，把樹當作了擋風牆，看著犯罪現場的帳篷裡斷斷續續地閃爍著相機的鎂光燈。每一次鎂光燈亮起，帳篷裡的人影就會投射在藍色的塑膠布上，彷彿一齣灰白色的皮影戲一樣。

四盞高功率的聚光燈在傾盆大雨中滋滋作響，讓帳篷附近都籠罩在一片刺眼的白光之中，發電機的馬達也散發出柴油燃燒的藍煙。冰冷的雨水澆在熾熱的金屬上發出了嘶嘶的聲音。除了那一圈白光之外，其他的區域完全陷入在一片黑暗裡。

其中兩盞聚光燈瞄準了從帳篷底下延伸而出的水溝。十一月下旬的雨水讓水溝裡的積水氾濫，繃著臉的警方潛水員穿著乾式潛水衣，在水深及腰的水溝裡不斷地摸索探尋。幾名鑑證科的人員企圖要在那些潛水員頭頂上搭起第二座帳篷，試著要在毫無勝算之下對抗風雨，將任何可能找到的鑑識證據保留下來。

不到八呎之外的頓河在黑夜中無聲地蜂湧流過。點點的燈光在河面上飛舞：聚光燈反射在漆黑的河水上，光影在滂沱的雨勢中扭曲變形又重新組合了起來。如果亞伯丁有什麼表現得還不錯的地方，那就是雨。

頓河上游十幾個決堤之處已經造成附近的鄉間淹水，讓農田變成了湖泊。這裡距離北海不到一哩，河水也相對湍急。

海頓區的高樓聳立在頓河對岸一片光禿禿的樹林背後。五棟毫無特色的長方形建築物矗立在冰冷的黃色燈光下，厚重的雨簾讓它們在視線中時而隱沒、時而出現。這真是一個可怕的夜晚。

一支倉促組合而成的搜索隊正在手電筒的照明下，小心翼翼地沿著河岸進行搜索，即便夜色漆黑到幾乎難以發現任何東西，他們依然左右分頭地在搜尋。至少，這在明天的晨間新聞裡看起來會很像一回事。

羅根吸著鼻子，把手深深地插在口袋裡，然後轉頭望向山丘，看著那一片電視攝影機發出的白光。在羅根抵達現場之後不久，媒體就開始聚集在那裡，渴望能瞄到一眼什麼畫面。一開始只是本地的報紙，不停地對著穿著警察制服的人員大聲地提問；接著，那些大頭也陸續抵達了。BBC和英國獨立電視台ITV也派出了攝影機和一臉嚴肅的記者。

格蘭坪警局已經發布了制式的聲明，聲明中完全沒有提到任何的細節。真不知道那些媒體在那裡報導些什麼。

羅根轉過身背對著媒體，看著搜索隊的手電筒燈光在黑暗中前進時不停地搖晃。

這原本不應該是他的案子。特別是他今天才剛回來。然而，亞伯丁刑事偵緝處的其他人若非因為去受訓而請假，就是因為參加某個退休警官的聚會而喝醉了不克前來。現場甚至連一名偵緝警司都沒有！原本應該要協助羅根進入工作狀況的麥佛森警司因為有人企圖用菜刀砍掉他的頭，而正在醫院接受縫合。因此，羅根．麥雷警佐才會出現在這裡，來到這個重大謀殺案的調查現場，同時向上帝祈禱他不會在把這個案子交接給其他人之前把事情搞砸了。他在今天歸隊還真是選對了時間。歡迎回到格蘭坪警局。

那名一臉生澀的警員從犯罪現場的帳篷走了出來，一聲不吭地加入羅根站在樹下的行列。他看起來感覺和羅根一樣。不過更糟糕。

「老天爺。」那名警員顫抖地把一根菸塞進嘴裡，彷彿這是唯一能讓他的頭不至於爆開的方法。他考慮了一會兒，才把另一根香菸遞給站在他身邊的警佐，不過羅根拒絕了。

那名警員聳聳肩，從胸前的口袋裡摸出一個打火機，點燃的香菸就像黑暗中燃燒的煤炭一樣。「你第一天回來就看到這種該死的場面，啊，長官？」

一縷白色的煙霧在夜色中散開，羅根深深吸了一口氣，在煙味被風吹散之前，將之吸進了他疤痕累累的肺裡。

「伊莎……」他止住口，改說道，「麥克艾利絲特博士怎麼說？」

犯罪現場帳篷裡的鎂光燈又閃了一下，讓裡面的皮影戲偶動作彷彿都凝結了。

「她說的和值班醫生說的差不多，長官。那個可憐的小東西是被勒死的。她說其他的事可能是在他死後才發生的。」

羅根閉上眼睛，試著不要去想起那個孩子腫脹的屍體。

「哎，」那名警員識相地點點頭，他嘴裡那個灼熱的紅色菸頭也在黑暗中上下搖晃。「至少那種事發生的時候，他已經死了。這樣看起來還算慶幸。」

康奎格環路十五號座落於金斯威爾的數個新興區其中之一，金斯威爾就在亞伯丁外圍五分鐘車程可及的郊區，它的面積每年都在擴大當中。這裡的房子被宣稱是「為個人量身打造的高階主管級別墅」，不過，它們看起來更像是被某個欠缺想像力的人用大量的黃色磚頭所拼湊在一起的建築群。

十五號的位置靠近一條彎曲的死巷巷口，房子的花園還很新，看起來不過只是一塊邊緣圍繞著矮樹叢的長方形草坪。很多植物上都還貼著來自園藝中心的標籤。透過窗戶上的百葉簾可以看出樓下的燈光還亮著，儘管時間已經接近凌晨兩點鐘了。

羅根．麥雷警佐坐在刑事偵緝部那輛共乘小車的乘客座上嘆了一口氣。不管喜不喜歡，他都是一名資深調查警官，而那意味著他得要告訴大衛．雷德的母親說她兒子死了的消息。不過，他也帶了一名家庭聯絡官和一名女警員同行，以協助他分擔這份重責。至少，他不用單獨面對這個場面。

「走吧，」他終於開口。「沒有必要再拖延了。」

一名五十多歲的魁梧男子打開了前門，那張磚紅色的臉上蓄著鬍子，一雙充滿血絲的眼睛裡流露著敵意。他看了一眼瓦森的女警制服，然後開口說，「也該是你們這些混蛋出現的時候了！」他的雙臂交叉在胸前，動也不動地擋在門口。

羅根閉上嘴。這不是他原本預期的畫面。「我需要和雷德小姐談談。」

「蛤？你們來得太晚了！那家王八蛋報社十五分鐘前就想要採訪了！」他的音量隨著每個脫口而出的字而提高，直到幾乎是對著羅根的臉在咆哮。「你們應該先告訴我們！」說著，他在自己的胸口捶了一拳。「我們可是他的家人啊！」

羅根皺了皺眉。媒體是怎麼知道大衛．雷德的屍體被找到的事情？彷彿這家人所承受的痛苦還不夠似的。

「我很抱歉……你是？」

「雷德。查爾斯．雷德。」男子重新交叉雙臂，把胸膛挺得更高。「她父親。」

「雷德先生，我不知道媒體是怎麼知道這件事的。不過，我向你保證：不管是誰走漏消息，我們都會把他從這裡一腳踢到史東哈文去。」羅根停了一下才又說。「我知道那麼做也無濟於事，不過，現在，我需要和大衛的母親說話。」

她的父親從台階的上級俯視著羅根。當他終於往旁邊挪開時，羅根才得以透過玻璃門看到裡面那間漆成亮黃色的小房間。兩名女子坐在一張鮮紅色的沙發中間：一個看起來宛如一艘印花的戰艦，另一個則彷彿殭屍一樣。

那名年輕的女子在警察走進起居室時並沒有抬起頭來。她只是兩眼無神地看著電視，看著小飛象遭到小丑們的折磨。羅根抱著期待地望向家庭聯絡官，然而，她卻出乎意料地完全不和他有任何的眼神接觸。

羅根深深地吸了一口氣。「雷德小姐？」

沒有反應。

羅根在沙發前面蹲下，擋住女子落在電視上的視線。不過，女子的目光穿透了他，彷彿他根本就不存在一樣。

「雷德小姐？愛麗絲？」

她沒有動，但那名年長的女子卻滿臉怒容地齜牙咧嘴。她的眼睛紅腫，圓滾滾的臉頰和雙下巴上都閃爍著淚光。「你們真大膽！」她怒斥地說。「你們這些沒用的混——」

「希拉！」男子往前走了一步，讓她閉上了嘴。

羅根將注意力轉回沙發上那個無神的身影。「愛麗絲，」他說。「我們找到了大衛。」

一聽到兒子的名字，女子的眼睛裡閃過一絲生命的跡象。「大衛？」她的嘴幾乎沒有張開，她的聲音聽起來更像是在呼吸，而不是在說話。

「我很遺憾，愛麗絲。他死了。」

「大衛……」

「他被謀殺了。」

室內靜默了一秒鐘，然後，她的父親就爆發了。「他媽的王八蛋！他媽的、他媽的混蛋！他才三歲！」

「我很遺憾。」這是羅根唯一能想得到的話。

「你很遺憾？你很遺憾？」雷德先生面色發紫地向他撲來。「如果你們這些沒用的混蛋在他一失蹤的時候就採取行動找到他的話，他就不會死了！三個月！」

家庭聯絡官做出了安撫的手勢，不過，雷德先生卻完全無視於她的存在。憤怒讓他渾身顫抖，淚水也盈溢在他的眼眶裡。「三！個！月！」

羅根舉起雙手。

「聽著，雷德先生，冷靜點，好嗎？我知道你很沮喪——」

那一拳不應該讓羅根感到驚訝的，然而，它依然還是讓羅根措手不及。那就像一塊煤磚砸在了他的肚子上，直接命中了他胃裡的傷疤組織，讓他的內臟燃起了一把火。他張開口想要尖叫，不過，他卻連一口氣都喘不上來。

羅根的雙膝彎曲。一隻粗糙的手揪住他的外套正面，一把將他往前拉，並且在他站起身的同時縮回拳頭，準備將他揍成一團肉醬。

女警瓦森不知道高喊了什麼，不過，羅根並沒有聽進去。他只聽到一聲撞擊的聲音響起，那隻抓住他的手就突然鬆脫了。羅根癱倒在地毯上，抱著宛如火燒的腹部蜷縮成了一團。有人發出了一聲憤怒的吼叫，瓦森警員隨即高喊著要雷德先生冷靜下來，不然她就會折斷他的手臂。

雷德先生隨即發出痛苦的叫聲。

那個印花軍艦也跟著尖叫。「查爾斯！看在老天的份上別這樣！」

在瓦森警員吐出了一些高度不專業的用詞之後，一切就安靜了下來。

巡邏車閃爍著警燈，警笛大作地駛過安德森大道，乘客座上的羅根面色灰白、渾身汗濕地抱著肚子，凹凸不平的路面讓他一路上只能咬緊了牙關。

查爾斯·雷德先生被綁在後座，一雙上了銬的手被壓在安全帶底下。他看起來一副很害怕的樣子。

「噢，天啊，我很抱歉！噢，天啊，我很抱歉！」

瓦森警員在急診部前面踩下煞車。將車子停在其中一個標示著「救護車專用」的停車位上。然後協助羅根下車，彷彿他是玻璃做的一樣，同時不忘暫停一下對雷德先生說，「好好待在車子裡直到我回來，否則的話，我就扒了你的皮！」為了安全起見，她還啟動了遙控鎖，將他鎖在了車裡。

當他們走到櫃檯區時，羅根終於暈厥了過去。

3

格蘭坪警察總部是一棟灰色混凝土和玻璃結構的七層樓大廈，外加樓頂上的緊急廣播系統和無線電天線。總部座落於皇后街的盡頭，隔壁就是郡法院，對面的馬里斯卡學院就像一塊灰色花崗岩燒製而成的結婚蛋糕，而藝術中心那棟維多利亞時代所建造的仿羅馬式神廟建築也在附近。警察總部就是建商偏好醜陋建築的見證。不過，總部距離市政府、市議會和十來家酒吧都不遠。

酒吧、教堂和雨水。這是亞伯丁最盛產的三樣東西。

天色很暗，雲層很低，鈉光街燈散發出來的橙色光線讓清晨蒙上一層黃疸的感覺，彷彿街道都生病了。昨天晚上的傾盆大雨依舊沒有停歇，豆大的雨滴繼續彈跳在光滑的人行道上。下水道都已經氾濫了。

羅根一手抓緊大衣，一面**詛咒**著所有開巴士的混蛋都不得好死。他經歷了一個很慘的夜晚：肚子挨了一拳，然後被急診部的醫生又戳又捅了三個小時。他們最終在今天清晨五點十五分的時候給了他一瓶止痛劑和一捲彈性繃帶，讓他離開了急診室，回到冰冷的大雨裡。

他試著睡了整整一個小時。

羅根濕漉漉地走進皇后街的總部大廳，站在弧形的櫃檯前面任身上的水往下滴。他的公寓距離這裡走路不超過兩分鐘，不過，他還是濕透了。

「早安，先生。」一名尖臉的接待警員從玻璃隔屏後面和他打招呼，不過，羅根並不認得他。「需要什麼幫忙嗎？」他露出禮貌的笑容，讓羅根不禁嘆了一聲。

「早，警官，」他說。「我應該要和偵緝警司麥佛森一起工作——」

那名接待警員一發現羅根並非平民百姓之後，臉上的笑容立刻就消失了。

「這很困難：頭上中刀。」說著，他做了一個持刀刺人的動作，不過，羅根試著不露出畏縮的模樣。「你是……」他看了一眼桌上的平板，然後來回地在螢幕上翻頁，直到找出他想要的資料。「麥雷警佐？」

羅根承認了自己的身分，同時亮出自己的警察證來證明。

「啊，」前台的接待警員面不改色地說。「很好。你要向偵緝警司尹斯克報到。他正在做簡報……」他瞄了一眼時鐘。「五分鐘以前。」那抹笑容再度浮現在他的臉上。「他不喜歡人家遲到。」

早上七點半的簡報，羅根遲到了十二分鐘。房間裡坐滿了神色嚴肅的男女警察，當他悄悄地出現在門口、輕輕地把門在身後關上時，所有人都突然轉過頭來看著他。身材魁梧、光頭、穿著一件全新西裝的尹斯克警司就站在房間前面，在羅根跛行地走向前排一個空位時，他沉著臉打住說到一半的話。

「就像我所說的，」警司瞪著羅根說道。「根據病理學家的初步報告，死亡的時間大約是在三個月以前。三個月對存在於犯罪現場的鑑識證據來說是一段很長的時間，特別是在傾盆大雨之中。不過，那並不表示我們就不會去尋找。地毯式的搜查：從屍體被發現的地點算起，凡是在半徑半哩以內的範圍都要搜尋。」

台下的聽眾發出了一片呻吟。那是很大的範圍，而他們根本沒有機會找到任何東西。不可能在三個月之後還能找到。何況外面還在下著大雨。這會是一個為時漫長、讓人變成落湯雞的爛任務。

「我知道這很辛苦，」尹斯克警司說著，從口袋裡掏出一顆果凍娃娃軟糖。他看了看，吹掉上面的絨絮，然後塞進嘴裡。「不過，我不在乎。我們現在說的是一個三歲的小男孩。我們要將犯案的混蛋繩之以法。不准搞砸了。明白嗎？」

他停了一下，等著有人膽敢提出不同的意見挑戰他。

「很好。既然提到了搞砸：有人昨天晚上把我們發現了大衛．雷德屍體的消息提供給了新聞報。」他舉起一份今天早上的報紙。頭條標題上斗大的字寫著：「尋獲慘遭謀殺的幼童！」頭版被分成了兩半，一邊是大衛．雷德的笑臉照片，一邊則是被警方攝影師的鎂光燈照亮的犯罪現場帳篷。還有一堆剪影投射在塑膠帳篷的牆壁上。

「他們打電話給死者的母親要她說句話——」他的音量提高，臉色也變得深沉。「——在我們來得及告訴那個可憐的母親她兒子的死訊之前！」尹斯克用力把報紙甩向桌面。群眾之中響起了一片憤怒的低語。

「接下來幾天，專業標準處會找上你們每一個人。不過，相信我，」尹斯克警司刻意放慢速度地說。「他們的獵巫行動和我比起來，只能算是泰迪熊的野餐。等我找出是誰洩漏消息的時候，我會把那個人釘在天花板上，而且會對準睪丸的部位釘上去！」

語畢，他怒視著台下的每一個人。

「好了，今天的任務。」警司把臀部靠在桌子邊緣，大聲地唸著名字：誰負責挨家挨戶去敲門、誰負責搜尋河岸、誰負責留下來接電話。唯一沒有被他唸到名字的是羅根．麥雷警佐。

「還有，在你們離開之前，」尹斯克說著舉起雙手，彷彿就要祝福他的信徒一樣。「我要提醒你們，今年聖誕節的兒童劇已經開始在櫃檯售票了。確定每個人都會去買一張！」

之後，眾人開始拖著腳步起身離開，那些負責留守在警局接電話的人，紛紛對那些在接下來一整天裡都得在大雨中奔波的同事露出洋洋得意之色。羅根徘徊在隊伍後面，希望能認出熟人。經過一年的病假休息，眼前沒有一張臉是他叫得出名字的。

見到他漫無目的地閒晃，警司一把叫住了他。

「昨晚發生了什麼事？」他在最後一名警員離開簡報室、房間裡只剩下他們兩人的時候開口問。

羅根拿出他的筆記本，開始讀道：「屍體在晚上十點十五分的時候被發現，發現的人叫做鄧肯．尼克森——」

「我不是問你這個。」尹斯克警司靠在桌子邊上，交叉著雙臂打斷他。那副壯碩的身材、光頭和新西裝，讓他看起來就像一尊打扮稱頭的佛祖。只不過他沒有佛祖那麼友善。「今天凌晨兩點的時候，瓦森警員把你送到了急診部。你上任還不到二十四小時，就在醫院過了一晚。大衛．雷德的祖父因為攻擊的罪名而被關在了拘留所。還有，你跛腳走進我的簡報室。而且還遲到了。」

羅根不自在地動了一下。「呃，長官，雷德先生很激動。那不完全是他的錯。如果新聞報沒有打電話給他的話——」

尹斯克警司打斷了他。「你原本應該是在麥佛森警司底下工作的。」

「呃……是的。」

尹斯克睿智地點點頭，然後從口袋裡掏出另一塊果凍娃娃糖果塞進嘴裡，一邊嚼一邊說，「現在不是了。在麥佛森的頭接受縫合的這段期間，你歸屬於我。」

羅根試著不讓自己的失望流露出來。在羅根的腹部被安格斯．羅伯森那把六吋長的獵刀當成針插之前，麥佛森已經當了羅根兩年的老闆。羅根喜歡和麥佛森共事。他所認識的每一個人都是麥佛森的手下。

關於尹斯克警司，羅根唯一知道的一件事就是他不喜歡和笨蛋一起工作。而在這位警司眼裡，每個人都是笨蛋。

尹斯克用後腿支撐著自己，上下打量著羅根。「你對我有什麼不滿嗎，警佐？」

「我沒有，長官。」

尹斯克點點頭，那張大臉既不近人情又漠然。一股不自在的**沉默**在兩人之間升起。這是尹斯克警司的招牌特徵之一。在問訊時保持一定的留白，為了填滿這份空白的**沉默**，嫌犯遲早就會主動供出一些事。人們脫口而出的事總是令人驚訝。那是他們絕對不打算說出來的事。那些他們真的、真的不想讓尹斯克警司知道的事。

不過，這回羅根卻緊閉雙唇。

最終，警司點了點頭。「我看過你的檔案。麥佛森認為你不是個蠢蛋，所以，我就姑且先相信你。不過，如果你再進急診部的話，你就出局了。明白嗎？」

「是的，長官。謝謝你，長官。」

「好了。你的適應期到此結束。我不想再忍受那些畏首畏尾的瞎話了。你要嘛就可以勝任，要嘛就不行。屍體解剖會在十五分鐘後進行。你得參加。」

語畢，他從桌邊站起來，拍了拍口袋，試著找出更多的果凍糖果。

「八點十五分到十一點半之間，我要去參加一場指揮會議，等我回來的時候，你得向我報告細節。」

羅根看著門口，然後又收回目光。

「你在想什麼，警佐？」

羅根騙他說沒有。

「好。由於你昨晚被送到急診室，因此，我會讓瓦森警員充當你的守護天使。她會在十點的時候回來。不要讓我抓到你在沒有她的陪同下獨自行動。這件事沒得商量。」

「是的，長官。」太好了，他居然有了保姆。

「你可以滾了。」

當羅根幾乎就要走出門口時，尹斯克又補充了一句：「還有，不要試圖惹火瓦森。她那個『搗蛋者』的外號可不是叫著好玩的。」

格蘭坪警察總部規模大到擁有自己的停屍間，停屍間就位在總部的地下室，不過也和員工餐廳保持了一定的距離，以免員工吃不下飯。停屍間是一間白色、乾淨的大房間，貯存屍體的冷凍櫃沿著一邊的牆壁擺放，當羅根推開雙開門的時候，磁磚地板在他的鞋子底下發出了吱吱的摩擦聲。一股防腐劑的臭味瀰漫在冰冷的房間裡，幾乎蓋過了死亡的腐臭味。兩種味道混合在一起，變成了一股奇特的味道。一名女子獨自站在解剖台旁邊，她身上散發著羅根所熟悉那股香水味。

伊莎貝兒．麥克艾利絲特穿戴著她的解剖裝：淺綠色的外科醫生罩袍上套了一件紅色的橡膠圍裙，那頭短髮收在一頂手術帽底下。為了避免污染屍體，她的臉上沒有任何的化妝，就在她抬起頭想要看看是誰走進她乾淨的停屍間時，羅根看到她瞪大了雙眼。

他停下腳步，試著擠出笑容。「嗨。」

她舉起一隻手，差點就要揮揮手。「哈囉……」她的目光很快地落回解剖台上那具赤裸裸的小屍體上面。三歲的大衛．雷德。「我們還沒開始。你要參加嗎？」

羅根點點頭，清了清喉嚨。「昨晚我本來打算問你，」他說。「你這陣子好嗎？」

她沒有看他，只是重新把工具盤裡發亮的工具排放好。那些不鏽鋼的器械在頭頂的燈光照耀下熠熠發亮。「噢……」她嘆息了一聲，隨即聳聳肩。「你知道的。」她的手停放在一把解剖刀上，發亮的金屬和她手上的霧面乳膠手套形成了對比。「你呢？」

羅根也聳了聳肩。「和以前差不多。」

空氣中的**沉默**讓人很是尷尬。

「伊莎貝兒，我……」

雙開門再度打開，伊莎貝兒的助理布萊恩匆匆走了進來，尾隨在他身後的是病理學家代表和地方檢察官。「抱歉，我們遲到了。你知道這些致命的意外事件調查總是這樣，太多文件要處理了！」布萊恩說著，撥開一撮蓋住眼睛的鬆軟頭髮。他對羅根露出一抹諂媚的笑容。「哈囉，警佐，很高興又見到你了！」他停下腳步，和羅根握了握手，隨即匆匆走開，去幫自己套上紅色的橡膠圍裙。病理學家代表和地方檢察官朝著羅根點頭致意，然後在向伊莎貝兒表達歉意之後，立刻在一旁站好，準備見證她執行工作。伊莎貝兒是負責解剖的人：另一名病理學家是一名五十出頭、過胖、禿頭，有著毛茸茸耳朵的男子，他之所以出現在這裡，只是為了確定伊莎貝兒的判斷都正確無誤，這是基於蘇格蘭法律的要求。而不是為了要在她面前大膽地指出些什麼。不過，反正伊莎貝兒向來都是對的。

「好了，」伊莎貝兒開口說。「我們最好開始吧。」說著，她戴上耳機，檢查麥克風，很快地說明了一下預備工作。

在羅根的注視下，她緩緩地開始處理大衛．雷德的屍體。在水溝裡被一張老舊的剪貼板蓋住三個月之後，他的皮膚已經幾乎變黑了。拜腐化的神奇效果之賜，他全身腫脹得像氣球一樣。白色的小色塊點綴在發脹的皮膚上，彷彿長了真菌的雀斑。雖然味道很難聞，不過，羅根知道更糟糕的還在後面。

一個不鏽鋼的小盤子就放在那具小小的屍體旁邊，供伊莎貝兒把她所發現的任何碎片丟進去。草葉、苔蘚、廢紙。那具屍體從死亡的那一刻起所沾染到的任何東西。也許會有什麼東西能有助於他們辨識出殺害大衛．雷德的兇手。

「噢喔……」伊莎貝兒哼了一聲，檢視著那個孩子在尖叫下凝結的嘴。「看來，我們有一隻昆蟲訪客。」語畢，她用一支鑷子輕輕地在大衛的牙齒之間挖掘著，在那個恐怖的瞬間，羅根以為她就要拉出一隻人面骷髏飛蛾了。不過，那支鑷子只是夾出了一隻正在蠕動的木蝨。

伊莎貝兒把那隻石灰色的昆蟲舉到燈光底下，看著牠的腳劇烈地在扭動。

「牠也許想在那裡找點食物吧。」她說。「我不認為牠可以告訴我們什麼，不過，最好還是把牠保留下來吧。」語畢，她把那隻蟲丟進一只裝了保存液的小瓶子裡。

羅根**沉默**地站著，看著那隻木蝨緩緩地淹沒在瓶子裡。

一個半小時之後，他們已經站在一樓的咖啡販賣機旁邊，把大衛．雷德重新縫合起來的收尾工作留給了伊莎貝兒那個頭髮鬆軟的助理。

羅根明顯地感到不舒服。看著自己的前女友在解剖台上把一個三歲的孩子從裡到外翻了一遍，這是他從來沒有過的經歷。一想到那雙手，如此冷靜、如此有效率地切割、摘取、丈量……把裝有內臟碎塊的小塑膠瓶交給布萊恩去裝袋和貼標籤……他打了個寒顫，伊莎貝兒立刻停下正在說的話，轉而問他是否沒事。

「只是有點感冒。」他勉強露出一絲笑容。「你剛才在說什麼？」

「死亡的原因是被繩索勒斃。某種細滑的東西，就像電纜那樣。背上有大片的瘀傷，就在兩肩之間，前額、鼻子和臉頰都有撕裂傷。我會說，你的兇手把這個孩子壓倒在地，並且跪壓在他的背上將他勒斃。」她的聲音聽起來很公事公辦，彷彿把一個小孩開膛剖腹是什麼她每天都會做的事情一樣。這是羅根第一次意識到也許真的是這樣。「沒有任何精液的證據，不過，在經過了這麼久之後……」她聳聳肩。「但是，肛門的撕裂暗示有外力侵入。」

羅根表情扭曲地把塑膠杯裡的熱咖啡倒進垃圾桶裡。

她對他皺了皺眉頭。「如果有任何讓人感到安慰的事，那就是這個傷害是事後發生的。當那件事發生的時候，那個孩子已經死了。」

「有發現DNA的機會嗎？」

「不太可能。他體內的傷看起來並不是什麼軟性的東西造成的。比起攻擊者的陰莖，我會說那更像是異物造成的。也許是一支掃把的把手？」

羅根閉上眼睛**詛咒**了一聲。伊莎貝兒依舊聳了聳肩。

「很遺憾，」她說。「大衛的生殖器看起來像是被園藝剪之類的東西割除的，一種弧形的刀刃，而且是在他死了以後。在他死了很久一段時間之後，久到血液都凝結了。也許還久到屍體的肌肉都已經產生僵硬攣縮的現象了。」

之後，他們**沉默**地站在那裡好一會兒，彼此互相沒有對視。

伊莎貝兒揉捏著手裡的空塑膠杯。「我……我很遺憾……」說著，她又把杯子朝著反方向揉捏。

羅根點點頭。「我也是。」語畢，他就轉身離開了。

4

瓦森女警正在前台等他。她身上那件厚重的黑色警察外套將她包裹得很嚴實，連耳朵都被蓋住了，光滑的防水布料上還有雨滴在閃爍。她的頭髮在那頂帶有帽簷的警帽下緊緊紮成了一個髮髻，泛紅的鼻子則像人行道的指示燈一樣醒目。

他雙手插在口袋裡，腦子還在想著屍體解剖的事情，見到他走近，她對他露出了笑容。

「早，長官。你的肚子怎麼樣了？」

羅根擠出一絲笑容，他的鼻孔裡滿滿都還是那個孩子屍體的味道。「還好。你呢？」

她聳聳肩。「很高興又能在白天的時候工作。」她環顧著空無一人的接待區域。「你打算做什麼？」

羅根看了一下手錶。快要十點了。在尹斯克結束他的會議之前，他還有一個半小時的時間可以消磨。

「要出去走走嗎？」

他們簽署借用了一輛刑事偵緝處的小車。瓦森警員負責駕駛那輛生鏽的藍色佛賀汽車，羅根則坐在乘客座上，望著車窗外的大雨。他們有足夠的時間可以越過城市，一路開到頓河橋，搜索隊正在大雨和泥濘中跋涉，企圖尋找甚至可能已經不存在那裡的證物。

一輛車身上貼滿城西聖誕節購物廣告的雙節巴士轟隆隆地穿過他們面前的馬路，濺起了一大片水花。

瓦森把雨刷開到全速，雨刷上的橡膠墊在擋風玻璃上發出尖銳的吱吱聲，完勝了送風口所發出的咆哮聲。自從他們離開警察總部之後，兩人誰也沒有說過一句話。

「我交代了行政警員，在警告過查爾斯．雷德之後就讓他離開。」羅根終於打破沉默。

瓦森點點頭。「我猜你會這麼做。」她一邊說，一邊把車子開進交叉路口，跟在一輛看似昂貴的四輪驅動車後面。

「那不完全是他的錯。」

瓦森聳聳肩。「這我無法決定，長官。你才是那個差點被殺了的人。」

那輛四輪驅動的全地形車——除了赫本街的坑坑窪窪之外，它可能從來都沒有開上過真正的越野地形——突然決定要開往右車道，因而在交叉路口中央急停了下來。瓦森詛咒了一聲，試著要在內側車道的車流中找出一點空間。

「該死的男性駕駛人。」她低聲地咒罵，然後突然記起羅根就在車裡。「抱歉，長官。」

「沒事……」他又回復沉默，想著查爾斯．雷德和昨晚被送到亞伯丁皇家醫院的那一段路程。那真的不完全是查爾斯．雷德的錯。有人打電話給他女兒，問她對於她三歲大的兒子遭到謀殺、並且被棄屍在水溝裡有什麼感覺。難怪他會對第一個主動送上門來的人出氣。不管是誰把消息賣給了新聞報：那些人才是應該被譴責的人。

「改變計畫，」他說。「我們來看看我們有沒有本事找到一個狡猾的記者。」

□ □ □

「新聞報。創建於一七四八年的本地報紙」。這是每天都會出現在版頭的一句話。不過，這棟新聞報和其姊妹出版品晚間快報共享的建築，看起來卻不怎麼令人崇敬。這棟混凝土搭配玻璃結構的兩層樓低矮建築位於蘭斯特拉街附近，宛如一隻悶悶不樂的羅威納犬似地蹲坐在一道高高的鐵絲網柵欄後面。主要的道路無法通到這裡，瓦森警員只能穿過一座看起來破舊的工業區，駛過一堆擠滿車輛的展示間和並排而停的汽車，才能抵達這棟建築。門口的警衛看了一眼瓦森的制服，隨即升起柵欄，露出一絲缺牙的笑容，揮手讓他們進去。

前台旋轉門旁邊的花崗岩上刻印著「亞伯丁新聞有限公司」的金色字體，光亮的花崗岩底下是一塊述說著報社歷史的銅製牌匾。「由詹姆士．查默斯成立於一七四八年……」等等。羅根完全不想把這些敘述看完。

前台區域的淡紫色牆壁上光禿禿的。只有一塊木頭匾額打破了什麼也沒有的單調，從匾額上的雕刻看起來，那是為了紀念死於二次世界大戰的員工所刻製的。羅根原本預期這裡看起來會更有報社的感覺：裱框的頭版、獲頒的獎項、記者的照片等等。然而，這棟建築看起來彷彿報社才剛搬進來，還沒有開始裝潢一樣。

長滿野草的盆栽擺放在色彩鮮豔的地板上：金色和粉紅色的格線將亮藍色的仿大理石油氈地板分割成大塊大塊的方形。

前台人員看起來也沒有好到哪裡去：粉紅色的眼睛、金色的直髮。身上還散發著薄荷喉糖的臭味。她疲憊地抬起目光看向他們，然後在一條骯髒的手帕上擤了擤鼻涕。

「歡迎光臨亞伯丁新聞公司，」她的聲音裡半點熱情都沒有。「有什麼事需要幫忙嗎？」

羅根掏出他的警證，遞到她流著鼻水的鼻子底下。「麥雷警佐。我想要和昨天晚上打電話給愛麗絲．雷德的人談談。」

前台看了一眼他的警證，再看看他，然後又看了看瓦森警員，最後嘆了一口氣。「我不知道那是誰。」她暫停下來打了個噴嚏。「我只在週一和週三值班。」

「好吧，有人知道是誰打的電話嗎？」

前台人員只是聳聳肩，然後又打了一個噴嚏。

瓦森從展示架上抓來一份當天早上的報紙，重重地壓在前台的桌上。「尋獲慘遭謀殺的幼童！」她用手指戳著那些字：「柯林．米勒報導」。

「這個人呢？」她問。

前台拿起報紙，瞇起她腫脹的雙眼看著那個署名。她的臉突然興奮了起來。「噢……他啊。」

只見她皺起眉頭，開始按壓著總機。一名女子的聲音從免持聽筒裡爆出：「喂？」她立刻從電話座上抓起聽筒。說話方式也從帶著鼻音的客套語調瞬間轉變為濃濃的亞伯丁口音。

「蕾絲莉？是，我是莎朗……蕾絲莉，上帝的恩賜在嗎？」她停了一下。「對，是警察……我不知道，等一下。」

她用一隻手蓋著話筒，然後抬起頭，用期待的眼神看著羅根。「你要逮捕他嗎？」她恢復客氣的態度問道。

羅根張開口，隨即又閉上。「我們只是想要問他幾個問題而已。」他最終回答。

「噢。」莎朗看起來一副沮喪的模樣。「沒有。」她又對著電話說道。「那個該死的傢伙不會被逮捕。」她點了幾次頭，然後又開心地說，「我會問問。」說著，她顫動著睫毛，朝著羅根嘟起嘴，極盡所能地要賣弄風情。那個滿是雀斑的紅鼻頭讓她功敗垂成，不過，她已經很努力了。「如果你不會逮捕他的話，有沒有機會對他施加一點警察的暴力？」

瓦森警員會意地眨了眨眼。「我們會看情況。他在哪裡？」

前台立刻指著左邊一扇安檢門。「不用擔心把他打成殘廢。」她笑了笑，按下開關讓他們通過。

新聞編輯室就像一間鋪了地毯的倉庫，天花板垂吊在開放式的空間裡。裡面的桌子看起來應該有好幾百張，全都以一個個小集團的方式聚集在一起：新聞部、特別報導部、編輯部、排版部……和前台一樣同為淡紫色的牆壁上也空蕩蕩的。空間裡沒有任何的隔屏，桌面和桌面之間都延伸成了一片。成堆的紙張、黃色的即時貼和寫著潦草字跡的紙條從一張桌子覆蓋到另一張桌子，彷彿慢動作下的雪崩一樣。

電腦螢幕在頭頂的燈光照耀下閃爍，它們的主人埋首在鍵盤上，製作著明天的新聞。除了無所不在的電腦嗡嗡聲和影印機的呼呼聲之外，空間裡呈現著一種詭異的安靜。

羅根抓住了他見到的第一個人：一名身穿棕色燈芯絨鬆垮長褲和一件有污漬的米白色襯衫的老頭。他的那條領帶上至少沾了三種他今天早上吃過的早餐。他頭頂上的頭髮早就已經和他告別了，不過，還有幾縷髮絲鏤空地蓋在他發亮的禿頂上。這純粹只是自愚而已。

「我們在找柯林．米勒。」羅根說著，亮出他的警證。

男子揚起眉毛。「噢，是嗎？」他說。「你要逮捕他嗎？」

羅根把證件塞回口袋，「我們原本不打算逮捕他，不過，我現在開始考慮了。為什麼？」

那名老記者提了提他的褲子，然後對羅根露出一個無辜的笑容。「不為什麼。」

羅根停了一下，在心裡數著二、三、四……

「好吧。」羅根重新開口。「他在哪裡？」

老先生對他眨眨眼睛，隨即朝著廁所撇了一下頭。「我不知道他在哪裡，警官。」他緩緩地說，每個字都充滿了暗示。然後又明顯地朝著男廁看了幾眼，最後咧嘴一笑。

羅根點點頭。「謝謝你，你幫了大忙。」

「不，我沒有。」那名記者回答。「我就只是一個說話『含糊不清』的『糟老頭』而已。」

當他緩緩地走回座位時，羅根和瓦森警員則筆直地走向廁所。讓羅根大感驚訝的是，瓦森竟然直接就衝進了男廁裡。他只能搖搖頭，跟在她身後走進貼著黑白磁磚的洗手間裡。

她高喊了一聲「柯林・米勒?」，結果讓裡面的成年男子發出各式的尖叫聲，紛紛整理好他們的褲檔，匆忙地離開了洗手間。最後，只剩下一個人還在那裡：矮小、壯碩、身上還穿了一件看起來很貴的暗灰色西裝。那名男子有著寬闊的肩膀、梳理整齊的髮型，他正面對著小便斗吹著不成調的口哨，同時前後地搖晃著身體。

瓦森將他上下打量了一番。「柯林・米勒?」她問。

他回過頭，唇上帶著一抹若無其事的笑容。「你想要幫我甩一下這個嗎?」他眨了眨眼，驕傲地操著一口格拉斯哥的口音問道。「我的醫生說，我不適合舉任何重物……」

她怒視著他，並且明確地告訴他可以怎麼做。

在瓦森證明她為什麼被叫做「搗蛋者」之前，羅根一腳走到了兩人之間。

那名記者再度眨眨眼，來回晃動了一下，然後轉向小便斗，拉上褲子的拉鍊，只見他的每一根手指幾乎都戴著閃亮的圖章戒指。脖子上那條金鍊子也垂掛在絲質襯衫和領帶上。

「米勒先生?」羅根問。

「對，你想要簽名嗎?」他趾高氣揚地走向洗手台，一邊微微地捲起衣袖，露出右手腕上一條沉重的金鍊子和左手腕上一只過大的手錶。男子身上發達的肌肉並不讓人感到訝異：他得要夠壯，才能穿戴得動這一身的珠寶。

「我們想和你談談大衛・雷德的事，那個三歲的孩子──」

「我知道他是誰，」米勒說著打開水龍頭。「我在頭版寫了一整版關於他的報導，可憐的小傢伙。」他咧嘴而笑，同時把肥皂擠壓到手上。「三千字的黃金報導。我告訴你，謀殺小孩的人：他們就像純金一樣。某個病態的混蛋殺了某個可憐的小孩，結果，突然之間，每個人都渴望在吃早餐的時候看到關於那具屍體的報導。真是他媽的難以相信。」

羅根壓抑著想要揪住米勒頸背、把他的臉撞向小便斗的衝動。「你昨天晚上打電話給那家人，」不過，他只是把握緊的拳頭深深插進口袋裡地說，「誰告訴你我們發現了他？」

米勒看著洗手台上的鏡子，朝著羅根的倒影笑了笑。「這太明顯了，警探……？」

「警佐，」羅根說道。「麥雷警佐。」

那名記者聳聳肩，在烘手機底下轉動著雙手。「只是個警佐，啊？」他得要提高音量才能壓過烘手機的咆哮聲。「算了。你要是幫我抓到這個變態，你就可以高升為偵緝警司了。」

「幫『你』抓到……」羅根緊緊地閉上眼睛，想像著鮮血從米勒被打碎的鼻子滴進小便斗裡的畫面。「誰告訴你我們發現了大衛・雷德？」他咬牙切齒地問。

喀噠。烘手機安靜了下來。

「我告訴你吧：這太明顯了。你們找到了一個孩子的屍體，那還有可能會是誰？」

「我們並沒有告訴任何人那具屍體是個孩子！」

「沒有？啊，好吧，那應該就是巧合了。」

羅根皺起眉頭。「誰告訴你的？」

米勒笑了笑，拉下他的襯衫衣袖，確定兩邊的袖口末端都露出了一吋的硬挺白邊，以彰顯他的時尚感。

「你沒有聽過新聞豁免嗎？我不需要透露我的消息來源。而你也不能逼我說！」他停了一下。「不過，如果這位可人的女警想要當瑪塔．哈里❶的話，我也許會被說服……人人都愛穿制服的女人！」

瓦森咆哮一聲，掏出了她的折疊警棍。

男廁的門突然被推開，打斷了他們的談話。一名滿頭深棕色捲髮的大塊頭女子衝進廁所，兩眼冒火地將雙手插在臀邊。「這裡發生了什麼鬼事？」她怒視著羅根和瓦森。「外面的新聞桌上有一半的人都尿濕褲子了。」在任何人來得及回應之前，她已經轉向了米勒。「還有你，你在這裡幹嘛？半個小時後，他們就要針對那個死掉的小孩召開記者會了！那些小報會對這件事大肆報導。這是我們報導的新聞，我要讓這件事繼續成為我們的獨家！」

「米勒先生正在協助我們進行調查，」羅根表示。「我想要知道是誰告訴他我們發現了——」

「你逮捕他了？」

羅根只是停了一秒，不過，一秒就已經太久了。

「門兒都沒有。」她用一根手指戳了戳米勒。「你！還不動工。我可不是付錢讓你在廁所裡

❶瑪塔．哈里，1876-1917，荷蘭人，是二十世紀初知名的交際花，一戰期間與歐洲多國的政要名人和社會名流都有關聯，最終在巴黎以德國間諜的罪名遭到槍斃。瑪塔．哈里在西方文化中已經成為女間諜和蛇蠍美人的代名詞，並且出現在很多的書籍、電影、電視劇、日本動畫和電玩之中。

和女警聊天！」

米勒笑著對發火的女子行了一個禮。「沒問題，老闆！」說著，他對羅根眨眨眼。「我得走了。職責所在。」

他朝著門口邁出一步，不過，瓦森擋住了他的去路。「長官？」她用手指摸了摸她的警棍，渴望能找出一個理由把它敲在米勒的頭上。

羅根看了看那名洋洋得意的記者，又看了看瓦森，然後又將目光轉回記者身上。「讓他走，」他終於說道。「我們晚點再聊，米勒先生。」

記者咧嘴笑道，「我很期待。」語畢，他把右手做出槍的模樣，作勢朝著瓦森警員開槍。「晚點聊，調查員。」

還好她並沒有回應。

回到停車場之後，瓦森踩著重重的步伐在雨中走向他們的佛賀小車，用力拉開車門，把她的帽子丟進後座，砰地一聲坐到方向盤後面，然後再用力地把車門關上，不停地咒罵著。

羅根不得不承認她這麼做並非沒有道理。米勒絕無可能主動供出他的消息來源。至於他的編輯，那個捲髮的巫婆，也已經很清楚地在她那十分鐘的長篇大論中表明了她的立場，她絕對不會叫他說出來的。讓他招出來的機率就像亞伯丁足球俱樂部要贏得英格蘭足球超級聯賽一樣。

乘客座的窗戶響起一陣敲擊聲，讓羅根跳了起來，只見一張大臉正在雨中對著他微笑，男子的頭上頂著一份晚間快報，以免那幾根梳理整齊的稀疏髮絲被淋濕。那是「沒有」告訴他們令人討厭的米勒先生躲在男生廁所的那位記者。

「你是羅根·麥雷！」那名男子說。「你看？我就知道我認得出你！」

「噢，我是？」羅根縮回他的座椅上。

那名穿著褪色棕色燈芯絨寬鬆長褲的老記者高興地點點頭。「我寫了一篇報導，什麼時候：一年前？『警察英雄在和馬斯崔克的怪物對決時被刺！』」他笑了笑。「該死，那是一篇很棒的報導。標題也下得很好。可惜『警察英雄』並沒有押韻……」說著，他聳了聳肩，然後把一隻手伸進打開的車窗裡。「馬丁·雷斯里，專題報導部。」

羅根握了握他的手，隨著每一秒鐘過去，他也感到越來越不自在。

「老天，羅根·麥雷……」那名記者說。「你升上警司了？」

羅根說不是，他仍然是個警佐，這句話讓那名老記者臉上冒出了怒火。「你在開玩笑吧！混蛋！你應該被升為警司的！那個安格斯·羅伯森是個變態的混蛋……你聽說他在彼得赫德監獄裡自己割了闌尾嗎？」他降低了音量。「用削尖的螺絲起子鑽進自己的肚子。結果現在他得把屎拉在一個袋子上了……」

羅根沒有說什麼，老記者一把靠在車窗上，把頭從大雨中探進車裡。

「那你現在在調查什麼案子？」他問。

羅根只是直視前方，透過擋風玻璃望著灰濛濛的蘭斯特拉街。「呃……」他說。「我，呃……」

「如果你對柯林那個賤人有興趣的話，」老記者開始用一種接近低語的聲調說著，不過卻突然停下來，一手拍在自己的嘴上，對著瓦森咕噥地說，「抱歉，親愛的，我無意冒犯。」

瓦森聳聳肩：反正幾分鐘之前，她還曾經用更難聽的詞彙叫過米勒。

雷斯里對她露出一個尷尬的笑容。「好吧，那個混蛋從蘇格蘭太陽報跳槽到這裡來，自以為是他媽的上帝的恩賜……我聽說他是被那家報社踢走的。」他的臉色一沉。「我們之中有些人還是相信規則的！你不會去搞你的同事。你也不會打電話給一個死了孩子的母親，直到你確定警方已經公布了死訊。不過，這個小混蛋以為只要有故事性，他就可以逃過責任。」他痛心地停了一下，才又說，「而且他的寫法根本是在胡扯。」

羅根慎重地看了他一眼。「你知道是誰告訴他我們發現了大衛·雷德嗎？」

老記者搖了搖頭。「我不知道。不過，如果我有什麼發現的話，你一定是第一個知道的！我會很樂意擺他一道，讓他能改過自新。」

羅根點點頭。「嗯，很好……」他勉強露出一絲微笑。「我們得要走了……」

瓦森把車開出停車位，讓那名老記者獨自站在雨中。

「他們應該晉升你為警司的！」他在車後大聲地喊道。「警司！」

當他們的車開過安檢大門時，羅根可以感覺到自己的臉漲紅了。

「對啊，長官，」瓦森看著他的臉轉成了可愛的甜菜根色澤。「我們所有人都受到了你的鼓舞。」

5

等到他們奮力穿越安德森大道、朝著警察總部而回時，羅根的尷尬才開始逐漸消除。安德森大道一開始只是一條旁道，然而，隨著城市像中年發福一樣地擴張，冰冷的灰色花崗岩建築如雨後春筍般地湧出，填滿了城市間的空隙，安德森大道於是變成了一條橫跨城市的皮帶，在城市的縫隙之間不停地發出呻吟。在尖峰時間來到這裡真是一場惡夢。

大雨依然轟隆隆地落下，亞伯丁的人們一如平常地不為所動。少數的人渾身裹著防雨外套、拉上外套上的帽子，緊緊地握著雨傘抵抗著冰冷的寒風。其餘的人則在雨中大步前進，任憑雨水浸濕他們的皮膚。

每個人看起來都殺氣騰騰、堅定不移。當太陽出來的時候，他們將會卸下他們厚重的羊毛衣，不再緊繃著臉孔，展露笑顏。不過，在冬天的時候，整座城市看起來彷彿在進行激流四勇士❷的演員試鏡。

羅根憂鬱地望著車窗外，看著行人在大雨中穿梭。牽著孩子的家庭主婦。穿著粗呢大衣、戴著醜陋帽子的小伙子。推著市政局那輛裝滿動物屍體的推車和鏟子的清道夫。抓著塑膠袋的孩

❷ 激流四勇士（Deliverance）是1972年上映的美國生存驚悚片，獲得三項奧斯卡獎提名以及五項金球獎提名。

子。推著嬰兒車的婦女。穿著蘇格蘭迷你短裙的男人……

「他的腦子一早在想些什麼？」羅根在瓦森換檔讓車子往前推進幾吋時問道。

「什麼？清道夫嗎？」她回應著說。「起床、把死掉的動物從街上鏟走、吃午餐、再繼續掃更多的動物屍體——」

「不，不是他。」羅根用手指戳著車窗玻璃。「是他。你覺得他起床時在想：『我知道，我會穿裙子，這樣，只要微風吹過，每個人都可以看到我的屁股』嗎？」

語畢，一陣風彷彿魔法般地吹過，掀起了那件迷你短裙，讓裙子底下白色的棉褲暴露無遺。瓦森揚起一邊的眉毛。「噢，對，」說著，她快速地超越一輛耀眼的藍色Volvo。「至少，他的內褲很乾淨。就算被巴士撞倒，他媽媽也不用擔心。」

「說的也是。」

羅根往前傾靠，打開收音機，轉動著選台的旋鈕，直到喇叭裡傳出亞伯丁商業電台北方之音的廣播才停下來。

收音機裡正在播放一個雙層玻璃的廣告，這讓瓦森皺起了眉頭。這則廣告不知道用了什麼方法，居然能在六秒鐘裡塞了七千個字，還搭配了一首俗氣的音樂。「天啊，」她的臉因為不敢相信而皺成一團。「你怎麼有辦法聽這種垃圾？」

羅根聳聳肩。「這是本地的電台。我喜歡。」

「胡扯。」瓦森在交通號誌變成紅燈之前加速開過路口。「一號電台。那才是你想聽的。北方之音，才怪。總之，你不應該打開收音機：萬一有人要透過無線電聯絡我們的話怎麼辦？」

羅根敲了敲手錶。「十一點：新聞報導的時間到了。本地人就要聽本地的新聞。知道你所在之地正在發生什麼事並沒有壞處。」

接在雙層玻璃廣告之後的是一則用亞伯丁最難懂的方言所製作的一家位於因弗魯里的汽車公司廣告，然後是南斯拉夫芭蕾舞團的宣傳，最後一則廣告是因弗伯維一家新開幕的炸薯條店。接著就是新聞時段了。新聞內容大多是一些尋常的小事，不過，其中一則消息卻引起了羅根的注意。他在座位上坐直了，然後把音量調大。

「……今天稍早。傑瑞德．克里維的審判在亞伯丁郡法院持續進行。這名來自曼徹斯特的五十六歲男子，被控在亞伯丁兒童醫院擔任男護士期間，曾經性侵過二十多個孩子。當克里維在重重的警力護送下抵達的時候，憤怒的群眾擠滿法院外面的道路，不停地對他發出謾罵……」

「真希望他們用書砸他。」瓦森說著，切過路口的方形黃線區，加速駛進一條小路。

「……被謀殺的三歲幼童大衛．雷德的屍體昨天晚上在頓河附近被發現之後，他的父母今天收到了蜂擁而來的聲援……」

羅根伸出一根手指按了一下收音機，將播放到一半的新聞關掉。「傑瑞德．克里維是個下流的混蛋，」他一邊說著，一邊看著一名腳踏車騎士衝進路中間，對著一名計程車駕駛伸出兩根手指咒罵。「我曾經因為發生在馬斯崔克的強暴謀殺案而審訊過他。他其實並不是嫌犯，不過，由於他在『不可靠的混蛋』名單裡榜上有名，所以，我們就把他傳來問訊了。他的手就像蟾蜍一樣，冰冷又濕黏。在整個問訊過程中，他不停地在摸他自己……」這個回憶讓羅根不寒而慄。「不過，他還沒有這次這個傢伙恐怖。他被判了十四年的有期徒刑：彼得赫德監獄。」

「罪有應得。」

彼得赫德監獄。性犯罪者都被送到那裡去。強暴犯、戀童癖、虐待狂、連續殺人犯……像安格斯・羅伯森那樣的人。那種人必須受到保護，以免被正常的罪犯用臨時製作的刀子捅上幾刀以示懲罰。可憐的安格斯・羅伯森就因此而再也擺脫不掉結腸造口的袋子。不過，羅根並沒有為他感到遺憾。

瓦森說了些什麼，但羅根的思緒還停留在那個馬斯崔克怪物身上，因而完全沒有注意她所說的話。從她的表情來看，他覺得他應該是被問了一個問題。「嗯……」他哼了一聲，企圖拖延時間。「怎麼說？」這是最標準的回應方式。

瓦森皺皺眉。「噢，我的意思是，昨天晚上醫生怎麼說？在急診室的時候？」

羅根咕噥一聲，從他的外套口袋裡掏出一個塑膠瓶晃了晃。「每四小時一顆，最好是飯後。喝酒的時候不要吃。」這個早上，他已經吃了三顆了。

她揚起眉毛，不過卻沒有說什麼。

兩分鐘之後，他們已經把車開進了警察總部後面的立體停車場，朝著保留給巡邏車和刑事偵緝處車輛的停車區域駛去。指揮官和資深員工才能使用這裡的停車位。其他人則必須自己想辦法，通常就是把他們的車丟在海灘大道，然後步行五分鐘走到警局。當下大雨的時候，助理警察局長的頭銜就能享有這樣的好處。

他們在專案室裡發現了尹斯克警司，他正坐在桌子邊緣，來回地晃著他的那條粗壯的腿，聽取一名手拿記事板的警員匯報。搜索隊並沒有傳來什麼好消息。屍體被丟棄了太久。天氣狀況又很差。如果有任何鑑識證據在過去三個月裡奇蹟似地殘存下來，恐怕也已經在過去的六個小時裡被雨水沖刷得一乾二淨了。在那名警員報告著一系列的負面消息時，尹斯克警司什麼也沒有說，只是坐在那裡，嚼著一盒可樂瓶形狀的起泡軟糖。

那名警員結束了他的報告，滿臉期待地等待尹斯克警司停止咀嚼，開口說些什麼。

「告訴搜尋小組繼續再找一個小時。如果到時候還是一無所獲的話，今天的搜索行動就到此結束。」警司說著，把那盒幾乎空了的軟糖遞給警員，警員拿了一塊，帶著明顯的愉悅扔進嘴裡。「沒有人可以說我們不把搜尋當回事。」

「是的，長官。」那名警員喃喃自語，繼續嚼著嘴裡的軟糖。

尹斯克警司讓那名警員離開之後，招手讓羅根和瓦森走上前來。「驗屍報告。」他直接進入主題，連開場白都省略了，然後聽著羅根報告大衛．雷德的屍體遭到褻瀆的結論，一如他剛才聽取搜索隊的進度報告一樣。**沉默**不語。無動於衷。不停地往嘴裡塞東西。等那盒可樂瓶的軟糖吃完之後，他又掏出一盒含酒的口香糖。

「太好了，」當羅根結束報告時，他才開口。「看來，我們有一個戀童癖的連續殺人犯正在亞伯丁四處遊走。」

「不盡然，」瓦森接過他遞過來的一片橘色的口香糖，上面還有幾個凸起來的字樣寫著「SHERRY」。「屍體只有一具，還不構成連續，而且兇手甚至也許不是本地人……」尹斯克只是搖了搖頭。

羅根拿了一片上面有「PORT」字樣的口香糖。「屍體好端端地在那裡躺了三個月。經過了那麼長一段時間，長到已經發生了屍僵，兇手才又回去拿取了他的紀念品。他得要知道他棄屍的地點很安全才會那麼做。那就暗示著是『本地人』。他又回去拿走了屍體的一部分，這就代表了那個東西對他而言很特別。這個人做出這種事並非一時興起：他已經想了很久了。他的這種行為算是某種儀式上的迷戀。他會繼續再犯的。如果他還沒有犯下第二起案子的話。」

尹斯克同意他的說法。「我要看去年一整年裡的失蹤兒童報告。把名單都列在那面牆上。也許有些失蹤兒童剛好就遇到這個變態的王八蛋了。」

「好的，長官。」

「噢，還有，羅根，」警司小心翼翼地把那包含酒口香糖的盒子折起來，塞回他的口袋裡。「我接到新聞報的電話。他們告訴我說，你到那裡去脅迫了他們最新的金童。」

羅根點點頭。「柯林．米勒：他曾經在蘇格蘭太陽報工作。他就是那個——」

「我有要求你和報紙為敵嗎，警佐？」

羅根瞬間閉上了嘴。然後停了一下才又開口。「沒有，長官。我們就在那附近，所以我就想——」

「警佐，」尹斯克警司不慌不忙地說。「我很高興你有在動腦子。那是個好現象。也是我會鼓勵屬下做的事。」羅根可以感覺得到他就要說「但是」兩個字了。「但是，我可不想看到我的部屬在未經准許之下去惹惱本地的新聞報社。我們得要求助於大眾。如果有人在調查的過程中搞砸了什麼事的話，我們會需要降低損害。我們需要這些人和我們站在同一邊。」

「今天早上你說——」

「今天早上，我說我會把洩漏消息給報紙的人揪出來。而我也會。搞砸這件事的人是我們，不是報紙。明白嗎？」

他搞砸了。在羅根開口回應時，瓦森低頭看著自己的鞋子，彷彿突然對她的鞋子感到了莫大的興趣。「是的，長官。抱歉，長官。」

「好。」尹斯克從桌上拿起一張紙，遞給了被他適當斥責過的麥雷警佐。「搜索隊什麼都沒有發現。真是令人驚訝啊。還有一支水下搜索隊正在河裡打撈，不過，大雨讓他們幾乎無法做事。河岸已經有上百萬個地方決堤了。我們很幸運，居然還能找到屍體。再過幾天，河水就會淹沒水溝，呼……」他揮了揮手，沾在手指上的可樂瓶軟糖的砂糖顆粒也隨著他的手勢在閃爍。「大衛・雷德的屍體就會被沖到北海裡。然後再到挪威。我們就絕無可能發現了。」

羅根用驗屍報告的紙張輕輕敲著牙齒，他的目光聚焦在尹斯克警司那顆光頭頂上的一個點。「這會不會太巧合了？」他皺起眉頭說。「大衛・雷德在那裡躺了三個月，如果在河岸潰堤之前沒有人發現他的話，他就永遠不會被找到。」他的目光回到警司身上。「他會被沖到海裡，然後，這個故事就絕對不會上報。不會曝光。兇手也無法在報紙上看到他自己的傑作。沒有人會給予回應。」

尹斯克點點頭。「這個想法很好。找人去把發現屍體的人帶來……」他看了一下自己的筆記。「鄧肯・尼克森先生。把他帶來警局，好好地審問他，昨晚那個盤問太隨便了。如果那傢伙在他的櫥子裡藏了什麼屍骸的話，我要知道那都是些什麼人。」

「我會安排一輛處理緊急事件的警車——」羅根話未說完，專案室的門就突然被撞開來，一名警員上氣不接下氣地衝到他們面前才停下腳步。

「長官，」那名警員說。「又有一個小孩失蹤了。」

6

理查德．爾斯金的母親不僅體重過重，也相當神經質，而且她本人自己就還像個小孩子。她那棟位於托瑞、被左右鄰居夾在中間的連棟房屋裡塞滿了鑲在小木框裡的照片，照片的內容千篇一律：都是咧著嘴笑的理查德．爾斯金。五歲。金髮、齙牙、臉頰上有酒窩，戴著一副大眼鏡。這個孩子的一生都被展示在了這間讓人有密室恐懼症的房間裡，從出生一直到……羅根在繼續往下想之前，急忙打住了自己的思緒。

孩子的母親名叫伊莉莎白：二十一歲，如果不去看那雙腫脹的眼睛、哭花的眼影和通紅的鼻子，她絕對可以稱得上漂亮。那頭黑色的長髮往後撥開，遠離了她的圓臉，她瘋狂地在房間裡來回踱步，不停地啃著她的指甲，直到手指頭都出血了。

「他把他抓走了，對不對？」她用尖銳而恐慌的聲音一遍又一遍地說著。「他抓走了小理查！他把他抓走了，他把他給殺了！」

羅根搖搖頭。「我們現在還不知道。你兒子也許只是忘記時間而已。」他再次看了看牆壁上的照片，試著要找出一張那孩子的快樂不是假裝出來的照片。「他失蹤多久了？」

她停下了腳步，瞪著他看。「三個小時！我已經告訴過她了！」她把正在啃的手揮向瓦森所在的方向。「他知道我很擔心他！他不會晚回家的！他不會的。」她的下唇在顫抖，淚水再度湧上她的眼眶。「你們為什麼不出去找他？」

「我們已經派出巡邏車和警員去找你兒子了，爾斯金太太。現在，我需要你告訴我今天早上發生了什麼事。他是什麼時候失蹤的？」

爾斯金太太用衣袖的背面擦了擦眼睛和鼻子。「他應該要……應該要從商店直接回家的。牛奶和一包巧克力餅乾……他應該要直接回家的！」

她又開始橫越房間，來回地走動，不停地來回。

「他去了哪些店？」

「學校另一邊的那些商店。不遠！我通常不會讓他自己去的，但是我得要待在家裡！」她吸了吸鼻子。「有人要來家裡修洗衣機。他們不給我一個固定的時間！只說早上某個時候會來。不然的話，我絕對不會讓他自己一個人出去的！」她咬了咬嘴唇，啜泣得更加劇烈了。「都是我的錯！」

「你有朋友或鄰居可以陪……」

瓦森指著廚房。一名年長的婦女端著一只托盤走了出來：只有兩只馬克杯。她們並沒有預期警察會留下來喝茶，她們期待警察趕快離開這裡，開始去找失蹤的五歲男孩。

「這很丟臉，真的很丟臉，」老婦說著，把托盤放到咖啡桌上一疊柯夢波丹雜誌上面。「讓那種變態四處亂竄！他們應該全都被關進牢裡！那麼多警察總有一個有用的吧！」她說的是位於這棟房子附近的克萊格監獄。

伊莉莎白．爾斯金從她的朋友手中接過一杯奶茶，杯子裡的熱茶在她顫抖的雙手下灑了出來。她看著茶水滲入淺藍色的地毯。

「你，呃……」她停下來吸了吸鼻子。「你身上沒有香菸吧，有嗎？我……我懷小理查的時候戒菸了……」

「抱歉，」羅根說。「我也不得不戒菸。」他轉過身，從壁爐架上取下一張看起來是最近才拍的照片。一個盯著鏡頭看的嚴肅小男孩。「我們能把這張照片帶走嗎？」

她點點頭，羅根遂將照片遞給了瓦森警員。

五分鐘之後，他們已經轉移陣地來到後花園，站在附加於後門上的一個門廊底下，那是一個小到不像話的門廊。花園裡那一小塊方形的草地已經消失在了一灘積水裡。十幾件小孩的玩具四處散落在花園裡，鮮豔的塑膠玩具都被雨水沖刷乾淨了。籬笆另一邊有更多灰色又潮濕的房子也在定定地回視著他。

托瑞並不是這個城市最糟的區域，不過也排在最糟糕的前十名裡面。這裡也是亞伯丁的漁獲加工廠所在之處。每星期都有幾十噸的白肉魚被送到這裡，內臟和魚骨的剔除全都是手工作業。如果你可以忍受得了冰冷和臭味，那會是很不錯的一份收入。裝滿廢棄魚內臟和魚骨的大型藍色塑膠桶就堆在路邊，即便是傾盆大雨也無法擊退想要突襲一顆魚頭或一口內臟的肥胖海鷗。

「你怎麼想？」瓦森一邊問，一邊把手深深插進口袋裡，試著要保持溫暖。

羅根聳聳肩，看著積水淹過一輛鮮黃色的玩具挖土機的駕駛座。「房子搜索過了？」

瓦森掏出她的筆記本。「我們在十一點零五分的時候接到電話。孩子的母親處在歇斯底里的狀態。控制中心從托瑞警局出動了好幾名警察。他們所做的第一件事就是把房子徹底地搜查了一遍。他沒有躲在亞麻櫃子裡，他的屍體也沒有被藏在冰箱的冷凍櫃裡。」

「了解。」那個挖土機對一個五歲的孩子來說也太小了。事實上，這裡的很多玩具看起來都像是三歲以下的小孩玩的。也許爾斯金太太並不希望她的小寶貝長大？

「你認為是她殺的？」瓦森看著他盯著濕透了的花園問道。

「不，不完全是。不過，如果最後發現她真的這麼做了，而我們卻沒有搜查……媒體一定會釘死我們的。小孩的父親呢？」

「根據鄰居的說法，小孩出生時他就死了。」

羅根點點頭。這可以解釋那個女人為什麼如此過度地保護孩子。她不想讓她的孩子走上和他父親一樣的路。「搜索狀況現在如何了？」他問。

「我們打過電話給他的朋友們：從週日下午開始，就沒有人看到過他了。」

「他的衣服、最喜歡的泰迪熊之類的東西呢？」

「所有的東西都在。因此，他可能不是離家出走的。」

羅根看了那些被丟棄的玩具最後一眼，然後走進屋子裡。警司很快就會趕到，尋求最新的報告。「呃……」當他們穿過廚房、沿著走廊走向前門的時候，他透過眼角看著瓦森問道，「你以前曾經和尹斯克警司工作過，對嗎？」

瓦森承認她確實和警司一起工作過。

「那個——」羅根模仿著尹斯克把一塊可樂軟糖塞到嘴裡的動作。「他試著在戒菸嗎？」

瓦森聳聳肩。「我不知道，長官。也許那是某種強迫症的行為？」她停了一下，皺著眉頭在思考。「或者，他只是一個肥大的混蛋而已。」

羅根不知道自己應該要笑還是應該要看起來很震驚。

「不過，我可以告訴你一件事，長官，他是一個很優秀的警察。而且，如果你惹過他一次的話，絕對不能再犯第二次。」

這點，羅根自己早已經猜到了。

「沒錯。」他在前門停下腳步。整個走廊都裝飾著照片，就和起居室一樣。「把那張照片拿到最近的書報攤去影印。我們需要印大約一百份，還有——」

「本地的警員已經印好了，長官。他們安排了四名員警，沿著理查德從這裡走到商店的路線，挨家挨戶去分發影印好的照片。」

這讓羅根很佩服。「他們不會摸魚吧。」

「不會的，長官。」

「好，我們再多派六名警員到這裡來幫他們。」他拿出手機，開始撥號，不過，他的手指卻在最後一個號碼上停了下來。「哦噢……」

「長官？」

一輛看起來很閃亮的車子在路邊停了下來，一個熟悉的矮個子匆忙地下了車，身上裹著一件黑色的大衣，掙扎地要拿穩一把同色的雨傘。

「看來禿鷲已經在盤旋了。」

羅根從走廊上抓來一把傘，走進了雨中。在他等著柯林．米勒爬上台階之際，冰冷的雨水直接敲打在了他的雨傘上。

「警佐！」米勒笑著喊了一聲。「好久不見！你還是帶了那個可人的……」當他看到皺眉站在門口的瓦森警員時，臉上的笑容更燦爛了。「警員！我們正說到你呢！」

「你要幹嘛？」她的聲音比灰濛濛的下午還要冰冷。

「工作先於娛樂，哈？」米勒說著，從口袋裡掏出一台花俏的錄音機對著他們。「你們又獲報有一個小孩失蹤了。你們——」

羅根皺了皺眉。「你怎麼知道又有小孩失蹤了？」

米勒指著被雨水浸濕的馬路。「你們派出了巡邏車，到處在宣傳那個孩子的長相！你覺得我是怎麼知道的？」

羅根試著不要讓自己看起來很尷尬。

米勒眨了眨眼。「啊，別擔心。我雖然老是惹人厭，不過，」他再度把錄音機拿起來。「這次的失蹤案和最近發現的——」

「我們現在沒有任何要說的。」

「噢，別這樣。」

另一輛車在米勒身後停了下來，車側印著BBC蘇格蘭的標誌。看來，媒體今天將要大顯身手了。昨天是一個小男孩死了，今天則有另一個失蹤。他們一定都和米勒一樣，直接跳到了相同的結論。他現在就可以預見報紙的標題了：「戀童癖殺手又出擊了？」警察局長一定會勃然大怒的。

米勒轉身想要看看羅根在看什麼，結果卻僵住了。「如果——」

「我很抱歉，米勒先生。我現在沒有辦法給你任何的詳細消息。你只能等官方發布正式的聲明。」

他無須等太久。五分鐘之後，尹斯克警司那輛濺滿泥濘的Range Rover就抵達了。當他抵達的時候，已經有一小群報紙和電視的記者早就等在那裡，在台階最底下撐著巨大的黑色雨傘，架好了一整排的麥克風和鏡頭。彷彿一場葬禮一樣。

尹斯克根本不打算下車，他只是降下車窗，招手讓羅根過來。攝影機紛紛轉而對準穿過馬路的羅根，看著他撐著借來的雨傘，站在尹斯克警司的車窗外，試著不要對車裡散發出來的那股濕漉漉的獵犬味皺起眉頭。

「嗯，嗯，」警司哼了幾聲，朝著攝影機點了點頭。「看來我們今晚要上電視了。」他摸了一下自己的光頭。「還好我有記得洗頭。」

羅根擠出一絲微笑。他肚子裡交錯的傷疤又開始讓他不舒服了，昨天晚上那一拳讓他的傷口感覺更明顯了。

「好，」尹斯克說。「我被授權對媒體發布一份聲明。在我發布以前，有什麼事情是我需要先知道的，有沒有什麼事會讓我在這裡看起來像個混蛋？」

羅根聳聳肩。「在我們看起來，那個母親對我們很坦誠。」

「可是？」

「我不知道。那個母親對待那個孩子就像他是玻璃做的一樣。那個孩子不能自己出門。他所有的玩具都是三歲小孩玩的。我有一種感覺，她讓他透不過氣來。」

尹斯克揚起一道眉毛，讓他頭頂上光禿禿的粉紅色皮膚跟著皺了起來。他沒有說話。

「我並不是說他不是被抓走的。」羅根聳聳肩。「不過，我還是……」

「我知道你的意思了，」尹斯克說著下了車。不同於Range Rover那股讓人作嘔的味道，他穿了他最好的西裝和領帶，裝扮得十分完美。「不過，如果我們淡化他的失蹤，結果最後他卻被人勒死，而且小雞雞還被割掉了的話，那我們就會有大麻煩了。」

羅根的手機突然爆出一陣嗶嗶聲和口哨聲。是皇后街警局打來的。他們剛把鄧肯・尼克森帶到了警局。

「什麼……？不要。」羅根笑著把電話貼在耳邊。「不，把他關在一間拘留室裡。讓他在那裡冒汗，直到我趕到那裡為止。」

等到羅根和瓦森警員回到警察總部時，一場盛大的搜尋已經展開了。尹斯克警司派了三倍於羅根調度的警員人數，加入了協助搜尋的行列，現在，已經有超過四十名男女警員、四名警犬訓練員和他們的德國狼犬，全都在冰冷的雨水中出動，從理查德·爾斯金的家到維多利亞路的商店，這一路上的每一座花園、公共建築、棚舍、樹叢和水溝，都是他們搜尋的目標。

前台的接待警員告訴他們，鄧肯·尼克森被關在髒兮兮的拘留室裡，而且已經在那裡待了幾乎一個小時了。

為了安全起見，羅根和瓦森警員在員工餐廳逗留了一會兒，喝了一杯茶和一碗熱湯。他們慢慢地享用著熱湯裡的豆子和培根，讓尼克森獨自憂心忡忡地坐在拘留室裡。

「好吧，」當他們吃完的時候，羅根表示。「你想怎麼把尼克森先生拖進審訊室裡？按照慣例**沉默**地瞪著他？我會先去看看搜索隊有什麼發現，然後在大約十五、或二十分鐘之後再進去。到時候，他應該已經快要崩潰了。」

瓦森點點頭，無限渴望地朝著那些切成大塊的海綿布丁和黃澄澄的卡士達看了最後一眼，隨即轉身走開，去讓鄧肯·尼克森的生命更加悲慘。

羅根在專案室裡從行政人員口中得知了最新的狀況：搜索隊並沒有找到任何東西，挨家挨戶的探查也沒有什麼發現。因此，羅根在走廊的機器上拿了一杯熱茶，緩緩地啜飲，等待時間過去。然後又吃了一顆止痛藥。當二十分鐘到了的時候，他才重新拾起步伐走向二號審訊室。

那是一間功能性的小房間，房間漆成了髒髒的米白色。鄧肯·尼克森坐在桌子後面，他的對面則是**沉默**不語、面帶怒色的瓦森警員。他看起來十分地不自在。

禁菸的審訊室顯然讓尼克森難以忍受。他面前的桌上已經堆了一疊碎紙，當羅根走進來的時候，尼克森直接跳了起來，導致白花花的紙屑被震落到藍色的地毯上。

「尼克森先生，」羅根在瓦森旁邊的棕色塑膠椅坐了下來。「抱歉讓你久等了。」

尼克森在自己的座位上動了一下，這讓他上唇的汗珠閃耀得更加明顯。他還不到三十二歲，不過，看起來卻更像四十五歲。他頭頂上的頭髮幾乎被剃光了，發亮的粉紅色頭皮上只殘存著些許藍灰色的髮根。他的兩隻耳朵至少各自穿了三個耳洞。其餘的五官看起來就像是工廠在週一早上開工前倉促拼湊起來的。

「我已經在這裡待了好幾個小時了！」他盡可能地露出受辱的樣子。「好幾個小時！這裡沒有廁所！我快要憋死了。」

羅根皺了皺眉。「噢，天哪。這顯然有點誤會，尼克森先生。你是自願到這裡來的，不是嗎？沒有廁所？我會和值班的警員談談的。確定這種事不會再發生。」說著，他露出一絲輕鬆、友好的笑容。「既然我們都到齊了，那我們可以開始了嗎？」

尼克森點點頭，安心地擠出一絲笑意。他感覺好多了。

「警員，你能幫忙嗎？」羅根把兩捲全新的錄音帶遞給瓦森，她拆開包裝，將錄音帶塞進固定在牆上的錄音機兩側，然後重複著同樣的過程把錄影帶也裝好。當她按下「錄製」的按鍵時，機器喀噠了一下，隨即發出了嗶嗶的聲音。

「審訊鄧肯．尼克森先生。」她制式地敘述了姓名、日期和時間。

羅根再次笑笑。「好了，尼克森先生，或者，我可以稱呼你鄧肯？」

坐在桌子對面的男子視線越過羅根的肩膀，緊張地看了角落裡的攝影機一眼。不過，他還是點了點頭。

「鄧肯，昨天晚上你發現了大衛．雷德的屍體？」

尼克森又點點頭。

「你得要說點什麼，鄧肯。」隨著時間過去，羅根臉上的笑容也跟著擴大。「如果你只是點頭的話，錄音帶是聽不到的。」

尼克森的眼神又飄向攝影機。「呃……噢，抱歉。對，是我發現的。我昨晚發現了他。」

「大半夜的，你在那裡做什麼，鄧肯？」

他聳聳肩。「我……我在散步。你知道的，我和老婆吵架，然後就出去散步了。」

「到河岸散步？在大半夜的時候？」

他臉上的笑容開始退去。「呃，對啊。我有時候會到那裡去，你知道的，去思考之類的。」

羅根模仿坐在他旁邊的瓦森警員，交叉起雙臂。「所以，你走到那裡去思考。然後就剛好摔到一個遭到謀殺的三歲小孩屍體上？」

「呃，對……我剛好……聽著，我……」

「剛好摔到一個被謀殺的三歲小孩屍體上。在一條淹水的水溝裡。還被藏在一張硬紙板底下。在黑夜裡。在滂沱的大雨之中。」

尼克森張開了嘴，不過，什麼也沒有說。

羅根讓他在沉默之中坐了將近兩分鐘。隨著時間過去，這個傢伙變得越來越煩躁。他那顆剃光的頭已經和他的上唇一樣冒出了汗珠，一股陳年的大蒜味伴隨著他緊張的呼吸散發出來。

「我……喝了酒，好嗎？我跌倒了，從河岸上滾落差點就害我沒命。」

「你從河岸上跌落，在大雨中，可是，當警察趕到的時候，你身上一點泥巴都沒有！你乾淨得就像一只哨子一樣，鄧肯。那聽起來不像是一個從泥濘的河岸摔落到水溝裡的人，不是嗎？」

尼克森用手掠了掠頭頂，短刺般的髮根在沉悶的審訊室裡發出了微弱的摩擦聲。他的腋下已經出現了暗藍色的汗漬。

「我……我回家去打電話給你們。我換過衣服了。」

「原來如此。」羅根重新換上笑臉。「今年八月十三日的下午兩點半到三點之間，你人在哪裡？」

「我……我不知道。」

「那麼，今天早上十點到十一點之間，你在哪裡？」

尼克森瞪大雙眼。「今天早上？怎麼了？我沒有殺人！」

「誰說你殺了人？」羅根在座位上轉過頭。「瓦森警員，你有聽到我指控尼克森先生謀殺嗎？」

「沒有，長官。」

尼克森在座位上顯得侷促不安。

羅根拿出一張在過去三年裡被登記失蹤的小孩名單，然後將之放在他們之間的桌面上。

「你今天早上在哪裡，鄧肯？」

「我在看電視。」

「那麼，三月十五日六點到七點之間，」羅根往前靠，看著那張名單。「你在哪裡？不知道？五月二十七日，四點半到八點之間呢？」

他們把名單上列出來的每一個日子都問過一遍，尼克森在汗水中低聲地給出他的回答。他說他哪裡都沒去。他都在家。他都在看電視。唯一可以為他作證的人就是那些時段的脫口秀節目主持人傑瑞．斯普林格和歐普拉．溫芙蕾。而那些節目大部分都是重播的。

「鄧肯，」當他們來到名單的最尾端時，羅根說道。「情況看起來不太妙，不是嗎？」

「我沒有碰那些孩子！」

羅根往後坐，再度嘗試尹斯克警司的**沉默**策略。

「我沒有！我發現那個孩子的時候，我就直接聯絡你們了，沒有嗎？如果我殺了他的話，我幹嘛要聯絡你們？我絕對不會殺小孩的：我很喜歡小孩！」

見到瓦森警員揚起一道眉，尼克森立刻皺了皺眉頭。

「不是那樣的！我也有姪子和姪女，好嗎？我絕對不會做那種事的。」

「那讓我們重新開始。」羅根把他的椅子湊近桌子。「你為什麼在傾盆大雨的大半夜裡，到頓河的河岸去閒逛？」

「我告訴過你我和我老婆吵架……」

「為什麼我不相信你呢，鄧肯？為什麼我覺得等到法醫的報告出來時，會有證據顯示你和那個死掉的男孩有關？」

「我什麼也沒做！」尼克森往桌上用力一拍，讓那一小堆紙屑飛了起來，然後像雪花般地散落。

「我們聽到你說的話了，尼克森先生。如果你以為你可以說服我們相信你的話，那你只是在自欺欺人。我想，在監牢裡待上一點時間對你會有好處的。等你準備好要說實話的時候，我們再聊吧。審訊在一點二十六分結束。」

他讓瓦森警員護送尼克森到牢房裡，然後在審訊室等她回來。

「你怎麼想？」他問。

「我想不是他幹的。他不是那種型的人。他沒有聰明到能讓人相信他的謊話。」

「沒錯。」羅根點點頭。「不過，他還是在說謊。他不可能在喝醉的情況下，三更半夜到那裡去。沒有人會在大雨中到河岸去找樂子，那可是會摔斷手腳的。他到那裡去是有原因的，只是，我們還不知道那是什麼原因。」

灰濛濛又悲慘的亞伯丁港在車窗外劃過。幾艘近海供應船繫在碼頭，船身上明亮的黃色和橘色油漆在大雨中顯得十分沉悶。燈光在半明半暗的午後閃爍，一個個貨櫃被從卡車上吊起，裝上等待中的船隻。

羅根和瓦森正在趕回理查德・爾斯金位於托瑞的家。有人記得看過這個失蹤的孩子。一位布萊迪太太曾經看到一個穿著紅色連帽外套和藍色牛仔褲的金髮小男孩穿過她家後面的一片荒地。這是他們目前唯一的突破。

兩點半的新聞即將開始播報，羅根打開車裡的收音機，剛好趕上新聞前所播放的一首披頭四老歌的結尾。理查德・爾斯金失蹤的消息毫無疑問是排名第一的新聞。尹斯克警司的聲音從喇叭裡轟然而出，要求著大眾提供任何有關孩子蹤跡的訊息。他有一種戲劇性的天賦，每個看過他挑樑演出聖誕節兒童劇的人都知道，不過，當新聞播報員提出顯而易見的問題時，他卻試著要壓抑住自己的這份特質：

「你認為理查德是被殺害大衛・雷德的戀童癖抓走的嗎？」

「目前，我們只是希望能找到平安無事的理查德。如果任何人有任何的資訊，請聯絡我們的熱線，0800-5-5-5-9-9-9。」

「謝謝你，警司。接下來是另外一則新聞：來自曼徹斯特的五十六歲前男性護士傑瑞德・克里維的審判，在控方的律師桑迪・摩爾－法古哈森收到死亡威脅之後，審判今天在嚴密的安保之下持續進行。摩爾－法古哈森先生向北方之音新聞表示……」

「希望那個威脅不是一種虛張聲勢。」羅根在那名律師的聲音從喇叭裡傳出之前，伸手關掉了收音機。桑迪・摩爾－法古哈森活該收到死亡威脅。他就是那個為安格斯・羅伯森提出從輕量刑的狡猾小混蛋。他還企圖宣稱錯不完全在於那個馬斯崔克的怪物。並且說他殺了那些女人，因為她們在他企圖性侵的時候反應太過激烈。她們的穿著太具煽動性。基本上，是她們自找的。

等到他們抵達的時候，守候在小理查德・爾斯金家門外的媒體已經幾乎多了一倍。整條路都塞滿了車。甚至還有幾輛戶外轉播車。瓦森警員不得不把車停在好幾哩外，兩人再一起撐著她的那把雨傘在雨中跋涉，徒步折返回來。

格蘭坪電視台、獨立電視網和天空新聞也加入BBC蘇格蘭的行列。刺眼的電視白光讓花崗岩蒼白的建築都褪了一層顏色。儘管冬天的大雨不停地從天而降，不過，現場似乎沒有人太過在意。

第四台新聞頻道的那名金髮豐胸的女子正在對著攝影機報導，她刻意站在街頭的遠處，好讓爾斯金家和其他媒體都被納入到背景之中。

「……必須要問：在這種時候，媒體對一個家庭的痛苦所做出的關注，真的符合公共利益嗎？當——」

瓦森直接從攝影機前面走過，她那把藍白相間的雨傘完全擋住了那名女記者。

有人大喊了一聲：「卡！」

「你是故意的，」在電視新聞記者**詛咒**的同時，羅根小聲地說。瓦森只是笑了笑，逕自穿過聚集在樓梯台階底下的群眾。羅根匆忙地跟在她身後，試著不去聽此起彼落的抱怨聲和各種問題，以及要警方給出評論的要求。

一名家庭聯官員在起居室裡陪伴著理查德．爾斯金的母親和那個來自隔壁的刻薄老婦。房間裡並沒有尹斯克警司的蹤影。

羅根讓瓦森單獨留在起居室，轉而隻身走到廚房，擅自從茶壺旁邊的流理檯面上拿起一塊佳發蛋糕❸。一扇半玻璃門隔開了廚房和後花園，門外有一道巨大的身影擋住了戶外的光線。

不過，那不是尹斯克。那是一個看起來很悲傷的、過胖的探員，正疲憊地站在那個小門廊底下，抽著一根又一根的香菸。

「午安，長官。」那名探員完全無意站直，也不想放下他手中的香菸。「天氣很糟，蛤？」他不是本地人：他有一口純蘭開夏的口音。

「你會習慣的。」羅根走到後門的台階上，站在那名探員的旁邊呼吸著二手菸，也算是一種消極的抽菸。

那名探員從嘴裡拿出香菸，轉而將一根手指塞進口中，用指甲上下摳著他後排的牙齒。「我看不出來要怎麼習慣。我是說，我很習慣下雨天，但是，天哪，這個地方實在太討厭了。」他似

❸ 佳發蛋糕（Jaffa Cakes）是英國食品公司McVitie's於1927年發明的蛋糕狀餅乾，由兩層鬆糕夾一層橘子味果醬，並塗上巧克力製成。其主要消費區在英國和蘇格蘭。

乎挖到了他的目標，然後將之彈到雨中。「這雨大概要下到週末吧？」

羅根望著低矮的深灰色雲層。「這個週末？」他搖搖頭，又吸進一大口二手菸。「這裡是亞伯丁：三月之前，雨都不會停的。」

「胡扯！」一道深沉、權威性的聲音在他們的身後響起。

羅根轉過頭，只見尹斯克警司就站在門口，雙手插在口袋裡。

「你不要聽麥雷警佐亂說，他在和你開玩笑。」尹斯克說著，走到原本就已經夠擁擠的台階上，迫使羅根和那名探員閃到岌岌可危的台階邊緣。

「三月前雨都不會停？」尹斯克把一顆果凍軟糖塞進嘴裡。「三月？不要欺騙這位可憐的警探：這裡是亞伯丁。」他嘆了一聲，重新把手插回口袋裡，「這裡的雨永遠都不會停。」

他們無聲地站在那裡，看著雨持續地下。

「我有個好消息要告訴你，長官，」羅根終於打破**沉默**。「摩爾—法古哈森先生收到了死亡威脅。」

尹斯克咧嘴笑道，「希望如此。我已經寫了太多的死亡威脅了。」

「他是傑瑞德．克里維的律師。」

尹斯克又發出一聲嘆息。「為什麼我不覺得驚訝呢？不過，那是史提爾警司的問題。我的問題是：理查德．爾斯金在哪裡？」

7

他們在尼格的垃圾場發現了屍體，尼格就位於亞伯丁的南部。垃圾場距離理查德．爾斯金的家只有兩分鐘的車程。一群學童到垃圾場去進行校外教學：「資源回收和環保問題」。他們在三點二十六分的時候搭乘小巴士抵達垃圾場，然後開始戴上白色的小口罩，那種有彈性綁帶可以固定住的口罩，再戴上耐用的橡膠手套。每個人都穿了防水的外套和雨靴。三點三十七分的時候，他們先在大垃圾桶旁邊的活動辦公室簽到，然後才走進垃圾場。他們穿越過滿地的廢棄尿布、破瓶子、廚房垃圾和成千上萬的亞伯丁人每天所丟棄的東西。

是八歲的蕾貝卡．強森首先瞄到的。一隻左腳從一堆破碎的黑色塑膠袋裡向上伸出。天空裡飛滿了海鷗——那些巨大、臃腫的東西在尖叫聲中，以不規則的方式撲向彼此。其中一隻正在拉扯著一隻沾了血的腳趾。因而吸引了蕾貝卡的注意。

四點整的時候，他們就打電話報警了。

▯▯▯

即便是在像今天這樣潮濕颾風的日子裡，那股味道也讓人難以相信。在多尼斯丘上，雨水刺人的冰冷。雨滴重重地擊打在車身上，陣風也把生鏽的佛賀小車吹得劇烈搖晃，讓羅根在火力全開的暖氣底下忍不住發抖。

他和瓦森警員雙雙都濕透了。大雨完全沒有將他們身上的警察「防水」外套放在眼裡，不僅打濕了他們的褲子，也滲進了他們的鞋子裡。天知道還有什麼可以被淋濕的。車窗都起霧了，看不到外面，而暖氣出風口似乎沒有太大的作用。

鑑證科的人還沒有出現，因此，羅根和瓦森用了新的垃圾袋和垃圾桶，在屍體上方搭建了一個臨時的帳篷。帳篷看起來彷彿隨時都可能被強風吹走，撕裂成碎片，不過，它終究還是擋住了大雨。

「他們到底到哪兒了？」羅根在起霧的擋風玻璃上擦出一個小圓圈。稍早，在他們奮力拉扯著被風吹得噗噗作響的黑色塑膠袋和不合作的垃圾桶時，他的心情很快地變壞了。他在午餐時間吞下的那顆止痛藥已經失去了藥效，現在，他的身體只要一動就痠痛到難以忍受。他發著牢騷地拿出藥瓶，倒了一顆在手上，直接就乾吞了下去。

終於，一輛沒有任何標示、幾乎全白的廂型車閃爍著車頭燈，沿著佈滿垃圾的道路緩緩滑行而來。鑑證科到了。

「也該到了！」瓦森警員說。

他們爬出車子，站在風雨之中。

灰色無垠的北海在那輛廂型車後面波濤洶湧，刺骨的寒風從挪威的峽灣一路吹來，首先在此登陸。

那輛廂型車停了下來，一名神色緊張的男子透過擋風玻璃看著車外的大雨和腐爛的垃圾。

「你不會融化的！」羅根大喊。他全身痠痛、發冷、濕透，完全沒有心情浪費時間。

四名鑑證科的男女從廂型車裡下來，走進了大雨裡，還一邊咒罵著羅根臨時搭建成的犯罪現場帳篷。那些垃圾桶和黑色的塑膠袋被扔進了雨中，幾台移動式發電機很快地被架好。在一聲咆哮下，發電機彷彿注入了生命，為他們所在的地方燃起了一片令人目眩的白光。

在犯罪現場不再漏水之後不久，值班醫生威爾森就出現了。

「晚安，各位，」他用一隻手翻起大衣的衣領，另一隻手則提著他的醫用包。他看了一眼泥濘道路和藍色塑膠帳篷之間的垃圾地雷區，然後嘆了一口氣。「我這雙鞋是新買的。唉……」

語畢，他大踏步地走向帳篷，羅根和瓦森警員則緊跟在後。

一名滿臉青春痘的鑑證科人員手持一張筆記板，在門檻處擋住了他們，直到他們每個人都在滂沱的大雨中簽了名，那個人才帶著一臉懷疑地看著他們套上白色的連身工作服。

帳篷裡面，一隻膝蓋以下的小腿從一堆垃圾袋中伸出，彷彿湖中妖女❹的手臂一樣。唯一不見了的是那把王者之劍❺。鑑證科的錄影人員緩緩地繞著殘骸拍攝，鑑證科團隊的其他人則小心

❹ 湖中妖女是蘇格蘭和威爾斯神話中擁有神奇魔法的水中妖精。湖中妖女主要登場於「亞瑟王傳說」，以賜予亞瑟王傳說中的王者之劍和劍鞘而出名。

❺ 王者之劍是傳說中不列顛國王亞瑟王從湖中妖女那裡得到的聖劍。

翼翼地在蒐集其他垃圾袋裡的垃圾，不過僅限於圍繞在那個特定袋子四周的垃圾袋，並且把那些碎片都塞進透明的塑膠證物袋裡。

「能幫我個忙嗎？」值班醫生說著，把他的醫用包遞給瓦森。

她默默地站著，看著他打開醫用包，從裡面取出一雙橡膠手套戴上，彷彿他是一名外科手術醫生一樣。

「給我一點空間。」他對著忙碌的鑑證科人員說。

所有人立刻往後退，讓他可以走到屍體旁邊。

威爾森醫生用指尖抓住那條腿腳踝下面的關節。「沒有脈搏。這要嘛就真的是一隻斷肢，要嘛就是被害人已經死了。」他實驗性地扯了一下那條腿，導致袋子裡的垃圾跟著走位，讓鑑證科團隊發出了痛苦的嘶嘶聲。這可是他們的犯罪現場啊！「不。我會說那條腿還連接在身體上。估計已經死了。」

「謝謝你，醫生。」羅根看著老醫生站起身，把橡膠手套在他自己的褲子上抹了抹。

「沒事。你希望我們再留一會兒，直到病理學家和地方檢察官抵達嗎？」

羅根搖搖頭。「沒必要讓我們大家都在這裡受凍。不過，謝謝你。」

十分鐘之後，一名鑑證科的攝影師把頭探進帳篷入口。「抱歉，我來晚了，某個白痴在港口游泳，結果忘了把自己的膝蓋骨帶走了。老天，那裡簡直凍死了。」

帳篷裡也沒有暖和到哪裡去，不過，至少擋住了大雨。

「午安，比利。」羅根看著一臉鬍子的攝影師解開纏在身上的衣物。

他把紅白條紋的圍巾塞進外套的口袋裡，然後是頭上那頂紅色的絨線帽。帽子下面是一顆光禿禿的頭。

羅根嚇了一跳。「你的頭髮怎麼了？」

比利皺皺眉，套上他的白色連身工作服。「你不要提起這件事。我還以為你死了。」

羅根笑笑。「是啊，不過，我現在好多了。」

那名攝影師用一條灰色的手帕把眼鏡擦乾淨，再把他相機的鏡頭也擦拭了一番。「有人碰過任何東西嗎？」他一邊問，一邊把一捲新的底片裝進相機裡。

「威爾森醫生拉過那條腿，此外，沒有人碰過什麼東西。」

比利把一具大型的閃光燈卡在相機頂端，再用手掌側面把它敲擊到定位上，直到閃光燈發出一聲尖銳的嗖嗖聲為止。「好了，女士們先生們，往後站……」

冰冷的藍白色燈光在擁擠的空間中閃了一下，然後是相機喀嚓喀嚓和閃光燈嗖嗖的聲音。同樣的過程一次又一次地重複……

在比利快要結束拍攝的時候，羅根的電話響了。他詛咒著從口袋裡掏出手機。是尹斯克，他想要最新的報告。

「抱歉，長官。」羅根得要提高音量，才能讓聲音不被打在帳篷屋頂上的雨滴淹沒。「病理學家還沒到。不移動屍體，我沒有辦法做正式的鑑定。」

尹斯克在電話那頭咒罵著，不過，羅根幾乎聽不到他在罵什麼。

「我們剛接獲匿名電話。有人看到一個符合理查德・爾斯金外型的小孩，今早坐上了一輛暗紅色的掀背車。」

羅根低頭看著從垃圾堆裡伸出來的那條淺藍色的赤裸的腿。這個訊息來得太遲了，來不及挽救這個五歲大的孩子。

「病理學家到的時候，立刻讓我知道。」

「是的，長官。」

伊莎貝兒・麥克艾利斯特出現的時候，看起來彷彿剛從伸展台走下來一樣：Burberry的長大衣、深綠色的褲裝、米色的高領襯衫，還戴了珍珠耳環，那頭短髮亂得很有藝術感。腳上的雨靴對她來說大了三號……那麼出色的外表看了實在很傷人。

伊莎貝兒走進帳篷，當她的目光落在正在角落裡渾身滴水的羅根時，她整個人都僵住了。她差點就要露出了微笑。她把醫用包放在一個垃圾袋上面，直接開始工作。「已經宣布死亡了嗎？」

羅根點點頭，試著不要讓自己的聲音透露出見到她給他帶來了多大的困擾。「威爾森醫生半個小時前宣布過了。」

她的嘴角往下一拉。「我已經盡快趕來了。我還有其他的工作要做。」

羅根皺皺眉頭。「我並沒有在暗示什麼，」他舉起雙手地說。「我只是讓你知道死亡是什麼時候宣布的。只是這樣。」他的心臟在耳畔轟轟作響，幾乎把雨聲都壓過了。

她站在原地看著他，冰冷的神情讓人難以捉摸。「哦……」她終於回應道。

語畢，她轉身背對著他，在那身完美無瑕的套裝上罩上白色的制式連身工作服，再戴上她的迷你麥克風，按照標準程序地描述著人物、時間和地點，然後蹲下來開始工作。

「這裡有一條人腿：左腿，膝蓋以下的部分從一個垃圾袋裡伸出來。大拇趾已經受到某種撕裂，也許死後——」

「被一隻海鷗吃的。」瓦森的話換得了一個冰冷的笑容。

「謝謝你，警員。」伊莎貝兒轉回到那隻僵硬的腿。「大拇指顯示有被一隻大海鳥掠食過的跡象。」說完，她往前傾身，用指間觸碰了一下眼前蒼白、沒有生命的肌肉。隨即癟住嘴唇，開始用拇指按壓前腳掌，同時用另一隻手去感覺腳趾。「我需要將其餘的部分從袋子裡弄出來，才能給你們一個大致的死亡時間。」她示意一名鑑證科人員過來，讓他在垃圾堆砌成的地面鋪上一張新的塑膠布。他們將那只露出一條腿的袋子從一堆垃圾袋上拖下來，放到塑膠布上。整個過程中，比利的閃光燈都不停地在閃爍。

伊莎貝兒蹲到垃圾袋前面，俐落地用一把解剖刀把袋子劃開。垃圾瞬間從袋子裡掉落出來，散落在那張塑膠布上。一具被棕色封箱膠帶固定成胎兒狀的裸屍也暴露在眾人眼前。羅根看了一眼那頭淡金色的頭髮，忍不住打了寒顫。死掉的小孩體積看起來遠比他記憶中的還要小。

屍體的皮膚在棕色的膠帶綑綁下呈現出奶瓶般的白色，兩邊的肩膀上都有淡紫色的斑塊。這個可憐的孩子頭下腳上地被塞在袋子裡，因此，血液都集中到了最低處。

「知道他的身分了嗎？」伊莎貝兒瞄著那具小屍體問道。

「理查德·爾斯金。」羅根回答。「他五歲了。」

伊莎貝兒抬起頭看著他，一手握著解剖刀，另一手則拿著證物袋。「不是『他』，」她挺直了背。「這是個女孩。三到四歲大。」

羅根低頭看著被綁成一球的屍體。「你確定嗎？」

伊莎貝兒把解剖刀扔回它的盒子裡，慢慢地站起身，盯著他看，彷彿他是個白痴一樣。「愛丁堡大學的醫學學位也許沒有傳說中那麼了不起，不過，他們教我們的幾件事之一，確實包括了小男孩和小女孩之間的差別。沒有陰莖這個事實是很明顯的。」

羅根打算提出問題，不過，伊莎貝兒阻止了他。

「不，我不是說它被割掉了，像雷德家的孩子那樣：它一開始就不在那裡。」她從堆著垃圾袋的地面上拾起她的醫用包。「如果你想要死亡時間，或者任何訊息的話，你得等到我驗屍驗完之後了。」說著，她對那個幫她舖了塑膠布的鑑證科人員揮揮手。「你：把這些都裝箱，送回到停屍間。我會在那裡繼續我的工作。」

那名鑑證科人員低聲地說了一句「好的，女士。」不過，她已經拿著她的袋子離開了。留下一陣冰冷的寒意。

一直等到她走出了聽得到的範圍，那個人才喃喃自語地說了聲，「冷血的臭婆娘。」

羅根匆匆地追出去，在她即將上車時趕上她。「伊莎貝兒？伊莎貝兒，等一下。」

她把鑰匙圈對著車子：車子的指示燈閃了一下，車門瞬間打開。「在屍體送到停屍間之前，我什麼都沒辦法再多說。」她抬起一隻腳，扯下雨靴，扔進一只有塑膠內襯的盒子裡，換上一只絨面皮革的靴子。

「那是怎麼回事？」

「什麼怎麼回事？」她一邊說，一邊換下另一隻雨靴，試著不要在她的新鞋上沾到太多垃圾。

「看起來，我們必須要共事，不是嗎？」

「這點我很清楚，」她扯破身上那件連身工作服，連同雨靴一起丟進箱子裡，然後用力地把皮革靴拉緊。「有問題的人不是我。」

「伊莎貝兒──」

她聲音裡的溫度降低了二十度。「你剛才在那裡是故意要羞辱我嗎？你居然敢質疑我的專業！」她用力拉開車門，爬上車，再當著他的面用力關上。

「伊莎貝兒──」

車窗玻璃降了下來，她從車裡抬起頭看著站在大雨中的他。「幹嘛？」

但羅根卻想不出要說什麼。

她怒氣沖沖地瞪了他一眼，發動車子，在濕滑的路上三點調頭地把車子迴轉好，隨即在黑暗中疾馳而去。

羅根望著車尾燈消失，才低聲詛咒地走回帳篷。

那個小女孩就躺在伊莎貝兒離開時的位置，鑑證科人員還在忙著咒罵剛剛離開的病理學家，還沒來得及執行她所吩咐的事。羅根嘆了一口氣，在那具被綁成一團的可憐的屍體前蹲了下來。

那個孩子的臉幾乎都被遮住了：封箱膠帶緊緊地纏住她的頭。她的雙手被綁在胸前，膝蓋也是。不過，看起來兇手彷彿是在還沒把腳固定好之前就用光了膠帶。那就是何以那隻左腳會從袋子裡伸出來，被一隻幸運的海鷗啄了一口。

他拿出手機，打電話到警局，詢問他們有沒有人曾經報警，說有個三到四歲左右的小女孩失蹤的紀錄。但是，他們說沒有。

他一邊小聲地咒罵，一邊鍵入尹斯克警司的號碼，打算給他這個壞消息。「哈囉，長官?是的，我是麥雷警佐……不，長官。」他深深地吸了一口氣。「那不是理查德·爾斯金。」

電話那頭出現了震驚的**沉默**，然後是，「你確定?」

羅根點點頭，雖然尹斯克看不到他。「很確定。死者是一個小女孩，三歲，或者四歲大，不過，沒有人報警說她失蹤了。」

電話裡爆出一串髒話。

「我也是那麼說的，長官。」

鑑證科的團隊默默地指著屍體，示意要將之運送到停屍間。羅根點點頭。只見那個罵伊莎貝兒是冷血臭婆娘的鑑證科人員拿出手機，打給了負責的殯儀館人員。他們沒辦法把一個死掉的小孩放在髒兮兮的廂型車裡運送。

「你覺得這些死亡互有關聯嗎？」尹斯克警司的聲音裡帶著一絲期望。

「我懷疑。」羅根看著那具小屍體被輕輕地滾進一個屍袋，那個屍袋對它來說顯然太大了。「受害人是女性，不是男性，而且被半捲封箱膠帶綁住。沒有勒斃的跡象。她可能被虐待過，不過，在驗屍之前，我們什麼都無法知道。」

尹斯克又發出了**詛咒**。「你告訴他們，我要那個孩子今天就完成解剖，聽到了嗎？我不希望當那些媒體在編造什麼恐怖的故事時，我只能整晚都在轉著我自己的大拇指！今天就要！」

羅根畏縮了一下，他不想去對伊莎貝兒說這件事。以她現在的心情來看，她要解剖的對象恐怕就要變成他了。「是的，長官。」

「把她弄乾淨，拍照。我要在傳單上印著：你看到過這個女孩嗎？」

「是的，長官。」

兩名鑑證科的人員把那個藍色的屍袋抬起來，小心翼翼地放到帳篷遠處的一個角落。然後，他們開始從原本裝了屍體的那只袋子裡蒐集垃圾，確認裡面所有的東西都有被適當地裝袋和標示。香蕉皮、空酒瓶、破蛋殼……那個可憐的孩子甚至不值得兇手花點力氣挖一個淺坑，把她埋進去。她就那樣連同垃圾一起被丟棄了。

當羅根正在向警司保證，只要一有消息，他就會立刻回報時，瓦森警員突然大叫了一聲：「等等！」她走上前，從攤開在塑膠布上的垃圾裡抓走一張揉成一團的紙。

那是一張收銀機的收據。

羅根要尹斯克稍等一下，然後看著瓦森把那張骯髒的廢紙攤開來。那是丹斯頓一家大型Tesco的收據。有人買了半打的放養雞蛋、一加侖的法式酸奶油、兩瓶赤霞珠紅酒和一盒酪梨。然後用現金付了款。

瓦森咕噥了一聲。「該死。」她把那張收據遞給羅根。「我以為他會用信用卡或者Switch付款。」

「我們不可能那麼幸運。」他把那張廢紙放在手上。雞蛋、酒、高檔奶油和酪梨……最後一項商品底下的那一行字吸引了羅根的注意，一絲笑意開始在他的臉上擴散開來。

「怎麼了？」瓦森惱火地問。「什麼事這麼好笑？」

羅根拎起那張收據，對她笑了笑。「長官，」他對著電話說。「瓦森警員在棄屍的那個袋子裡發現了一張超市收據……不是，長官，他是用現金付款的。」如果羅根再繼續笑開的話，他的頭恐怕就要掉下來了。「不過，他有累積他的積分卡點數。」

每天這個時間點，南安德森大道的狀況都像一場惡夢，不過，北安德森大道就更糟糕了。整座城市的交通都堵住了。尖峰時間。

地方檢察官終於出現了，他在犯罪現場到處走動，要求他們提出最新的調查狀況，並且抱怨這是幾天之內第二具被發現的小孩屍體，暗示著這都是羅根的錯，然後就又閃人了。

羅根一直等到他和瓦森安全地坐進起霧的車裡時，才說出他想要如何把一盆仙人掌和一罐消除痠痛的噴劑用在地方檢察官身上。

他們花了超過一個小時的時間，才從尼格的現場抵達丹斯頓的那家大型Tesco。這家超市的地理位置極佳：距離氾濫的頓河不遠，舊的污水處理廠、格羅夫墓園和格蘭坪散養雞屠宰場就在附近；也很靠近大衛・雷德的屍體被發現的地點。

超市裡的生意很繁忙，在附近的科技園區工作的上班族正在店裡採購酒和熟食，準備回家坐在電視前面度過另一個夜晚。

入口處有一個顧客服務櫃檯，一名看起來很年輕的男子綁著一束金色的馬尾正在裡面值班。羅根要他去請經理過來。

兩分鐘之後，一名戴著半月形眼鏡、矮小的禿頭男子來到了顧客服務處。他穿著和其他員工一樣的藍色毛衣制服，不過，他的名牌上印著：「柯林・布拉納根，經理」。

「有什麼事需要我幫忙嗎？」羅根拿出他的警察證，遞給對方確認身分。「布拉納根先生，我們需要一些資訊，是關於上週三來這裡購物的某個人。」他又掏出那張收據，收據已經妥當地被裝在了一個透明的塑膠證物袋裡了。「他是付現的，不過，他用了他的積分卡。你能根據他的卡號，把他的姓名和地址告訴我嗎？」

店經理接過那個透明的信封袋，咬了咬嘴唇。「啊，我不知道，」他說。「你知道的，我們需要遵守個資保護法。我不能那樣就把我們顧客的個人訊息提供出去。我們得要負責任的。」他聳聳肩。「抱歉。」羅根把聲音拉低到幾近耳語。「這很重要，布拉納根先生：我們正在調查一宗非常嚴重的犯罪案件。」

店經理用一隻手撫過他發亮的頭頂。「我不知道……我得要問問總公司。」

「好。那我們就來問吧。」

總公司的回覆是，抱歉，不行：如果他想要得到他們的顧客紀錄，那麼，他就得以書面的方式提出正式要求，或者取得法院的裁定。他們必須遵守個資保護法。沒有例外。

於是，羅根把關於小女孩的屍體在垃圾袋裡被發現的事情告訴了他們。

總部立刻改變了他們的想法。

五分鐘之後，羅根走出了超市，他的手上多了一張印有一個姓名和地址的A４紙，還有那張積分卡從九月以來所累積的所有點數。

8

諾曼．查默斯住在羅斯蒙街一棟擁擠的三層樓出租公寓裡。這條向右轉彎的狹長單行道上擠滿了骯髒的灰色建築，將天空遮擋到只露出一小條被街燈染成橘紅色的雲層。彎道上停滿了汽車，一輛挨著一輛，唯一的空隙是被鍊子鎖在一起、兩兩相依的大型公用垃圾桶，每一個都大到足以裝下六戶人家一整個星期的垃圾。

不曾停歇的雨敲打在刑事偵緝處的公務車頂上，車裡的瓦森一邊咒罵，一邊在街區裡繞圈子，試著找到一個停車位。

羅根三度看著街上的建築滑過車窗，完全無視於瓦森自言自語式的咒罵。門牌十七號的住戶看起來和這棟出租公寓的其他租戶沒什麼兩樣。三層樓的樸素花崗岩建築，點綴著老舊的排水管所留下的鏽痕。燈光從遮著窗簾的窗戶裡滲出，下班後的電視聲夾雜在轟隆的雨聲中模糊不清地傳來。

當瓦森繞到第四圈的時候，羅根終於叫她放棄尋找車位，直接把車並排停在查默斯的公寓前面就好。

瓦森跳下車，在濕漉漉的夜晚裡，從兩輛停在路邊的車子之間走向人行道，她的腳下濺起一片水花，雨水也不斷地反彈在她頭上那頂帶著帽簷的警帽上。尾隨在她身後的羅根，則因鞋子踩入了一灘水窪而發出咒罵。他在噗哧噗哧的涉水聲中走向那棟出租公寓的大門：一片毫無特色的深棕色木板，不過，邊框卻雕琢得很精緻，雖然年復一年蓋上的厚重油漆已經讓那些雕刻工藝的細節殘存無幾。排水溝的排水管已經破裂了一半，以至於有一道水流不停地從人行道穩定地流向他們的左邊。

瓦森壓住她無線電上的通話按鈕，無線電立刻發出一陣靜電微弱的嘶嘶聲和喀噠聲。「準備好了嗎？」她沉著聲音說。

「收到。街道上的出口已經看守好了。」

羅根抬起頭，看到布拉沃七一已經停在那條彎曲街道的遠端。布拉沃八一也確認他們已經準備好了，正在監視著羅斯蒙那排公寓的尾端，確定不會有人從那裡逃逸。巴克斯本警局借調了兩輛巡邏車和幾名熟悉這一帶的警員給羅根。那些坐在車裡的警員表現得比站在外面的好多了。

「這邊也確認了。」

一道新的聲音傳來，無線電那頭的人聽起來似乎很冷、很悲慘。那應該是密利根或者巴內特警員。他們被分配到最苦的差事。這條路和另一條同樣有著出租公寓的彎道相接，兩棟建築的後花園只相隔著一道高牆。因此，那兩個可憐的傢伙只得在黑暗和泥濘之中，從另一條街爬過圍牆。而且還是在大雨中。

「我們就定位了。」

瓦森期待地看向羅根。

這棟公寓並沒有對講機，不過，門口的兩邊各有三個門鈴排成一排，門鈴的按鈕上也沾了大量的棕色油漆。門鈴底下貼著一張張看起來很沉悶的標籤，每個標籤上都標示了租客的姓名。「諾曼．查默斯」的名字以藍色的原子筆寫在一張方形的厚紙板上，直接用透明膠帶貼在了前任租客的名牌上面。頂層右邊。羅根往後退開，抬頭看著公寓。那戶的燈是亮的。

「好。」他往前傾，按下了中間標示著「安德森」的那個門鈴按鈕。兩分鐘之後，大門打開了，來應門的是一名二十多歲的男子，男子的神情緊張，他有一頭厚重的頭髮和粗獷的五官，顴骨上還有一道很大的瘀青。他身上還穿著上班的服裝：一件廉價的灰色西裝，褲子的膝蓋已經磨到發亮，還有一件皺巴巴的黃色襯衫。事實上，他全身大部分的地方看起來都皺成了一團。當他看到瓦森警員的制服時，臉色瞬間發白。

「安德森先生？」羅根往前一步，把一隻腳塞進門縫裡。以防萬一。

「呃……我是？」男子有一口濃濃的愛丁堡口音，說話的母音聽起來十分的抑揚頓挫。「有什麼問題嗎，警官？」他往後退到室內，那雙磨損的鞋子在棕色和米色相間的磁磚上發出了喀噠的聲響。

羅根露出一絲令人安心的笑容。「你不用擔心，先生，」說著，他跟著那名緊張的年輕男子走進了公寓樓裡。「我們需要和你的一名鄰居談談，不過，他的門鈴似乎壞了。」他編造了一個謊話。

一抹力不從心的笑容浮現在安德森先生的臉上。「噢……好的。嗯。」

羅根停了一下才又說：「希望你不介意我這麼說，你那裡有一道很嚴重的瘀青。」

安德森不安地摸了摸那片腫脹的、泛著紫色和綠色的皮膚。

「我……我撞到了門。」不過，他說話的時候並沒有看著羅根。

他們跟著安德森先生走上樓梯，並且在他進入他自己位於一樓的公寓裡時，對他的幫忙表示感謝。

「他太緊張了，」當門鎖扣上、門閂插上，鎖鍊也噹啷固定好之後，瓦森才開口說道。「我覺得他怪怪的？」

羅根點點頭。「每個人都怪怪的。」他說。「你看到他的瘀青了嗎？撞到門？才怪。是被揍的。」

她盯著那扇關起來的門。「他太害怕了，所以不敢報警？」

「也許吧。不過，那不是我們要關心的問題。」

褪色的地毯只鋪到樓層的中間；從這裡往上全部都變成了光禿禿的木頭地板，他們每踏上一階，木板就在他們的腳下發出吱吱的呻吟。最上面的一層有三扇門。一扇可以通往公用的閣樓，一扇則是頂層的另一間公寓；至於第三扇則屬於諾曼．查默斯。

那扇漆成深藍色的門上有一個銅製的數字「6」就固定在貓眼底下。瓦森警員讓自己平貼在門上，企圖不讓她和她的制服落入貓眼可及的視線範圍裡。

羅根輕輕地敲了門，感覺上就像是一個緊張的樓下鄰居要來借一杯法式酸奶油，或者一顆酪梨一樣。

門裡傳出了一道嘎吱聲，還有電視機的咆哮聲，然後是門閂彈開的聲音。鎖孔裡顯然插了一把鑰匙。

一名三十歲出頭的男子打開了門，他留著一頭長髮，鼻子有點歪斜，還有修剪得很乾淨的鬍子。「哈囉……」他只來得及聽到門口的來者說了這麼一聲。

瓦森警員突然撞向他，抓住他的手臂，往後折到一個完全不符合人體工學的角度。

「搞什麼……喂！」

她把他推進公寓裡。

「啊啊啊啊啊啊啊啊啊啊啊！你快把我的手臂折斷了！」

瓦森拿出一副手銬。「諾曼．查默斯？」她問了一聲，隨即把冰冷的金屬環扣上。

「我又沒做什麼！」

羅根踏進入口的小玄關裡，從瓦森警員和她手中正在扭動的俘虜身邊擠過，這樣他才能把門關上。那個小小的三角形玄關通向三扇鑲了框的松木門，以及一間門口打開的船艙式長條型廚房，與其說是船艙式，其實看起來更像是一艘橡膠艇。

所有的東西都漆成了刺眼的鮮豔顏色。

「好了，查默斯先生，」羅根隨意地打開一扇門，只見裡面是一間螢光綠的小浴室。「我們何不坐下來，好好地聊一下？」他又試了另一扇門，這回，裡面是一間橘色的大起居室，室內擺了一張棕色的燈芯絨沙發、一個假的煤氣壁爐，還有家庭影院系統和一台電腦。牆壁上則裝飾了滿滿的電影海報，以及一座大型的DVD櫃子。

「你家真是溫馨啊，查默斯先生；或者，我可以叫你諾曼嗎？」

羅根在那張噁心的棕色沙發上坐了下來，隨即發現沙發上沾了一坨貓毛。

怒氣沖沖的查默斯雙手被銬在身後，瓦森警員依然牢牢地抓著他，讓他哪裡也去不了。「這到底是怎麼回事？」

羅根笑得像鯊魚一樣。「別急，先生。瓦森警員，你可以好心地幫這位先生宣讀一下他的權利嗎？」

「你們要逮捕我？為什麼？我又沒有做什麼！」

「不用那麼大聲，先生。警員，如果你可以——」

「諾曼．查默斯，」她開口說道。「我現在要逮捕你，因為我們懷疑你謀殺了一個身分不明的四歲女孩。」

「什麼？」他掙扎著要掙脫手銬，一遍又一遍地高喊著他什麼也沒做，他沒有殺任何人，他們完全弄錯了，但瓦森卻不為所動地繼續宣讀著他的權利。

羅根讓他發洩完了，才遞出一疊正式且公證過的文件。「我這裡有搜索令可以搜索這間屋子。你太不小心了，諾曼。我們發現了她的屍體。」

「我什麼也沒做！」

「你應該要用新的垃圾袋的，諾曼。你殺了她，然後把她和你其他的垃圾一起扔掉。可是，你沒有檢查你的罪證，對嗎？」說著，他舉起那個夾著超市收據的透明袋子。「酪梨、赤霞珠、法式酸奶油，還有一打散養的雞蛋。你有Tesco的積分卡嗎，先生？」

「這太莫名其妙了！我並沒有殺人！」

瓦森低頭看到查默斯身後的口袋裡有一塊隆起。那是一個皮夾。在皮夾的信用卡和當地錄影帶店的會員卡之間，正是一張積分卡。卡片上的號碼和收據上的號碼一模一樣。

「去拿你的外套，查默斯先生，你要出門兜風了。」

三號審訊室裡熱到令人窒息。散熱器把熱氣打進這個米色的小空間裡，但羅根沒有辦法把它關掉。他們甚至也無法開窗。因此，他們只能默默地忍受著熱氣和沉悶的空氣。

出席人員：羅根．麥雷警佐、瓦森警員、諾曼．查默斯和尹斯克警司。

警司從踏進審訊室之後就沒有說過一個字，只是站在房間後面，靠在牆壁上，汗水淋漓地吃著一袋家庭裝的甘草糖。

查默斯先生下定了決心不回答警方的問題。「我告訴過你們，在你們把我的律師找來之前，我什麼都不會說的。」

羅根嘆了一口氣。這一幕他們不知道已經重複了多少次。「在我們結束審訊之前，你都不能找律師來，諾曼。」

「我現在就要一個律師！」

羅根咬著牙，閉上眼睛數到十。「諾曼，」他再度開口，敲了敲桌面上的調查檔案。「鑑識人員現在正在你家裡搜尋。他們會找出那個女孩所留下的蹤跡。這點你很清楚。如果你現在回答我們的話，等你上法庭的時候，你所面臨的狀況就會好一點。」

諾曼・查默斯只是瞪著前方不語。

「聽著，諾曼，你得讓我們幫你！一個小女孩死了——」

「你聾了嗎？我要我他媽的律師！」他把雙臂交叉在胸前，往後靠在椅背上。「我知道我有什麼權利。」

「你的權利？」

「我有找律師的合法權利。你們不能在沒有律師在場的情況下審問我！」一抹自以為是的笑容在查默斯的臉上蕩漾開來。

尹斯克警司哼了一聲，不過，羅根卻開始大笑。「不，你沒有！這裡是蘇格蘭。你只能在我們結束審訊之後才能見你的律師。」

「我要我的律師！」

「噢，拜託！」羅根發怒地把檔案扔到桌上，以至於裡面的資料全都灑到了桌子的塑膠貼面上。包括一張被封箱膠帶綁住的小屍體的照片。諾曼・查默斯甚至連看都沒有看向照片一眼。

尹斯克警司終於說話了，他的聲音彷彿低音提琴般地震盪在擁擠的房間裡。

「把他的律師找來。」

「長官？」羅根的聲音就和他的表情一樣驚訝。

「你聽到我說的了。把他的律師找來。」

四十五分鐘之後，他們還在等待。

尹斯克警司往嘴裡塞了另一塊彩色的方形糖果，大聲地咀嚼著。「他是故意的。那個油滑的小混蛋這麼做是為了把我們惹毛。」

房間的門打開了，剛好趕上警司的怨言。

「你說什麼？」門口傳來的那道聲音裡明顯地帶著不認同。

諾曼．查默斯的法律代表到了。

羅根看了一眼那名律師，隨即忍住了呻吟。那名高瘦的男子穿了一件奢華的大衣、一套昂貴的黑色西裝、白襯衫、藍色的絲質領帶，看起來一臉認真的模樣。他的頭髮比羅根上次見到他的時候又白了不少，不過，他臉上的笑容依然和羅根記憶中一樣地惹人厭。當那個律師在進行交叉詢問時，曾經企圖要證明整個案子是羅根自己編造的。而那個安格斯．羅伯森，綽號「馬斯崔克的怪物」，才是真正的受害人。

「不用擔心，摩爾－法瓜兒森先生。」尹斯克把他的名字唸成——「法－瓜兒－森」，而非傳統的「法古哈森」，因為他知道這樣唸會讓這傢伙很不悅。「我正在說某個油滑的混帳東西。

真高興你來了。」

那名律師嘆了一口氣，把他的大衣披掛在審訊室裡最後一張空椅的椅背上。「請告訴我，這種事我們不用從頭再來一次，警司。」說著，他從公事包裡拿出一台輕薄的銀色手提電腦。電腦啟動時發出了輕微的嗡嗡聲，不過，在這間擁擠的小房間裡幾乎沒有人留意到。

「這種事，法—瓜兒—森先生？」

那名律師怒視著他。「你心知肚明。我到這裡是為了代表我的客戶，不是來聽你的侮辱。我不想再去向警察局長投訴你的行為。」尹斯克沉下了臉，不過並沒有說什麼。

「現在，」那名律師一邊敲打著電腦鍵盤一邊說道，「我這裡有一份你們對我客戶的指控。在我們發表正式聲明之前，我想要和我的客戶私下商量一下。」

「啊？」靠在牆上的尹斯克聞言站直了身體，用他那雙大拳頭抵住桌面，俯視著查默斯。「我們想要問你的『客戶』，他為什麼要謀殺一個四歲大的女孩，然後把她的屍體連同垃圾一起丟棄！」

查默斯從椅子上跳了起來。

「我沒有！你們這些混蛋聽不懂嗎？我什麼也沒做！」

桑迪·摩爾—法古哈森將一隻手按在查默斯的手臂上。「沒關係。你什麼也不用說。你只要坐下來，讓我來負責講話就好，可以嗎？」

查默斯低頭看著他的律師，點點頭，然後緩緩地坐回自己的位子。

尹斯克連動都沒有動一下。

「警司，」摩爾—法古哈森說。「誠如我所說的：我想要私下和我的客戶談談。在那之後，我們會協助你們回答你們的問題。」

「事情不是這樣運作的。」尹斯克對著那名律師皺眉地說，「你沒有合法的權利和這個混蛋談什麼。我們讓你在這裡只是出於禮貌而已。」他靠得那麼近，兩人之間只剩下一個鼻息的距離。「這件事由我主導，不是你。」摩爾—法古哈森冷靜地對他一笑。「警司，」他用他最理性的語調說。「我很了解變幻莫測的蘇格蘭法律。不過，為了表示誠意，我現在要求你讓我和我的客戶私下談談。」

「如果我不呢？」

「那我們就坐在這裡，直到放牧的牛群都回家為止。或者直到你的六小時拘留上限用盡為止。隨便你。」

尹斯克怒視著他，把那袋甘草糖塞回他的口袋裡，轉身走出房間，羅根和瓦森警員也跟在他身後離開。房間外面的走廊涼爽多了，不過，空氣裡卻充滿了咒罵聲。

當他罵夠了之後，尹斯克交代瓦森監視著門口。他不希望他們兩人任何一個溜掉。她看起來並沒有太驚訝。這不是什麼光榮的任務，不過，身為低層的女警員，你就會得到這樣的對待。總有一天，她會進到刑事偵緝部，然後，她就能成為那個命令基層員警去守門的人。

「還有，警員，」尹斯克傾身靠近她，帶著陰謀式的語氣低聲地說。「你今天表現得很好：

超市收據。我會就這件事幫你美言的。」

她咧嘴笑了笑。「謝謝你，長官。」

羅根和警司隨即把她留在那裡，兩人雙雙走回專案室。

「為什麼得是他？」尹斯克靠在桌邊問道。「我原本應該在二十分鐘後去彩排的！」他嘆了一聲：現在看起來，他是趕不及了。「我們現在得讓查默斯現出原形。但願老天能讓我們不需要和好鬥爭的律師打交道。」

桑迪．摩爾－法古哈森臭名昭彰。這整個城市裡，沒有一名刑事辯護律師能和他相提並論。他是亞伯丁最好的律師，他敢挺身在公開的法庭裡為罪犯辯護。皇家檢控署曾經連續幾年都試著要把他拉到同一邊，讓他擔任檢察官，協助他們把罪犯送進監獄，而不是幫罪犯脫罪。然而，這個狡猾的傢伙卻不領情。他說他的任務是避免司法不公！要保護無辜！並且抓住每個可能的機會讓自己在電視上露臉。這傢伙是個威脅。

不過，羅根私底下很清楚，如果他真的惹上什麼麻煩的話，他也會想要找狡猾的桑迪做他的法律代表。

「你為什麼讓席德那條蛇[6]暫停我們的審訊？」

尹斯克聳聳肩。「反正我們也沒辦法讓查默斯開口。不管那條蛇等一下會提出什麼，至少應該都會很有趣。」

「我以為他正在忙著代表我們最鍾愛的那個猥褻兒童大王，傑瑞德．克里維。」

尹斯克聳聳肩，從口袋裡掏出一袋糖果。「你知道席德那條蛇的。那個案子還有大概一週到一週半的時間才會結束。在那之後，他會需要別的案子，才能讓他的臉出現在攝影機前面。」警司把打開的糖果袋遞給羅根，羅根也順手挑了一塊包了酒的圓形椰子糖。

「鑑證科會找到什麼的，」羅根嚼著糖果說。「那個女孩一定曾經待在他的公寓裡。那個垃圾袋裡有剩餘的食物殘渣和空酒瓶。他不可能在其他地方把她塞進那個垃圾袋裡……除非他有另外一個地方，可以讓他在那裡吃吃喝喝。」

尹斯克咕噥了一聲，在糖果袋裡翻了翻。「明天一早到市政局去。看看他有沒有登記過第二個住處。以防萬一。」他找到了他正在找的東西：一片茴香口味的糖果，上面還沾了藍色的絨球。「聽著，」他一邊說，一邊把糖果扔進嘴裡。「驗屍排在今晚七點四十五分。」他停了一下，眼睛盯著他的腳。「我在想，你能不能……」

「你要我去？」

「身為一名資深的調查官，我理應到場，可是……呃……」

警司有一個女兒，年齡和那個受害的小女孩差不多。看著一個四歲的孩子像一塊肉一樣地被切開，對他來說應該很難熬。那也不是羅根所期待的任務。尤其是操刀的人還是伊莎貝兒・麥克

❻英國作家、詩人暨演員傑瑞米・羅伊德（Jeremy Lloyd）於1980年代創作了兩張名為Captain Beaky & His Band的詩歌專輯，由吉姆・帕克（Jim Parker）譜曲；席德（Hissing Sid）在專輯中的角色是一條蛇。這套專輯後來衍生出兩本詩集、製作成BBC電視節目、音樂劇等，在英國大受歡迎。

艾利斯特博士。「我會去的，」他最後還是按捺著嘆息說道。「反正，那個時間你應該也會以資深調查官的身分在審訊查默斯……」

「謝謝你。」為了表達他的敬意，他把最後一顆甘草糖給了羅根。

羅根搭了電梯下到停屍間，希望伊莎貝兒今天晚上休假。也許他很幸運，今晚會是她的副手當班？不過，根據他過往的運氣來看，他很懷疑自己能有多幸運。

在晚上這個時間點來說，停屍間的燈火通明，通風也還開著，這實在有點不尋常，頭頂上的燈光在解剖台和冰冷的櫃子上方不停地閃爍。一股濃濃的消毒水味道幾乎蓋過了今天早上驗屍過程中留下的腐臭味。那是大衛．雷德的味道。

他到達的時候，剛好看到了那個小女孩被從她那個過大的屍袋裡搬出來。她依然被封箱膠帶綁著，唯一不同的是發亮的棕色膠帶已經沾上了白色的指紋辨識粉。

羅根的心臟直往下沉。站在不鏽鋼桌另一頭、正在指揮那具屍體擺放位置的人是伊莎貝兒，而不是她的任何一名副手。她戴上了她的解剖裝備，紅色的橡膠圍裙依舊乾淨，沒有沾上任何的血跡。地方檢察官和見證的病理學家已經在場了，穿著連身工作服的兩人正在和伊莎貝兒討論屍體的問題，聽她描述著屍體被發現的垃圾場。

當羅根走過來的時候，她抬起了目光，那副護目鏡後面閃爍著一絲惱怒，只見她摘下了她的外科手術口罩。「我以為尹斯克警司是這個案子的資深調查警官，」她說。「這個時間他人在哪裡？」

「他在審訊嫌犯。」

她把口罩戴回去，咕噥著內心的不滿。「他先是跳過了大衛．雷德的驗屍，現在，他甚至不想來參加這次的解剖。我不知道我幹嘛在乎……」她的怨言在準備麥克風的同時逐漸隱沒，然後開始走開場流程。地方檢察官不滿地看了羅根一眼。他顯然同意伊莎貝兒的看法。

羅根的手機響起了尖銳的嗶嗶聲，打斷了她正在敘述出席者姓名的過程，讓她憤怒地瞪了他一眼。「在我驗屍的過程中，是不允許使用手機的！」

羅根用力地道了歉，然後從口袋裡掏出手機，直接關掉。如果有什麼重要的事，對方一定會再打過來的。

伊莎貝兒怒氣未消地結束了她的例行開場，然後從工具盤裡選了一支發亮的不鏽鋼剪刀，開始剪開封箱膠帶，並且在屍體被解開的同時，一邊敘述著屍體的狀態。

在膠帶底下的小女孩全身一絲不掛。

當伊莎貝兒試著要剪開女孩頭上的膠帶時，一坨頭髮差點就跟著被扯掉。她用丙酮弄鬆那撮頭髮，一股刺鼻的化學味立刻擠進滿室的消毒劑臭味和潛在的腐敗味之中。不過，至少這具屍體並沒有在水溝裡躺了三個月。

伊莎貝兒把手中的剪刀放回盤子裡，她的助理也開始把膠帶收拾到貼有標示的證物袋裡。屍體依然以胎兒的姿勢蜷縮著。伊莎貝兒輕輕地轉動著關節，將它們來回地鬆動，直到她可以讓小女孩完全躺平為止。小女孩看起來彷彿睡著了一樣。

一個金髮的四歲女孩，有點過重，肩膀和大腿有很多瘀傷，蠟黃的皮膚上有深色的挫傷。

一名羅根不認識的攝影師在伊莎貝兒工作的時候不停地拍攝照片。

「我需要一張頭部和肩膀看得清楚的照片。」羅根對他說。

那名男子點點頭，停在那張冰冷、失去生氣的臉孔上方。

閃光燈亮起，嗖嗖的聲音跟著響起，然後又亮了一次，嗖嗖聲也再度響起。

「左肩和上臂之間有切口。看起來像是……」伊莎貝兒拉了一下那隻手臂，撐開了那道深深的傷口。「沒錯：傷口一路切到了骨頭。」她用戴著手套的一根手指戳了一下傷口表面。「這是在死亡一段時間之後造成的。是由一把尖銳、扁平的刀子以一次性的方式割開的。也許是一把剁肉刀。」說著，她往前湊近，近到鼻尖幾乎就要碰到那片暗紅色的皮膚。她嗅了一下。「切口處有一種很明顯的嘔吐味……」她伸出一隻手。「把鑷子給我。」

她的助理按照她的要求把鑷子遞給她，伊莎貝兒在傷口上找了半天，終於夾出某種灰色、像軟骨般的東西。

「傷口裡有看似半消化了的食物。」

羅根試著不去想像那個畫面。但是卻失敗了。「他企圖要分割她，」他嘆了一口氣。「企圖要擺脫屍體。」

「你為什麼那麼想？」伊莎貝兒問，一隻手輕輕地放在小女孩的胸口。

「報紙上那麼多關於分屍的報導。他想要擺脫證據，所以就企圖要分割屍體。只不過沒有想像的容易。光是嘗試那麼做就讓他想吐了。」羅根的聲音聽起來很空洞。「因此，他就用封箱膠帶把她綑起來，再塞進一個垃圾袋裡，然後把她丟在外面，讓掃街的清潔工收走。」在倫敦，這些人可能是廢棄物處理人員，不過，在亞伯丁則是掃街的清潔人員。

地方檢察官一臉佩服的模樣。「很好。」他說。「你可能是對的。」他轉向伊莎貝兒的助理布萊恩，後者正忙著把那些看似軟骨的東西裝進小塑膠管裡。「確定那些東西會被送去做DNA的分析。」

伊莎貝兒無視於他們的言論，只是打開孩子的嘴，探進一根壓舌器，隨即又抽了出來。「她似乎嚥下了某種家庭清潔劑。從她嘴巴的狀況看起來，喝下去的量應該不少。牙齒和皮膚都被腐蝕成了白色。這點等到我們檢查胃裡的東西時會比較清楚。」伊莎貝兒用一隻手把孩子的嘴巴闔上，另一隻手則撐著孩子的後腦。「哈囉……」她示意那個攝影師靠近。「拍一下這個。後腦曾經受到嚴重的衝擊。」她移動著手指，在頭顱和頸部的交接處上方探查著那裡的頭髮。「這不是鈍器造成的，而是某種由寬變尖的物體。」

「像是桌角嗎？」羅根問，他一點都不喜歡這件事的發展。

「不是，應該是尖銳、堅固、像是壁爐邊緣，或者磚頭之類的。」

「那是致死的原因嗎？」

「如果喝下漂白水沒有殺了她的話……在我解剖開顱骨之前，我沒辦法確定。」

桌子旁邊的一輛推車上放了一把骨鋸。羅根一點都不想看到接下來要發生的事。可惡的尹斯克警司和他那個討厭的小女兒。他才是應該要站在這裡，看著一個四歲的孩子被切割成小塊的人，而非羅根。

伊莎貝兒的解剖刀從一隻耳朵後面劃過，一路越過頭頂，來到另一隻耳朵後面，直接割開了皮膚。她把手指伸進傷口裡拉扯，彷彿拉著一只襪子似地剝開了皮膚，不過，她卻連眼睛都沒有眨一下。羅根閉上雙眼，試著不要去聽皮膚被剝離肌肉組織所發出的聲音：就像剝開一顆生菜一樣。顱骨很快就暴露了出來。

骨鋸發出的聲音彷彿牙齒在格格作響，迴盪在貼著磁磚的房間裡，羅根覺得自己整個胃都在搖晃。

在整個過程中，伊莎貝兒都持續著她那疏離的、不帶感情的敘述。這是他第一次對於他們的分手感到高興。因為他絕對不會讓她在今晚碰他。在經過這樣的驗屍過程之後。

9

羅根站在警察總部前門外的水泥天篷底下，望著外面那片陰鬱的建築。大雨看似又要下一整個晚上了，而城市這一頭幾乎很冷清，正在享受著九點之後的平靜。購物的人幾個小時前就都回家了，喝酒的人都在酒吧裡，並且會在那裡待到打烊。郡法院外面的群眾也都已經散去了。

警察總部裡很安靜。白班的人早就走了：也許去喝啤酒，或者正在愛人的懷抱裡。又或者，以史提爾警司為例，則是在別人的愛人懷裡。中班的人在一頓過飽的午餐後不僅昏昏欲睡，而且肚子都鼓了起來，他們正在懶洋洋地打發時間，度過午夜回家前的最後三個小時。晚班的人還有一個小時才會到。

乾淨冰涼的空氣裡只透露著隱約的車輛廢氣：這遠比骨頭的燒焦味要好太多了。他絕對不想再看到任何一個孩子的頭顱裡面。他神情扭曲地彈開止痛藥瓶的蓋子，吞下了另一顆。他的胃還在因為昨晚挨的那一拳而疼痛。

羅根呼吸了最後一口新鮮的空氣，打了一個冷顫，走向狹小的前台區。

玻璃後面的那名男子朝他皺著眉頭，隨即在認出他是誰之後展露了一個歡迎的笑容。「是你啊！」男子說。「羅根．麥雷！我們聽說你要回來了。」

羅根努力想要記起這名髮際線快速退縮的大鬍子中年男子是誰，不過卻怎麼也想不起來。

男子轉身對著後面大喊，「蓋瑞，蓋瑞，快來看誰來了！」

一名穿著不合身制服的過胖男子從鏡面的隔屏後探出頭來。「什麼？」他的一隻手裡握著一只馬克杯，另一手拿了一塊坦諾克斯❼的焦糖威化餅。

「你看！」那名鬍子男指著羅根。「是他本人。」

羅根不確定地笑了笑。這些人是誰？緊接著，他想起來了……「艾瑞克！我沒認出是你。」

羅根瞄了一眼前台警員的頭皮。「大家的頭髮都怎麼了？今天下午我看到比利，他禿得就像一隻白冠雞一樣！」

艾瑞克摸了摸自己稀疏的頭髮，然後聳了聳肩。「這是男性魅力的象徵。好了，瞧瞧你！」

大塊頭蓋瑞朝著羅根咧嘴一笑，只見巧克力碎屑從他手中的焦糖威化餅掉落在那身黑色的制服上，看起來就像骯髒的頭皮屑一樣。「羅根．麥雷警佐，死而復生了！」

艾瑞克點點頭。「死而復生。」

大塊頭蓋瑞喝了一大口茶。「你就像那個死了又復活的老兄。他叫什麼名字來著，你知道的，那個聖經裡的傢伙？」

「什麼，」艾瑞克說。「耶穌？」

蓋瑞輕輕地拍了一下他的後腦。「才不是耶穌。我想，我還記得耶穌叫什麼名字。另外一個：拉皮爾還是什麼的。死了又活過來的那個人。你知道的。」

「拉撒路？」羅根一邊說，一邊開始移動腳步走開。

「拉撒路！沒錯！」蓋瑞笑著說。他的牙縫裡塞滿巧克力餅乾。「拉撒路．麥雷，我們以後就這樣叫你。」

尹斯克警司不在他的辦公室裡，也不在專案室，因此，羅根試了下一個可能的地方：三號審訊室。警司還和瓦森、狡猾的桑迪，以及諾曼．查默斯關在裡面。尹斯克臉上寫滿了厭煩。事情顯然進行得並不順利。

羅根禮貌性地問他是否能和他說句話，然後就等在審訊室外面，直到警司暫停問訊。當警司走出來的時候，他身上的襯衫幾乎因為汗水而變成透明的了。「老天，裡面簡直快熱死了，」說著，他用雙手擦拭著臉。「驗屍結果？」

「驗屍結果。」羅根把伊莎貝兒給他的那只薄信封遞給他。「初步結果。血液分析要等到這星期稍後才能出來。」

尹斯克奪過那份檔案，開始翻閱起來。

「結果很確鑿，」羅根說。「是另外一個人殺了大衛．雷德。手法不同。棄屍的方式也不一樣，而且，受害人是女性而非男性——」

「他媽的。」尹斯克咕噥了一聲，他已經看到標示著「可能死因」的部分。

❼坦諾克斯（Tunnocks）是1890年創立於蘇格蘭的一間家族式糕餅公司。

「目前，他們並不排除摔倒致死的可能。」羅根表示。

尹斯克又說了一次「他媽的」，然後大踏步地沿著走廊走向電梯旁邊的咖啡販賣機。他按下號碼，然後把一個塑膠杯遞給羅根，杯子裡刺鼻的棕色稀薄液體上浮著一層白色的泡沫。「好，」他說。「所以，查默斯和雷德家的孩子沒有關係。」

羅根點點頭。「某個針對小男孩虎視眈眈的兇手還逍遙在外。」

尹斯克用力拍著咖啡機，讓機器猛烈地震動了一下。他再次摸了摸自己的臉。「那漂白水呢？」

「死亡之後才倒進去的：她的胃或者肺裡都沒有漂白水。也許是企圖要清除DNA的證據。」

尹斯克的肩膀垂落了下來。他空洞地盯著手裡的檔案。「他怎麼能做出這種事？一個小女孩……」

羅根什麼也沒說。他知道尹斯克想到了他自己的女兒，並且試著不要把兩個女孩的影像重疊在一起。

最終，尹斯克警司挺起了肩膀，他的眼睛在那張圓臉上閃爍。「我們得把這個混蛋釘在牆上，從他的小雞雞把他吊起來。」

「可是，頭部的撞傷呢？如果她是跌倒的話，如果是意外的話——」

「我們還是可以用隱瞞死亡、棄屍和企圖妨礙司法，甚至是謀殺等罪名逮捕他。如果我們可以說服陪審團是他把她推倒的話。」

「你覺得陪審團會認同嗎?」

尹斯克聳聳肩,懷疑地啜飲著他那杯加了很多糖的白咖啡。「不會。不過值得一試。美中不足的是鑑識證據。截至目前為止,沒有跡象顯示那個女孩曾經待過查默斯的公寓。而那個地方看起來也不像是最近才被打掃過,臥室基本上就是所謂的豬圈。查默斯說,他不知道那個女孩是誰。過去也從來沒有見過她。」

「真令人震驚。桑迪那條蛇怎麼說?」

尹斯克怒視著審訊室的方向。「那個混帳傢伙說的就像他慣常會說的一樣,」他一邊說,一邊擦拭著頭上的汗水。「我們沒有證據。」

「那張收據呢?」

「最多也只是間接證據。他說,那個孩子可能是在查默斯把垃圾袋丟出家裡之後才被塞進去的。」他嘆了口氣。「那傢伙說得沒錯。如果我們找不到任何確切的證據可以把查默斯和死掉的女孩連結在一起的話,我們就完蛋了。席德那條蛇會把我們撕成碎片。而且,那還只是假設地方檢察官願意冒險起訴。但是這不太可能,除非我們有什麼具體的……」他從咖啡上抬起頭來。

「他的指紋應該不會沾滿裹住她的那團膠帶吧?」

「抱歉,長官:膠帶被擦得很乾淨。」

這全都說不通。為什麼會有人要這麼大費周章地確定膠帶上沒有指紋,並且把屍體塞進一個裝滿他自己垃圾的袋子裡丟掉?

「好吧，」尹斯克抬頭挺胸地望著走廊那頭的三號審訊室。「我想，我們應該不要管證據完全不確鑿這件事，直接先把查默斯先生羈押起來再說。不過，我得承認，我對這件事有一種不好的感覺。我覺得我們沒有辦法成案……」他停了下來，聳聳肩。「就好的一面來看：這會毀了桑迪的一天。這樣，他就沒有辦法在陪審團面前賣弄他的本事了。」

「也許另一次的死亡威脅可以轉移他的注意力，讓他忘了今天這件事帶給他的失望？」

尹斯克笑了。「我會看看我能做些什麼。」

諾曼．查默斯遭到了正式的逮捕，並且被送回了牢房，等待在下一個開庭日的時候出庭；桑迪．摩爾—法古哈森回到了他的辦公室；尹斯克警司也去參加了他的彩排。羅根和瓦森警員則去了酒吧。

阿奇波．辛普森剛開始的時候是一間銀行，大面積的銀行樓層後來搖身一變成為了主要的酒吧。天花板上華麗的玫瑰和挑高的橫檐在滿室的香菸煙霧中模糊難辨，不過，酒吧裡的群眾對於那些廉價飲料的興趣，顯然高過於他們對這些建築細節的關注。

由於這間酒吧距離警察總部走路只需要兩分鐘，因此成為了警察下班後最喜歡聚會的地方。搜索隊的大部分成員都在那裡。他們一整天都在滂沱的大雨之中，有人試著在泥濘的頓河河岸上尋找鑑識證據，其餘的人則在尋找理查德．爾斯金。今天，他們還在尋找一個失蹤的孩子。明天，他們要找的就是一個死掉了的孩子。每個人都知道這個統計數字：如果你在一個小孩被綁架的六個小時之內沒有找到他的話，那個小孩可能就已經死了。就像三歲的大衛·雷德那樣，或者那個躺在停屍間一塊板子上，被一道Y字形的疤痕貫穿軀幹，內臟全被掏出、檢驗、過磅，然後被裝進罐子裡，封袋、貼上標籤，最後作為證物的不知名女孩。

那個晚上三分之一的時間，他們都以嚴肅的語氣在談論著那幾個死掉和失蹤的孩子。接下來三分之一的時間則被用在咒罵專業標準處的調查上，因為有人把消息洩漏給了報社。即便申訴和懲戒部已經改名為專業標準處，也不會讓那個部門變得比較受人歡迎。

最後三分之一的時間則是盡情喝醉。

一名警員——羅根不記得他的名字了——端著另一輪的啤酒，搖搖晃晃地回到桌邊。那名警員已經進入了喝醉的階段，一切對他而言都變得很好笑，當半品脫的淡啤酒翻倒在桌上，一路流到一名留著鬍子的刑事偵緝人員腿上時，他還在咯咯地發笑。

羅根今晚不想當個負責任的成人，因此，他拿起他的啤酒杯，踏著微微蹣跚的腳步，走向一群警察。

一群下了班的警察正聚集在一個益智問答的遊戲機旁邊，又是高聲叫喊、又是歡呼，不過，羅根只是直接從他們身邊走過。

瓦森警員獨自一個人站著，正在擊打一個匪徒。那台機器表面不停地閃爍著燈光，同時發出嗶嗶和叮叮的聲音。她的另一隻手裡抓了一罐喝了一半的百威啤酒，另一隻手則忙著戳著閃閃發亮的按鈕，讓螢幕裡那個翻筋斗的人不停地發出嗖嗖的聲音。

「你看起來很開心。」羅根在螢幕上出現兩顆檸檬和一個城堡時說道。

她的頭連抬沒有抬一下。「證據不足！」瓦森用力拍打著按鈕，為她自己贏得了一個錨。

「還得繼續找。」羅根說著，牛飲了一口，享受著一股溫暖又懶洋洋的感覺從頭的正中心擴散而出。「鑑證科的人在那間公寓裡沒有發現任何東西──」

「鑑證科的人在化糞池裡也找不出什麼屎來。那張該死的收據呢？」她往投幣口又塞了幾鎊，然後把拳頭重重地砸向遊戲開始的按鈕。

羅根聳聳肩，看著瓦森對著螢幕畫面咆哮：錨、檸檬、金條。

「我們都知道他有罪！」她一邊說，一邊讓那個翻筋斗的人再一次翻轉起來。

「現在，我們得證明這點。不過，如果不是你的話，我們甚至沒辦法拘押他。」羅根在說到「拘押」兩個字時有點拗口，不過，瓦森似乎沒有注意到。他往前靠，輕輕地戳了一下她的肩膀。「發現那張收據真是太漂亮了。」

他可以發誓，當她在投幣口又塞了一枚硬幣的時候，她的臉上幾乎就要浮現笑容了。

「我沒有看到積分卡的點數。是你看到的。」她回應著說，但目光依舊沒有從閃爍的螢幕上挪開。

「如果你沒有先發現那張收據的話，我也不會看到積分點數。」他朝著她笑了笑，又喝了一口啤酒。

她終於把目光從閃亮的機器螢幕上移開，看著他微微地搖晃，他的動作幾乎和及時響起的音樂配合得天衣無縫。「你不是說『每天四次、一次一顆，喝酒的時候不要服藥』嗎？」

羅根眨眨眼睛。「如果你不說出去的話，我也不會告訴任何人。」

她朝著他笑笑。「看來，我要變成你的全職保姆了，是嗎？」

羅根用自己的啤酒杯撞了一下她的啤酒罐。「我同意！乾杯！」

10

鬧鐘在六點的時候持續地嗶嗶作響，讓羅根帶著嚴重的宿醉從床上爬起來。他跌坐在床邊，雙手抱著頭，感到腦子裡既腫脹又抽痛。他的胃在咕嚕咕嚕的叫聲中攪拌。他就要吐了。他咕噥了一聲，跌跌撞撞地走向臥室的門，衝進了走廊，奔向廁所。

他為什麼喝了那麼多？那些用藥說明上明顯地指出服藥時不能喝酒……

吐完之後，他倚在水槽邊緣，讓頭向前垂靠在冰涼的磁磚表面，膽汁的酸味還殘留在他的鼻孔裡。

他睜開一隻眼睛，撐大到足以看清水槽頂端的玻璃杯。他第一次出院時所拿到的那瓶止痛劑還有半瓶，那時候，他的傷疤還很新。羅根用顫抖的手把藥罐拿出來，掙扎著打開防止兒童掀開的瓶蓋。他在玻璃杯裡裝了水，吞下幾顆小石礫大小的膠囊，隨即無精打采地走進淋浴間。

等到他沖完澡之後，他也沒有覺得情況有什麼改善，不過，至少他聞起來已經不像是酒廠和菸灰缸的混合體了。就在他走到走廊的一半，還一邊擦拭著一頭濕髮時，他聽到了一聲禮貌性的咳嗽聲。

羅根猛然轉身，心跳突然加速，雙手下意識地握起拳頭。

只見瓦森警員正站在廚房門口，身上穿著一件他的舊T恤，朝著他揮著一柄塑膠的煎魚鏟。

她那頭深棕色的捲髮並沒有像平時那樣緊緊地紮成髮髻，而是垂落在她的肩膀上。一雙赤裸的腿從T恤底下延伸而出，那確實是一雙夠美的腿。

「很冷吧？」瓦森面帶微笑地說，羅根突然意識到自己正一絲不掛地站在走廊上，春光完全外洩了。

他很快地用毛巾遮住赤裸的下半身，從腳底到頭頂瞬間漲紅得像火爐一樣。

瓦森警員的笑容淡去，然後皺了皺眉頭，讓她乾淨俐落的棕色眉毛之間起了一道小皺褶。她盯著他的胃部，看著那片在疤痕覆蓋下微微發皺的皮膚。

「很糟嗎？」

羅根清了清喉嚨，點點頭。「我不會建議別人嘗試的，」他說。「呃……我……」

「你要來一份培根三明治嗎？沒有雞蛋。也沒有其他的東西。」

他站在那裡，尷尬地抓著毛巾，感覺到一股即將勃起的不自在。

「要嗎？」她又問了一次。「培根三明治？」

「呃……好……謝謝，很好。」

她轉過身回到廚房，羅根立刻跑進臥室裡，把門在身後關上。天哪，他們昨晚是喝得多醉？*不要和酒一起服用！*他什麼都記不起來。他甚至不知道她的名字。他怎麼能和一個連名字都不知道的人上床？

他用毛巾擦乾身體，再將毛巾丟到角落裡，奮力地把沒乾的腳套進一雙黑色的襪子裡。

他怎麼會讓這種事情發生？他是一名警佐，而她是一名基層的女警。他們在一起工作。他是她的上司！如果他開始和他團隊裡的一名女警開始交往的話，尹斯克警司一定會勃然大怒的！

他把一條腿伸進褲子裡，然後才發現自己忘了穿內褲，只好再把褲子脫下來。

「你幹了什麼事，你這個白痴？」他對著鏡子裡那張惶恐的臉問道。「她是你底下的人！」那個倒影回視著他，那抹驚愕逐漸轉成了一絲了解的微笑。「不過，她也不錯，不是嗎？」

羅根不得不承認鏡子裡的倒影說得沒錯。瓦森警員很聰明，很有吸引力……而且，她可以把任何將她當作一夜風流對象的人痛揍到屁滾尿流。她那「搗蛋者」的綽號並非浪得虛名：那是尹斯克警司曾經說過的話！

「噢，天哪……」他從衣櫥裡拿出一件乾淨的白襯衫，然後在重新回到走廊之前，差點用一條佩斯利花色的領帶勒死自己。羅根在走到廚房前停下了腳步。他要怎麼做？他應該要誠實以對，承認他什麼都不記得了？他的神色扭曲。這樣應該不錯：「嗨，我很抱歉，可是，我不記得我和你發生了性關係。感覺好嗎？噢，還有，『你叫什麼名字？』」

他什麼也不要做：他會閉緊嘴巴，讓她先採取行動。羅根做了一個深呼吸，才踏進廚房裡。

廚房裡瀰漫著煎培根和走味的啤酒味。瓦森和她那雙可愛的腿就站在爐灶前面，正在戳著煎鍋，讓培根發出了嘶嘶和香脆的聲音。羅根正打算說些讚美的話來破冰時，有人突然在他身後開口，讓他差點嚇死。

「哎呦……換一下位置吧，我想我站不了多久。」

羅根轉過身，發現一名臉上長出鬍碴、滿眼惺忪、看起來亂七八糟的年輕男子，男子穿著休閒服，正在搔著屁股，等待羅根讓路好走進廚房。

「抱歉。」羅根喃喃自語地讓男子從他身邊走過，然後看著他無精打采地坐到椅子上。

「哎唷，我的頭。」那個新出現的男子說著，把他的頭埋進雙手裡，貼在桌面上。

瓦森轉過頭，看到羅根已經換好工作服站在那裡。「坐下來吧。」她對他說著，然後從一袋完整的麵包裡拿出幾片，再把將近半包的煎培根夾在麵包中間。她把三明治放到桌上，然後再把更多的培根扔進鍋子裡。

「呃……謝謝。」羅根說。

那個坐在桌子對面的宿醉年輕男子看起來有點面熟。他是搜索隊的隊員之一嗎？是把淡啤酒潑到刑事偵緝處那個鬍子男身上的人嗎？瓦森又丟了另一個三明治在桌上，這回，就丟在那個呻吟中的警員面前。

「你不需要做早餐的。」在她把最後剩下的幾片煙燻培根鏟進煎鍋裡時，羅根對她說道。一股嘶嘶的白煙立刻從煎鍋裡冒起，在她用手裡的那把塑膠鏟子把煙揮開的同時，培根的油也跟著從鏟子上滴落到工作台上。

「什麼，你寧可希望是他來做早餐嗎？」她指著那名警員問。那傢伙看起來根本撐不到廁所，如果那份培根三明治在他的肚子裡作怪的話。「我不知道你喜歡什麼樣的吃法，不過，我喜歡我的早餐大份一點。」

另一張羅根還算有點記憶的臉出現在廚房門口。「天哪，史提夫，」那張臉說。「看看你什麼狀態！如果尹斯克抓到你這副模樣的話，他一定會大發雷霆……」當他看到羅根穿著一身乾淨的西裝坐在那裡時，他突然停了下來。「早，長官。昨晚的派對很棒。謝謝你讓我們在這裡留宿。」

「呃……不用謝。」派對？

那張臉展露了一絲笑容。「噢噢噢噢噢噢噢！美腿喔，賈姬！天啊，培根三明治。還有——」

「滾開，」瓦森說著，又拿了兩片白麵包，把最後的培根全都塞進去。「麥尼爾只買了四包，全都用光了。總之，我得趕快準備上班了。」她從流理檯上抓起番茄醬，擠了一大坨在三明治上面。「你應該要早點爬起來的。」

那張新出現的臉孔帶著掩不住的妒意皺著臉，看著賈姬．瓦森警員咬了一大口三明治。她的嘴角兩邊沾滿了番茄醬，心滿意足地咀嚼著。

那名羅根依然認不出來的男子並沒有輕易就放棄，他一屁股在剩餘的最後一張椅子上坐下來，然後把手肘撐在桌面上。「老天，史提夫，」他聲音裡透露著關心地說。「你看起來真的很糟。你確定你可以吃得了那個東西嗎？」他指著桌上的那個培根三明治。「那看起來非常、非常油耶。」

瓦森的嘴裡塞滿食物，不過，她仍然含糊不清地要說話。「你不要聽他的，史提夫。吃下去對你很有幫助的。」

「是啊，」那個不知姓名的警員說。「你要吞下去，史提夫。一大塊死豬肉。在它自己的油裡煎出來。還滴著肥油。正適合你現在感到噁心、沉甸甸的胃。」

史提夫的臉色開始變灰。

「沒有什麼比一塊豬油更……」

那個新出現的人不需要再往下說。史提夫已經從桌邊站起來，一手掩著嘴，衝向了廁所。當浴室裡傳出一陣陣作嘔和流體濺潑的聲音時，那個新來的傢伙咧嘴一笑，搶走了被史提夫拋在腦後的那個三明治，然後塞進了自己的嘴裡。「天啊，真好吃！」豬油在他說話的同時沿著他的下巴流了下來。

「你真是一個百分之百的混蛋，賽門．雷尼！」

那個混蛋賽門．雷尼對賈姬．瓦森警員眨了眨眼。「適者生存。」

羅根往後坐，咀嚼著他的培根三明治，試著要記起昨天晚上到底發生了什麼事。他不記得有什麼派對。離開酒吧之後，一切就只是一片模糊。而在離開酒吧之前，有些事他也同樣記不得了。不過，很顯然地，他開了一個派對，搜索隊的某些人就倒在了他的公寓裡。這就說得通了。他的公寓位於馬里斯克街上：走路只要兩分鐘就可以到皇后街和格蘭坪警察總部。然而，他還是不記得在他們被趕出酒吧之後的事情。那個正在他的廁所裡嘔吐的警員——史提夫——在點唱機裡不停地重複點播了皇后樂團的〈A Kind of Magic〉，而且還脫掉了他所有的衣服。不過，那不能稱之為脫衣舞。因為那一點都不挑逗，而且搖晃的程度就像一個喝醉了的瘋子。

酒吧的工作人員很客氣地要求他們離開。

這說明了為什麼半個亞伯丁的警察部隊若非在他的廚房裡狼吞虎嚥地吃著培根，就是在他的浴室裡吐到肝膽都要掉出來了。不過，那還是無助於解釋賈姬．瓦森女警為什麼會露著那雙美腿的疑雲。

「嗯，」他看著瓦森又咬了一大口她的三明治。「為什麼是你負責做早餐？」這是一個很中性的問題。沒有人會察覺到他的弦外之音：我們昨晚上床了嗎？

她用手背擦了擦嘴，然後聳聳肩。「輪到我啊。如果你第一次在外面過夜的話，你就得要做三明治。不過，這裡是你家，所以，這句話只適用下半句。」

羅根點點頭，彷彿這很合理。現在還太早，他的腦子還來不及進入思考模式。他只是笑了笑，同時希望他的笑容並沒有對昨晚所發生的事情傳達出任何負面之意，不管昨晚發生了什麼。

「好吧，」他站起身，把他的麵包屑扔進垃圾桶裡。「我得走了。簡報七點半會準時開始，而且我也有些準備工作要做。」很好，很公事化。沒有人說什麼，甚至沒有人抬頭看他一眼。「好了，如果你們確定會把門鎖好的話，我們就總部見……」他停了下來，期待瓦森警員會做出某種暗示。賈姬！不是瓦森警員：賈姬。不過，他沒有得到什麼暗示。她還在忙著吃東西。「好吧，就這樣。」他說著退到門口。「待會兒見。」

屋外，天色還很暗。至少還有五個月的時間，這個時候的早晨都見不到太陽。當他從馬里斯克街往上走到城堡門時，這座城市開始醒了過來。街燈還亮著，聖誕節的燈飾也是。十二天的聖誕假期：這是亞伯丁人最喜歡的日子，耶誕燈將會一路從這裡裝飾到聯合街尾。

羅根暫停了腳步，呼吸著早晨冰涼的空氣。瀑布般的大雨已經停了，取而代之的是讓聖誕燈飾看起來十分朦朧的濛濛細雨。象牙白的燈泡在暗灰色的天空襯托下，堆砌成天主十誡和游泳中的天鵝形狀。街道上的行車開始慢慢多了起來。聯合街的商店櫥窗充滿了聖誕節的歡樂氣氛和廉價的劣質商品。商店上方聳立著三層或更高層的灰色花崗岩建築，黑漆漆的窗戶裡面若非是還沒有上班的辦公室，就是尚未睡醒的住家。整個街景都在節日的燈光下籠罩上一片琥珀色和閃閃發亮的白色。放眼所及的畫面幾乎可以稱得上是美景。有時候，這個城市會讓他想起自己為什麼還住在這裡的原因。

他在距離警局最近的報攤買了一瓶柳橙汁和幾塊亞伯丁麵包，然後才繼續往前走進警察總部的後門，踏上乾燥的地板。當羅根走向升降電梯的時候，前台的員警抬起頭看了他一眼。

「早，拉撒路。」

羅根則假裝沒有聽到他說什麼。

簡報室裡瀰漫著強烈的咖啡味、陳年的啤酒味和宿醉的味道。百分之百的出席率讓羅根感到很驚訝。即便是那個昨晚脫得一絲不掛、今早又嘔吐過的警員史提夫，也一臉不舒服地坐在簡報室後面。

羅根手裡拿著一疊印著死亡女孩的海報，找到了一個盡可能靠近前面的座位，然後坐下來等待尹斯克警司開始進行簡報。警司在這個早上要求他站起來報告，告訴所有人關於昨天在尼格垃圾場發現的那個四歲小孩，他們所知道的訊息到底有多麼地少。

他從手中的海報上抬起頭來，剛好看到瓦森警員——賈姬——正在對他微笑。他也回以一笑。經過剛才那一小段步行的時間之後，他內心裡的驚慌已經解除了，現在，他開始喜歡這個想法了。他和伊莎貝兒分手已經四個月了。如果他能開始和別人交往的話也不錯。等到簡報結束之後，他打算要求尹斯克警司幫他換一名隨身保鏢。如果他們不在一起工作的話，就沒有人可以抱怨他和她約會了。

他朝著賈姬．瓦森警員笑了笑，她那雙美腿就隱藏在一條制式的黑長褲底下。她也對他微笑。一切都會很好的。

羅根突然發現每個人都在對他微笑，不只是賈姬．瓦森警員。

「抓緊時間，警佐。」

他立即轉過頭，只見尹斯克警司正在瞪著他看。「呃，是的。謝謝你，長官。」說著，他站起身，走向尹斯克所在的那張桌子，希望自己看起來沒有他想像中的尷尬。

「昨天下午四點鐘的時候，金科斯學院的社會研究部門主任打電話到九九九，說他們在尼格垃圾場發現一條人腿從一個垃圾袋裡捅出來。那是一條四歲女孩的腿，身分不明：白人、金色長髮、藍眼睛。」說到這裡，他把一疊影印的照片遞給最近的一個人，然後要他們各拿一張往下傳。每張海報都一樣：停屍間裡拍攝的照片，全臉、閉上的雙眼、臉頰上還殘留著封箱膠帶留下的線條。「我們的兇手企圖要分屍後丟棄，不過卻沒有勇氣完成。」

簡報室裡的男男女女頓時發出了一片嫌惡的私語聲。

「那表示……」羅根不得不提高音量。「那表示這可能是他的第一次。如果他過去曾經殺過人的話，這對他來說就不成問題。」

室內又回復了安靜，尹斯克贊同地點了點頭。

羅根又遞出另一份資料。「這是諾曼·查默斯的聲明。在瓦森警員發現他和裝有屍體的那個垃圾袋有關之後，我們昨晚以涉嫌謀殺的罪名逮捕了他。」

有人在她的肩膀上拍了一下，讓賈姬·瓦森警員露出了一絲笑意。

「不過，」羅根繼續說道。「我們現在有個問題。鑑證科發現，沒有跡象顯示那個女孩曾經待在查默斯的房子裡。如果他沒有把她帶到那裡去的話，那麼，他把她帶到了哪兒？」

「我需要一支隊伍仔細檢查查默斯所有的人際往來。他有沒有租車庫？他有沒有幫別人代看房屋？他有沒有親戚最近被送進了照護機構，然後請他代為照料房子的？他的工作場所是不是足以讓他藏匿一具屍體而不引發注意？」

簡報室裡的人紛紛點頭。

「下一支隊伍：到羅斯蒙挨家挨戶拜訪。她是誰？查默斯是怎麼抓到她的？」群眾之間有人舉起了手，羅根指了指那個人。「什麼事？」

「為什麼那個小孩一直沒有被通報失蹤？」

羅根點點頭。「問得好。一個四歲的女孩，失蹤了至少二十四個小時，但是卻沒有人報警？這顯然有問題。這個，」說著，他把最後一份資料傳遞下去。「是社會服務部提供的資料，裡面是全亞伯丁有登記註冊的家庭當中，其家庭成員裡正好也有一個符合受害者年齡、性別的小孩。第三支隊伍：這是你們的任務。我要你們去詢問這份名單上的每一個家庭。確認你們親眼看到了那個符合條件的小孩。我們不能相信任何人的口頭說法。好嗎？」

底下一片**沉默**。

「好。編隊。」羅根編排了三支小隊，每隊都有四名男性成員，並且讓他們立刻就展開行動。其餘的人在座位上變換著坐姿，在「志願軍」魚貫而出的同時低聲地聊天。

「注意，」尹斯克說道。他無須提高音量：因為只要他一開口，所有人就會自動閉上嘴巴。「我們有目擊者看到符合理查德外型的小孩上了一輛暗紅色的掀背車。其他目擊者也宣稱，他們在過去幾個月裡，有看到類似的車子在那一帶出現。我們要找的那個變態很可能就在那附近進行監視。」他停了一下，環顧室內，確定他和在場每一個人的眼神都交會了。「理查德．爾斯金失蹤至今已經二十二個小時了。就算他沒有被某個人渣綁架，但是，在昨天一整天的大雨和低溫之下，他存活的機會也不被看好。那意味著我們必須更努力、更加速地去尋找。必要的話，我們也會把這整座該死的城市翻過來，不過，我們終將會找到他的。」

你幾乎可以在那些宿醉警員散發出來的惡臭裡，嗅到一股堅定的味道。

尹斯克唸著搜索隊成員的名單，然後在他們離開簡報室的同時，坐回桌子後面。當羅根留下來等待他的指示時，他看到警司把昨晚在酒醉後脫得精光的史提夫叫住，直到其他人全都離開了簡報室才開口。然後，他開始用低到連羅根都聽不到的聲音說話，不過，羅根可以猜到他說了些什麼。那名年輕警員的臉先是漲紅，接著很快地被嚇成了灰白色。

「好了，」尹斯克說完，對那名渾身發抖的警員點了點他的那顆大光頭。「你到外面去等。」史提夫低著頭，步履沉重地走了出去，彷彿被打了一記耳光一樣。

等房門被關上之後，尹斯克對羅根招招手，示意他過去。「今早，我有一份簡單的任務要交給你。」說著，他從西裝口袋裡掏出一袋家庭裝的巧克力葡萄乾。他揉捏了半天，試著要拆開袋子，最後不得不放棄而改用牙齒咬開。「這些討厭的膠水黏得真緊……」尹斯克把塑膠袋一角咬開，將一根手指探進被他咬開的那個洞裡。「我們被要求提供警力支援給市政局的環境衛生小組。」

羅根試著不要發出呻吟。「你在和我開玩笑嗎？」

「不是。他們需要發送通知，而執行這個任務的傢伙是個緊張大師。他相信如果我們沒有牽著他的手、陪他一起執行他的勤務，那他就一定會遭到謀殺。警察局長希望我們親民一點。也就是說，我們必須讓大眾看到，我們對市政局提供了他們所需要的一切支援。」說著，他朝著羅根，指了指那個巧克力葡萄乾袋子上的洞口。

「可是，長官，」羅根禮貌地婉拒了——那個東西對他宿醉的胃來說，實在太像巨無霸老鼠屎了。「不能讓那些穿制服的基層警員去嗎？」

尹斯克點點頭，羅根發誓，他可以看到那個老傢伙的眼裡閃過一絲邪惡的光芒。「當然可以。事實上，確實會有一名穿制服的員警去執行。你只要跟著去監督就好了。」他倒了一坨老鼠屎在手心上，然後很快地丟進嘴裡。「這就是階級的特權之一：你只需要監督那些還遠遠站在樹底下的人就好。」

他煞有用意地停頓了一下，不過，羅根完全沒有留意到。

「好了，」尹斯克發出噓聲，把他轟向門口。「快去吧。」

羅根帶著滿心的疑問離開了簡報室，不知道這項任務到底要幹什麼。尹斯克警司坐在桌上，笑得像個瘋子一樣。要不了太久，羅根就會明白了。

一臉擔憂的史提夫警員站在走廊上。他的臉已經恢復了一點色澤，從灰白轉成了一種不健康的紅綠色；不過，他看起來依舊糟透了。他的眼睛在粉紅色中帶著血紅的血絲，他的呼吸裡明顯帶著超強的薄荷味，但是卻依然掩蓋不了從他毛細孔裡滲透出來的酒精味。

「長官，」他擠出一抹病態、緊張的笑容。「我想，我不應該開車，長官。」他垂著頭。「抱歉，長官。」

羅根揚起一道眉毛，張開了嘴。隨即又閉上。這傢伙一定就是他要監督的那個穿制服的基層警員。

史提夫警員在他們搭乘電梯前往一樓的時候崩潰了。「他究竟是怎麼知道的？」他用手抱著頭，猛然跌落在角落裡。「所有的事。他什麼都知道。」

羅根可以感覺到恐懼沿著他的背脊直下。「所有的事？」警司知道他喝醉了，而且還和瓦森警員上床了？

史提夫呻吟了一聲。

「他知道我們被趕出酒吧，他知道我脫到一絲不掛……」他抬起頭，用那雙可憐兮兮的粉紅色眼睛看著羅根：彷彿一隻被活體解剖的兔子。「他說，他沒有開除我算我幸運！噢，天哪……」

在那一瞬間裡，他看似就要嚎啕大哭了。不過，電梯往下降：「乒」地一聲，通往停車場的電梯門打開，只見一群身穿制服的員警，正在把一個穿著牛仔褲和T恤的毛茸茸傢伙押出巡邏車。那個人的T恤上染了一片血跡，看起來彷彿一棵上下顛倒的聖誕樹。他被揍扁的鼻子已經血肉模糊了。

「一群混蛋東西！」他衝向羅根，不過，押住他的那名警員並不打算鬆開他。「一群欠揍的王八蛋！」他的幾顆牙也已經不見了。

「抱歉，長官。」那名警員一邊說，一邊把他往後拉。

羅根對他說沒有關係，然後帶著史提夫警員穿過停車場。他們原本可以從前台出去的，但是，他不希望這個粉紅色眼睛的警員現在的狀態被任何人看到。而且，市政局也不是太遠：在戶外走段路對史提夫會有幫助的。

在經歷過警察總部裡的悶熱之後，室外的毛毛細雨讓人頓時感到清新。他們雙雙站在從警察總部後面一路蜿蜒到大街上的坡道上，仰頭迎向雨絲，直到一輛汽車的喇叭聲讓他們嚇得跳了起來。

那輛巡邏車閃了閃車燈。羅根和宿醉中的員警抱歉地揮揮手，沿著警察總部旁邊往前走。郡法院外面已經聚集了一些舉著海報和標語牌的抗議群眾，他們急於要看到傑瑞德・克里維一眼，希望能有機會把他吊在路燈上面。

那個緊張大師就在市政局的主要樓群前面等他們，他不安地變換著站姿，同時不停地瞄著他的手錶，彷彿只要三十秒鐘不看，手錶就會自動逃走。他帶著憂慮的神情看了史提夫警員一眼，然後對著羅根伸出了一隻手。「抱歉讓你久等了。」他對羅根說道，即便在他們到達之前，他已經在那裡站了很久了。

他們各自自我介紹了一番，不過，羅根在三十秒之內就忘記那傢伙的名字了。

「我們要走了嗎？」那個名字被忘記的男子停了一下，誇張地調整著一只大型的皮革檔案夾，又看了一下手錶，然後才帶著他們走向一輛看起來很需要接受臨終祈禱的福特嘉年華。

羅根坐在緊張先生旁邊的乘客座上，讓史提夫警員坐在駕駛座後面的座位。第一，他不想讓這位市政局環境衛生小組的「危險先生」看清史提夫當下的狀態；第二，如果史提夫警員決定要吐的話，也不會吐在羅根的後腦上。

在橫越市區的一路上，他們的司機不停地在述說幫市政局工作是多麼恐怖的一件事，但是，他不能換工作，因為那會讓他失去所有的福利。羅根對他的話置之不理，只是偶爾附和地說著「聽起來很恐怖」、「我明白你的感覺」，好讓這個傢伙高興。他望向窗外，看著灰撲撲的街景緩緩地滑過車窗。

尖峰時間即將來到最高點，每個應該在半小時前就出門上班的人，突然發現到自己就要遲到了。偶爾會有一個蠢蛋坐在方向盤後面，嘴裡叼著菸，車窗大開。讓煙霧從車子裡散出，也讓細雨飄進車子裡。羅根看著他們，心裡好生羨慕。

他開始感覺到，尹斯克警司對他說的那番「階級特權」的論點其實別有用意。某種讓人不悅的寓意。他緩緩地摸摸額頭，感受著大腦在皮膚底下的那個腫塊。

尹斯克會對史提夫發出嚴重警告並不令人意外。那個喝醉的警員有可能會給整個警察團隊帶來很多尷尬。羅根可以看到新聞標題寫著：「裸體警察露出了他的警棍！」如果他是史提夫的老闆，他也一樣會把他痛罵一頓。

直到此時，他才恍然大悟。尹斯克當著他的面說：「那是階級的特權之一：你要監督那些遠在樹底下的傢伙。」他是一名警佐，而史提夫是一名警員。他們全都一起出去買醉，而羅根並沒有做出任何舉動，去阻止那個警員喝醉和脫光衣服。

羅根發出了一聲呻吟。

這個任務對他而言就是一個懲罰，就像對史提夫一樣。

二十五分鐘之後，緊張大師已經把車停在了一幢破舊不堪的農場建築前面。這是考茲郊區一座淩亂無章的小農場腹地上的第一座建築物。原本的一條小路消失在了灌木叢裡。一幢破敗的農舍憂鬱地站在小徑的盡頭，農舍的灰色石頭彷彿正在永無止境的落雨中啜泣。幾幢廢棄的農場建築蔓延在它的四周，淹沒在高度及臀的青草堆和野草叢生的荒地裡。從植被中高高竄出的狗舌草和酸模，它們的莖葉在冬季的天空下染上了鐵鏽般的褐色。凸出在農舍石板屋頂上的兩扇窗戶，彷彿空洞且充滿敵意的雙眼。窗戶下面那扇褪色的紅色大門上漆著一個斗大的數字「6」。那些雜亂無章的農舍建築物，每一幢也都漆了一個白色的號碼。濛濛細雨讓建築物表面閃閃發亮，反射著單調、灰色的天光。

「真溫馨。」羅根試著想要打破冰冷的氣氛。突然之間，他嗅到了。「噢，天啊！」他立刻用一隻手掩住了嘴巴和鼻子。

那是一股令人倒胃口的腐臭味。是肉在太陽底下曝曬太久的味道。

那是死亡的味道。

11

史提夫警員搖晃了一次、兩次，然後衝進了矮樹叢裡，不停地發出大聲的嘔吐聲。

「你看到了嗎？」那個來自市政局的緊張大師說。「我不是告訴過你很恐怖嗎？我說過了吧？」

羅根一面下車一面點點頭，同意他的說法，雖然緊張大師的話，他一個字都沒有聽進去。

「從去年的聖誕節開始，鄰居就一直在抱怨這股味道。我們一直寫信告知農場主人，但是卻從來沒有收到任何的回覆。」男子把他的皮革檔案夾緊抓在胸口。「你知道嗎，郵差也已經拒絕到這裡來投遞信件了。」

不出所料，這個來自市政局的傢伙果然讓他走在前面。

農場的主要建築過去曾經被維護得很好。那些搖搖欲墜的石牆上有些許的白漆剝落，扭曲生鏽的托架過去一定也曾經懸掛著吊籃。不過，那些日子早就成為了過去。排水溝裡長滿長草，堵住了排水管，讓積水溢出了水溝邊緣。門上的油漆看起來已經很多年沒有修補了。天氣和黃蜂早已將最後一次塗抹的油漆扒光，只剩下赤裸、泛白的木頭和被螺絲固定在門中央的一個小小的金屬數字，不過，鐵鏽和灰塵也讓數字難以辨識。門上的手把看起來也沒有好到哪裡去。整座門片上方則是一個巨大的、手工漆上去的數字「6」。

羅根敲了敲門。兩人往後退開一步，等著有人來應門。等了又等。等了又等。繼續等……

「噢，拜託！」羅根放棄了等待，直接從門口踩著大步地穿過灌木叢，窺視著每一扇窗戶。屋裡一片漆黑。他只能大致看到堆疊在一片陰暗中的傢俱：髒兮兮的玻璃讓裡面的東西看起來只是一坨不成形的塊狀物。

最後，他還是回到了前門。長草被他的足跡踐踏出了一條小路。羅根閉上眼睛，試著不要咒罵出來。「裡面沒人，」他說。「好幾個月都沒人了。」如果還有人住在裡面的話，道路和前門之間的那片長草早就被踏平了。

那個市政局的傢伙看了看房子，又將目光轉回到羅根身上，然後再瞄了一眼他的手錶，最後從他的皮革檔案夾裡翻出了一張記事板。

「不，」他一邊看著記事板最上面的那張紙，一邊說道。「這裡是一位伯納德．菲利普先生的住宅。」他停了下來，撥弄了一下他大衣上的鈕釦，然後又看了一眼手錶。「他，呃……他幫市政局工作。」

羅根張開口，差點就爆出一句粗話，不過，他終究還是把嘴閉上了。

「你說『他幫市政局工作』是什麼意思？」他緩慢而謹慎地問。「如果他幫市政局工作的話，你為什麼不在他今天早上去上班的時候把通知發給他？」

男子再度檢查了一下他的記事板。竭盡全力避開羅根的視線。同時閉上了嘴。

「拜託，」羅根說道。反正也無所謂了，他們都已經來到了這裡。還是趕快把事情辦完吧。

「這個菲利普先生現在在上班嗎？」他試著讓自己聽起來夠冷靜。

那名緊張男搖了搖頭。「他今天休假。」

羅根試著要緩解他顱內的頭痛。這句話聽起來至少還像個回答。「好吧。如果他確實住在這裡的話——」

「他是住在這裡！」

「如果他真的住在這裡，他現在也不在這幢農舍裡。」羅根轉過身，背對著這幢陰暗、被人棄置的建築。農場上其他的建築物幾乎也都被遺棄了，每一幢建築的正面都油漆著一個號碼。

「我們去那邊試試吧。」他指了指那棟漆著一號、搖搖欲墜的建築物。從哪一間開始都一樣。

一臉蒼白、步履蹣跚的史提夫警員在一號建築外面加入了他們的行列，他的臉色看起來比今天早上起床時更糟糕。你不得不佩服尹斯克警司：當他要懲罰某人時，他絕對會做得很到位。

一號建築的門上漆著廉價的綠色油漆。油漆從門上的木板一直延伸到兩邊的牆壁，連他們腳下的草地上都有……羅根對渾身發抖的警員做了個手勢，然而，史提夫警員卻只是帶著無言的恐懼回看著他。那股臭味在這裡更明顯了。

「把門打開，警員。」羅根決定不要自己動手。反正眼前有個可憐的傢伙可以幫他做這件事。

過了好一會兒，史提夫警員才開口。「是的，長官。」然後穩穩地握著門把。那是一扇很重的推拉門，扣住門板的滑輪上覆蓋著斑斑的鐵鏽。史提夫警員咬著牙，用力地拉了一下。門在吱吱聲中被拉開了，一股羅根這輩子聞到過最可怕的味道撲面而來。

每個人都往後踉蹌地退開。

一小撮死掉的綠頭蒼蠅從打開的門縫裡掉出來，滾到了細雨當中。

史提夫匆忙地走開，準備再去吐一次。

這棟建築過去曾經一度被用來當作牛棚：一棟有著赤裸花崗岩牆壁和石板屋頂的矮長型傳統農場建築。一條架高的通道沿著建築內部的中央延伸，走道兩邊還架著及膝的木頭圍欄。那是建築裡唯一空著的區域。其他地方都堆滿了腐爛的小動物殘骸。

那些僵硬扭曲的屍體上蓋滿了小蟲，彷彿一條蠕動中的白色地毯。

羅根往後退開三步，帶著嘔吐的衝動退到一個角落。他覺得自己的肚子似乎又被人痛揍了一拳，每一口呼吸都讓他刻滿疤痕的胃掀起一陣疼痛。

一號、二號和三號建築都堆滿了死掉的動物。不過，三號並沒有完全堆滿：建築物裡面還有十到十二呎長的混凝土面積沒有被動物殘骸擋住，但卻覆蓋了一層厚厚的黃色分泌物。蒼蠅的屍體在他們的腳下瞬間就脆裂了。

羅根走到二號建築附近時改變了想法：尹斯克警司並不是一個會適度懲罰酒醉警員的人。他根本就是一個混蛋。

他們打開每一幢建築的門進行檢查，史提夫警員每拉開一扇門，羅根的胃就要翻攪一次。在經過了彷彿一整週的嘔吐和咒罵之後，他們在一面殘破的牆壁外面坐了下來。他們在上風處捏緊了自己的膝蓋，透過嘴巴呼吸。

這些農場建築裡堆滿了死貓、死狗、刺蝟和海鷗的屍體，甚至還有幾頭赤鹿。不管牠們是否曾經在地上行走、在天上飛翔或者在哪裡爬行的話，牠們現在都被棄置在了這裡。這就好像是一座巫師的諾亞方舟。只不過每一種動物的數量都遠遠超過兩隻。

「你要怎麼處理？」儘管已經吞下了半盒史提夫警員的超強薄荷糖，羅根仍然可以感覺到膽汁的酸味。

市政局男子抬頭看著他，他的雙眼因為不停地嘔吐而蒙上了鮮豔的粉紅色。「我們得要把它們全都運走去焚化。」說著，他擦了擦濕漉漉的臉，打著冷顫地又說，「這得花上好幾天的時間。」

「總比你……」羅根打住說到一半的話：有東西在長長的車道盡頭移動。

那是一個穿著褪色牛仔褲和一件亮橘色連帽外套的男子。他踩著沉重的腳步，沿著路面上鋪有碎石瀝青的部分走來，低垂的頭讓他除了自己的腳以外，什麼也看不見。

「噓噓噓噓噓噓！」羅根小聲地示意，隨即抓住市政局男子和一臉不舒服的史提夫警員。「你到後面那裡去。」他對史提夫指著那棟正面塗寫著二號的建築物。

他看著史提夫匆匆走過濕漉漉的灌木叢。等他就位之後，羅根一把抓住市政局男子的外套。「是時候去發你的通知了。」說著，他踏上了已經被踩平的草地。

當那名身穿亮橘色外套的男子抬起頭來的時候，他們之間的距離已經不到六呎了。

羅根不知道他的名字，不過，他認得那張臉：那是清道夫。

他們坐在五號建築裡一張臨時湊合的凳子上。伯納德・杜肯・菲利普，又被稱為清道夫，把這裡弄成了一個像家的地方。一大捆的地毯，舊大衣和塑膠袋堆積在角落，顯然是被用來當作一張床。床上方的牆壁上掛著一個粗糙的自製十字架，不過，十字架上的耶穌被一個半裸的士兵玩偶取代了。

一堆空的鐵罐和蛋盒堆在床邊，還有一具小型的卡樂氏液化石油氣爐灶。羅根的父親以前在每年夏天開著露營車帶全家到羅斯蒙度假時，都一定會帶上這種東西。此刻，那個小爐灶正在發出嘶嘶的聲音，煮著一壺泡茶的熱水。

清道夫——很難把他轉換成伯納德——坐在一張快要散架的椅子上，戳著一具小型電暖器。那是一個只有兩根導熱管的電暖器，就像一號到三號建築裡那些死掉的動物一樣，完全失去了功能。不過，這件事似乎帶給他很大的樂趣。他用一根精緻的火鉗不斷地戳著，嘴裡哼著一首羅根辨認不出來的曲調。

見到清道夫坐在他們的面前，那個市政局男子出乎意料地冷靜了下來。他用簡單易懂的話把狀況說了一遍：那堆死掉的動物必須得被清空。

「我相信你能了解，伯納德。」他戳著他的記事板說道。「你不能把死掉的動物保存在這裡。那對人的健康有一定的危險。如果人們因為你這些動物而開始生病的話，你作何感想？」

清道夫只是聳聳肩，繼續地戳著爐火。「我媽媽生病了。」他一開口就讓羅根嚇了一跳，因為他居然沒有口音。他一直都以為市政局雇用來清掃街上動物死屍的人說起話來應該更帶有「本地」的口音。這裡有些人甚至幾乎沒有受過教育。不過，清道夫並非如此。很顯然地，這個坐在一張破舊椅子上、正在戳刺著一具報廢電暖器的人，曾經受過某種古典教育。「她生病後就走了，」清道夫首度抬起了頭。「現在，她和上帝在一起了。」在那一身灰塵、髒污和鬍子底下，他其實是個英俊的男子。高挺的鼻梁、慧黠的青灰色眼睛、被天氣凍紅的臉頰。只要好好洗個澡，再到理髮店梳理一下，他就算出現在皇家北方俱樂部——亞伯丁菁英分子出沒、在午餐時段提供了五道菜正餐的昂貴餐廳——也毫不違和。

「我知道，伯納德，我了解。」市政局男子露出令人安心的笑容。「我們明天會派人來清理這些屋子。好嗎？」

清道夫扔下火鉗。火鉗掉落在混凝土地板上的碰撞聲在赤裸的石牆之間迴盪。「那是我的東西，」他說著流下了淚水。「你不能把我的東西拿走！它們是我的。」

「它們得被處理掉，伯納德。我們必須確定你很安全，不是嗎？」

「可是，它們是我的……」

市政局男子站起身，示意羅根和史提夫警員也站起來。「我很抱歉，伯納德，我真的很抱歉。清除大隊明天早上八點半會準時到這裡。如果你想的話，你可以幫忙他們。」

「我的東西。」

「伯納德？你願意幫忙他們嗎？」

「那些死掉的動物是我的，那是很特別的東西……」

他們讓車窗開著，一路開回了城裡，企圖擺脫掉從伯納德・杜肯・菲利普的農場上沾染的味道。那股令人作嘔的腐臭味盤據在他們的衣服和頭髮上。儘管毛毛雨已經轉成了大雨，甚至透過敞開的窗戶潑灑了進來：只要能擺脫掉那些味道，就算渾身被淋濕也只是個微小的代價而已。

「他的樣子讓你很難想像，」當他們沿著赫本街朝著位於尼可拉斯大廈的市政局本部前進時，市政局男子開口說道。「他曾經是個很聰明的孩子。他有聖安德魯大學的中世紀歷史文憑。那是我聽說的。」

羅根點點頭。跟他想的差不多。「發生了什麼事？」

「精神分裂症。」市政局男子聳聳肩。「他正在服藥。」

「在社區裡接受治療嗎？」羅根問。

「噢，他絕對很安全。」男子回答，不過，羅根可以聽出他聲音裡的顫抖。那就是他為什麼如此堅持要有警察陪同的原因。無論是不是在社區接受治療，他都很害怕清道夫。「而且他的工作表現也很好，真的。」

「清掃動物的屍體。」

「呃，我們總不能讓它們在路邊腐爛吧，不是嗎？我是說，兔子和刺蝟倒也就算了，因為一旦被車撞到，它們就會被輾成醬，烏鴉和其他動物也會把其餘的部分解決掉。不過，貓狗和其他的就……你知道的……民眾會抱怨每天早上去上班的時候，得開車經過一隻腐爛的拉布拉多。」當一輛巴士在他們前面靠邊停站時，他停了一下才說。「我不知道沒有伯納德的話，我們要怎麼辦。在他被允許回到社區之前，我們找不到任何人來做這件事，不管是出於愛心還是薪水問題。」

這些話讓羅根真的開始思考起這件事，打從他上次在亞伯丁的街上看到動物的死屍之後，他已經很久沒有再看過那種東西了。

男子在警察總部外面讓他們下了車，同時感謝他們的協助，並且為他們身上沾上味道表達了歉意，然後便開進了雨中。

羅根和史提夫警員快步跑進大門，每一步都濺起了高高的水花。等到他們走進前台的時候，兩人的身上都已經濕透了。

那個尖臉的前台警員抬起頭，看著他們邁著噗哧噗哧的腳步走過印著格蘭坪警局徽章的油氈地板：一朵頂著皇冠的薊花，花朵下面還有一行字「永不懈怠」。

「麥雷警佐？」前台警員從椅子上探出，彷彿一隻好奇的鸚鵡。

「什麼事？」羅根等著他說出什麼「拉撒路」之類的稱號。蓋瑞和艾瑞克那兩個混蛋一定已經把這個綽號傳遍了整個警察局。

「尹斯克警司交代，要你直接到專案室去。」

羅根低頭看了一眼自己濕透的褲子和擰得出水的西裝。他只想趕快去沖個澡，換身乾衣服。

「不能等個十五、二十分鐘嗎？」他問。

那名前台搖搖頭。「不行。警司特別交代了。只要你一回來：就直接到專案室報到。」

當史提夫警員去換衣服的時候，羅根一路抱怨地穿過總部，走向升降電梯，生氣地按下電梯的按鈕。電梯到三樓的時候，他重重地踱步穿過走廊。牆壁上已經點綴了不少耶誕卡片。釘在軟木塞板上的卡片和卡片之間，貼滿了「你看到過這個女人嗎？」以及「家暴……沒有藉口！」，還有其他通緝犯照片和媒體部公告的各種訊息海報。耶誕卡在這些悲慘和苦難之間，散播了一丁點的歡樂氛圍。

專案室裡人頭攢動。忙碌的男女警員和探員若非在處理成堆的文件，就是在接聽不斷閃爍著的電話。而包圍在人群中央的則是坐在桌子邊緣的尹斯克警司，他正在從那些把電話夾在肩膀和耳朵之間的人背後，瞄著他們潦草寫下的筆記。

出事了。

「怎麼了？」羅根在穿過群眾之後問道。

警司揚起一隻手示意他保持安靜，然後靠得更近地想要看清筆記上寫了些什麼。最終，他失望地嘆了一口氣，這才把注意力轉向羅根。當他看到羅根的狀態時，不禁揚起了一邊的眉毛。

「你去游泳了？」

「沒有，長官，」羅根回答，他可以感覺到水滴沿著他的頸背流到了他已經濕透的衣領裡。「外面在下雨。」

尹斯克聳聳肩。「那就是亞伯丁。你難道不能在進來之前先把自己弄乾，不要像這樣把我這間乾淨可愛的的專案室弄得濕答答的嗎？」

羅根閉上眼睛，試著不要中了他的圈套。「前台警員說事態緊急，長官。」

「又有一個孩子不見了。」

車裡起霧的速度太快，讓暖氣都來不及應付。雖然羅根不停地在搖晃著出風口，暖氣也已經開到了最大，但是，霧濛濛的車窗外面看起來依舊一片模糊。尹斯克警司坐在乘客座上若有所思地咀嚼著，而羅根則瞇著眼睛，看著擋風玻璃外面漆黑濕透的街道，試著要順利穿越市區到海澤黑德，以及剛才接獲通知的那個失蹤小孩不見的地點。

「你知道嗎，」尹斯克說。「自從你回來上班之後，我們獲報了兩起綁架案，死了一個女孩和一個男孩，另外還從港口拖出了一具沒有膝蓋骨的屍體。就在三天之內。那創了亞伯丁的紀錄了。」他戳了戳他那包碳酸軟糖，弄出了一條看似阿米巴變形蟲的東西。「我開始覺得你是某種掃把星。」

「謝謝，長官。」「這把我的犯罪統計數字全都搞亂了。」尹斯克說。「我手下每個該死的警官要不是出去搜尋失蹤的小孩，就是企圖要找出那個垃圾袋裡的小女孩的身分。如果我的基層警員全都出動了，警察局裡一個都不留，那我要怎麼處理其他的竊盜、詐欺和妨害風化的案子？」他嘆了一口氣，把糖果袋子遞給羅根。

「不了，謝謝你，長官。」

「我告訴你，階級的特權比你想像的還要少。」羅根看著警司。尹斯克不是那種會自憐自艾的官員。至少，就羅根所知不是。「你的意思是，例如監督穿制服的基層警員嗎？」他問。這個問題讓尹斯克警司那張大臉上展現了笑容。「你喜歡清道夫那些小收藏品嗎？」所以，他早就知道那些農場建築裡堆滿了腐爛的動物屍體。他是故意的。

「我想，我這輩子沒有吐過那麼多次。」

「雅各布斯警員呢？」

羅根正打算問誰是雅各布斯警員的時候，突然意識到警司指的就是史提夫警員：那個脫光衣服的醉漢。「我想，他不會很快就忘掉這個早上的。」

尹斯克點點頭。「很好。」

羅根以為這個大塊頭還打算說些什麼，不過，尹斯克只是塞了另一塊軟糖在自己嘴裡，兀自露出陰險的笑容。

海澤黑德位於亞伯丁的城市邊緣，已經很靠近郊外的農村了。在海澤黑德學院的另一邊，只有火葬場矗立在文明和起伏的田野之間。這座學院向來以嗑藥和暴力學生聞名，它遠遠比不上諸如波伊斯和桑迪蘭茲這樣的地方，因此，發生在這裡的事情有可能更糟。

羅根把車停在靠近主要道路的一棟大樓前面。這棟樓不像城裡的那些摩天大樓，而只是一棟七層樓高的建築，並且被成熟、枯槁的樹木所圍繞。今年落葉的時間比往年要晚，覆蓋在地面上的樹葉堆成了泥濘的黑塊，堵住了排水溝，讓水都滿溢了出來。

「你有雨傘嗎？」警司朝著車外糟糕的天氣看了良久才問。

羅根承認他有，不過在車子的後備廂裡，尹斯克立刻叫他下車去拿傘，完全不願意走進傾盆大雨之中，直到羅根把傘撐好站在車門旁邊，他才願意下車。

「這就是我所說的服務，」尹斯克笑著說。「走吧，我們去看看那家人。」

拉姆利先生和太太在這棟大樓靠近頂層的地方有一間位在邊間的公寓。讓羅根大感意外的是，電梯裡並沒有臭氣沖天的尿騷味，也沒有一堆拼錯字的塗鴉。電梯的門一打開，就是一條光線明亮的走廊，當他們來到走廊的一半時，發現一名穿著制服的警員正在摳著鼻孔。

「長官！」他一看到警司，馬上立正站好，放棄正掏到一半的鼻子。

「你在這裡多久了？」尹斯克問著，目光越過那名警員的肩膀，瞄向拉姆利家。

「二十分鐘，長官。」距離這棟樓不到二百碼之處有一間小警察局。雖然規模只比幾間房間稍大一點，不過卻還是很稱職。

「你們有派人一戶一戶地去敲門了嗎？」

那名警員點點頭。「兩名警員和一名女警，長官。也出動車子去廣播失蹤小孩的外貌特徵了。」

「他是什麼時候失蹤的？」

警員從口袋裡拿出一本筆記本，翻到他要找的頁面。「孩子的母親在十點十三分的時候打了電話。那個孩子一直在外面玩——」

羅根感到很震驚。「在這種天氣底下？」

「那個母親說他喜歡下雨。穿得像一頭帕丁頓熊❽一樣。」

「噢，好……」尹斯克把手深深地插進他的口袋裡。「真是無奇不有。他的朋友呢？」

「都在學校。」

「我很高興有人還會去上學。你和學校確認過了嗎，以防我們這個小朋友決定要去學點東西？」

那名警員點點頭。「我們和他的朋友聯絡完之後，就直接打給了學校。他們已經有幾乎一個半星期沒有看到他了。」

「太好了，」尹斯克嘆了一口氣。「好，走吧。我們最好去看看那對父母。」

公寓裡面是一片明亮的顏色，就像金斯威爾的那棟房子一樣，那棟大衛．雷德在被擄、被勒死、被虐待、被肢解之前所住的房子。牆壁上掛著一些照片，就像位於托瑞的爾斯金家一樣，不過，這個孩子是個看起來有點邋遢的五歲男孩，有著一窩拖把般的紅髮，還有一張長滿雀斑的臉。

「那張照片是兩個月前，在他的生日派對上拍的。」

羅根將注意力從牆壁上的照片轉到站在起居室門口的那名女子身上。她樸素到讓人驚訝：長長的紅色捲髮披散在她的肩膀上，微微上翹的小鼻子，還有一雙綠色的大眼睛。她不知道已經哭了多久了。當她示意他們走向起居室時，羅根很努力地讓自己不要盯著她豐滿的胸部打量。

「你們找到他了嗎？」聲音來自於一名穿著藍色工裝褲和襪子、外型襤褸的男子。

「給他們一點時間，吉姆，他們才剛到這裡。」女子說著，拍了拍他的手臂。

「你是孩子的父親嗎？」尹斯克一邊問，一邊靠在一張亮藍色的沙發邊緣。

「繼父，」那名男子重新坐回椅子上。「他父親是個混蛋——」

「吉姆！」

「抱歉。他父親和我不和。」

羅根開始慢慢地檢視著這間顏色歡快的房間，表面上看起來是在查看照片和裝飾品，不過，從頭到尾卻一直在留意著吉姆，那個繼父。這不會是第一次有繼子和他母親的新丈夫發生衝突。有些人會把伴侶的孩子視為己出，有些人則認為孩子的存在，是在不斷地提醒著繼父繼母他們並非第一任。而那個前任曾經和他們所愛的人有過一腿。嫉妒是很恐怖的。特別是當妒意被發洩在

❽ 帕丁頓熊（Paddington Bear）是英國兒童文學中一個擬人化的角色。他第一次出現在1958年，之後，他的創作者麥可．龐德（Michael Bond）有超過20本書都以他為主角。

一個五歲孩子身上的時候。

好吧，牆上的每一張照片都顯示著他們一家三口似乎其樂融融，不過，人們也不會把瘀青、被菸頭燙傷和骨頭被打斷的照片擺在起居室裡。

其中一張在某個海灘拍攝的照片讓羅根特別留意了一下，照片裡的每個人都穿戴了游泳的裝備，咧嘴笑看著相機。那個母親的身材令人屏息，特別是在那身綠色的比基尼襯托下。即便那個看似剖腹生產所留下的疤痕，也絲毫沒有讓她變得遜色。

「科夫，」拉姆利太太表示。「吉姆每年都會帶我們到一個不錯的地方。去年是科夫，今年是馬塔。明年，我們打算帶彼得到佛羅里達去看米老鼠……」她咬了咬下唇。「彼得很喜歡米老鼠……他……噢，天哪，求求你們找到他！」語畢，她倒進了她丈夫的懷裡。

尹斯克意味深長地看了羅根一眼。羅根點點頭，開口說道，「讓我來幫大家泡杯茶吧，拉姆利太太，你能告訴我茶具都在哪裡嗎？」

半個小時之後，羅根和警司站在大樓底下的樓梯間，望著室外的大雨。

「你怎麼想？」尹斯克一邊問，一邊翻找出他的汽水糖。

「那個繼父嗎？」

尹斯克點點頭。

「他似乎真的很疼愛那個孩子。你應該有聽到他不斷地在說，彼得長大以後會加入亞伯丁足球隊的事。我不認為他是個壞繼父。」

警司再度點點頭。當羅根一邊泡茶、一邊問孩子繼父問題時，尹斯克則溫柔地在向孩子的母親套話。

「我也不認為。那個孩子沒有任何意外或者隱疾的歷史，也沒有去看過醫生。」

「他今天為什麼沒有去學校？」羅根問著，主動拿了一塊尹斯克的糖果。

「霸凌。某個肥小孩一直對他施加暴力，因為他有一頭紅色的頭髮。在校方處理好這件事之前，他母親都不讓他到學校去。不過，她並沒有把這件事告訴那個繼父。她認為，如果他知道有人在找彼得的麻煩，他一定會瘋掉。」

尹斯克往嘴裡塞了一塊汽水糖，然後嘆了一聲。「兩天之內有兩個孩子失蹤，」他完全無意掩飾他聲音裡的悲傷。「天啊，我希望他只是逃家而已。我真的不想在停屍間裡再看到另一個孩子了。」尹斯克又嘆了一口氣，他龐大的身形也跟著微微地垮了下來。

「我們會找到他們的。」羅根並沒有感覺到自己的語氣很堅決。

「好，我們會找到他們的。」警司沒有等羅根把傘撐開就走進了雨中。「我們會找到他們的，不過，到時候他們也已經死了。」

12

羅根和尹斯克在沉默中開車返回警察總部。頭頂上的天空陰暗，烏雲從地平線的一端蔓延到另一端，擋住了白天的天空，讓這座城市在下午兩點就天黑了。他們駛過街燈已然亮起的街道，那些黃澄澄的燈光讓白天看起來似乎更加陰暗。

尹斯克當然說對了：他們無法把那些失蹤的孩子活著找回來。如果綁架他們的是同一個人的話。根據伊莎貝兒的說法，性虐待是在死後才發生的。

羅根讓車子以自動駕駛的模式開過安德森大道。

至少，彼得·拉姆利曾經有過快樂的日子。而可憐的理查德·爾斯金除了一個過度保護他的母親，什麼也沒有。羅根無法想像她帶著理查德到科夫、馬塔和佛羅里達的畫面。對她的小寶貝來說，那些旅程都太危險了。

「那個西班牙宗教裁判所召見你了嗎？」尹斯克在羅根順利開過皇后街尾的圓環時問道。一座巨大的花崗岩底座中間矗立著維多利亞女王的雕像。有人把一個交通三角錐套在了女王的頭上。

「專業標準處？沒有，還沒有。」他還有這件事要面對。

尹斯克嘆了一口氣。「我今天早上去見了他們。某個穿著新制服的自大蠢貨，他的警察生涯裡沒有盡過一天警察的職責，而他居然還告訴我說，把洩漏消息給媒體的傢伙揪出來有多麼的重要。說得好像我完全不懂一樣。我告訴你，不管是誰——」

一輛髒兮兮的福特廂型車突然插車到他們前面，讓羅根在咒罵中緊急踩了煞車。

「我們去把他們攔下來！」尹斯克興高采烈地說道。找別人的麻煩也許可以讓他們兩個現在覺得好過一點。

他們給了那個駕駛一頓嚴厲的訓斥，然後命令她明天早上九點帶著她所有的證件到警察局報到。雖然這不是什麼嚴重的處罰，不過也夠煩人的了。

警察總部的專案室裡一片混亂。在北方之音和午間電視新聞報導過之後，電話就開始響個不停。所有的主要頻道都在報導這個故事。亞伯丁儼然變成了媒體的焦點。整個警局都處在聚光燈之下。如果尹斯克不能盡快破案的話，他的人頭恐怕就不保了。

他們花了一點時間閱讀了民眾目擊到兩個失蹤男孩的各種報告。大部分的報告都只是浪費時間而已，但是，他們還是必須就每一個報告進行調查，以防萬一。一名警局的技術專家正忙著在把所有的報告輸入電腦，包括每個目擊者、每個訪談、地點、時間和日期，然後將之鍵入簡稱為福爾摩斯的內政部大型重要查詢系統，讓這個巨大的交叉比對程序運作，自動計算出一個又一個的對應措施。這簡直會要人命，不過，你永遠都不會知道哪一則訊息可能真的很重要。只是，羅根知道這全部都是在浪費時間，因為彼得·拉姆利已經死了。不管有多少老太太曾經在彼得赫德或史東哈文的大街上看到他在遊蕩，這些都已經無關緊要了。那個孩子現在正躺在某個地方的水溝裡，半裸而且被侵犯過了。

那名行政人員，一個伶俐到不應該那麼瘦的女子，把一疊紙張遞給尹斯克：在他和羅根出去期間，福爾摩斯運算出來的應對措施。警司感激地接過那疊紙張，開始快速瀏覽。「狗屁，狗屁，狗屁。」他一邊說，一邊把不需要的部分丟到身後。

在每一份聲明中，只要有一個人名被提及，福爾摩斯就會自動生成一個應對的行動措施，要求警方和那個人面談。即便只是某個老婦人表示，當那個孩子失蹤的時候，她正在餵她的貓提波先生：福爾摩斯也會要求要讓提波先生接受面談。

「不用那樣做，也不用這樣做。」又一疊紙張被扔到地上。當他終於看完的時候，原本那疊紙只剩下少數幾張了。「把這些拿去執行。」說著，他把手裡剩下的那幾張紙遞回給那名行政人員。

她忍耐地對他行了一個禮，然後轉身走開。

「你知道嗎，」尹斯克批判性地看了羅根一眼。「我已經覺得很糟了，不過，你看起來比我更糟。」

「我在這裡幫不上忙，長官。」

尹斯克靠到一張桌子邊上，翻閱著一疊報告。「這樣吧，」他把那疊報告遞給羅根。「如果你想讓自己發揮一點用處的話，那就把這些看完。這是今天早上在羅斯蒙挨家挨戶查訪的報告。該死的諾曼・查默斯今天下午會出庭。看看你能不能在那個混蛋被保釋之前，先找出那個小女孩的身分。」

羅根幫自己找了一間空的辦公室，盡可能遠離吵雜混亂的專案室。基層警員執行得很徹底，聲明上標註的時間很清楚地顯示出他們不止一次折回某些房子，以確保他們和每個人都親自交談過。

沒有人知道那個死掉的女孩是誰。沒有人認得在停屍間裡拍攝的那張照片中的臉孔。彷彿在她的腳從垃圾袋裡捅出來之前，她一直都不曾存在過。

羅根到資源部去要了一張新的亞伯丁地圖，釘在那間被他霸佔的辦公室牆上。尹斯克的專案室裡也有一張同樣的地圖，上面已經被釘滿了圖釘、畫滿了線條，也貼滿了一堆小標籤。不過，羅根想要一張自己專用的地圖。他在尼格的頂端釘了一根紅色的圖釘，又在羅斯蒙釘上另外一根：沃爾希爾克里森街十七號。

那個女孩被塞進去的垃圾袋來自於諾曼．查默斯家。只不過，沒有任何鑑識證據可以把他和受害者畫上關聯。除了垃圾袋裡的東西以外。也許那就足以讓他接受審判，不過，一個好的辯護律師——而桑迪．摩爾—法古哈森不只是好而已：那傢伙很聰明——就可以把這個案子撕成碎片。

「好吧。」他坐回桌上，雙臂交叉在胸前，盯著地圖上的兩根圖釘。

那個垃圾袋讓他很困擾。當他們逮捕查默斯的時候，查默斯的公寓裡都是貓毛。那天晚上在酒吧裡，絕大部分的時間，羅根都試著要把那些該死的貓毛從他的褲子上刷掉。直到現在，都還有幾撮灰色的貓毛，頑固地沾在他的西裝外套上不肯離開。如果那個孩子曾經待在那間公寓裡的話，伊莎貝兒一定會在驗屍的時候發現一些貓毛。

也就是說，她從來沒有去過那間公寓。這點他們已經知道了。那也就是為什麼尹斯克要求要對查默斯的背景進行徹底的調查，看看他可能會把她帶去哪裡的原因。然而，調查小組什麼也沒有發現。如果諾曼．查默斯有其他地方可以藏匿那個四歲女孩的話，也沒有人知道那個地方在哪裡。

「那麼，如果不是他幹的話呢？」他大聲地問著自己。

「如果不是誰幹了什麼？」

是瓦……賈姬警員。

「如果諾曼．查默斯沒有殺了那個小女孩呢？」

她的臉拉了下來。「是他殺的。」

羅根嘆了一口氣，從桌子邊上站起來。他早該知道她對這個案子很敏感。她還在希望發現那張收據可以破解這個案子。

「這樣看吧：如果他沒有殺她的話，就是別人殺的。好嗎？」

她對他的話翻了翻白眼。

羅根很快地往下說。「好吧，如果是別人的話，那個人一定可以接觸得到諾曼．查爾斯的垃圾。」

「沒有人可以！誰要去碰他的垃圾？」

羅根用手指戳了戳地圖，讓地圖發出了劈劈啪啪的聲音。「羅斯蒙的街上有很多公用的大垃圾桶。任何人都可以把他們的垃圾丟進去。如果那個兇手不是查默斯的話，那麼，只有兩個地方可以讓他們把屍體裝進那個垃圾袋裡：這裡——」他再度戳了一下地圖，「——或者這裡，當那個垃圾袋被運送到尼格垃圾場的時候。如果你打算把屍體藏在垃圾場的話，你絕對不會讓一條腿露出來的。為什麼要那麼做？直接把屍體埋在一堆垃圾袋裡還比較容易。」羅根把釘在尼格的那根圖釘從地圖上拔出來，用圖釘尾巴紅色的塑膠部分輕輕地敲擊著自己的牙齒。「所以，兇手並沒有在尼格垃圾場棄屍。那個垃圾袋是被垃圾車的後車斗載到那裡去的，然後連同車上的其他垃圾一起被傾倒了出來。當那個垃圾袋還在路邊的時候，她就已經被裝進去了。」瓦森警員看起來並沒有被說服。「查默斯的公寓依然是最合乎邏輯的。如果他沒有殺她的話，她為什麼會和他的垃圾出現在同一只垃圾袋裡？」

羅根聳聳肩。這就是問題所在。「你為什麼要把東西放到袋子裡？」他問。「是為了要讓東西比較容易攜帶。或者為了把東西藏起來。或者……」他轉身面對桌子，開始整理挨家挨戶查訪所記下的那些口供聲明。「你不會把一個死掉的女孩放在你的車裡到處跑，然後去找一個大型垃圾桶好讓你把她丟進去。」說著，他根據每一戶人家在沃爾希爾克里森街上的門牌號碼，把那些聲明分成幾疊。「你有一輛車：你把那具屍體載走，然後在加羅各伊外圍或者新迪爾附近挖一個淺坑，把它埋進去。某個偏遠的地方。某個好多年都不會有人發現的地方。如果有人會發現的話。」

「也許他們慌張了？」

羅根點點頭。

「正是。你慌張了：你在你能找到的第一個地方就把屍體丟掉。我再重複一次，你不會開車到處亂逛，去尋找大型的垃圾桶。另外，除了封箱膠帶之外，她沒有被其他東西裹住，這點也很詭異。一個死掉的女孩，赤裸裸地被棕色的封箱膠帶綑綁起來？你不會帶著那種東西走太遠……棄屍者居住的地方一定比那條街上的任何人都更靠近這個特定的垃圾桶。」

他把那些聲明分成兩疊，一疊是和十七號只相隔兩戶的，一疊則是比較遠的。這樣分類下來，只相隔兩戶的還是有三十戶人家。

「你可以幫我一個忙嗎？」他一邊問，一邊把每一份聲明上的名字抄到另一張新的紙上。「去查一下這些人的犯罪紀錄。我要知道他們之中是否有人有什麼前科。警告、被逮捕、違規停車。任何紀錄。」

瓦森警員告訴他，他這是在浪費時間。那個諾曼．查默斯絕對有罪。不過，她還是把那些名單帶走了，並且向他保證她會回來向他報告的。

等她離開之後，羅根從販賣機裡拿了一條巧克力棒和一杯即溶咖啡，一邊重新閱讀著那些聲明，一邊填飽肚子。這裡面有人在說謊。有人知道那個小女孩是誰。有人殺了她，企圖要將她分屍，再把她和垃圾一起丟掉。

問題是，那個人是誰？

每年都有超過三千人在蘇格蘭東北失蹤。每十二個月就有三千人被報失蹤。現在，這裡就有一個四歲大的女孩失蹤至少兩天了，這是驗屍報告給的時間，但是卻沒有人前來詢問警方要怎麼辦。為什麼沒有人報警說她失蹤了？也許是因為沒有人注意到她不見了？

一道熟悉的叮噹聲在他的口袋響起，讓羅根咒罵了一聲。「我是羅根。」他應聲回答。是前台打來通知他，樓下有他的訪客。

羅根對著桌上那疊聲明皺了皺眉頭。「好吧，」他終於對前台說。「我馬上就下去。」

他把巧克力棒的包裝袋和空塑膠杯丟進垃圾桶裡，朝著樓下的前台區域走去。有人把警局裡的暖氣溫度調得太高，讓室內的窗戶都起霧了，也讓渾身淋濕的訪客們坐在大廳裡冒出了蒸氣。

「這邊。」那個尖臉的前台警員招呼他過去。

柯林・米勒，新聞報來自格拉斯哥最新的金童，正站在通緝犯的海報旁邊。他穿了一件黑色的手工長雨衣，雨衣在他敲擊著一具掌上型小電腦的鍵盤時，不停地往磁磚地板上滴水，發出了規律的滴答聲。

當羅根走近的時候，米勒轉過身，咧嘴露出了笑容。「拉撒！」他伸出一隻手。「很高興再見到你。我很喜歡你們把這個地方弄成這樣子。」說著，他揮著一隻手，指著充滿霧氣、擠滿沮喪訪客、連窗戶都一片霧濛濛的前台區域。

「我是麥雷警佐，不是什麼『拉撒』。」

柯林・米勒眨了眨眼。「噢，我知道。自從我們昨天在廁所碰面之後，我就做了一些調查。話說回來，你那個女警還挺可人的。她隨時都可以來揍我，如果你懂我是什麼意思的話。」語畢，他又對羅根眨了眨眼。

「你想要做什麼，米勒先生？」

「我？我想要帶我最喜歡的警佐去吃午餐。」

「現在是三點。」羅根突然發現，除了一根巧克力棒和幾塊餅乾之外，他今天只吃了瓦森警員早上做的三明治。不過那塊三明治也已經被他在清道夫那棟恐怖屋的草地上吐得一乾二淨了。他現在簡直餓死了。

米勒聳聳肩。「那就是遲來的午餐嘍。下午茶……」他戲劇化地瞄了前台一眼，然後把聲音壓低，用一種陰謀式的低語繼續說道，「我們也許可以彼此幫忙。也許，我知道一些什麼是你可以派得上用場的。」米勒往後退了一步，又笑了笑。「你怎麼說？報社買單？」

羅根考慮了一下。關於接受饋贈一事，警局有很嚴格的規定。當代的警察費了很大的心力在確定沒有人能指責他們貪瀆。柯林・米勒是他最不想要共處的人。不過，如果米勒真的有什麼情報的話……而且他也快餓死了。

「行。」他回答。

他們在格林街一家小餐館找了一個位在角落的卡座坐下。當米勒點了一瓶夏多內和義大利扁麵條佐煙燻黑線鱈加甜椒時，羅根則滿足他自己那杯礦泉水和義大利千層麵。還有一些大蒜麵包和配菜沙拉。「天啊，拉撒，」米勒看著他猛吃麵包籃裡的麵包和奶油時說道。「你不會太飽嗎？」

「羅根，」羅根嚼著一嘴的麵包回應道。「不是『拉撒』。羅根。」

米勒靠到椅背上，轉動著他的白酒杯，看著杯子上的閃光。「我不知道，」他說。「就像我所說的：我做了點調查。對於一個死而復生的人來說。拉撒路這個綽號也不錯。」

「我沒有死而復生。」

「哎唷，你有。根據你的醫療報告，你大概死了五分鐘。」

羅根皺皺眉頭。「你怎麼會知道我的醫療報告上寫了什麼？」

米勒聳了聳肩。「我的工作就是去獲得各種資訊，拉撒。就像我知道你昨天在垃圾場發現了一個死掉的小孩一樣。就像我知道你和那個主要的病理學家曾經交往過一樣。」

羅根覺得渾身僵硬。

米勒舉起一隻手。「放輕鬆，硬漢。就像我說過的：我的工作就是去獲得各種資訊。」

服務生端著他們的義大利麵過來，讓氛圍稍微得到了一點緩解。羅根發現要在生氣的同時還兼顧吃東西實在很難。

「你說，你有一些訊息要給我。」他說著把沙拉塞進嘴裡。

「是啊。你的同事昨天在港口發現了一具膝蓋被砍掉的屍體。」

羅根看著自己叉子上正在晃動的義大利千層麵。千層麵上的紅色肉醬也正在回視著他，還一邊往下滴，奶白色的麵皮從叉子裡探出來彷彿銀白色的骨頭一樣。不過，他的胃並不想再等待了。「然後呢？」他一邊咀嚼一邊問道。

「你們不知道那個人是誰：沒有膝蓋的先生。」

「你知道？」

米勒拿起他的酒杯，又玩了一次轉動酒杯的把戲。「噢，對啊，」他說。「就像我說的：那是我的工作。」

羅根等他往下說，不過，米勒只是緩緩地啜飲了一口。

「所以，那是誰？」羅根終於追問。

「這就是我們可以互相幫助的開始，你知道嗎？」米勒對他笑笑。「我知道某些事，而你則知道其他的事。你告訴我你知道的，我也告訴你我知道的。最後，我們彼此都會受益。」

羅根放下手中的叉子。從這傢伙邀他出來一起吃午餐開始，他就知道這一刻終將來臨。「你知道我不能告訴你任何事。」說著，他把他的盤子推開。

「我知道你告訴我的，可以比你告訴其他媒體的還要多。我知道你可以給我內部消息。這是你可以做得到的。」

「我以為早就有人把一些花絮餵給你了。」既然已經不再吃了，羅根現在就可以專注起來生氣了。

米勒聳聳肩，用他的叉子捲起一根長長的義大利麵條。「是啦，不過，你能幫我的更多，拉撒。例如，你是在現場的人。在你火大地離開之前，記住：這是一個交易。你告訴我一些事情，我也告訴你一些事情。你逮捕了那個安格斯．羅伯森，那些混蛋應該要升你為偵緝警司的。一個殺害十五個女人的人，卻被你隻手逮住了？該死，你應該獲頒一枚勳章的，老兄。」他又捲起一根義大利扁麵條，再把煙燻黑線鱈鋪在上面。「結果，他們只是拍拍你的背誇了你幾句。你有得到什麼獎賞嗎？只得到了他們滿嘴的廢話吧。」米勒往前靠，用他的叉子指著羅根。「你有想過就這件事出書嗎？」他問。「你可以得到很大一筆預付款：連續殺人強暴犯潛伏在街頭，沒有人奈何得了他，然後，麥雷警佐出現了！」米勒揮著他的叉子，彷彿一個全心投入的指揮家正在揮著指揮棒一樣，叉子上的義大利麵在他說話時鬆了開來。「警佐和勇敢的病理學家跟蹤著兇手，不過，他抓住了她！屋頂上的最終決戰：鮮血、戰鬥、幾乎致命的傷勢。兇手被送進監獄服刑三十年。鼓掌落幕。」他咧嘴一笑，將剩下的義大利麵塞進嘴裡。「多棒的故事。你的動作得快點，不過，大眾的記憶通常不會維持太久。我有人脈。我可以幫你。這是你應得的！」

他把叉子放到盤子裡，將手伸進口袋裡，掏出了一個小皮夾。

「這個，」他從皮夾裡抽出一張深藍色的小名片。「你打個電話給菲爾，就說是我讓你打給他的。他會向你提出很棒的點子，老兄。我告訴你，他是倫敦最好的作家經紀人。非常出色。」他把那張名片放在桌子中間，面對羅根。「這是免費贈送的。只是表達善意。」

羅根向他道謝。不過，卻只是讓那張名片繼續躺在桌上。

「我想從你這裡得到的是，」米勒又開始繼續吃他的義大利麵。「那些死掉的孩子發生了什麼事。警方的新聞室只會提供一般的廢話：沒有細節。沒什麼有趣的內容。」

羅根點點頭。那是標準做法：如果你把一切都告訴媒體的話，他們就會把所有的消息都印出來，或者把消息重新組合，或者在電視直播中討論。然後，天底下所有腦子有問題的傢伙就會打電話來，宣稱自己是新的馬斯崔克怪物，或者誘拐、殺害小男孩、並且在性侵他們的屍體前還先行肢解的兇手，如果媒體還沒有封給他什麼新綽號的話。如果不隱藏一些訊息的話，就沒有辦法得知哪通電話有可能是真的。

「現在，我知道可憐的大衛．雷德是被勒死的，」米勒繼續往下說，不過，這個消息是眾所皆知的。「我知道他被性侵了。」同樣地，這也不是什麼新聞。「我知道那個變態的混蛋用一支剪刀剪掉了那孩子的小雞雞。」

羅根立刻從椅子上坐直。「你是怎麼知道——」

「我知道他塞了某個東西在那孩子的屁股裡。也許他沒有辦法自己硬起來，所以，他就必須用——」

「是誰告訴你這件事的？」

米勒又聳聳肩，然後轉動了一下他的酒杯。「就像我說的：那是——」

「——你的工作，」羅根幫他把話說完。「聽起來你並不需要我幫忙。」

「我想要知道的是，調查中所發生的事，拉撒。我要知道你們打算怎麼逮住那個混蛋。」

「我們正在進行多方的調查。」

「星期日死了一個小男孩，星期一死了一個小女孩，兩個小男孩被綁架。一個連續殺人犯正逍遙法外。」

「沒有證據顯示這些案子有關聯。」

米勒往後坐，嘆了一口氣，然後幫自己又倒了一杯夏多內。「好吧，看來你還不信任我。」他說。「我可以理解。那我就幫你一個忙吧，好讓你知道我是一個好人。你們在港口拖出來的那個傢伙，那個沒有膝蓋的人，他的名字叫做喬治．史蒂芬森。他的朋友都叫他喬迪。」

「繼續說。」

「他是刀俠馬爾克的手下。你聽過這個人嗎？」

羅根點點頭。刀俠馬爾克：又叫做麥爾坎．麥克倫。愛丁堡進口槍枝、毒品和立陶宛妓女的最大進口商。他在三年前讓自己變成了半合法的商人，如果土地開發也能稱為合法的話。麥克倫家族在愛丁堡外圍買了大批的土地，並且在那些土地上擺滿一間間盒子狀的小房子。最近，他又在亞伯丁附近到處打探，想要在這裡的地產滯銷之前，涉足此地的土地和房產市場。結果招惹到了本地地產圈子的人。只不過，刀俠馬爾克的玩法和本地的開發商不一樣。他玩得夠狠，也志在必得。而且沒有人能動他一根手指。愛丁堡的刑事偵緝部沒有辦法，亞伯丁也一樣，沒有人做得到。

「反正，」米勒又說。「喬迪到這裡來，似乎是為了確認馬爾克的最新施工計畫可以拿到建築許可。他們要在這裡到金斯威爾之間的綠化帶上安置三百間房子。反正就是賄賂和貪污。只不過喬迪運氣不好，碰到了一個不貪污的經辦人。」他往後坐，然後點了點頭。「我聽到的時候也有點驚訝。我以為這種傻瓜已經不存在了。總之，那個經辦人說，『給我滾到後面去』，而喬迪真的就那麼做了。」米勒舉起手，做了一個推的手勢。「就在前往威斯希爾的二一四號巴士前面。啪嗒！」

羅根揚起一邊的眉毛。他曾經看到一則新聞，說市政局裡有人被一輛巴士輾過，不過，卻從來沒有暗示那不是意外事件。那個可憐的傢伙還在醫院的加護病房裡。他們認為他撐不過耶誕節。

米勒眨眨眼睛。「還有更精采的，」他說。「據說，喬迪很沉溺於賭馬。他在本地下了一堆的賭注。一大筆錢。只是他的運氣實在太差了。你們亞伯丁的莊家不像南方那些企業家式的賭注經紀人，不過，他們也不是天線寶寶。接下來，你就聽說喬迪俯趴在港口的水面上了，還被人用開山刀把膝蓋骨給砍掉了。」米勒往後坐，喝了一大口酒，朝著羅根笑笑。「這個消息對你來說沒有價值嗎？」

羅根不得不承認，這個消息確實有價值。

「那好吧，」米勒說著，把手肘撐在桌面上。「換你了。」

羅根走回警察總部，看似好像有人把一張中獎的樂透彩券塞進了他的手裡一樣。大雨甚至都停歇了，這讓他可以一路從格林街走到皇后街偌大的警察局而不會被淋濕。

尹斯克還在專案室裡下令和聽取報告。從事情進行的樣貌看起來，他們並沒有查到理查德·爾斯金或者彼得·拉姆利的下落。一想到那兩個還流落在某處的孩子可能已經死了，羅根的好心情就被破壞了。他沒有理由笑得像個傻瓜一樣。

他走上前，詢問警司負責那個無膝案的人是誰。

「為什麼問這個問題？」尹斯克那張大臉上寫滿了懷疑。

「因為我有一些消息要告訴他們。」

「噢，是嗎？」

羅根點點頭，當他重複柯林·米勒在午餐時告訴他的訊息時，笑意又重新回到了他的臉上。等他說完的時候，尹斯克看起來似乎很佩服。

「你是從哪裡得到這些消息的？」他問。

「柯林·米勒。那個新聞報的記者。你叫我不要惹毛他的那個人。」

尹斯克的表情變得深不可測。「我說不要去惹他。我並沒有說要你和他上床。」

「什麼？我沒有——」

「這是你和柯林·米勒的第一次對話嗎，警佐？」

「在昨天之前，我從來沒有見過他。」

尹斯克對他皺起眉頭，不發一語；等著羅根主動開口，說出什麼罪證來打破這股令人不自在的**沉默**。

「聽著，長官，」羅根無法不說。「是他來找我的。你可以去問前台。他說，他有一些有助於我們的消息。」

「那你需要回報他什麼？」

語畢，又是一陣**沉默**，這次就更讓人不安了。

「他要我告訴他關於綁架和殺人案的調查細節。」

尹斯克瞪著他看。「你告訴他了？」

「我……我告訴他，我提供給他的任何訊息都需要先得到你的准許，長官。」

這句話讓尹斯克露出了微笑。「很好。」他從口袋裡掏出一袋酒味的口香糖遞給羅根。「不過，如果我發現你對我說謊的話，我一定會讓你好看的。」

13

羅根的免費午餐讓他嚴重地消化不良。他對尹斯克說謊了，並且暗自祈禱他不會被發現。在柯林·米勒告訴他關於那個無膝男子的一切之後，羅根把失蹤孩子的調查細節告訴了他作為回報。他說服自己這麼做是對的：和一名線人來源建立友好關係，和本地的媒體搭建橋梁。然而，尹斯克的反應卻好像他把秘密賣給了敵人一樣。羅根向尹斯克提出要求，希望獲得他的許可把一切都告訴米勒，雖然他已經告訴了米勒。最後，尹斯克也同意了。如果警司發現這個交易早在他同意之前就發生的話，羅根就只能祈求上帝的幫助了。

還有一個羅根不希望會發現這件事的人正坐在面談室那張桌子的對面，那就是穿著一身完美無瑕制服的專業標準處警司。制服上的摺線左右對稱，釦子也擦得晶亮。納皮爾警司：稀薄的紅髮，還有一只像開瓶器的鼻子。他提出了一堆的問題，包括羅根重回警局、他的休養、他身為警察英雄的身分，以及他和柯林·米勒的午餐等等。

羅根露出真誠的微笑，極盡所能地說謊。

半個小時之後，他回到了那間被他強佔的辦公室，抬頭看著牆上的地圖，搓揉著胸口正中央那股燃燒的感覺。試著不要去想會被開除的事情。

米勒給他的那張藍色的名片就在他上衣的口袋裡。也許那個記者是對的。也許他值得受到更好的對待。也許，他可以寫一本關於安格斯・羅伯森的書：逮捕馬斯崔克怪物。聽起來好像還不錯……

瓦森警員在他出去午餐的時候已經來過了，並且將一疊新印出來的資料留在了他那些目擊者聲明的旁邊。每個在他那張名單上的人，他們的犯罪紀錄和民事檔案現在都在他眼前了。羅根翻了翻，對他所看到的並不滿意。沒有人有綁架、殺人，以及把年輕女孩的屍體放在垃圾袋裡丟棄的紀錄。

不過，瓦森調查得很徹底。她把每個人的年齡、電話號碼、出生地、國家保險號碼、職業，以及他們在現居地住了多久都列了出來。他不知道她是怎麼做到的。只是很可惜地，這些全都派不上用場。

羅斯蒙向來都是一個文化熔爐，而這點也反映在了瓦森的資料裡：愛丁堡、格拉斯哥、亞伯丁、因弗內斯、紐卡斯爾……甚至還有一對來自曼島的夫妻。那算是異國領域了。

他嘆了一口氣，再次把那疊聲明抽出來，那是被他標註距離十七號夠近，近到共用同一個大垃圾桶的住家。他閱讀著瓦森警員提供的基本資料，然後又重新閱讀著相應的聲明，試著要從這些聲明文字裡拼湊出一個概念。不過，這並不容易：每個基層警員在記錄聲明時，都採取了警方式的語言，那是一種怪誕可笑、矯揉造作的英文，一般人早就已經不這樣說話了，真的是貽笑大方。

「那天早上我著手要去工作，」羅根大聲地唸道。「在那之前，我首先把我的垃圾袋從廚房裡拿出來，將它丟進大樓外面的公共垃圾桶裡……」誰會那樣說話？正常人都是「去上班」：「著手去工作」這種說法只有警察才會使用吧。

他把手中的聲明翻到第一頁，想要知道是誰的口供被寫成這麼奇怪。那個名字看起來有點眼熟：某個來自諾曼．查默斯那棟公寓的人。安德森……羅根露出一絲笑容。為了不讓查默斯知道他們找上門，他們曾經按過這傢伙的門鈴。被瓦森警員認為怪怪的那個人。

根據瓦森的詳細資料，卡麥隆．安德森先生年約二十多歲，來自愛丁堡：這說明了為什麼他會取卡麥隆這種名字。他在一家水底工程師的公司工作，為石油產業製造遙控無人潛水器。羅根多多少少可以想像得到那個緊張的年輕人在操作遙控小潛水艇的畫面。

名單上的下一個人對調查沒有什麼幫助，再下一個也是，不過，他還是慢慢地把那些資料再讀過一次。如果兇手就在這些人裡面的話，他們也不會主動從名單裡跳出來承認。

最後，羅根把最後一份聲明放在那疊報告的最上面，伸了伸懶腰，他覺得他的背都發出了劈啪啪的聲響。他打了個大呵欠，差點就要把頭撐成了兩半，最後以一個飽嗝作為收尾。已經六點四十五分了，羅根今天大部分的時間都在看這些該死的訪談聲明。是時候回家了。

走廊外面很安靜。大量的行政工作都在白天做完了，在行政人員下班回家之後，原本的嘈雜就消減了很多。羅根在專案室停下腳步，看看當他在那間辦公室裡與世隔絕地研究口供聲明的時候，這裡有沒有什麼事情發生。

專案室裡有一小組穿著制服的基層警員：其中兩個在接電話，另外兩個則負責把最後生成的報告整理歸檔。當他聽到他們和他一樣也沒有什麼斬獲時，他一點都不覺得驚訝。什麼發現也沒有。

理查德·爾斯金還是沒有下落，彼得·拉姆利也是，也沒有人來指認那個躺在停屍間裡的小女孩。

「你還在，拉撒路？」

羅根轉過身，發現大塊頭蓋瑞正站在他身後，一手拿著幾個馬克杯，一手則抓了一盒企鵝餅乾。那個大塊頭朝著升降電梯點了點頭。「樓下有人要找負責失蹤兒童案的人。我以為你們都走了。」

「是誰？」羅根問。

「他說他是那個剛失蹤的小孩的繼父。」

羅根呻吟了一聲。他並非不想幫忙，但是，他更想去找瓦森警員，弄清楚他們昨天晚上到底上床了沒有。如果有的話，她希望以後還有機會嗎？

「好吧，我去見他。」

彼得·拉姆利的繼父在前台粉紅色的油氈地板上來回踱步。他已經換下了他的工作服，取而代之的是一件骯髒的牛仔褲和一件夾克，那一身裝扮看起來彷彿連噴嚏都擋不住，更遑論是屋外的狂風大雨了。

「拉姆利先生？」

那名男子突然轉過身。「他們為什麼不繼續找了？」他的臉色蒼白而疲憊，藍色的鬍碴讓他的皮膚看起來更加地蠟黃。「他還沒有回來！他們為什麼不再找了？」

羅根把他帶到一間小接待室。男子顫抖的身體不停地往下滴水。

「他們為什麼停止搜尋了？」

「他們已經出去找了一整天，拉姆利先生。現在外面太暗了，什麼也看不清……你得回家了。」

拉姆利搖搖頭，把一頭直髮上的水珠都甩了下來。「我得要找到他！他才五歲！」他慢慢地坐進一張橘色的塑膠椅裡。

羅根的手機開始發出刺耳的主題音樂，他掏出手機，看也不看地直接關上，然後塞回他的口袋裡。「抱歉。孩子的母親還好嗎？」他問。

「希拉？」拉姆利的嘴角幾乎出現了一絲笑容。「醫生開給她一些東西。彼得對她而言就是她的全世界。」

羅根點點頭。「我知道，你也許不願意想起這件事，」羅根小心翼翼地選擇自己的遣詞用字。「不過，有人告訴彼得的父親他失蹤的事嗎？」

拉姆利的臉一沉。「他去死吧。」

「拉姆利先生，孩子的父親有權利知道——」

「他去死吧！」他用手擦了擦臉。「那個混蛋和他辦公室的某個小婊子跑到蘇瑞去了。他拋棄了希拉和彼得，一毛錢也沒有留給他們。你知道耶誕節的時候，他送給彼得什麼嗎？他的生日又送了什麼？去他的。連一張卡片也沒有。那就是他給他兒子的。他根本不在乎。他媽的混蛋……」

「算了，別提孩子的父親了。我很抱歉。」羅根站起來。「聽著，我們會讓所有的巡邏車都留意你兒子的行蹤。今晚，你也沒有辦法再多做什麼了。回家吧。休息一下。明天早上天一亮，我們就會再搜索的。」

彼得．拉姆利的繼父把頭埋進手掌裡。

「沒關係的，」羅根把一隻手放在他的肩膀上，他可以感覺到這個男子的顫抖已經轉成了無聲的啜泣。「沒關係的。走吧，我送你回家。」

羅根簽署了一輛刑事偵緝處的小車，又是一輛飽受摧殘、急需清洗的佛賀汽車。從皇后街到海澤黑德的一路上，拉姆利先生都沒有說話。只是坐在乘客座上，靜靜地看著窗外，尋找著一個五歲小孩的身影。

無論你有多麼地憤世嫉俗，都不可能看不出這個人對他繼子的真愛。羅根不得不懷疑，理查德．爾斯金的父親是否也在外面，在黑暗的雨中尋找他失蹤的兒子。不過，他後來才想到，那個可憐的傢伙早在理查德出生以前就已經死了。

他皺了皺眉，開著那輛髒兮兮的車子繞過通往海澤黑德的圓環。有件事讓他感到很心煩。

他在想：當他們在那間房子裡的時候，沒有人提及過孩子的父親。牆壁上所有的照片都是那個失蹤的小孩和他那令人窒息的母親。你會覺得至少也應該有一張理查德那早逝父親的照片才對。他甚至不知道那個父親的名字。

羅根讓拉姆利先生在他公寓大樓的門口下了車。在百分之百確定那個孩子已經死了的情況下，他很難開口說，「別擔心，拉姆利先生，我們會找到他的，他不會有事的……」因此，他什麼也沒說，只是含糊地說了幾句讓他安心的話，然後便將車子駛進了黑夜之中。

等到車子開遠之後，羅根立刻把他的手機掏出來，重新開機，然後打到專案室去。一個聲音聽起來很疲憊的女警接起了電話。

「喂？」

「我是麥雷警佐，」羅根一邊說，一邊開向市區。「出了什麼事嗎？」

電話那頭停了一下，然後說道：「抱歉，長官，該死的媒體一直打電話來。舉凡你叫得出名號的：BBC、ITV、北方之音、新聞報……」

羅根不喜歡這個消息。「為什麼？」

「該死的桑迪惹出來的麻煩。他把狀況弄得好像我們很無能，企圖要把所有的謀殺案都推到他的客戶頭上，因為我們找不到任何線索。他說這是茱蒂絲．考伯特的案子重演了。」

羅根發出一聲呻吟。他們只找到了朱蒂絲．考伯特戴著純金婚戒的左手無名指，結果，桑迪．摩爾—法古哈森就把檢方的論述攻擊得體無完膚。那個丈夫無罪獲釋，即便所有人都知道是他殺了他的妻子；狡猾的桑迪因此拿到了一張鉅額支票、上了三個談話性節目和一個BBC的犯罪特別報導；而三名好警察則因此揹了黑鍋。他居然挖出七年前的案子來打擊他們。

羅根把車子迴轉，開上安德森大道，朝著通往托瑞的小路駛去。小理查德・爾斯金就是在那裡失蹤的。

「是啊，那聽起來就是桑迪的作風。你怎麼回答媒體的？」

「我告訴他們去找新聞室。」

羅根點點頭。「做得很好。聽著，我需要你幫我查一件事，好嗎？我們知道理查德・爾斯金的生父叫什麼名字嗎？」

「稍等一下……」當他被轉到等候的時候，一首〈Come On Baby Light My Fire〉的音樂像殺豬般地在聽筒裡傳來。

在那名女警的聲音取代恐怖的音樂時，他已經一路開到河邊大道了。「抱歉，長官，」她說。「我們的檔案上沒有那個父親的名字，不過，案子的註釋上有標示他在那個孩子出生之前就死了。你為什麼問這個問題？」

「沒什麼。」羅根回答。「聽著：我很快就會到爾斯金家了。你打電話給家庭聯絡官……她還在那裡嗎？是一名女性的聯絡官，對於一個小孩失蹤了的焦慮母親：他們不會派一個男人去照顧她的。」

「好的，長官。」

「很好。打給她，讓她在正門口和我碰面，我大約還要……」他看了一眼車窗外一閃而過的灰色建築，每一棟的窗戶都透出了黃色的燈光。「兩分鐘。」

當他到的時候，那名家庭聯絡官已經在等他了，在她的注視下，他笨拙地把那輛刑事偵緝處的小車停好。

羅根把車子半丟棄在路邊，試著不要讓自己看起來太慌亂，然後扣上大衣，以防被雨淋濕。家庭聯絡官顯然比他有條理：她帶了一把雨傘。

「晚安。長官，」她在他擠進雨傘底下時說道。「怎麼了？」

「我需要知道，你有沒有聽說過那個孩子的——」

一道刺眼的白色閃光穿透過雨水，打斷了他正要說的話。

「搞什麼？」他猛然回頭問道。

只見一輛骯髒的BMW停在路的另一邊，乘客座的窗戶是打開的，一縷煙霧從車裡飄進了夜晚的冷空氣裡。

「我想那是每日郵報，」那名女警撐著傘說道。「你出現了：他們認為一定發生了什麼事。閃光燈、砰、出擊。如果他們可以編造出什麼八卦來搭配剛才拍的那張照片的話，你明天就會出現在頭版上了。」

羅根轉身背對那輛車，確定如果那些人還會繼續拍照的話，他們也只能拍到他的後腦。「聽著，」他說。「你有沒有聽說過有關那個孩子生父的事？」

她聳聳肩。「只聽說他死了。根據隔壁鄰居的說法，他還是個大混蛋。」

「怎麼了，他打她嗎？還是不忠於她？」

「不知道。不過，那個老巫婆把他說得像希特勒一樣，就差沒有迷人的個性而已。」

「聽起來還真不錯。」

爾斯金家裡唯一的改變就是空氣。牆壁上仍然掛著那些怪異的母親—兒子快照，壁紙也一樣令人作嘔，不過，屋裡的空氣卻充滿了濃濃的香菸味。

爾斯金太太靠在起居室的沙發上，既無法坐著不動，也無法坐直。她的手裡握著一只裝著透明酒液的雕花玻璃大酒杯，雙唇之間則叼了一根抽了一半的香菸。咖啡桌上那瓶伏特加已經被消耗得差不多了。

她的朋友，那個不泡茶給警察喝的隔壁鄰居，正坐在一張扶手椅上，伸長了她佈滿皺紋的長脖子，企圖要看看是誰來了。當她認出他的時候，那雙珠子般的眼睛立刻亮了起來。也許她希望他帶來了壞消息。沒有什麼比別人的苦難更能讓你自我感覺良好了。

羅根在爾斯金太太旁邊的沙發上坐下來。她疲憊無神地看著他，菸頭上的一吋菸灰突然掉落在她的開襟衫正面。

「他死了，對嗎？我的小理查德死了？」過度的哭泣和大量的伏特加讓她的眼睛充滿了血絲，那張漲紅的臉上也爬滿了皺紋。她看起來彷彿在過去十個小時裡老了十歲。

那個鄰居熱切地往前靠，等待真相來臨的一刻。

「我們還不知道，」羅根對她說。「我只是需要問你幾個問題，好嗎？」

爾斯金太太點點頭，又吸進了一大口的尼古丁和焦油。

「是關於理查德父親的事。」

她渾身僵硬，彷彿有人在她身上接通了一千伏特的電量一樣。「他沒有父親！」

「那個混蛋不肯娶她，」那個鄰居津津樂道地說。「這雖然不像孩子死了的消息那麼令人興奮，不過，把痛苦的過去挖出來也不無小補。「在她十五歲的時候就把她騙上床，然後又不肯和她結婚。根本就是個人渣！」

「沒錯。」未婚的爾斯金太太朝著快速見底的伏特加酒杯行了個禮。「他是個人渣！」

「當然，」那個鄰居繼續往下說，她戲劇性地壓低了聲音。「他還想要見那個孩子。你能想像嗎？他不願意讓那孩子合法，但卻還想要帶他到杜希公園，還踢什麼該死的足球！」她往前靠，在她朋友的杯子裡倒滿伏特加。「應該要有什麼法律來禁止這種事的。」

羅根突然抬起頭。「你說『他還想要見孩子』是什麼意思？」

「我不讓他靠近我的小士兵。」爾斯金小姐用她那不穩定的手把酒杯湊近嘴唇，一口氣吞下了半杯。「噢，他寄一些小禮物、卡片和信件來，但是，我直接把那些都扔進了垃圾桶。」

「你之前告訴我們說孩子的父親已經死了。」

爾斯金小姐困惑地看著他。「沒有，我沒有那樣說過。」

「反正也和死了差不多。死了還比較好。」那個鄰居一副自鳴得意地說。突然之間，羅根終於比較了解發生了什麼事。瓦森警員告訴過他孩子的父親已經死了，因為那是這個住在隔壁的酸溜溜的老女人告訴她的。

「原來如此，」羅根緩緩地回應，企圖要讓自己的聲音聽起來很平淡。「那麼，孩子的父親有被告知說理查德失蹤了嗎？」這是他在一個小時之內第二次問這個問題。他已經知道答案了。

「那和他一點關係也沒有！」那個鄰居極盡所能地以痛恨的語氣大聲地回答。「當他不願意讓他的孩子合法的時候，他就已經放棄了他所有該死的權利了。你可以想像嗎，讓那個孩子像個混蛋一樣地過一輩子！反正，那個小人渣現在應該也已經知道了——」她指著一份攤開在地毯上的太陽報。報紙的標題上寫著：「變態戀童癖再度出擊！」

羅根閉上眼睛，深深地吸了一口氣。這個老悍婦真的讓人很煩。「你得要告訴我理查德父親的名字，爾斯金太太……小姐。」

「為什麼要告訴你！」那個鄰居一屁股跳起來。她現在儼然在扮演高尚的守護者角色，保護沙發上那個可憐的女人。「發生什麼事都和他沒有關係！」

羅根轉頭看著她。「坐下來，閉上嘴！」

她張大嘴巴站在那裡。「你……你不能那樣對我說話！」

「如果你不閉嘴坐下來的話，我會讓這位好心的警員把你帶到警察局，以捏造口供的名義起訴你。聽懂了嗎？」

她只好坐下來，閉上了嘴。

「爾斯金小姐：我需要知道。」

理查德的母親喝光她的伏特加，然後搖晃地從沙發上站起來。她往左邊靠了一下，隨即步履蹣跚地往反方向走去：她走到餐具櫃前面，開始在一個矮櫃裡翻找，把裡面的一些紙張和小盒子扔到地板上。

「這個！」她勝利般地拿出一個紙板做的檔案夾，起了毛邊的檔案夾邊緣還有金色蝴蝶結的壓花。學校幫學生們拍的大頭照通常都是用那樣的檔案夾裝起來的。她幾乎是用扔的，把檔案夾丟給了羅根。

檔案夾裡是一個男孩，也許比十四歲大一點。他有一對濃眉，眼睛微微地瞇起來，不過，毫無疑問地，他和那個失蹤的五歲男孩很像。相片的一角，就在已經變得斑駁的藍灰色背景上，寫著幾個字：「致我親愛的伊莉莎白，我會永遠愛你，達倫ＸＸ」刻意寫得很乾淨的筆跡流露著一種年少感。對一個剛進入青春期的人來說，這句話顯然很讓人心醉。

「他是你兒時的心上人？」羅根把那個棕色的照片檔案夾翻過面。除了一張印著攝影師姓名、地址和電話的金色貼紙之外，還有一張白色的貼紙，上面寫著：「達倫．凱德威：三年級，菲瑞希爾學院」。

「他是個王八蛋！」那個朋友又開口了，每個字都說得咬牙切齒。

「我最後聽到有關他的消息是，他搬家了，搬到鄧迪去了！那麼多地方，他居然挑了鄧迪！」那個朋友又塞了一根香菸到嘴裡，然後點燃。她吸了一口氣，讓菸頭發出強烈的紅光，才從鼻孔裡把煙吐出來。「那個小混蛋就是等不及要離開，不是嗎？我的意思是，他的孩子在這裡，在沒有父親的情況下長大，而他卻一逮到機會就立刻逃到鄧迪去了！」語畢，她又深深地吸了一口香菸。「應該要有法律的。」

羅根並沒有點明一個事實；既然達倫・凱德威不被允許見他的兒子，那麼，他在哪裡並沒有差別。他問了爾斯金小姐，他是否可以留著那張照片。

「幫我燒了吧。」她只是這麼回答。

然後，羅根便告辭了。

屋外依然下著傾盆大雨，而那輛破爛的BMW也還停在可以清楚看到屋子前面的位置。羅根遮著頭，快步衝向刑事偵緝處的那輛車。他把車裡的暖氣打開，調到最大，然後朝著警察總部而回。

警察總部那棟混凝土和玻璃的建築外面架了一堆電視攝影機，大部分的攝影機前面都有一名表情嚴肅的記者，正在對著攝影機發表嚴肅的聲明，探討著格蘭坪警局的能力。稍早和他在電話裡說過話的那名女警並沒有開玩笑：桑迪真的掀起了一陣風暴。

羅根把刑事偵緝處的車子停到停車場後方，並且在走向專案室的時候，刻意繞開了前台區域。

專案室裡又恢復了忙亂。不過，這回是圍繞著一名面色疲憊的新聞官員而忙碌，只見她把一只記事板抓在胸前，企圖要在房間裡的每一具電話都在大聲作響的同時，從四名值班員警的口中獲得詳細的簡報。當她看到羅根的時候，她的眼睛立刻就亮了起來。終於有人來分擔她的壓力了。

「警佐——」她才開口，羅根就舉起一隻手，拿起一支難得沒有在響的電話。

「等一下。」他說著，撥了檔案室的號碼。

電話幾乎立刻就被接了起來。

「我需要查一個名叫達倫．凱德威的人的車輛紀錄。」語畢，他很快地在腦子裡計算了一下。達倫在爾斯金小姐十五歲的時候把她的肚子搞大了，加上九個月的懷孕，再加上孩子出世後的五年。假設在他們永恆的愛轉變為肉體關係的時候，兩人當時的年紀一致，那麼，達倫現在應該是二十一——二十二歲了。加減個幾個月。「他應該在二十出頭，據說住在鄧迪……」電話那頭的官員複述著他所提供的細節時，他點了點頭。「是的，沒錯。你多久可以告訴我？好，好，我先不掛斷。」

那名新聞官員正站在他的面前，一副有人把活生生的青魚丟在她褲子上的表情。「媒體一直在追我們！」她哀號地對著正等在電話線上的羅根說道。「那個該死的桑迪混蛋律師居然明目張膽地用各種話在辱罵我們！」她漲紅著臉，那抹甜菜根的顏色從她的金髮邊緣一路延伸到了她的脖子，彷彿曬傷了一樣。「我們有什麼可以告訴他們的嗎？任何消息？任何可以讓我們看起來好像有什麼進展的消息？」

羅根用一隻手蓋住電話筒，然後告訴她，他們正在進行多方調查。

「不要告訴我這個！」她幾乎就要爆發了。「只有在我們什麼線索也沒掌握到的時候，我才會那樣對他們說！我不能這麼說！」

「聽著，」他說。「我不能像變魔術一樣地去逮捕……喂？」

電話那頭的聲音又回來了：「是，我在東北部查到了十五個達倫·凱德威。但是只有一個住在鄧迪，而他已經三十幾、接近四十歲了。」

羅根咒罵了一聲。

「不過，我找到一個二十一歲的達倫·凱德威，他住在波勒森。」

「波勒森？」那是在亞伯丁以南五哩處的一個小鎮。

「是的。他的車是一輛暗紅色的雷諾克利歐。你要車牌號碼嗎？」

羅根表示他要，同時閉上眼睛感謝上帝，他終於開始走運了。一名目擊者曾經看到一個符合理查德·爾斯金的小孩上了一輛暗紅色的掀背車。他抄下車牌號碼和地址，向電話那頭的男子道謝，然後朝著那名激動的新聞處官員笑了笑。

「怎麼了？怎麼了？你有什麼消息？」她問。

「希望我們很快就可以進行逮捕了。」

「逮捕？你要逮捕誰？」

不過，羅根已經離開了。

14

他從更衣室抓來的那名警員就坐在刑事偵緝處那輛小車的方向盤後面，超速地開往南方。羅根坐在乘客座上，看著漆黑的鄉村在窗外飛馳而過。還有另一名警員和女警坐在後座。夜晚的這個時間點車流很少，不多久，他們就緩緩地經過了羅根手中那個達倫·凱德威的地址了。

那是一幢座落在波勒森南部的平房，和其他外型相同的新平房同屬在一個蜿蜒的開發區裡。房子的前院是不到幾平方呎的草地，邊緣圍繞著已經枯萎的玫瑰花。還有幾片毫無生氣的花瓣垂掛在花朵上面：其餘的花瓣都被大雨打落，濕漉漉地堆積在矮樹叢底下，在路燈下呈現著病態的棕色。

一輛暗紅色的雷諾克利歐就停在那條壓磚的小車道上。

羅根讓司機把車停在角落。「好了，」他解開安全帶，對車裡的員警們說。「我們要輕鬆地處理這件事。你們兩個繞到後面去。你們就位之後讓我知道，然後我就會按電鈴。如果他逃跑的話：你就抓住他。」他轉向車後座的那名女警交代，他胃裡的傷疤因為這個動作受到了拉扯，讓他不禁皺起眉頭。「等我們走向房子的時候，我要你們都待在視線範圍之外。如果凱德威看到警察出現在他的門口，他會嚇死的。我不希望這演變成一場圍攻。好嗎？」

每個人都點了點頭。

羅根下車的時候，外面冷到凍人。原本豆大的雨滴已經轉成了冰冷的毛毛細雨，等他們走到前門的時候，他的雙手和臉頰的溫度已經在細雨中流失了。那兩名警員已經消失在了屋後。

屋子裡亮著幾盞燈，電視的聲音從起居室裡滲透出來。羅根聽到沖馬桶的聲音響起，隨即將手伸向門鈴。

他的手機突然在口袋裡發出刺耳的來電聲。羅根默默地詛咒了一聲，然後按下通話鍵。「羅根。」

「發生了什麼事？」是尹斯克。

「我可以等一下回電給你嗎，長官？」他低聲地說。

「他媽的不行！我剛接到總部的電話。他們告訴我說，你徵調了三名警員，要去逮捕某個人！發生了什麼鬼事？」耳機裡傳來一些含糊的雜音，然後突然響起了巨大的樂隊聲。「該死。」尹斯克說道。「換我上台了。等我下了舞台之後，你最好要給我一個好的解釋，警佐，否則，我會……」一名女子簡短而堅決的聲音響起，不過聲音很微弱，讓羅根無法聽出她在說什麼，接著是：「好啦，好啦，我馬上就來。」電話隨即就掛斷了。

那名女警揚著眉，站在門口的台階上看著他。

「他正要上台，」羅根一邊解釋，一邊把手機塞回口袋。「我們趕快解決這件事吧。如果我們夠幸運的話，我們可以在演出結束之後，帶著好消息到酒吧和他碰面。」

語畢，他按下了門鈴。

浴室的窗戶裡傳出一陣輕微的男人咒罵聲。這至少讓他們知道有人在家。羅根再次按了門鈴。

「等一下！等一下，來了！」

大約一分半鐘之後，一道影子落在鑲著玻璃的前門上，門鎖裡發出了一聲鑰匙轉動的聲音。前門打開，一張臉從門縫裡探了出來。

「哈囉？」那張臉說。

「達倫？」羅根問。

那張臉皺了皺眉，一對黑色的濃眉壓在他的眼睛上方，不過，那兩隻眼睛似乎並沒有看著同一個方向。達倫．凱德威也許比他在學校拍那張照片時長大了五歲多，不過，他並沒有改變太多。他的下巴寬了一點，髮型看起來有設計過，而不是他母親自己剪的，不過，他絕對還是同樣的那個人。

「是的？」達倫應了一聲，羅根突然把門推開。

那名年輕的男子往後跌了幾步，撞到一張小桌子上，然後摔倒在地。羅根和那名女警踏進室內，把門在他們身後關上。

「嘖，嘖。」羅根搖搖頭。「你應該要裝安全鎖鍊的，凱德威先生。這樣別人就很難不請而入了。你永遠都不會知道站在門外的人是誰。」

男子跌跌撞撞地爬起來，握緊了拳頭。「你是誰？」

「你家挺溫馨的，凱德威先生，」羅根說著，讓那名女警站到他前面，擋住肢體暴力的可能性。「你不介意我們在屋子裡看看吧？」

「你不能這麼做！」

「噢，我可以的。」羅根拿出搜索令，在他面前揮了一下。「我們應該從哪裡開始？」

房子裡面比外面看起來要小得多。兩間臥室，其中一間擺了一張雙人床，床上塞了一條黃灰色的編織毛毯，浴室櫃上雜亂地擺了幾罐保濕霜；另一間房間裡有一張單人床貼牆而放，床的對面有一張小電腦桌。床頭則貼了一張幾乎全裸的年輕女子海報。海報裡的女孩嘛著嘴，看起來很是俏皮。浴室裡有一套酪梨色的盥洗設備，羅根已經很久沒有見到過這麼噁心的顏色了。至於廚房則剛好容納得下他們三個人同時站進去，只要他們動作不大的話。起居室被一架寬螢幕的電視所佔滿，還有一張大型的萊姆綠沙發。

沒有跡象顯示那個失蹤的五歲男孩就在屋裡。

「他在哪裡？」羅根一邊問，一邊檢查著櫥櫃，拿出一堆豆子罐頭、湯罐和鮪魚罐。

達倫幾乎同時往左右兩邊看了看。「誰在哪裡？」然後才問。

羅根嘆了一口氣地把櫥櫃的門關上。

「你很清楚『誰』，達倫。理查德．爾斯金。你兒子？你把他怎麼了？」

「我沒把他怎麼了。我已經幾個月沒有見到他了。」他垂下頭。「她不讓我見他。」

「有人看到你了，達倫。有人舉報你的車。」羅根試著從廚房窗戶往外看，不過，他只能看到他自己的影像反射在玻璃上，正在回視著他。

「我……」達倫吸了吸鼻子。「我曾經開車在那裡出沒。看看能不能瞄到他一眼，你知道的，也許他正在外面玩或什麼的？但是，她不讓他出門，不是嗎？不讓他像其他的孩子那樣。」

羅根把電燈的開關關上，讓廚房陷入了一片黑暗。在沒有燈光把窗戶變成鏡子的情況下，他可以看得到後花園。那兩個被他派去監視後門的警員正在那裡，在冰冷的細雨中發抖。後花園的一角有一間棚舍。

他帶著微笑地把燈重新打開，讓每個人都瞇起了眼睛。

「什麼？」

「走吧。」他揪住達倫的衣領。「我們去那間棚舍裡看看。」

然而，理查德．爾斯金並不在那裡。只有一台剪草機、幾支小鏟子、一袋肥料和一支修剪花木的剪刀。

「見鬼了！」

他們站在起居室裡，喝著品質低劣的茶。兩名身上濕漉漉的警員、那名女警、達倫．凱德威和羅根總共五個人，讓起居室顯得很擁擠。房子的主人坐在沙發上，隨著時間一分一秒地過去，他看起來也越發地不高興。

「他在哪裡？」羅根再問一次。「你早晚都要告訴我們的。所以，最好現在就開口。」

達倫繃著臉，看著他們。「我沒有看到他。我不知道你在說什麼。」

「那好吧，」羅根靠在那張萊姆綠的沙發扶手上。「你昨天早上十點的時候在哪裡？」

達倫戲劇性地嘆了一口氣。「我正在工作！」

「你可以證明嗎？」

達倫的臉上爆出一絲壞笑。「我當然可以。看——」他從那張低矮的咖啡桌上抓起電話捅向羅根，再從一疊哈囉！雜誌底下抽出一本黃頁。「布羅德斯坦修車廠，」說著，他打開那本厚厚的電話指南，用生氣的手指不停地翻頁。「打給他們。打啊：找艾文。他是我老闆。問他我當時在哪裡。打啊。」

羅根接過電話和黃頁，腦子裡出現一個令人不快的想法：如果達倫說的是真的呢？

布羅德斯坦修車廠刊登了一整頁的廣告：微笑的扳手和快樂的螺栓讓廣告看起來很俗氣。廣告上說「二十四小時服務」，因此，羅根撥了那個號碼。電話鈴聲聽起來彷彿就在他耳朵裡一樣，一遍又一遍地響個不停。就在他打算掛斷時，一道不耐煩的聲音在他的耳邊大聲地喊道：

「布羅德斯坦修車廠！」

「哈囉？」羅根在聽力恢復時問道。「是艾文嗎？」

「你是誰？」

「我是格蘭坪警察局的羅根．麥雷警佐。你是達倫．凱德威的雇主嗎？」

電話那頭的那個聲音立刻變得多疑了起來。「如果我是呢？他做了什麼？」

「你可以告訴我，凱德威先生昨天上午九點到十一點之間在哪裡嗎？」

達倫坐回沙發上，臉上依然掛著那抹壞笑，讓羅根再次感覺到心在往下沉。

「他在幫我換一輛Volvo的線路。怎麼了？」

「你確定嗎？」

電話那頭稍微停了一下，然後又說，「我當然很確定。我就在那裡。如果他在別的地方，我一定會發現的。好了，這是幹嘛？」

羅根花了五分鐘的時間才擺脫掉他。

羅根放下電話，試著要掩藏聲音裡的失望。「看來，我們似乎欠你一個道歉，凱德威先生。」

「你他媽的當然欠我！」達倫站起身，指著前門。「現在，你們要不要滾出去找我兒子了？」

他把大門在他們身後用力甩上，這已經算是很有禮貌了。

他們在細雨中走向羅根申請來的那輛生鏽的佛賀汽車。白跑了一趟。而且，現在他也沒有什麼好消息可以告訴尹斯克警司的了。他只能希望今晚的演出很順利。也許，警司的心情會很好，那就不會對他動怒了。

方向盤後面的那名警員發動車子，車窗很快地就起霧了。他打開暖氣，不過並沒有造成太大的差別。他只好扯下自己的領帶，把蒙上最多霧氣的地方擦乾淨。然而，那只是把濕氣換到另一個地方而已。

他們嘆息著靠坐在座位上，等待著擋風玻璃上可以透視的面積變大。

「你覺得他的不在場證明是真的嗎？」那名坐在後座的女警問。

羅根聳聳肩。

「那間修車廠是二十四小時營業的：我們回市區途中去看一下吧。」不過，羅根已經知道那個不在場證明是站得住腳的。達倫·凱德威不可能在自己五歲大的兒子到商店去買牛奶和巧克力餅乾的時候綁架他。

可是，他原本還很確定是他！

暖氣終於把玻璃上的霧氣吹出了足夠大的面積，讓他們可以看到外面。負責開車的警員打開車頭燈，從路邊把車開了出去。他們在死巷做了三點調頭，然後沿著他們來時的路往回開。羅根看著達倫的房子劃過乘客座的車窗。他原本是那麼地肯定。

當他們開過波勒森，朝著通往亞伯丁的雙車道駛去時，羅根看到了大型DIY商店和超市的燈在前方閃爍。此刻，羅根覺得帶瓶酒回家會是一個很好的主意。因此，他要求開車的警員稍微繞道。

羅根讓其他人在車裡等候，自己則在成排的貨架之間把薯片、醃漬洋蔥扔進他的購物籃裡。他們這趟出來原本期待能發現那個失蹤的孩子平安無事，然後以英雄之姿回到警察總部。然而，他們卻空手而回，這樣的結果也讓羅根看起來像個傻瓜。

他扔了幾瓶希拉紅酒到薯片上，當他意識到一半的薯片都被紅酒壓碎時，不禁**詛咒**了好幾聲。他一臉難為情地偷偷回到零食區，把被壓碎的鹽醋口味薯片和貨架上完好的包裝換了過來。

他想像著達倫·凱德威住在那個小房子裡，不被獲准去探視他的兒子，還要開車到托瑞去偷看兒子。可憐的傢伙。羅根沒有小孩。他過去的女友曾經有過生理期遲了兩週的經驗，所幸並沒有什麼事情發生。他只能想像有個兒子卻完全被摒除在兒子的生活之外是什麼樣的感覺。

只有兩個櫃檯開放結帳，其中一個的收銀員是個皮膚上的斑塊面積比乾淨皮膚還要多的女孩，另一個則是一名臉上凹凸不平、雙手顫抖的老男人。他們兩人似乎都無法讓緩慢移動的結帳隊伍加速。

排在他前面的那個女人買了所有你可以想像得到的速食：咖哩配薯條、披薩配薯條、雞肉炒麵配薯條，漢堡配薯條，義大利千層麵配薯條……她的推車裡沒有任何的水果或者蔬菜。不過倒是有六瓶兩公升的健怡可樂和一個巧克力蛋糕。所以，沒有蔬果也就無所謂了。

當那個老傢伙笨手笨腳地掃描著那些微波食品的條碼時，羅根的思緒遊走到了其他地方。所有的小商店——修鞋店、照相館、乾洗店和那家販售古怪的玻璃小丑以及搪瓷小雕像的商店——都陷入了一片漆黑，百葉窗也都關上了。任何想要購買吹風笛的蘇格蘭㹴犬裝飾品的人，無論有多麼緊急、多麼地攸關生死，都只能明天再來了。

當他前面那個女人開始把她的微波食品裝進塑膠袋裡的時候，羅根往前挪出一步。

一陣兒童節目的主題音樂突然從靠近超市出口的某個地方響起，羅根抬起頭，看到一名老婦人正低頭看著一台兒童遊戲機——一節正在發出「咻—咻」聲、前後搖晃的藍色塑膠火車頭。他看著老婦人面帶微笑地跟著音樂搖晃，直到主題曲結束、火車頭停止晃動為止。老婦人打開她的手提袋拿出皮包，不過卻沒有找到足夠的零錢可以讓火車頭再動一輪。一名表情失望的小女孩從火車頭裡探出頭來，牽著老奶奶的手，慢慢地走出了超市大門，還不停地回頭，依依不捨地看著火車頭的笑臉。

「……要包起來嗎？」

「蛤？」羅根把注意力拉回到眼前那名結帳的老頭身上。

「我是說，你需要人幫忙裝袋嗎？」說著，他拿起羅根的薯片。「你買的東西，你需要幫忙裝袋嗎？」

「噢，不用。不用了，謝謝。」

羅根把酒、薯片和酸黃瓜塞進一個塑膠袋裡，走向停在外面的車子。他也許應該要買幾瓶啤酒，給那幾個又濕又冷又失望、被他一路拖到這裡來的警員，不過已經來不及了。

一陣笑聲傳來，羅根轉過頭，看到超市裡那個小女孩正在一灘水裡跳上跳下，老奶奶則在一旁笑著拍手。

他停下腳步看著眼前的這一幕，不自主地皺起了眉頭。

如果理查德．爾斯金的父親不被允許去探視他的話，那麼，他的祖父母也沒有機會看到孩子。每個人都失去……

那間主臥看起來不太像是一名二十二歲的男人睡覺的地方。那條針織的毯子和那些瓶瓶罐罐的保濕霜。貼著半裸女人海報和擺著電腦的那間房間還比較像。

他跳上車，把購物袋扔在腳邊。

「你們覺得再去一趟凱德威先生家怎麼樣？」他帶著一絲微笑地問。

那輛暗紅色的掀背車依然停在車道上，不過，房子前面還停了一輛淺藍色的Volvo旅行車，兩個輪子還壓到了路邊。那讓羅根臉上的笑容蕩漾開來。

「停在上次停的位置，」他對著駕駛說。「你們兩個繞到後面，我們負責前門。」

羅根給了他們一分鐘就位，然後走上房子前面的小徑，用拇指壓住門鈴。

達倫．凱德威開了門。他的臉色從厭煩轉成了驚慌，然後因為憤怒而漲紅，所有的轉變都在一瞬之間。

「哈囉，達倫，」羅根把一隻腳塞進門裡，這樣，大門就不會當著他的面被關上。「你介意我們再進來嗎？」

「你現在又想幹嘛了？」

「達倫？」一道高頻率的女聲響起，聲音中還帶著一絲不確定。「達倫，後花園有警察！」

達倫的眼睛瞄向廚房打開的門，然後又回到羅根身上。

「達倫！」女子的聲音再次響起。「我們要怎麼辦？」

達倫的肩膀垮了下來。「沒關係的，媽，」他說。「你要不要去燒壺水？」他往後退開一步，讓羅根和那名女警進門。

起居室的中間有一堆購物袋。羅根打開其中一只，發現裡面都是全新的小孩衣服。

一名年近五十歲的女子從廚房裡出來，手裡抓著一條抹布，像撥弄念珠般地在胸前捏著抹布。「達倫？」她問。

「沒事的，媽。來不及了。」他跌坐在那張顏色恐怖的綠色沙發裡。「你們要把他帶走，對嗎？」

羅根示意那名女警擋住起居室的門。

「他在哪裡？」他問。

「不公平！」達倫的母親把那條抹布甩向羅根的臉。抹布上還印著跳舞的小羊。「我為什麼不能看我孫子？他為什麼不能和他父親住在一起？」

「凱德威太太──」羅根才剛開口，不過，她顯然還沒說完。

「那頭小母牛把他帶走，不讓我們見他！他是我的孫子，但她卻不准我看他！那算哪門子母親？什麼樣的母親會不讓孩子見自己的父親？她不值得擁有這個孩子！」

「他在哪裡？」羅根又問。

「什麼都不要告訴他，達倫！」

達倫指著兩間臥室中比較小的那間，透過那名女警的肩膀可以看得到臥房的門。「他才剛去睡覺。」他的聲音小到羅根幾乎聽不到。

那名女警轉頭看向臥室，羅根則點了點頭。幾分鐘之後，她就帶著一名滿臉睡意、穿著藍黃蘇格蘭格子呢睡衣的小男孩回來了。男孩打了個呵欠，睡眼惺忪地看著起居室裡所有的人。

「走吧，理查德。」羅根說道。「該回家了。」

15

一輛巡邏車停在達倫・凱德威的屋子前面，車燈已經熄掉，引擎也轉動得很緩慢。一名被羅根徵召來的警員正在屋裡對著達倫宣讀他的權利，而達倫的母親則哭著崩倒在那張萊姆綠的沙發上。至於小理查德・爾斯金早已睡著了。

羅根嘆息著走進濛濛細雨之中。車裡悶到令人窒息，而他也開始為達倫感到難過。他也不過是個大孩子而已。他只是想要見自己的兒子。也許只是想讓孩子和他住一陣子。看著他長大。然而，最終他卻會揹上犯罪的紀錄，也許還會收到禁制令。

羅根吐出來的氣息化成了一縷白霧被風吹走。越來越冷了。他還沒有決定要怎麼處理布羅德斯坦修車廠的老闆。那傢伙給了一個假的不在場證明：妨害司法公正。他們現在找到了孩子，在不在場都已經不重要了。不管是否有不在場證明，達倫都已經被當場逮到了。

然而，不管怎麼說，妨害司法公正依然是很嚴重的罪行……

他審慎地把雙手插進口袋裡，望著大街。沉寂的房子、拉下的窗簾，偶爾有鄰居拉扯著窗簾，企圖要弄清楚警察在凱德威家做什麼。

警告，或者起訴？

他打了個冷顫，轉身走回屋子，他的眼神從那座種著垂死玫瑰的花園邊緣滑向那輛淺藍色的

Volvo。他掏出手機，撥了記憶中布羅德斯坦修車廠的電話號碼。

五分鐘之後，他和達倫．凱德威一起站在那間小廚房裡，其餘幾名警員各自手捧一杯熱茶，帶著一臉疑惑的表情待在起居室裡。達倫垂頭喪氣地靠在洗手槽邊上，雙肩佝僂，透過窗戶上自己的倒影望著漆黑的花園。「我得去坐牢，對嗎？」那個問題聽起來更像是一聲低語。

「你確定你不要更改口供嗎，達倫？」

玻璃上的那個倒影咬了咬嘴唇，然後搖搖頭。「不用。不，是我幹的。」他用衣袖擦了擦眼睛，然後再度吸了吸鼻子。「是我帶走他的。」

羅根往後靠到工作台上。

「不，你沒有。」

「是我！」

「你在工作。你當時正在重新佈線的那輛Volvo是你母親的車。我又打電話到修車廠去，確認了車牌號碼。你把你的車借給了你母親。她才是綁架理查德．爾斯金的人。不是你。」

「是我！我已經告訴過你，是我！」

羅根沒有回應，只是任憑**沉默**在空氣中持續下去。有人在起居室裡打開了電視：傳來了一陣模糊不清的聲音和罐頭笑聲。

「你確定你要這麼做嗎，達倫？」

達倫很確定。

他們在沉默中開車回警察總部，達倫．凱德威只是望著車窗外閃爍的街道。羅根把他交給了負責拘留的警員，然後看著達倫口袋裡的東西被放進一個藍色的托盤，包括他的皮帶和鞋帶，全都簽名點交了出去。他的臉上冒著緊張的汗珠，雙眼泛紅地含著淚水。羅根試著不要讓自己懷有罪惡感。

當他走向前台區域的時候，總部大樓裡一片安靜。大塊頭蓋瑞在前台，耳朵上夾著電話，臉上則露出歡欣的表情。「不，先生，不……是的。我相信那樣的衝擊一定很恐怖……弄得你褲子的正面全部都是……是的，是的，我都記下來了……」他才沒有呢：他正在畫圖，圖裡那個穿西裝的男子被另一個面帶笑容的男子擠壓在警車裡。那個擠壓的人看起來很像蓋瑞，而那個被擠壓的人則神似眾人所愛的那個大律師。

羅根的臉上浮現一抹笑意。他靠在桌子邊緣，聽著蓋瑞最後的那番對話。

「噢，是的。我同意。真可怕，好可怕……不，我不這麼想，先生。」他在記事本上潦草地寫下幾個字「自以為是的屎蛋」，然後又畫了一堆小箭頭，全都射向那個被擠壓的人物。

「是的，先生，我會確認所有處理緊急事件的警車都出動去找肇事者。我們會把這件事列為優先處理的。」語畢，他把電話掛回電話座上，然後才追加了一句結語，「只要市長走進來，開始提供免費口交的服務，我們就立刻處理你的投訴。」

羅根從桌上拿起那個畫著塗鴉的記事本，檢視著那幅令人愉快的圖畫。「我不知道你還有藝術天分呢，蓋瑞。」

蓋瑞咧嘴笑了笑。「狡猾的桑迪：有人在他身上潑了一盆血。罵他是『最愛強暴犯的混蛋』，然後就逃之夭夭了。」

「我的心在滴血。」

「對了，有你的留言：一個拉姆利先生。過去兩個小時裡大概打來了六次。他想要知道，我們是不是找到他兒子了。可憐的傢伙，他聽起來很絕望的樣子。」

羅根嘆了一口氣。搜索隊全都回家了：在早上來臨之前，他們什麼也做不了。「你有看到尹斯克警司嗎？」他問。

蓋瑞搖搖頭，他的下巴也跟著在晃動。「沒有機會。」他看了一下手錶。「表演大概還要……五分鐘才會結束。你知道當他全神貫注在劇場裡的時候，如果有人打電話給他的話會怎麼樣。我有沒有告訴過你——」

前台盡頭的門突然被推開，砰地一聲撞在牆壁上，然後又回彈回去。尹斯克警司衝了進來，那雙鞋尖彎起的靴子把磁磚地板刮得嘎吱作響。「麥雷！」他帶著一臉濃妝大聲地怒吼。他的下巴貼著一副山羊鬍，兩邊還輔以捲翹的八字鬍。鬍子被撕下來的時候，他的嘴邊出現了一片粉紅色的痕跡。一條白色的勒痕顯示出他的頭巾曾經被綁在哪裡，那顆光頭在頭頂的燈光下熠熠發亮。

羅根立刻從桌邊立正站好。在他打算開口問今晚的演出如何時，警司已經來到了他的面前。「你以為你在演什麼戲碼，警佐？」他扯下夾在耳朵上的耳環，用力地壓在桌面上。「你不能——」

「理查德．爾斯金。我們找到他了。」

在滿臉的化妝下，警司的面色瞬間發白。「什麼？」

「他沒死。我們找到他了。」

「你在開玩笑吧！」

「沒有。我們已經安排好二十分鐘後要開記者會了。孩子的母親在趕來警局的路上。」羅根往後退開一步，打量著警司那一身聖誕兒童劇裡的壞人裝扮，警司的怒意顯然逐漸消退了。「這個造型在電視上看起來會很棒的。」

□□□

週三早上開始得太早。才五點四十五分，電話就開始響個不停。

羅根昏昏沉沉、滿腦子疑惑地從羽絨被底下翻下床，企圖要按掉鬧鐘。鬧鐘哐啷一聲地砸中他。羅根拾起鬧鐘，看了一眼時間，咒罵一聲又鑽回床上，一隻手揉著臉，試著要把自己揉醒。

電話還在響。

「安靜！」他對電話說。

電話依然在響。

羅根拖著腳步走進起居室，抓起電話筒。「幹嘛？」

「你的電話禮儀還真好，」一個熟悉的格拉斯哥口音傳來。「你到底要不要開門？我在這裡快要凍死了！」

「什麼？」

門鈴叮咚叮咚地響起，羅根不禁又咒罵了一聲。

「等一下。」他對著電話那頭說完，然後把話筒放到咖啡桌上，蹣跚地走出他的公寓，一路走下公共樓梯來到公寓大樓的前門。室外依然一片漆黑，不過，大雨在半夜的時候已經停了。現在，眼前的一切都結上了一層霜，反射著黃澄澄的街燈。那個記者——柯林．米勒——正站在台階上，一手握著手機，另一手拎了一只白色的塑膠袋。他穿了一件深灰色的西裝和一件黑色的長大衣，那一身打扮確實無可挑剔。

「天啊，凍死人了！」他一開口就送出了一團霧氣。「你要讓我進去嗎？」他把那只塑膠袋舉到眼睛的高度。「我帶早餐來了。」

羅根在黑暗中瞇起眼睛。「你知道現在幾點嗎？」

「知道。快點開門，不然所有的東西都要涼掉了。」

他們坐在廚房的桌子邊上，羅根慢慢地清醒了過來，米勒則逕自在羅根的櫥櫃裡翻找，爐子上的水壺也在咕嚕聲中即將沸騰。「你有像樣的咖啡嗎？」他一邊問著，一邊關上一扇櫥櫃的門，然後又打開另一扇。

「沒有。只有即溶咖啡。」

米勒嘆了一口氣，搖搖頭。「你這裡簡直就像第三世界一樣。算了。我就將就一下吧……」他找出幾個大馬克杯，把深棕色的咖啡粉和糖舀進杯子裡。然後又懷疑地檢查了一下冰箱裡那桶脫脂牛奶，不過，在嗅了一兩次之後，還是決定把牛奶和一條塗抹型的奶油拿出來放到桌上。

「我不確定你喜歡哪種早餐，所以，我買了可頌、香腸卷、牛肉派和亞伯丁麵包卷。你自己來吧。」

羅根從袋子裡拿了幾個亞伯丁麵包卷出來，在其中一個上面塗了厚厚的一層奶油。他咬了一大口，心滿意足地嘆了一口氣。

「我不知道你怎麼吃得下那種東西，」米勒說著，把一杯咖啡遞給羅根。「你知道那裡面有什麼嗎？」

羅根點點頭。「脂肪、麵粉和鹽。」

「不，不是脂肪：豬油。只有亞伯丁人才能做出外型像一堆牛糞的麵包卷。那裡面有半噸的動物飽和脂肪和半噸的鹽！難怪你們都死於突發性心臟病。」他把塑膠袋拉過去，拿了一個可頌，撕了一小塊，塗上果醬和奶油，然後沾進他的咖啡裡。

「你盡量說吧！」羅根看著米勒的馬克杯表面浮上一層發亮的油脂。「你的同鄉還發明了油炸披薩呢！」

「沒錯，說得好。」

羅根看著他又撕了一小塊可頌，抹上果醬和奶油，再次沾上咖啡，並且等到他的嘴裡塞滿浸濕的麵包時，才問他為什麼在這種鬼時間來按門鈴。

「一個朋友不能和他另一個朋友吃早餐嗎？」他的話說得模糊不清。「你知道的，友好的社交……」

「然後呢？」

米勒聳聳肩。「你昨晚表現得很出色。」他把手伸進袋子裡，再拿了一個可頌出來，還有一份當天早上的新聞報。頭版有一張記者會的照片。大大的粗體字標題寫著「警察英雄找回失蹤的孩子」。「靠你自己找到了那個孩子。你是怎麼做到的？」

羅根從袋子裡拿出一個牛肉派，驚訝地發現派還保留著爐子的餘溫。他一邊大口咀嚼著派皮，一邊閱讀著報紙，讓麵包屑撒在了報紙上。他必須承認：那是一篇不錯的報導。事實上，可說的部分並不多，不過，米勒卻把僅有的訊息編成了比原本的事實更有趣的故事。看起來，這傢伙之所以成為報社的金童不是沒有道理的。報導中甚至還重新提及羅根曾經將馬斯崔克怪物逮捕歸案的紀錄，好讓所有人都知道羅根．麥雷警佐被封為「警察英雄」絕對是當之無愧。

「真令我刮目相看，」羅根的話讓米勒露出笑容。「所有的字都沒有拼錯。」

「你這個無恥的傢伙。」

「好吧，你到底來這裡幹嘛？」

米勒往後一靠，把咖啡杯捧到胸口，不過，還不至於近到會把咖啡漬印在他的新西裝上。「你很清楚知道為什麼：我要內線消息。我要獨家。這些，」他戳了戳報紙頭版上的照片，「保質期不會太久。今天、明天，然後就沒了。孩子平安回來，結果是被他父親帶走的。家務事。沒有什麼可以讓讀者震驚或者害怕的。如果那個孩子死了的話，話題就會持續好幾週。但是現在，過了明天，就沒有人想要知道這件事了。」

「真諷刺。」

米勒聳聳肩。「我只是實話實說而已。」

「那就是你同事不喜歡你的原因嗎？」

米勒一點都沒有退縮，只是把那塊吸飽咖啡的麵包塞進嘴裡。「是啊，反正……沒有人喜歡聰明的人，特別是這個聰明人會讓他們看起來相形見絀的時候。」他操著一口牽強的亞伯丁口音接著說：「『你不是團隊的一員！』『我們這裡不是那樣做事的！』『你再這樣，你就出局了！』」他嗤之以鼻地說。「沒錯，他們不喜歡我，不過，他們還是刊登了我寫的報導，不是嗎？自從我到這裡以後，我的文章被登在頭版的次數，遠比那些討厭的老傢伙在這裡待了一整輩子還要多得多！」

羅根笑了笑。他踩到痛點了。

「好吧，」米勒解決掉最後的一點可頌，吸吮著指尖上的麵包屑。「你打不打算告訴我你是怎麼找到那個失蹤的孩子？」

「沒門！我已經被專業標準處召見過一次了，他們要查出是誰把我們找到大衛・雷德屍體的消息洩漏給你的。如果我未經正式許可就把消息透露出去的話，他們就會讓我吃不了兜著走了。」

「就像你昨天那樣？」米勒無辜地問。

羅根只是瞪著他。

「好吧，好吧，」米勒說著，收拾著剩餘的早餐。「我聽懂了。交換條件：對嗎？」

「你得告訴我，你的消息來源是誰。」

米勒搖搖頭。「不可能。這點你知道的。」他把牛奶和奶油塞回冰箱。「我給你的那個訊息，你怎麼處理了？」

「呃……我們正在跟進。」羅根編了一個謊話。那個港口的浮屍！那具沒有膝蓋的屍體！在尹斯克因為他和媒體打交道而怒斥他之後，他並沒有真的把這個消息透露給負責調查那個案子的警司。他忙著生悶氣都來不及了。

「好吧，你去和你的警司談談，然後，我就會告訴你喬治・史蒂芬森最後去過的地方。這樣聽起來夠公平了吧？」他從他的皮夾裡抽出一張新印的名片放在桌上。「你可以在四點半前告訴我。『警察英雄如何找回失蹤的孩子？』過了明天之後：沒有人在乎了。你得到你老闆准許的時候就通知我們。」

16

現在要再回去睡覺已經太遲了，因此，羅根發著牢騷沖了個澡，之後再一路走到警察總部。街道彷彿一面玻璃，市政局一如既往地不讓馬路和人行道撒上細沙防滑。不過，至少雨已經停了。他的頭頂上籠罩著紫色和深灰色的雲層，距離太陽升起至少還要兩個小時。

當他推開主要的大門時，警察總部就像一座墳墓一樣。昨天晚上駐紮在這裡的媒體大軍已經完全不見了蹤影。只剩下一堆皺乾巴的菸蒂躺在排水溝裡，彷彿凍僵的蟲子一樣。

當羅根走向升降電梯時，大塊頭蓋瑞友善地叫了一聲「早啊，拉撒路！」。

「早，蓋瑞。」羅根回應他，沒有心情釋出另一波的善意。

「過來一下，」蓋瑞在確定四周沒有其他人之後說道。「你聽說了嗎？史提爾警司逮捕了某人的老婆。又來了！」

羅根停下腳步，忍不住問，「這回又是誰？」

「會計部的安迪·湯普森。」

羅根的臉抽搐了一下。「哎呀。真慘。」

大塊頭蓋瑞揚起眉毛。「是嗎？我向來都認為他老婆很有魅力。」

一個留著寬鬍子的光頭從前台和行政區域之間的那面鏡子隔屏後探出頭來，將目光鎖定在羅根身上。「警佐，」艾瑞克說——大塊頭蓋瑞和艾瑞克二人組的另外一半——聲音裡沒有太多的溫暖。「可以到我的辦公室來談一下嗎？」

羅根不明所以地跟著他繞到雙面鏡後面。行政區域裡雜亂無章，一堆的櫥櫃、電腦和一箱箱的垃圾靠牆堆疊在一起，對面則擺了一張破損的塑膠貼面桌子，桌面已經被收文籃和一疊疊的紙張佔滿了。羅根覺得什麼不堪的事情就要發生了。「怎麼了，艾瑞克？」他靠在那張桌子邊緣問道：就像尹斯克警司常做的那樣。

「鄧肯．尼克森，」艾瑞克交叉著雙臂說道。「我要說的就是這件事。」見到羅根一臉的茫然，艾瑞克不禁誇張地嘆了一口氣。「你不是叫了幾個警員把他帶來審訊？」沒有反應。「他在頓河橋下發現了那個死掉的小孩！」

「噢，」羅根恍然大悟。「他啊。」

「沒錯，就是他。他從週一下午就被關進去了。」艾瑞克看了看手錶。「四十三個小時！你要嘛就起訴他，不然就放他走！」

羅根閉上眼睛，咒罵了一聲。他完全忘了這個傢伙。「四十三個小時？」合法時間是六個小時！

「四十三個小時。」

艾瑞克繼續交叉著手臂，讓羅根煎熬了一會兒。眼看今天就要變成難過的一天了。

「週一傍晚的時候，我把他放走了，」艾瑞克在覺得羅根已經受夠了折磨時才說。「我們沒辦法再繼續拘留他。事實上，我們拘留他的時間遠遠超過了我們可以拘留的時間上限。」

「週一？」那已經是兩天以前了。「你為什麼沒打電話給我？」

「我們打了！打了十幾次。你關機了。昨天晚上也打了。如果你要拘留某人的話，你就得自己處理他們。你不能把他們丟在這裡，讓我們來處理。我們又不是你老媽！」

羅根再度**詛咒**了一聲。他在那個小女孩驗屍的時候關機了。「抱歉，艾瑞克。」

艾瑞克點了點頭。「好吧。我已經確認工作日記裡沒有顯示出任何問題。對所有人來說：什麼都沒有發生過。他是自願來的，他被關了一會兒，然後就被釋放了。只不過不要再讓這種事發生了，好嗎？」

羅根點點頭。「謝謝，艾瑞克。」

羅根無精打采地沿著走廊走到昨天被他佔用的那間辦公室，途中順便倒了一杯咖啡。在早起的鳥兒陸續進來上班之下，整棟警局也開始騷動了起來。羅根把門在身後關上，一把陷入桌子後面的那張椅子裡，他瞪著釘在牆上的地圖，不過卻對著上面的街道和河流視而不見。鄧肯・尼克森。他完全忘記把他留在牢裡，要讓他嚇出一身冷汗的事了。他讓自己的頭往前垂落，直到靠在那疊聲明上面為止。「王八蛋，」他對著那疊紙張說著。「混帳，混帳，混帳……」

一陣敲門聲響起，他立刻抬起頭來。最上面的那份聲明頓時掉到了地上。就在他彎身去撿那張紙的時候，辦公室的門被打開了，瓦森警員探頭進來。

「早，長官，」當她看到他臉上的表情時問。「你還好嗎？」

羅根擠出一絲笑容，重新在椅子上坐下來。「好得不得了，」他騙她說。「你早到了。」

瓦森警員點點頭。「是啊，我今早要去法院：昨天下午逮捕了一個傢伙，他在海澤黑德游泳池的女更衣室裡手淫。」

「聽起來很高尚。」

她笑了笑，羅根這才發現自己覺得好過多了。

「我真等不及讓他見我媽了，」她說。「聽著，我得走了：他要對這個傑瑞德．克里維的性侵案作證，我不會讓他離開我的視線範圍之外的。不過，我想要告訴你，我們大家都對你找到了那個孩子大為佩服。」

羅根對她報以一笑。「那是團隊的努力。」他說。

「才怪。我們今晚還要再出去，不是什麼太大的聚會，只是安靜地喝兩杯。如果你要加入我們的話……？」

羅根想不出還有什麼更好的事了。

當他沿著走廊走向專案室去出席尹斯克警司的晨間簡報時，他對自己的感覺好了很多。賈姬．瓦森警員今晚想要再和他出去。或者，至少她想要他參加她和她同事下班後的小聚。這其實是同一件事。有點……他們依然還沒有談及前天晚上發生了什麼事。而且，她還稱呼他為「長官」。

不過，他也還是叫她「警員」。這都不是最浪漫的寵物名字。

他打開專案室的門，一陣如雷的掌聲就響了起來。羅根紅著臉走到前排的一個座位，等他在椅子上安頓好自己時，他的臉已經堪比一顆甜菜根了。

「好了，好了，」尹斯克警司舉起一隻手讓眾人安靜。掌聲這才緩緩地停了下來。「女士們、先生們，」當場面安靜下來之後，他開口說道，「誠如各位所知道的，羅根．麥雷警佐昨天晚上在理查德．爾斯金的祖母家找到了他，並且將他送回了他母親的身邊。」他停了一下，朝著羅根笑了笑。「來吧：站起來。」

羅根的臉紅得更厲害了，他從座位上站起來，掌聲也隨之再度響起。

「那就是，」尹斯克指著尷尬的警佐繼續說。「一名真正的警察該有的樣子。」他得再度要求大家安靜才能往下說，而羅根也在激動、歡欣和驚嚇三種情緒交雜之下重新坐了下來。「我們找到了理查德．爾斯金。」尹斯克從桌上拿起一個牛皮紙信封袋，從裡面掏出一張八×六的照片，照片上是一名紅髮的男孩，那張長著雀斑的臉上展露著一抹缺牙的笑容。「然而，彼得．拉姆利依舊下落不明。我們應該不會發現他被綁架到他祖母家：那個孩子的父親不會那樣對待他的。不過，我還是要你們去查探一下。」

尹斯克從他的信封袋裡抽出另一張照片。這張就沒那麼賞心悅目了：那是一張起泡而腫脹的臉，發黑的臉上還覆蓋了黴菌的斑點，張開的嘴巴彷彿在發出痛苦的尖叫。那是大衛．雷德驗屍時拍攝的照片。

「如果我們不趕快找出彼得·拉姆利的話，他最後就會變成這樣。我要你們擴大搜索區域。三支隊伍：海澤黑德高爾夫球場、馬廄，還有公園。每個灌木叢、每個沙坑、每堆糞肥。都要仔細搜尋。」語畢，他開始編隊唱名。

當尹斯克結束簡報，所有人也都離開了之後，羅根向他報告了垃圾袋女孩案的最新狀況。不過，這並沒有花太久的時間。

「你有什麼建議？」尹斯克一邊問，一邊坐到桌上，開始在他的西裝口袋裡翻找甜食。

羅根盡可能地不讓自己聳肩。「我們無法重建犯罪現場。我們不知道她在被塞進垃圾袋之前穿了什麼衣服，而且，他們也不讓我們現場模擬棄屍。她的照片已經刊登在各家報紙了。我們也許可以因此而得到什麼消息。」現在，亞伯丁淪為「蘇格蘭兒童死亡之都」唯一的好處是，全國的通俗小報和大報都很樂於把這個女孩的照片曝光給他們的讀者看到。尹斯克摸到了一顆看起來已經放了有點時日的莫瑞薄荷糖，一把扔進嘴裡。「那就繼續這麼做吧，總有人知道這個可憐的孩子是誰。諾曼·查默斯昨天出庭了十五分鐘：還押，不得保釋。不過，地方檢察官並不怎麼高興。我們得提出具體的證據，不然的話，查默斯就會被釋放。」

「我們會找到證據的，長官。」

「很好。局長很擔心這些失蹤的小孩。這看起來很糟糕。洛錫安和博德斯一直在『提供他們的協助』。他們甚至寄了一份初級心理學分析給我們。」他拿起四張釘在一起的紙，封面上很明顯地印了一個洛錫安和博德斯警局的徽章。「如果我們不謹慎的話，愛丁堡就會接手。然後，我們看起來就會像是某個只懂得繁殖綿羊的小鎮上的笨蛋。」

「太好了，」羅根說。「分析上說了些什麼？」

「還不是老調重彈。」尹斯克翻著那幾張紙。「吧啦，吧啦，吧啦，『犯罪現場指標』，吧啦，吧啦，吧啦，吧啦，『受害人病理學』，吧啦，吧啦，吧啦，吧啦。」他停了下來，臉上浮現一絲扭曲的笑容。「聽好了：『犯罪人極有可能是一名白人男性，年齡在二十至三十歲之間，獨居或者和他的母親同住。他很可能很聰明，不過，在學科表現上並不好。結果，他就只能從事卑微的工作，那讓他接觸到了兒童。』」

羅根點點頭。這是很普遍的標準分析。

「你會喜歡這個的，」尹斯克改用專業的語調唸著，「『犯罪者在和女人建立關係上有困難，而且也許有精神健康問題的歷史……』精神健康問題！這麼明顯的事還要說嗎！」那抹笑容從他的臉上隱沒。「他當然有他媽的精神健康問題：他殺了小孩耶！」他把那份分析檔案揉成一團，舉過頭，拋向門邊的垃圾桶。紙團彈到牆壁，滾落到藍色的地磚上，最後停在了第二排的椅子底下。尹斯克不屑地嗤之以鼻。「總之，」他說。「看起來麥佛森警司在一個月內都不會回來了。縫了三十七針才保住了他那顆頭。真是太好了。沒有什麼比得上被一個瘋子拿著剁肉刀砍到不得不把腳吊起來，只能一連幾個月都躺在電視前面還要糟糕了。」他嘆了一聲，沒有留意到羅根臉上痛苦的表情。「那就表示我除了我自己的案子之外，還得要承接他的工作。四宗郵局竊盜案、三起武裝攻擊、兩件強暴案，還有一件鷓鴣鳥飛到一株該死的梨樹上的破事。」他友善地戳了戳羅根的胸口。「那意味著我要把那個垃圾袋女孩的案子委派給你。」

「可是……」

尹斯克舉起他的手。「好了，我知道這是個大案子，不過，大衛·雷德和彼得·拉姆利的案子就夠我忙的了。這些案子可能沒有關聯，但是，局長最不想要看到的就是一個戀童癖的連續殺人兇手逍遙法外，只要他感覺到衝動，就開始挑小男孩下手。局裡其他的警司也都忙得不可開交，而你在沒有長官的監督下找到了理查德·爾斯金，媒體也認為你很特別。所以，這個案子就交給你了。」

「是的，長官。」羅根的胃已經開始在翻攪了。

「好了，」尹斯克從桌上跳下來。「你去忙吧。我要去看看麥佛森留了什麼蠢貨部下給我。」

羅根的小辦公室正在等著他。充滿了期待。彷彿知道他現在已經承擔了重責大任。他們發布給媒體的那張照片正躺在他的桌上。那張他們在停屍間裡拍的照片，不過，照片已經被修過圖了，好讓她看起來死亡感不那麼重。她還活著的時候應該很漂亮。那頭及肩的金髮柔軟地包覆著她蒼白的臉龐。鈕釦般小巧的鼻子。圓圓的臉。鼓鼓的雙頰。根據驗屍報告，她的眼睛是藍綠色的，不過，照片裡的她卻雙眼緊閉。沒有人會想要和一個死掉的孩子四目相對。他把那張照片釘在牆壁上，就在他的那張地圖旁邊。

截至目前為止，媒體的呼籲所得到的回應微乎其微。似乎沒有人知道這個小女孩是誰。不過，當她的照片今天傍晚在電視上出現之後，這樣的情況也許就會改變了。然後會有大批想要幫忙的民眾打爆電話，提供給警方一堆沒有用的訊息。

接下來的兩個小時，他又把那些口供聲明重新再看了一次。雖然，他之前已經全都看過了，不過，羅根知道答案就在裡面的某處。不管棄屍的人是誰，那個人都住在距離那個大垃圾桶很近的地方。

最終，他放下了過去那個小時裡被他捧在手裡的那杯冷掉的咖啡，伸了伸懶腰。他依然一無所獲。而且，他也還沒有和任何人提過港口那具屍體的事。也許是時候休息一下了？

史提爾警司的辦公室在上面一層樓，辦公室裡鋪著磨損的藍色地磚，傢俱看起來也都搖搖欲墜。牆壁上貼著一個用斗大的紅色字體寫成的「禁止吸菸」招牌，不過，那似乎對警司一點嚇阻作用也沒有。她坐在辦公桌後面，窗戶開了一條縫隙，好讓室內裊裊上升的煙霧飄到戶外刺眼的陽光裡。

史提爾警司之於尹斯克警司就像勞萊與哈台一樣。尹斯克肥胖，而她則纖瘦。尹斯克禿頭，而史提爾則像是有人用膠帶把一隻凱恩㹴犬黏在了她的頭頂上一樣。據說她才四十二歲，不過，她看起來遠遠不止這個年紀。長年抽菸的結果，讓她的臉看起來就像是各種細紋和皺紋的度假中心一樣。她穿了一套瑪莎百貨的褲裝，炭灰的顏色讓菸屁股上不斷飄落的菸灰得到了最佳掩護。不過，底下那件酒紅色的襯衫就不具這樣的功能了。

很難相信她是總部裡最大的愛情玩咖。

她的耳朵和肩膀之間夾了一支手機，只見她用一邊的嘴在講電話，彷彿不想影響到叼著香菸的另一邊。「不。不。不……」她用一種強硬的頓促音說著。「你聽著：如果我抓到你的話，我會給你好看的。不……不，我不在乎你他媽的要和誰鬼混。如果你在週五前不把東西送來的話，你和我就只能翻臉了……對，我會……」她抬起頭，看到羅根站在那裡，隨即招手示意他坐到一張看似破舊的椅子上。「對……對，那樣好多了。我知道我們可以達成理解的。週五。」史提爾警司掛斷電話，邪惡地笑了笑。「什麼設備齊全的廚房，狗屁。你稍微讓他們一下，他們就得寸進尺了。」說著，她從桌上拿起一包長菸，朝著羅根的反向晃了晃。「來根菸嗎？」

羅根婉拒了，她再度朝他笑了笑。

「不要？好吧，你是對的：這是很糟糕的習慣。」她從盒子裡取出一根香菸，用她還在抽的那根點燃，隨即把那根快要抽完的菸在窗台上捻熄。「有什麼我能效勞的嗎，警察英雄先生？」她重新坐回椅子上問道，一縷新吐出來的煙宛如花環一樣地圍繞在她的頭上。

「你的浮屍：無膝蓋先生。」

史提爾揚起一道眉毛。「請說。」

「我想它是喬治『喬迪』史蒂芬森。他是麥爾坎・麥克倫的手下——」

「刀俠馬爾克？他媽的。我沒想到他居然到這裡來做生意了。」

「據說，喬迪被派去和規劃署進行交易：要在綠化帶上蓋三百棟房子。那個經辦人拒絕了，然後喬迪就把他推到巴士底下了。」

「我不相信你的話。」她居然把香菸從嘴裡拿了出來。「規劃署的人拒絕受賄？」

羅根聳聳肩。「反正：喬迪似乎很喜歡馬。只不過幸運女神並非喬迪的朋友。他到本地的幾家投注站去押了不少錢。」

史提爾警司坐回椅子上，用裂了一個缺口的指甲剔了剔牙。「我真是佩服啊，」她最終說道。「你從哪裡聽到這些的？」

「柯林．米勒。他是新聞報的記者。」

她吸了一大口菸，讓菸屁股閃爍出亮眼的橘色。她沉默地打量著羅根，幾絲煙霧緩緩地從她的鼻孔裡飄出來。房間越來越窄，牆壁被層層的香菸煙霧所遮擋，只剩下那隻閃閃發光的橘色眼睛。「尹斯克告訴我說，那個垃圾袋女童的案子現在是你在負責。」

「是的，長官。」

「他告訴我，你不是一個沒用的人。」

「謝謝你，長官。」不過，他不確定這算不算是稱讚。

「不用謝我。如果你不是一個成事不足、敗事有餘的人，就會有人注意到你的。他們會把事情交給你去做。」她透過煙霧對他笑笑，讓羅根的背脊爬上了一股寒意。「尹斯克和我：我們一直在談論你。」

「噢？」有什麼不愉快的事情即將來臨：他可以感覺得到。「今天是你的幸運日，警察英雄先生。你就要有另一個大放異彩的機會了。」

17

羅根直接去找了尹斯克警司。警司坐在桌子邊上，像隻禿鷲般地冷靜聽著羅根抱怨史提爾警司把那個無膝案的調查丟給他。他只是一個警佐！他沒有辦法負責好幾件謀殺案的調查！尹斯克聽完之後發出了嘖嘖的聲音，同時表示很同情，然後告訴他說警局現在狀況很緊張，他不應該這麼自以為是。

「那個垃圾袋的案子，你有什麼進展嗎？」尹斯克問。

羅根聳聳肩。「電視台昨天晚上已經發出了呼籲，所以，現在有很多目擊者的訊息要處理。有一個老太太說，我們可以取消搜索，因為小『蒂芬妮』正在花園邊上的沙坑裡玩耍。」他搖了搖頭。「愚蠢的老……總之，我已經派出十幾個基層警員去核實那些訊息了。」

「所以，基本上，你就打算百般無聊地坐等他們查出些什麼嗎？」

羅根漲紅了臉，承認自己確實打算這麼做。

「那麼，是什麼原因讓你不去深入追查那個浮屍案？」

「噢，沒有什麼原因，只是……」他試著不和尹斯克四目相對。「呃，得要有專線電話——」

「那就找一個警員去接那些電話啊。」尹斯克交叉雙臂地往後靠。

「還有……還有……」羅根閉上嘴，揮了揮手臂。他就是說不出口：我很怕搞砸了。

「還有個屁，」尹斯克接口說。「等瓦森警員從法院回來的時候，你可以讓她幫你。」他看了看手錶。「我還沒有把她分派到任何一支搜索隊去。」

羅根聞言，不禁覺得有點喪氣。

「啊，你還在等什麼？」警司站起身，掏出一盒吃剩一半的寶路薄荷糖，丟了一顆到嘴裡，然後才把糖果的錫箔紙像保險絲般地折好。「給你。」他把那個炸藥形狀的盒子扔給羅根。「就當作提前給你聖誕節紅利。好了，快滾去工作吧。」

當他們聽到停屍間裡有一具羅根的受害人屍體可能是喬迪．史蒂芬森的時候，洛錫安和博德斯警局十分地興奮。不過，在他們準備好蛋糕和氣球以舉行盛大的慶祝派對之前，他們想要先確定羅根那具僵硬的屍體真的是刀俠馬爾克最得力的打手。因此，他們把他們手中所有關於這個人的資料全都用電子郵件寄出：指紋、犯罪紀錄，還有一張羅根用彩色印刷列印出來的照片。十二份影本。喬迪有一張五官粗獷的大臉，蓬鬆的髮型和A片明星般的鬍子。就是那種帶著恐嚇去討債的長相。雖然，死了之後的他看起來彷彿垮了、糊了一樣，不過，絕對是他們從港口拖出來的那個膝蓋被砍掉的人。為了確保萬無一失，他們也比對了指紋，結果完全相符。

羅根回電話給洛錫安和博德斯，把這個消息告訴了他們。喬迪．史蒂芬森現在已經到另一個世界去討債了。他們保證一定會把慶祝的蛋糕寄給羅根。

現在，他們有死者的身分了，接下來就是要查出是誰殺了他。羅根願意賭這件事一定和喬迪的賭博習慣有關。那就表示他們要去查亞伯丁的組頭。亮出喬迪的照片，看看會讓誰感到不安。

羅根在離開的時候到他的小專案室裡暫停了一下，以確認一切都在正常進行中。在尹斯克的指示下，他徵召了一名看起來很有效率、有著一頭淺棕色頭髮和濃眉的女警，讓她負責接聽電話，並且協調其他員警進行挨家挨戶的查訪。她坐在一張雜亂無章的桌子前面，頭上戴著耳機，記錄著善心人士的來電，又是關於那個死掉女孩可能的身分。然後，她把最新的發展向他報告，那只花了三秒鐘的時間——因為再也沒有其他消息了——並且向他保證，如果有什麼事情的話，她一定會撥打他的手機通知他。

現在，他唯一要做的就是去郡法院接瓦森警員，然後展開行動。

她仍然坐在主要的法庭裡，看著一個一臉青春痘的大個子年輕人在作證。當羅根在她旁邊坐下時，瓦森警員抬起頭，笑了一下。

「進行得如何？」他小聲地問。

「快好了。」

站在證人台上的那個孩子看起來不超過二十歲，汗水讓他那張泛紅、坑坑疤疤的臉在法庭的燈光下閃閃發亮。他的個子很高大。但不胖，只是骨架大了點。寬下巴、大手、長長的手臂沒有什麼肉。為了讓他看起來更具證人的可信度，皇家檢控署借了一件灰色的西裝給他，不過，那件西裝顯然太小，只要他動一下，西裝的縫線處就會被繃緊。他那頭髒兮兮的金髮看起來好像很久都沒有梳過了，在他咕噥敘述著他遇上傑瑞德．克里維的經過時，他的那雙大手不停地在不安中發抖。

一個十一歲的小孩，被他酒醉的父親毆打到必須在亞伯丁兒童醫院住院三週。而醫院就是他的運氣從壞淪為更壞的地方。負責病房夜班的傑瑞德．克里維在那個孩子被綁在床上的時候，對他進行了他個人特殊的「床邊癖好」。他要那個孩子做出一些連A片明星都會臉紅的事情。

檢察官溫柔地從孩子口中問出細節，並且在他的眼淚開始潰堤時，一再輕聲細語地要他安心。當那個孩子在說話時，羅根的注意力不停地在陪審團和被告之間來回轉換。那十五名男女對他們所聽到的陳述露出了驚恐的神情。然而，傑瑞德．克里維的臉卻毫無表情，彷彿一塊奶油一樣。

檢察官在向證人的勇氣表達感謝之意後，便將他交給了辯方律師。

「開始了。」瓦森警員語帶鄙視地看著狡猾的桑迪站起身，拍了拍他客戶的肩膀，然後漫步到陪審團前面。他一派輕鬆地靠在陪審團座位前的圍欄上，對著男性和女性陪審員露出一抹微笑。「馬丁，」他沒有看著正在發抖的年輕男子，而是看著陪審團。「你對這個法庭並不陌生吧，是嗎？」

檢察官立刻從座位上彈起來，彷彿有人在他的屁股上導入了一千瓦的電流一樣。

「我反對。證人的過去和這個案子無關。」

「法官大人，我只是企圖要建立這名證人的誠實度而已。」

法官透過他的眼鏡往下看，然後說：「你可以繼續。」

「謝謝你，法官大人。」桑迪那條狡猾的蛇說道。「馬丁，你曾經在這個法庭出庭過三十八次，對嗎？入室盜竊、企圖傷害、持有毒品，其中一次還意圖提供毒品，商店行竊、縱火、猥褻性暴露……」他停了一下。「你十四歲的時候企圖要和一個比你小的女孩發生性關係，當她拒絕時，你把她打到她整整縫了四十三針，才把臉重新拼湊在一起。她這輩子永遠也不能生孩子。而就在昨天，你還因為在女更衣室裡手淫而被捕——」

「法官大人，我強烈地反對！」

接下來的二十分鐘就一直重複著這樣的情況。毒蛇桑迪冷靜地把證人撕成了碎片，讓他淪為了一個滿口咒罵、啜泣、漲紅了臉的失敗者。傑瑞德・克里維所受到的每一個羞辱，都被解釋成「一個渴望受到注意的孩子所編造出來的擾人幻想」。直到馬丁終於對著辯方律師大聲尖叫，「我要他媽的殺了你！」

他被制止了。

狡猾的桑迪悲傷地搖了搖頭，然後讓證人離開了證人席。

瓦森在走回牢房的一路上都在咒罵，不過，當羅根把她的新任務告訴她的時候，她立刻就振作了起來。

「史提爾警司要我跟進喬迪・史蒂芬森的案子：他們從港口拖出來的那具屍體。」他們沿著一號法庭和牢房之間的走廊前進時，羅根告訴她。「我說我會需要一些幫助，尹斯克警司就指派了你。他說你會把我照顧好。」

瓦森笑了笑，對這樣的讚美感到很高興，絲毫不知道這是羅根自己編出來的。

馬丁・史崔生直接被從法庭護送到了拘留的牢房。等到羅根和瓦森抵達的時候，他正坐在一張單薄的灰色上下鋪上，雙手捧著頭，在頭頂上方閃爍的燈光下小聲地呻吟著。那件借來的西裝外套背面也在緊繃之下嘆息，隨著他每一次的啜泣和顫抖，外套上的縫線就越來越明顯。

羅根俯視著他，不知道該作何感想。對任何一個孩子來說，遭到克里維那樣的性侵都是一件很可怕的事。即便如此，桑迪的話卻在他心裡揮之不去。那些罪行。馬丁・史崔生是一個下流的混蛋。然而，那並不代表他就沒有遭到傑瑞德・克里維的毒手。

瓦森幫馬丁・史崔生簽了名，然後，他們就帶著上了手銬、依然在嗚咽中的馬丁穿過法院，從後門走了出來。從法院走到羅根借來的那輛刑事偵緝處的小車只有一小段距離。當瓦森把馬丁的頭壓低，以免他撞到車頂時，史崔生突然開口說：「她十四歲。」

「什麼？」瓦森瞄著車內，看著馬丁・史崔生紅腫的眼睛問。

「那個女孩。我們兩個都十四歲。她想要，但是我沒辦法做。我沒有強迫她……我沒辦法做那件事。」一顆懸掛在他鼻尖上的豆大淚珠，在她的注視下緩緩地往下滑落，在午後的陽光下閃閃發亮。

「手臂舉起來。」她幫他把安全帶繫上，確定萬一他們撞車的話，格蘭坪警局不會被迫上法庭為過失索賠而辯護。當她的頭髮掃過他的臉孔時，她聽到他小聲地說：「她一直笑個不停……」

他們讓他們的乘客在克萊格監獄下了車。在辦妥了冗長的拘禁手續之後，他們就準備好要針對史提爾警司的那個案子展開調查了。

羅根和瓦森警員步履蹣跚地行走在亞伯丁不甚宜人的賭注登記地，四處展示著喬迪・史蒂芬森那張A片明星般的照片，不過，除了幾個白眼之外，他們什麼反應也沒得到。造訪諸如威廉希爾和立博這樣的大賭注站其實並沒有太大的意義——他們不太可能用開山刀砍掉喬迪的膝蓋骨，只因為他償還不了賭債。

不過，位於桑迪蘭茲的「綠草賽道」正是會做出這種事的地方。

在六〇年代，當這一帶還算有點高檔的時候，這間店曾經是一家麵包店的後面。雖然不是那麼時尚，不過，在那種天黑後還能走在大街上的時代，這裡已經堪稱高檔了。這個街區由四家同樣破舊傾頹的商店所組成，而這間店就隸屬於其中的一部分。每一家商店的牆壁上都畫滿塗鴉，窗戶上也都有厚重的金屬格柵，而且每一家都被破門而入、持槍搶劫過好幾次。除了綠草賽道之外，在人們的記憶中，綠草賽道只發生過一次這種事情。原因是麥克里德兄弟追殺了那個手持短管霰彈槍闖入他們父親店裡的傢伙，並且用一把瓦斯點火器和一支尖嘴鉗將他折磨到死。據說。

市政局名下的房子圍繞在商店四周——三、四層樓的混凝土出租建築在短時間內匆匆落成，然後任其變成蚊子屋。如果你急需找到住處、沒錢又不挑剔的話，這裡就是你最終的選擇。

隔壁那間雜貨店外面貼了一張海報：「失蹤：彼得・拉姆利」，上面還有一張五歲孩子佈滿雀斑的笑臉照片。某個自以為聰明的傢伙在照片上畫了一副眼鏡、鬍子和一句「被變態抓去戳屁股了」。

綠草賽道外面沒有張貼任何的社區公告：只有被遮黑的窗戶和黃綠色的塑膠招牌。羅根推開大門，走進瀰漫著濃濃手工捲菸和菸草葉臭味的陰暗室內。屋裡甚至比外面還要殘破：髒兮兮的橘色塑膠座位、滿是菸頭和破洞的油氈地板，一路黏糊糊地鋪滿在混凝土的地面上。經年累月的二手菸深深地滲入了房子的木頭樑柱之中，讓木頭透出一層黏膩的黑色。一座高度及胸的櫃檯橫跨在房間裡，讓下注者無法接近文件資料、現金錢櫃，以及通往後面房間的那扇門。一名老頭坐在角落裡，他的腳邊躺了一隻灰色口鼻的阿爾薩斯狼犬，手裡則握著一罐艾斯伯特啤酒。他的注意力停留在電視螢幕上，只見電視裡正在播放著一群狗在尖叫的畫面。羅根很驚訝會看到這種退休老人出現在這裡。他以為他們會害怕到不敢獨自出門。老人很快地把視線從電視上移開，開始打量著這個剛進屋的人。

老人身上的刺青一路蔓延到他的脖子：火焰和骷髏；而那隻呆滯的右眼則是一片白雲的顏色。

羅根感覺到衣袖被拉扯了一下，耳邊隨即響起瓦森警員的氣聲：「那不是——」

不過，那個老人卻搶先一步地喊道：「麥克里德先生！有幾個該死的警察來找你了！」

「道格，這樣說就不太好了，」羅根往前，向老人踏出一步。那頭阿爾薩斯狼狗立刻就站起來，露出牙齒低聲咆哮，讓羅根脖子上的寒毛都豎立了起來。一道口水沿著那隻狗殘缺的牙齒之間滴下。那是一條老狗，不過，牠兇殘的模樣也夠嚇人的了。

沒有人移動。那隻狗持續在咆哮，而老人也依舊怒視著他們，羅根只希望自己不需要為了保命而逃走。最終，一張圓臉從後面的房間裡探了出來。

「道格，我是怎麼跟你說過那條該死的狗？」

老人咧嘴一笑，露出了綠色和棕色的假牙。「你說，如果有豬走進來的話，就讓牠把牠們的喉嚨撕裂。」

那張臉皺起眉頭，然後展露出一抹笑容，將他的臉擠成了兩半。「啊，你說得沒錯。我是說過。」他看起來比道格年輕了三十歲，不過，那個老傢伙依然稱呼他為「麥克里德先生」。

賽門・麥克里德遺傳了他父親粗野的長相。他的左耳少了一塊肉，這完全是拜一隻名叫殺手的羅威納犬之賜，那隻狗的頭現在正裝飾在後面那間辦公室裡。

「你們這些混蛋要幹嘛？」他把一對巨大的手臂放在櫃檯上問道。

羅根抽出一張喬迪的彩色照片，拿到他面前。「你認得這個人嗎？」

「去你的。」他連看都沒有看照片一眼。

「謝謝，不過，這次我就不計較了。」羅根把那張照片用力放在骯髒的檯面上。「好了：你認得這個人嗎？」

「從來沒看過。」

「一個來自愛丁堡的大嘴巴。他來這裡幫刀俠馬爾克辦事。結果在這裡下了不少大賭注，卻沒有錢償還賭債。」

賽門・麥克里德拉下臉。「這裡沒有太多人積欠賭債的。這違反我們的經營策略。」

「再看一眼，麥克里德先生。你確定你不認得他嗎？他最後是面部朝下地浮在了港口，而且膝蓋骨也不見了。」

賽門瞪大眼睛，一手用力蓋住嘴。「噢，他呀！天哪，經你這麼一說，現在我想起我把他的膝蓋砍掉、並且把他扔到港口的事了！老天，你怎麼不早說呢？好吧，我殺了他，而且警察找上門來問些蠢問題的時候，我他媽的還蠢到不會說謊。」

羅根咬著自己的舌頭，默默地數到五。「你認得他嗎？」

「滾吧，帶著你的女人快滾。你的味道惹惱溫徹斯特了。」他指著還在咆哮的那條阿爾薩斯狼犬。「就算我認得，我寧可吞下婊子屁眼裡的屎，也不會告訴你的。」

「你哥哥柯林在哪裡？」

「不關你的屁事：那就是他所在的地方。現在，你是滾還是不滾？」

羅根不得不承認，他們在這裡是問不出個所以然來的。就在他一路走向門口的時候，一個念頭閃過，讓他突然回過頭來。「砍掉，」他皺著眉說。「你怎麼知道那個人的膝蓋骨是被砍掉的？我從來沒有這麼說過。我只是說他的膝蓋骨不見了而已！」

麥克里德聞言大笑。「哈，問得好，瑪波小姐[9]。如果有人最終像那樣漂浮在港口、而且膝

[9] 瑪波小姐是英國犯罪小說家阿嘉莎·克莉絲蒂筆下的一名業餘女偵探，也是阿嘉莎作品中最知名的小說人物之一。瑪波小姐曾經多次被改編成電視影集，在BBC和ITV播出。

蓋骨也沒了的話，那就是在傳遞一個訊息。如果大家都不明白那代表什麼意思的話，那就不是個成功的訊息。這個城市裡每個笨蛋都知道不要重複他犯過的錯誤。好了，現在快滾吧。」

他們站在綠草賽道外面的台階上，看著雲層在天空中疾馳而過。逐漸隱沒的陽光還足以對抗這個季節裡的寒意，羅根看著兩個塑膠袋在那些已經用木板封住的商店前面彼此追逐。

一排金屬欄杆圍在那些加固後的建築前面，瓦森警員倚靠在欄杆上問道：「現在怎麼辦？」

羅根聳聳肩。「我們從麥克里德那裡是得不到什麼消息的。我們也許可以找幾個他們的賭客來問問，不過，你能想見道格崩潰並且實話實說的模樣嗎？」

「他不會說實話的，不會的。」

「所以，我們現在去其他的店家，把照片放在他們的眼前。你不知道會有什麼效果。如果我們不提及麥克里德的話，他們也許真的會告訴我們一些事。」

那家中國外賣餐館的利物浦老闆不認得喬迪的臉，他的亞伯丁員工也一樣。那家錄影帶出租店已經關了好幾年了，雖然商店的窗戶上還貼滿被人遺忘的票房大片海報，至於「只發行錄影帶」的字樣也幾乎被噴漆覆蓋得難以辨識了。座落在那排建築最後面的是一間結合了報攤、蔬果攤和酒類專賣的綜合商店。老闆看了一眼瓦森警員的制服，突然就像罹患了咽喉炎一樣。不過，他還是把一盒超涼薄荷糖賣給了羅根。

等到他們重新回到戶外時，天空裡的雲層更厚了，在豆大的雨滴開始降落時，微弱的天光終於完全宣告退讓。雨滴沉悶地擊打在混凝土地面上，一次一顆，讓地上饒有秩序地出現了一個個不斷往外暈開的深灰色圓圈，直到老天決定放手讓雨滴自由落下。羅根把他的西裝外套拉過頭頂，跑向他們那輛生鏽的佛賀汽車。瓦森首先坐到車裡，打開暖氣。他們坐在車裡分享著一盒薄荷糖，看著車窗外模糊的人影在雨中跑進商店，去買一份午後的雞肉炒麵，或者最新發行的皮革和鏈飾月刊，然後等待暖氣發揮最大的功效，把車窗玻璃上的霧氣蒸發殆盡。

賽門·麥克里德一定在盤算什麼。不過，麥克里德家向來都在盤算著什麼。問題是要怎麼證明。他們都是老派作法：那種用釘錘給人教訓的做事方式。不會有人看到任何事。也不會有人發出尖叫。

「現在去哪裡？」

羅根聳聳肩。「名單上的下一間簽賭處。」

瓦森把排檔桿打到倒車，然後把車開出了停車場。在點亮的車頭燈照射下，大雨變成了一根根銀色的小刀。就在他們快要開到主要馬路時，一輛生鏽的綠色旅行車突然衝出來。瓦森用力踩下煞車，導致引擎熄火，也讓她不自主地罵了一聲「他媽的！」

當那輛旅行車草率地停在綠草賽道前面時，她降下車窗玻璃，對著大雨狂飆出一口髒話。大部分都和那輛旅行車駕駛的腸子以及她自己的靴子有關。她罵到一半突然停下來。「噢，天啊。抱歉，長官！」

羅根揚起一道眉毛。

她滿臉通紅地說：「我忘了你在這裡。我是說，他沒有打方向燈或什麼的。抱歉。」

羅根深深吸了一口氣，想起尹斯克警司對他說過的那些關於階級特權的話。他不能只是坐在這裡，什麼都不說。拜託，她身上穿著的是警察制服啊！萬一這件事上報了呢？「你認為一名女警，身著全套的制服，探出車窗，口無遮攔地咒罵，這對警局會有什麼影響？」

「我沒有多想，長官。」

「賈姬，當你做出那樣的行為時，你會讓我們所有的警察看起來就像一群混蛋。你會惹惱撞見這一幕的人，或者從別人那裡聽到這件事的人。而且，你也危及了你自己的工作。」

她漲紅的臉已經從草莓變成了甜菜根。「我……對不起。」

他讓她在**沉默**中坐立難安，然後慢慢地數到十，一邊在心裡咒罵。他原本希望有機會可以用他連篇的妙語或敏銳的推理讓她為之折服。讓她看到他是多麼好的一個人。那種你會想要再次和他上床的男人。訓斥她從來都不在他的計畫之內。「脫衣服」也許還……

八。九。十。

「好了，」他試著對她露出一絲友善的笑容。「我不會說出去的，如果你也不說的話。」

她完全沒有和他對視，只是回應道：「謝謝你，長官。」然後就發動了車子。

18

在他們一路前往羅根名單上的其他簽賭站時，車裡的氣氛一直都停留在客客氣氣的對話上。瓦森警員稱他為「長官」，也回答他的問題，不過，她一直沒有主動開口，除非是直接和這個案子有關的事。

這是一個很糟糕的下午。他們拖著沉重的步伐從一間簽賭站到另一間。

「你看過這個人嗎？」

「沒有。」

偶爾，除了「沒有」之外，還會附贈一句「去死吧」，有時候則只是伴隨著**沉默**。不過，不管有沒有說出來，那聲咒罵都在那裡。除了傑．史都華父子這家店的老闆和員工之外：一家自一九七四年起，就開設在馬斯崔克的賭注站。出乎意料地，他們對他們兩人很友善。友善到令人不安，也令人起疑。

「老天，這還真奇特。」羅根在他們上車時說道。「他們甚至還對我們笑。」他透過擋風玻璃，指著一名把鼠灰色的頭髮在頭頂上紮成一個髮髻的大塊頭女人說道。那名女子還對他們揮了揮手。

「我倒覺得還好。」瓦森說著，把車子開出了停車場。這是她將近一個小時以來所說過的唯一句話。

「你以前從來沒見過瑪．史都華？」他們在返回總部的途中，羅根問道。當瓦森警員沒有回應時，羅根把她的**沉默**視為承認。「我以前曾經逮捕過她一次，」他在車子開上蘭斯特拉街的時候說道。這條寬大的馬路被瓜分成好幾條巴士線道以及詭異的方形交叉路口，路口還佈滿了路椿和人行斑馬線。「色情書刊。她在一輛老舊的福特安吉拉後車廂，向學童兜售色情書刊。不是什麼太鹹濕的東西——沒有動物之類的圖片。只是一些老派的春宮影像。錄影帶和雜誌。」他嗤之以鼻地接著說。「馬斯崔克一半以上的小孩比他們的生物老師具有更多的性知識。我們之所以抓到她，是因為一個八歲的小孩打電話來問拳交會不會導致懷孕。」

一絲淺笑躍上瓦森警員的嘴角。

新聞報的辦公室在車子左邊劃過，羅根不禁皺了一下眉頭。在被指派負責垃圾袋命案的興奮和恐慌之下，他已經把柯林．米勒今早來訪的事全忘光了。他還沒有和尹斯克警司談過米勒想要獨家內幕的要求。也還沒有告訴警司，米勒說他手上握有更多「喬迪案」的訊息。羅根掏出手機準備打給尹斯克警司，不過，他只按了兩個數字就被打斷了。

無線電突然響起一陣劈哩啪啦的雜音。有人把清道夫毒打了一頓。

他們原本無意做到這種程度。這是帶頭行兇的那個傢伙在警方和媒體詢問之下說的。他們只是想要確定他們的孩子很安全。這樣是有問題的，不是嗎？一個成年男子在學校大門口閒晃。而且，那也不是他第一次出現在那裡了。大部分的下午，當孩子們走出校門的時候，他都在那裡。

而且他的頭腦不正常。每個人都知道他腦子有問題。他身上也有奇怪的味道。這樣是不行的。

萬一他有什麼暴力行為呢？他們原本並不打算這麼做的。但是有小孩失蹤了！你知道的：小孩。就像格斯堤小學裡的那些小孩。就像他們自己孩子那樣的小孩。如果警察早點趕到的話，情況就不會失控。如果警察在他們打電話報警時就來的話，這些事就都不會發生了。

所以，當你仔細想一想的時候，就會發現這都是警方的錯。

坐在審訊桌另一頭的那個男子已經失去了曾經的光彩。例如昨天。羅根上一次見到伯納德・杜肯・菲利普，又名清道夫，就是在昨天。當時，他雖然看起來很襤褸，不過，至少他的鼻子看起來並不像是被人用一把大鎚砸過。他的臉上都是瘀青，一隻眼睛腫到無法睜開，皮膚也變成了紫色。他一邊的鬍子不僅變乾淨了，也修短了，因為醫院必須幫他清洗乾掉的血漬。他的嘴唇腫得像香腸一樣，而他每笑一次，眉頭就跟著皺一次。雖然他笑的頻率並不高。

那些痛打他的「關切的家長」對他提出的指控嚴重到讓人不容忽視。在他被帶離急診室之後，他立刻就被送到警察局拘留。而且，他還符合洛錫安和博德斯的分析：白人男性、二十多歲、精神健康有問題、卑微的工作、沒有女友、獨居。唯一不符合的部分是專科學業表現不佳。清道夫擁有中世紀歷史的學位。然而，誠如尹斯克所言，瞧瞧那個學位給他帶來了什麼好處。

這場審訊不僅冗長、困難，而且錯綜複雜。每當他們覺得就要從清道夫口中得到什麼前後一致的口供聲明時，他就又漫無邊際地離題了。從頭到尾，他都在座位上輕輕地前後搖晃。由於清道夫的精神有問題，因此，他們必須找來一名「適當的成年人」，以確認審訊的一切都是光明正大進行的，於是，一名來自克萊格監獄的社工就得全程坐在清道夫旁邊，忍受他不斷地在椅子上搖晃、漫無目的地扯淡，並且發散著陣陣的臭味。

審訊室裡臭氣熏天。狹小的空間裡瀰漫著淡香水和男性香水的味道，只不過，那是腐爛動物昇華而成的淡香水，以及體臭釀成的男性香水。清道夫真的、真的需要洗個澡。尹斯克警司逮住了第一個離開的機會，把羅根和那名社工留下來繼續接受折磨，自己則跑去查看清道夫語無倫次的口供。

羅根不安地坐在椅子上，數度懷疑警司跑到哪裡去了。「你要再來一杯茶嗎，伯納德？」他問。

伯納德沒有說什麼，只是持續地把一張紙折成兩半，然後再折兩半。等到紙張被緊緊地折成一團紮實的紙塊、再也折不動的時候，他又小心翼翼地把它打開，重新再來一次。

「茶？伯納德？你還要再來點茶嗎？」

折疊。折疊。折疊。

羅根氣餒地坐在椅子上，讓自己的頭往後仰，直到目光落在天花板為止。灰白色的天花板磁磚表面坑坑洞洞的。是那種看起來像月球表面的磁磚。天哪，這實在太沉悶了。而且就要六點了！他應該要和賈姬．瓦森警員見面，和她安安靜靜地喝一杯。

折疊。折疊。折疊。

羅根和那名社工抱怨著亞伯丁足球俱樂部最近的表現，抱怨完之後，氣氛就又落入了沮喪和**沉默**之中。

折疊。折疊。折疊。

六點二十三分的時候，警司從審訊室的門口探頭進來，要羅根到走廊和他會合。

「你從他那裡掌握到什麼了嗎？」當他們兩人都在審訊室外面時，尹斯克問道。

「只掌握到他的臭味而已。」

尹斯克把一片水果糖錠劑彈進嘴裡，若有所思地嚼著。「他的口供確實對得上。每天他下班之後，市政局的廂型車都會在下午四點前，讓他在同一個地點下車。他們這樣已經行之多年了。他會搭四點二十二分的巴士到彼得卡特，規律得像發條裝置一樣。要找到一個認得他的巴士司機並不難，畢竟，他的那股臭味很難讓人忘記。」

「那個巴士站在——」

「就在格斯堤小學外面。很顯然地，他曾經在那裡上學過，在他精神異常之前。也許，熟悉的路線讓他比較有安全感吧。」

「我們那些『關切的家長』有問他為什麼他每天下午都在那裡嗎？」

尹斯克不屑地哼了一聲，然後又吃了一片糖錠。「有才怪。他們看到一個衣衫襤褸、味道聞起來很奇怪的傢伙在學校外面閒晃，就決定要把他痛打一頓。他不是我們要找的兇手。」

於是，他們又回到了發臭的審訊室。

「你確定你沒有什麼要對我們說的嗎，菲利普先生？」尹斯克一邊在他的座位上坐下，一邊問道。

沒有。

「好吧，」警司又說。「你會很高興知道，我們已經確認了你對事件過程的描述。我知道你是遭到攻擊的那個，不過，我們必須確定他們對你的指控是毫無根據的，好嗎？」

折疊。折疊。折疊。

「好吧。我已經要求市政局確定，從現在開始，你下班以後，要讓你在其他地方下車。還是同一條路，不過比現在那個地點要再遠一點。不在學校附近。那些攻擊你的人並不是太聰明。他們可能會決定再攻擊你。」

什麼回應也沒有。

「我們已經知道他們的名字了。」這並不難，那些傻瓜很引以為傲地說出了他們自己的身分！他們把一個戀童癖趕走了！他們拯救了他們的孩子，讓他們免於淪落到比死亡更糟糕的命運！他們似乎並沒有意識到自己剛剛犯了罪。「我希望你能做一份口供，這樣我們才能起訴那些人。」

羅根聽出了他的暗示，立刻拿出一本記事本，準備記下清道夫的控訴。

折疊。折疊。折疊。

那張紙的折痕在反覆的折疊下已經開始鬆裂了。一個完美正方形的其中一角因此鼓了起來，讓清道夫皺起了眉頭。

「菲利普先生？你可以告訴我發生了什麼事嗎？」

眼前這個飽受毆打的男子只是把那個正方形攤開，放在自己的面前。攤平的紙張完美地對齊了桌子的邊緣。

然後，他又開始折疊。

尹斯克不禁嘆了一口氣。

「好吧。要不然讓這位警佐把你發生的事情寫下來，你再簽名就好了？這樣會不會容易一點？」

「我需要我的藥。」

「什麼？」

「藥。我吃藥的時間到了。」

尹斯克看了羅根一眼。羅根只是聳聳肩。「他們在醫院也許給了他一些止痛藥。」

清道夫停下折紙的動作，將雙手放在桌上。「不是止痛藥。是藥。我需要吃我的藥。不然，他們明天就不會讓我工作。他們寫了一封信給我。我得要吃藥，不然就不能去工作。」

「這只需要幾分鐘就好了。菲利普先生。也許——」

「沒有什麼口供。沒有什麼幾分鐘。藥。」

「可是——」

「如果你不打算逮捕我，或者起訴我的話，我是可以離開的。你不能強迫我提出控告。」

這是羅根第一次聽到他講話如此清晰。

清道夫用雙臂抱著自己顫抖的身體。「求求你。我只想要回家，然後吃我的藥。」

羅根看著眼前這個千瘡百孔、渾身瘀青的身影，然後把自己手中的筆放了下來。清道夫是對的：他們不能強迫他去控告把他的眼睛打到瘀青、嘴唇破裂、掉了三顆牙齒、斷了一根肋骨，又不斷用腳踢他睪丸的那些人。畢竟，那是他的睪丸。如果他不想要踢他的人受到懲罰，那也是他的決定。不過，格蘭坪警局也不會就這樣把他放回大街上。那些蠢貨還會在那裡。而現在，連媒體也會在那裡了。「本地暴民抓住了兒童惡魔！」不，「暴民」聽起來太負面了。「家長抓住了市政局的戀童癖！」對，這個標題就比較像樣了。

「你確定嗎，菲利普先生？」尹斯克問。

清道夫只是點點頭。

「好吧。既然如此，我們會把你的東西還給你，這位麥雷警佐會開車送你回家。」

羅根在心裡咒罵了一聲。那名社工臉上浮現笑容，很高興自己不用被迫做這件事。他帶著燦爛的笑容和羅根握了握手，隨即就離開了。

在伯納德．杜肯．菲利普簽名拿回他原本口袋裡的物品時，尹斯克給了羅根一片水果糖錠，企圖要補償他。等他回到城裡的時候，應該已經七點半或者八點了。他得要告訴賈姬他會遲到。如果夠幸運的話，她就會等他，不過，就他今天下午的表現來看，這恐怕很難了。

「所以，他絕對不是我們要找的人？」羅根勉強地接受了他的糖錠。

「不是。他只是一個可憐的、腦子不正常又渾身臭兮兮的傢伙而已。」

他們站在那裡，看著那個渾身是傷的傢伙痛苦地彎身，重新把他的鞋帶綁在鞋子上。

「總之，」尹斯克說。「我得走了。還有一個半小時就要開演了。」他拍拍羅根的肩膀，吹著前奏曲轉身走開。

「祝你摔斷腿❿。」羅根朝著警司離開的背影說道。

「謝謝你，警佐。」尹斯克愉快地揮揮手，完全沒有回頭。

「我是認真的，」羅根說。「我希望你摔倒，跌斷你那條該死的腿。或者脖子。」不過，他一直等到大門關上，尹斯克完全聽不到的時候，才把這句話說出來。

等清道夫終於和他的個人物品團圓之後，羅根擠出一絲微笑，護送他走到警局後面的停車場。一名神色倉惶的警員在羅根簽名借車時抓住了他們。「前台警員說，你有兩則來自拉姆利先生的留言。」

羅根發出一道呻吟。拉姆利的家庭聯絡官應該要處理這些來電的。他的事已經夠多了。他幾

❿ 摔斷腿（Break a leg）是表達祝福之意。傳說17世紀舞台劇結束後，演員謝幕時屈膝行禮感謝觀眾給賞，因此，模擬演員屈膝跪謝狀就成了演出成功的祝福語。另一種說法則是傳說人們許願之後，精靈會故意讓相反的事情發生，因此，人們在祝福別人好運時，就會故意說祝你摔斷腿，藉此騙過精靈，讓好運降臨。

乎立刻就升起了一股罪惡感。那個可憐的傢伙失去了他的兒子。至少，他可以回電給這個傢伙。他揉了揉正在發疼的頭。

「告訴他等我回來的時候會處理，好嗎？」

他們從後門走出去。警察總部的前面被燈光照得通亮，電視攝影機的聚光燈讓一切都變得輪廓鮮明。十幾盞聚光燈。在今天結束之前，清道夫的臉將會出現在全國各地。他是不是無辜的並不重要，到明天早餐的時候，全國有一半的人都會知道他的名字了。

「你知道嗎，也許你休假幾週會比較好。讓那些白痴忘掉這件事？」

清道夫的雙手抓住安全帶，每隔六秒鐘就輕輕地拉扯一下，確定安全帶沒有鬆掉。「我需要工作。沒有工作，人就沒有了目標。工作定義了我們。沒有定義，我們就不存在。」

羅根揚起一邊的眉毛。「好吧……」這個人不只是精神分裂：他瘋了。

「你說了太多的『好吧』。」

羅根張開嘴，想了想，又閉上。和一個瘋子爭辯沒有意義。如果他想要和瘋子爭論的話，他大可回家和他母親說話。因此，他沉默地在變小的雨勢中繼續開車。等到他們抵達清道夫位於考茲郊區的小農場時，雨已經完全停了。

他盡可能地把車子開到還看得到路面的地方。市政局的清潔大隊已經來這裡辛勤工作過一整天了。兩個巨大的廢棄物金屬貨櫃在車子的頭燈下隱約可見。每一個的尺寸都有一輛小巴那麼大，車身上的黃色油漆已經破損刮花了，它們就靜靜地立在一號建築旁邊的野草堆裡。貨櫃的門被大鎖鎖住了，彷彿有人會闖入偷取裡面的那些動物腐屍一樣。

羅根聽到微弱的啜泣聲從身邊傳來，這才發現那些大鎖也許還真的有存在的必要。

「我美麗的，美麗的死屍……」淚水沿著清道夫瘀傷的臉頰滑落到他的鬍子上。

「你沒有幫他們？」羅根指著貨櫃問。

清道夫搖搖頭，他的長髮也隨著搖晃，彷彿葬禮上的布簾。他低微的聲音聽起來飽受折磨。

「我怎麼能幫西哥德人洗劫羅馬呢？[11]」

他走下車，越過被踩平的野草和綠地，走向那幢建築。建築的門大開，羅根的車頭燈直接就投射在了空蕩蕩的混凝土地面上。那一堆死掉的動物屍體已經不見了。解決了一間建築，還有兩間要處理。

羅根只能任憑他在清空了的農舍建築外面輕輕地哭泣。

[11] 西哥德人是東日耳曼部落的兩個主要分支之一，另一個分支是東哥德人。在民族大遷移時期，是摧毀羅馬帝國的眾多蠻族中的一支。公元4世紀西哥德人興起於巴爾幹地區，後加入對羅馬帝國的戰爭。公元410年在首領阿拉里克率領下攻陷並洗劫羅馬。

19

這個晚上過得和羅根事先的計畫不盡相同。當他終於趕到酒吧的時候，賈姬·瓦森警員還在那裡，不過，他稍早的訓斥依然刺痛著她。或者，也許是因為他身上還殘留著清道夫的味道，儘管他在回程的一路上都把車窗打開？「噢，你怎麼有一股惡臭……」不管原因為何，她大部分的時間都在和賽門·雷尼那個混蛋以及一名羅根不認識的女警聊天。在場沒有人對他表現出無禮的樣子，但是，他們也沒有讓他感到自己受到歡迎。這應該是一場慶功才對！他找到了理查德·爾斯金。活生生地把他找回來了！

在喝了兩大杯啤酒之後，羅根就先離開了，他帶著一肚子的悶氣，經過最近的那家薯條店走回家。

他並沒有看到停在他公寓大樓外面那盞街燈下的深灰色賓士。也沒有看到那個體格強壯的男子從駕駛座上下車，戴上一副黑色的皮革手套。羅根一手拿著逐漸冷掉的炸魚薯條晚餐，另一手摸索著他的鑰匙，完全沒有留意到那個人正在拗著自己的手指關節。

「你沒有打給我。」

羅根差點就把薯條掉到了地上。

他猛然轉身，看到柯林·米勒雙臂交叉地靠在一輛看起來非常昂貴的車子前面，他的話化成了一陣薄霧。「你應該要在四點半的時候打電話給我的。你沒打。」

羅根呻吟了一聲。他打算和尹斯克警司說的，可是，不知怎麼地卻一直沒有機會說。「是啊，好吧，」他終於說。「我和警司說過了……他覺得不太合適。」這是一個赤裸裸的謊言，不過，米勒不會知道的。至少這番話聽起來像是他已經嘗試過了。

「不太合適？」

「他認為我在一週內的曝光度已經很夠了。」而且，他可能會因為無恥說謊而像羔羊一樣地被吊起來。「你知道的……」他聳了聳肩。

「不太合適？」米勒沉下臉。「我會讓他知道什麼叫做該死的不太合適。」語畢，他拿出一個掌上型電腦，開始在上面潦草地寫下一些東西。

十數件交通意外開啟了第二天的早晨。沒有一件算得上致命，不過卻都起因於連夜降雪所堆積出來的一吋厚積雪。到了八點半的時候，天空已經變成了鐵灰色，而且低垂到幾乎觸手可及。斑斑的雪花飄落在這座花崗岩的城市，但卻在接觸到人行道和路面的瞬間就融化了。不過，空氣裡依然有下雪的味道。那是一股金屬的味道，意味著大雪很快就要來臨了。

今早的新聞報像墓碑般地撞在了羅根的門墊上。然而，這回那場葬禮並不是他的。只不過是他造成的。頭版上是一張尹斯克警司在聖誕兒童劇裡男扮女裝演出壞人的大照片。這張尹斯克齜牙咧嘴到極點的照片，是那場演出的公關照之一。標題上寫著「當我們的孩子死亡之際，警司卻在裝瘋賣傻」。

「噢，天啊。」

照片底下還有一行字：「出演兒童劇真的比逮捕在大街上跟蹤小孩的戀童癖還重要嗎？」

柯林·米勒又出擊了。

他站在水槽邊上，讀著警司被描述成「當本地的警察英雄羅根·麥雷警佐在外面搜尋著年幼的理查德·爾斯金時，他卻在舞台上像個白痴一樣地蹦蹦跳跳」。餘下的報導內容更是每況愈下。米勒對尹斯克警司做出了嚴重程度到達一級的惡毒攻擊。他讓一名受人敬重的資深警官看起來像是一個麻木不仁的混蛋。甚至還引用了一句高級警司的話，說這是「一個需要被徹底調查的嚴重問題」。

「噢，天啊。」

「市政局員工遭到憂心家長的攻擊」則被擠到了報紙的第二頁。

尹斯克在晨間簡報中顯然心情很不好，因此，每個人都確保自己不會做出或說出什麼讓他爆發的事情。今天絕對是個不能搞砸的日子。

簡報一結束，羅根立刻就逃回到他的小專案室去，盡可能地讓自己看起來不帶愧疚。他今天只有一名女警幫他：那名接聽電話的警員。其他的人力今天都出去搜尋小彼得·拉姆利了。有人在尹斯克的背後捅了他一刀，而他決定要分享這個經驗。因此，能成為他分享對象的就只剩下羅根、那名女警和幾個可能的人了。

他的小隊已經查訪過社會服務處所提供的那份「受到威脅」的名冊，結果什麼都沒有發現。名冊上所有的小女孩都在她們應該出現的地方。其中有些曾經「撞到門」，另外有一個則曾經「用鐵燙傷自己之後，從樓梯上摔下來」，不過，她們都還活著。有幾名家長現在已經要被起訴了。

然而，那並非羅根現在唯一要擔心的一件事。協助史提爾警司調查喬迪．史蒂芬森的案子，似乎意味著在史提爾警司不停抽菸的同時，羅根卻得要負責做所有的事。

牆上釘了一張新的亞伯丁地圖，地圖上面覆蓋著許多藍色和綠色的小圖釘，標示出城裡每一個賭注站的位置。藍色的代表「安全」——不是那種如果你付不出錢來，就會砍斷你膝蓋骨的地方。綠色的則是會砍斷膝蓋骨的地方。而綠草賽道則釘著紅色的圖釘。屍體被拖出水面的港口也一樣。另外，還有一張照片釘在地圖旁邊，那是喬迪．史蒂芬森肩膀以上的一張驗屍大頭照。

那張照片沒什麼可看的。反正他現在已經死了。原本蓬鬆的髮型現在已經塌在了他的頭上，至於A片明星般的濃密黑鬍子則在蠟黃的皮膚底下更加顯眼。說來很奇怪，不過，看到這張死了的喬迪照片，羅根竟然有一種似曾相識的感覺，彷彿曾經在哪裡見過他。

根據洛錫安和博德斯警局傳來的資料，喬迪．史蒂芬森年輕時也算是個麻煩人物。絕大部分都是打架滋事。也有涉及幫小額高利貸者催款。還有入室盜竊。直到他開始幫刀俠馬爾克工作，他才沒有再被捕。因為馬爾克非常在乎手下員工不得被關入獄。

「你有什麼進展？」史提爾警司出現在他的小專案室，雙手深深地探進她那件灰色的褲裝口袋裡。昨天那件沾滿菸灰的襯衫已經被一件閃亮的金色襯衫所取代。她的眼睛底下掛著兩個下垂的紫色眼袋。

「情況不是太好。」羅根重重地坐在桌上，把一張椅子讓給了警司。她一屁股坐下來，嘆了一口氣的同時也放了一個屁。不過，羅根假裝沒有聽到。

「繼續說。」

「好。」羅根指著地圖。「我們去了所有標示著綠色的賭注站。唯一一間看似可能的就是這個——」他戳了一下那顆紅色的圖釘。「綠草賽道——」

「賽門和柯林．麥克里德。一對可愛的小伙子。」

「沒有他們的客戶可愛。我們見到了他們的一個常客：道格．馬克杜夫。」

「他媽的！你在開玩笑嗎！」她掏出一包殘破不堪的香菸。那包菸看起來彷彿被她坐在屁股底下過。「下流道格，猛犬道格……」她從包裝裡抽出一根微微被壓扁的香菸。「他們還叫過他什麼？」

「絕望的道格？」

「對。絕望的道格。在他用一本捲起來的丹迪[12]堵住某個傢伙的嘴之後，就得到了這個綽號。你當時應該還包著尿布吧。」她搖了搖頭。「真要命。那些日子啊。我以為他死了。」

「他在三個月前從巴里尼監獄被釋放了。他用一把棘輪螺絲起子把一名建材商給弄癱了，所以被關了四年。」

「以他這個年紀？絕望的道格這老傢伙還真有兩下子。」她把香菸彈進嘴裡，就在她即將點燃之際，那名負責接聽電話的女警意有所指地咳了一聲，指了指「禁止抽菸」的標示。史提爾聳聳肩，把那根香菸又塞回上衣的口袋裡。「那他現在看起來怎麼樣？」

「就像個滿臉皺紋的老人。」

「是嗎？真可惜。他年輕的時候可是很迷人的。可以說是個女士殺手。不過，我們也無法證明。」她安靜了下來，眼睛沉浸在過去的記憶裡。最後，她嘆了一口氣，回到了當下。「那麼，你認為麥克里德兄弟可能是我們要找的人嗎？」

羅根點點頭。他又把他們的檔案看過了一遍。把別人的膝蓋骨砍斷正是他們會做的事。只要遇到債務控管的問題，麥克里德兄弟向來都是親自動手處理的。「問題是要如何證明。他們兩個絕無可能會自己承認殺了喬迪，然後把他棄屍在港口。我們需要證人，或者鑑識證據。」

史提爾從椅子上站起來，打了一個大呵欠。「整個晚上都在滾床單，你懂的。」她心照不宣地對羅根眨眨眼。「到鑑證科去：讓他們把所有能做的測試都做過一遍。還有，再檢查一次屍體也不會有什麼損失。反正還在停屍間。」

羅根渾身僵硬了起來。那意味著他得再去找伊莎貝兒。

⓬ 丹迪（*The Dandy*），1937年12月首度發行的英國兒童連載漫畫雜誌，停刊於2013年6月，是英國連載最久的兒童漫畫。絕望的丹（Desperate Dan）是裡面最為人所知的角色。

史提爾警司一定是看到他畏縮了一下，不然不會把她那沾上尼古丁痕跡的手放在他的肩膀上。「我知道這不容易。特別是她現在又有一個社會地位比她低下的情人。不過，去她的！你有工作在身啊。」

羅根張開嘴，隨即又闔上。他不知道她在和別人交往。不知道她已經有新的對象了。而他還是孤單的一個人。

警司把手插回她長褲的口袋裡，抓緊那包被壓扁的香菸。「我得走了。得趕快去抽根菸。噢，還有，如果你見到尹斯克警司的話：告訴他，我喜歡他今天早上被登在報紙上的那張照片。」語畢，她又眨了眨眼。「很性感。」

當羅根再見到尹斯克警司的時候，他看起來並不怎麼性感。他正搭著升降電梯從頂樓下來。那就表示他去見了警察局長。尹斯克那件新西裝從腋下到背後都濕成了一片深灰色。

「長官，」羅根開口。試著不要和他四眼相對。

「他們要我放棄童話劇的演出。」他低聲地說，聲音聽起來完全沒有活力。

罪惡感爬上羅根的背脊，停留在他的頭頂上，彷彿一個大招牌：「是我幹的！是我！」

「局長認為那不利於格蘭坪警局希望呈現出來的形象。他說，他們不能冒險讓那樣的負面宣傳和重大謀殺案扯在一起……要嘛就是放棄兒童劇，要嘛就是我走人。」他看起來彷彿被人把塞子拔起來，讓他整個人都癟掉了一樣。這不是羅根所認識的尹斯克警司。而這都是他的錯。「我參加耶誕童話劇的演出有多久了?十二、十三年了?以前從來都沒有問題……」

「也許他們會忘掉這件事?」羅根試著安慰他。「你知道的,等一切都平息了之後。明年這個時候,沒有人會記得這件事的。」

尹斯克點點頭,不過,他聽起來並沒有被說服。「也許吧。」他用那雙胖乎乎的手輾壓在自己臉上,不斷地畫著圓圈。「天啊,我得要告訴安妮,今晚我不能去了。」

「我很遺憾,長官。」

尹斯克試著要露出一絲勇敢的笑容。「你不用遺憾,羅根。那不是你的錯。都是那個該死的柯林.米勒的錯。」那絲勉強擠出來的笑容變成了一抹怒意。「你下次見到他的時候告訴他,我要把他的頭擰下來,還要折斷他的脖子。」

停屍間裡很安靜,只有冷氣運轉的嗡嗡聲打破了這一片沉寂。所有的屍體都已經被放回原處,獨剩空蕩蕩的解剖檯還在頭頂的燈光下閃閃發亮。這裡面不僅沒有死人,也沒有任何活人。

羅根小心翼翼地沿著冷藏櫃抽屜排成的牆面走過,尋找著喬治.史蒂芬森的名字。當他來到一個標示著「身分不明的白人女孩:大約四歲」的抽屜前面時,他停下了腳步,一手放在抽屜冰涼的把手上。那個可憐的孩子就躺在那裡面,冰冷、失去了生命,甚至連個名字也沒有。

「抱歉。」這是他唯一能想到的話。

他繼續沿著成排的冷藏櫃往前走。他沒有看到任何標示著喬治.史蒂芬森的牌子,不過卻有一個寫著「身分不明的白人男性：大約三十五歲」。史提爾警司還沒有告訴停屍間說他們已經辨識出屍體的身分了。這是另一件羅根得做的事。他拉開抽屜的插栓，一把將抽屜拉開。躺在抽屜那片鋼板上的是一具裝在白色塑膠屍袋裡的魁梧男性屍體。羅根咬緊牙關，拉開了袋子的拉鍊。

袋子裡露出來的頭和肩膀的部分，就和羅根專案室牆壁上的那張照片一樣。只不過實物本身看起來有點皺褶，彷彿有人把他的臉從頭頂上往下扒，好讓他們可以用骨鋸打開頭顱，把腦部取出來。他的皮膚蠟黃中帶著蒼白，深紫色的瘀青告示著那裡曾經大量出血，不過已經在死後乾涸凝結了。還有一塊瘀青就在左邊的太陽穴。從照片裡看起來，羅根一直都以為那只是一道陰影。

最主要的亮點還沒有出現。

他把拉鍊一路拉到底，暴露出一具已經過了鼎盛時期的軀體，即便當它還活著的時候。根據洛錫安和博德斯警局的資料，喬迪在年輕的時候曾經很熱衷於保持身材。是一個很以自己外表為傲的人。然而，躺在那塊板子上的人有一個啤酒肚，粗壯的前臂和肩膀上的脂肪比肌肉還要多。就算沒有那份死亡帶來的蒼白，他必然也像餡餅一樣白。奶瓶顏色般的皮膚上分佈著幾顆痣和一片輕微的紅疹。

而且他沒有膝蓋骨。兩條毛茸茸的腿上都有一個不規則的洞，剛好就在一個正常人膝蓋的位置。關節四周的肉被撕裂到破破爛爛，黃色的骨頭也從慘不忍睹的傷痕組織中穿透出來。不管動手的人是誰，都不在乎要做得乾淨好看一點。這是一場由激情、而非技術主導的手術，也是一場逃不過的手術。

羅根的目光越過那個傷口。他的兩個腳踝上都出現明顯的綑綁痕跡。手腕也是。嚴重的瘀傷、撕裂的皮膚。這是掙扎的跡象。他皺了皺眉頭。這樣看起來，當麥克里德兄弟其中之一砍掉他的膝蓋骨時，喬迪應該是被綁住，而且是清醒的。砍了又砍。喬治．史蒂芬森曾經是個大塊頭。他一定會奮力反抗的。那麼，動手的應該是麥克里德兩兄弟：柯林和賽門。一個把他壓住，另一個則負責揮舞那把開山刀。

此外，還有其他的傷痕。挫傷、擦傷，以及在港口漂浮了一整晚所造成的損傷。還有看起來像是牙齒的咬痕。

羅根還沒有看過驗屍報告，不過，當他看到牙齒的咬痕時，他還是辨認得出來。他在屍體旁邊蹲下來，仔細地盯著那些凹痕。蒼白皮膚上的暗紫色痕跡。有點不規則，彷彿少了幾顆牙。他不知道麥克里德兄弟還會咬人。至少賽門不會。柯林？那個傢伙向來都有些不對勁，不管是把一隻貓塞進聯合陽台花園的欄杆，還是在他祖母墓碑上拉屎被逮到。他就是不對勁。而且，拜一場在卡拉OK酒吧裡發生的酒瓶鬥毆事件之賜，他也掉了幾顆牙齒。他得要讓鑑證科就那個咬痕做一個齒模。看看是否符合柯林．麥克里德的牙科紀錄。

停屍間的房門在他身後發出砰地一聲，他立刻站起身，只見伊莎貝兒正在和她的助理布萊恩專注地對話，後者剛說完什麼，並且伸開雙手做了一個誇張的手勢。讓伊莎貝兒仰天大笑。

噢，布萊恩，你那頭像女孩一樣的蓬鬆髮型和你的大鼻子真是太好笑了。他就是史提爾警司說的那個身分地位低下的情人嗎？即便他的胃還傷痕累累，羅根也可以在兩分鐘之內把這個傢伙踢到躺平。讓他要多低下就有多低下。

一看到他站在喬迪．史蒂芬森那具赤裸的屍體旁邊，伊莎貝兒立刻就止住了笑聲。「哈囉？」她微微漲紅了臉說。

「我有這位仁兄的身分。」羅根的聲音比屍體還要冰涼。

「啊……對……」她看著他，然後又看看躺在板子上的屍體。然後朝著她的助理做了一個手勢。「呃……布萊恩可以幫你。」說完，她露出一絲生硬的笑容，然後就離開了。

布萊恩記下喬治．史蒂芬森的細節，將資料寫在一個小平板電腦上。羅根發現自己很難保持語氣的禮貌和平淡。這個小傢伙搞上伊莎貝兒了嗎？她有為他發出那些小貓的喵喵叫聲嗎？

布萊恩流利地畫下最後的句點，然後把他的平板電腦放回他的外套裡。「噢，在你離開之前，我有東西要給你……」他說。

羅根突然覺得他就要從口袋裡掏出兩條伊莎貝兒的內褲了，不過，布萊恩只是穿過房間，從內部郵件的收發匣裡拿起一只牛皮紙袋。

「你那個身分不明的四歲女孩，她的血液報告出來了。信封裡有些有趣的資料。」他把信封遞給羅根，隨即在羅根翻閱那份報告的同時，轉身去把喬迪屍袋的拉鍊拉起來，再將屍體放回原處。

布萊恩沒有開玩笑。真的非常有趣。

午餐時間的食堂裡只有一個話題：尹斯克警司要被炒掉了嗎？羅根盡可能地坐在遠離其他人的桌子，默默地吃著自己的午餐。今天的義大利千層麵對他而言，吃起來就像浸濕的報紙一樣。

餐廳裡突然**沉默**了下來，羅根抬起頭，看到尹斯克警司走到櫃檯前面，點了他慣常點的午餐組合：蘇格蘭濃湯、起司通心粉和薯條，還有果醬海綿蛋糕加卡士達醬。

「求求你，上帝，」羅根屏住氣息地說。「讓他坐到別的地方。」

然而，尹斯克在四下看了一眼之後，就將他的目光鎖定羅根，筆直朝著他的桌子走來。

「午安，長官。」羅根一邊說，一邊推開吃了一半的千層麵。

尹斯克警司只是咕噥地打了一個招呼，便開始喝他的濃湯，這讓羅根大大地鬆了一口氣。等濃湯喝乾淨之後，他的目標轉移到通心粉上，並且將薯條浸在鹽和醋裡，又在起司通心粉上撒上一層黑胡椒。然後用力地咀嚼。咀嚼。咀嚼。

羅根覺得自己很愚蠢，只是坐在那裡，看著警司吃飯。因此，他用叉子戳著他的千層麵。把一層層的麵皮和肉餡全都搗成一坨。「我拿到那個小女孩的血液檢測結果了，」他終於開口打破**沉默**。「她的血液成分裡含有大量的止痛劑。大部分是替馬西泮[13]。」

尹斯克突然揚起雙眉。

「那並不足以要了她的命。除非過量之類的，不過，看起來她似乎服用了一陣子了。實驗室

[13] 苯二氮平類藥物，多作為安定劑和安眠藥物之用。

認為那麼做會讓她放空。變得溫順。」

最後一口通心麵消失在尹斯克的口中，只見他拿起一根薯條，把殘餘在盤子裡的起司醋醬沾乾淨。他若有所思地咀嚼著。「真有意思，」他終於回應地說。「還有什麼嗎？」

「她曾經得過結核病。」

「看來我們有進展了。」尹斯克把他的空盤疊在湯碗上，再把他的甜點拉到面前。「在英國能感染到結核病的地方並不多。去找衛生局。那是法定傳染病。如果我們的女孩曾經染病的話，她應該會在他們的名單上。」說完，他舀起一大匙淋了卡士達醬的海綿蛋糕，唇邊泛起一絲微笑。「我們轉運的時候到了。」

羅根什麼也沒有說。

20

馬修．奧斯華在市政局工作六個月了，他一畢業就開始從事這份工作，而沒有依照他母親的期待多考幾份證照。不過，他父親並不在乎。他自己這輩子從來都沒有拿到過什麼資格認證，而他也沒有因此遭受什麼損失，不是嗎？馬修拿起他的午餐盒，出發去為亞伯丁市政局的衛生部門工作。

掃街的生活並不如一般人想的那麼糟。你在新鮮的空氣中出門，你的同事都很搞笑，工資也還不差，而且，就算你把工作搞砸了，也不會有人因此死掉。特別是自從有人發明了帶輪子的大垃圾桶之後，就沒有太多重物需要搬運的了。誠如他們的貨車司機傑米說的，今非昔比了。

所以，整體而言，生活還是可以的。他在銀行裡有點存款，在工作上有同事，還有一個願意讓他把手游移到她的毛衣上，而不會感到害羞的女友。

再來是超時工作的問題。他應該要拒絕的，不過，更多的現金意味著他可以負擔得起一張足球賽的季票。馬修是為亞伯丁足球俱樂部而活的。那就是他現在之所以會穿著一件藍色塑膠連身工作服、黑色雨靴，戴著厚厚的黑色橡膠手套、安全護目鏡和防毒面具的原因。額頭是他唯一暴露出來的部分，因為那件連身工作服的鬆緊帽兜並不合身。他看起來活像從X檔案裡走出來的東西，而且汗流浹背到了不像話的程度。

從深灰色的天空掉落下來的冰雹並沒有為他帶來任何的涼意，他的汗水依舊持續地從背後滴到內褲裡。然而，他絕無可能把那件該死的塑膠工作服脫下來！

他嘀咕著把鏟子舉到肩膀的高度，把另一堆腐爛的殘骸鏟進那個巨大的廢棄物貨櫃裡。一切都沾上了死亡的臭味。儘管戴了防毒面具，他還是可以聞得到。腐爛的肉。嘔吐。他昨天的早餐和午餐都被吐得精光。不過，今天還沒有。今天，他的麥維他穀物早餐還好端端地在他的胃裡。

昨天是該死的一天，今天也是該死的一天。現在看起來，明天也還是一樣。每天都不斷地在鏟那堆死掉的動物。

這裡的主人，也就是那個髒兮兮的傢伙，正站在其中一間農場建築門口，昨天，他們已經把那間清理乾淨了。他似乎也沒有留意到冰雹，只是穿著一件破舊的毛線衫站在那裡，一臉悲慘地看著他的變態收藏品被運走。

馬修今天早上看過了他父親的早報。格斯堤小學的一些家長把這個傢伙痛揍了一頓，因為他在他們孩子的學校附近閒晃。他的臉看起來就像是一塊紫色和綠色的瘀青縫合成的拼布。真是活該，馬修一邊想著，一邊步履維艱地在冰雹中走回那堆腐爛的屍體，好繼續將它們鏟走。

堆積在這間建築物裡的動物屍體已經幾乎被清空了一半。他們已經鏟掉了一間半，還有另外一間半要完成。在那之後就是好好地沖一場澡、還有一張到手的季票，然後喝到吐出來為止。等這一切都結束的時候，他一定要喝個爛醉！

一想到這些愉快的事情，馬修立刻又把鏟子揮向那堆潰爛的肉和毛皮。在他挪動鏟子的同時，那堆腐屍突然往下滑落，貓、狗、海鷗、烏鴉，還有不知名的什麼東西，他咬咬牙，用鏟子的末端抬起一落死掉的東西。就在那個時候，他看到了。

馬修張開嘴要說些什麼——他想叫那個一臉緊張、在市政局工作、同時也應該是農場主人的傢伙，他想要說他發現了什麼。然而，從他嘴裡冒出來的只是一聲高八度的尖叫。

他扔下一鏟子的動物屍體往外狂奔，滑倒、跌撞、不停地摔倒在地；他扯掉他的防毒面具，把他的麥維他早餐吐在了雪地上。

羅根把車停在綠草賽道的對街，透過冰雹和一對望遠鏡看著這間賭注站。天氣糟到不行。今早，他原本以為降雪的狀況已經好轉了，然而沒過多久就開始下起冰雹。大顆的冰雹轟隆隆地從陰暗的天空砸下，冰冷、潮濕又滑溜。天色已經漸黑了。

他打過電話給全國所有的衛生單位，詢問他們在過去四年內是否曾經治療過任何罹患結核病的小女孩。他和尹斯克警司一樣樂觀；這種病應該受到了直接監控。她曾經罹患過結核病，現在已經好多了。那就代表她一定在某一個衛生單位接受過治療。她一定會在他們的病人名單上。這樣，羅根就可以得知她的名字了。

隨著電台最新的台呼音樂結束，播音員開始播報下午時段的新聞。羅根把一塊超強薄荷糖塞進嘴裡，將聲音微微地調大。

「傑瑞德・克里維一案的結案辯論今天持續展開，五十六歲的傑瑞德・克里維來自曼徹斯特，他被控在亞伯丁兒童醫院任職男護士期間性侵兒童。在寫實、而且令人不安的證詞之中度過了幾乎三週之後，陪審團預計會在明天傍晚稍晚的時候退席。警方在克里維遭受生命威脅之後，也已經加強了維安的警力。克里維的律師摩爾—法古哈森先生在審判過程中也同樣收到了死亡的威脅，他在兩天前的一個晚上遭人潑了一桶豬血。」

羅根不禁發出一陣小聲的歡呼，並且在駕駛座上做了一個單人的墨西哥波浪舞。

「我不會被一名遭到誤導的青少年所做出來的行為而嚇退。」新聞裡傳出桑迪的聲音。「我們必須確定，在這個案子上，正義得以伸張——」

羅根的噓聲和呸聲蓋住了桑迪後續的話。

馬路對面出現了動靜，他立刻坐直，透過望遠鏡看過去。賭注站的前門打開，絕望的道格探出他的頭，看了看天氣，然後又縮回屋裡。三十秒之後，昨天差點把羅根咬下一塊肉的那隻阿爾薩斯狼犬溫徹斯特被趕進了冰雹裡。那條狗企圖要回到屋內，不過卻被道格的拐杖揮走，只能垂頭喪氣地看著大門在牠眼前關上。牠在那裡站了一分鐘，灰色的毛在冰雹底下逐漸濕透，牠盯著門口看了一會兒，才從混凝土台階上跑進停車場。牠在那裡繞了幾圈：嗅了嗅燈柱和鐵欄杆，又在其他不理會牠的物體旁邊撒了幾泡尿。最終，牠把屁股蹲到地上，小心翼翼地在停車場正中央拉出了一坨屎。

解放完之後，牠轉過身，朝著綠草賽道的前門吠了幾聲，絕望的道格才讓牠重新回到屋裡。才踏進門內兩步，那條阿爾薩斯狼犬立刻就甩動渾身的毛，濺了牠的主人一身的雪水。

羅根突然比較喜歡這條狗了。他安坐在駕駛座上，讓收音機裡的音樂將他包圍。一輛鏽綠色的旅行車疾馳過他的車窗，然後右轉到那一小排商店前面，在剛被拉了一坨屎的停車場停了下來。那是讓瓦森警員罵了一堆髒話的那輛車。羅根嘆了一口氣。他又開始視她為瓦森警員了。不再是擁有一雙美腿的賈姬。這都是因為他不得不訓誡她一頓，因為她口無遮攔地對那輛可惡的車子罵了一堆髒話。

那輛旅行車的司機在後座上翻找著什麼，然後拎著一個塑膠購物袋下了車，還差點在泥濘的雪地上滑了個四腳朝天。他的外套衣領高高地豎起，並且用報紙蓋在他的平頭上，試著要躲避糟糕的天氣。他跌跌撞撞地滑到通往賭注站的殘障專用坡道。

羅根皺眉地把望遠鏡轉向那個新出現的身影上，看著他推開門走進店裡。那個人的耳朵上戴了一堆耳釘，那副憂心忡忡的模樣讓他立刻就被認了出來：鄧肯．尼克森。那個剛好摔落在一個三歲男孩屍體上的鄧肯．尼克森。對，就是在深夜的大雨中被一張紙板蓋住，藏匿在水溝裡的那具男童屍體。

「你在這裡幹嘛，你這個小混蛋？」羅根小聲地自言自語。

馬斯崔克不是尼克森的地盤。他住在頓河橋，在這個城市的對面。在這種天氣裡來到這裡，可以說是一趟不得了的路程。

還有那個購物袋。或者購物袋裡的東西。

「我懷疑……」

不過，羅根的思緒被突然響起的警方無線電打斷了。他們發現了另一具屍體。

□ □ □

等羅根抵達考特外圍的那座農場時，天色已經黑了。農場大門敞開，一輛巡邏車停在大門旁邊，透過起霧的擋風玻璃，隱約可見裡面坐了兩名看起來心情不好的警員。他們的任務是擋住通往農場的道路。羅根在他們旁邊停了下來，降下了車窗玻璃。坐在巡邏車駕駛座的那名警員也把車窗降下。

「午安，長官。」

「什麼狀況？」

「尹斯克警司來了，地方檢察官也是。值班醫生剛到。鑑證科還堵在路上。大約有六名市政局的人在其中一棟建築裡。我們得制止他們不要殺了這塊農地的擁有者。」

「清道夫？」

「對。他被關在農舍裡，和尹斯克在一起。在死亡被宣告之前，警司不讓他離開。」

羅根點點頭，開始把車窗關上，以免更多的冰雹掉進車裡。

「長官？」那名坐在巡邏車方向盤後面的警員叫住他。「我們昨天晚上拘留了他，然後又把他放走了，這是真的嗎？」

羅根覺得胃裡湧起一股想吐的感覺。從他聽到這個消息之後，他就一直在想這件事。從馬斯崔克一路擔心到這裡。他們沒有起訴清道夫，並且把他放走了，而現在有另一個孩子死了。他甚至還送他回來！

當羅根在那條被壓出車輪痕跡的車道上打滑地往前開向清道夫的農舍時，越下越大的冰雹已經轉成了真正的雪。幾幢建築物矗立在黑暗之中，他的車頭燈照亮了一扇扇敞開的門。

警方在二號建築的門口拉上了藍色的封鎖帶，就是他們今天在清理的那幢建築。

羅根把車停在值班醫生的車子後面。這裡還有另一輛巡邏車，不過，這回車裡是空的。車裡的警員正在幫發現屍體的那些人記錄口供。並且阻止他們把清道夫碎屍萬段。唯一沒有停在被雪覆蓋的那些廢棄物貨櫃旁邊的，就只有尹斯克警司的Range Rover。那輛龐大的四輪驅動是唯一有辦法在泥濘的雪地上一路開到那幢農舍的車。它被丟在了農舍前門。農舍樓下的一扇窗戶裡搖曳著微弱的黃色光影。

羅根看了看那幢被警示封鎖帶圍起來的建築，再看看那間在風雪中忽隱忽現的農舍。也許還是先去解決最糟糕的部分吧。

車外冷到令人發僵，羅根才把車燈熄掉，外面就陷入了一片漆黑。他回到車上，從一疊印有彼得・拉姆利的海報底下掏出一把手電筒。然後向上帝祈禱：希望是他。不要是另一個可憐的小孩。不要再多加一個了。

手電筒的燈光只能驅走一小部分的黑暗，讓羅根僅能看到自己腳下所踩之處。地上的坑窪已經被雪蓋住，隱藏了起來，讓人更容易打滑和摔倒。羅根一路跌跌撞撞地穿過草地，帶著一身厚厚的雪花，走到了二號建築。

建築物裡臭氣沖天。不過，不像他第一次讓史提夫警員把那扇厚重的木門拉開時那麼恐怖了。吹進室內的風捲走了些許的氣味，但羅根在跨進門檻時，依然想要嘔吐。他一邊咳嗽，一邊從口袋裡拿出一條手帕掩住了口鼻。

建築物裡一半的屍體都已經清空了，混凝土地板上覆蓋著腐屍流出來的濕滑體液，散發著陣陣的惡臭。穿著白色連身工作服的威爾森醫生正彎身在一堆屍體前面，他那只打開的醫用包則安置在一塊鋪平的垃圾袋上，以防沾染到那些黏液。

羅根套上一件連身工作服。「晚安，醫生。」他小心翼翼地踩在混凝土地面上。

值班醫生轉過身。白色的口罩擋住了他下半部的臉。「為什麼每次發生那種狀況很糟的案子，被派來的人總是我？」

「我猜你比較幸運吧。」羅根應聲。這個玩笑有點勉強，不過，醫生還是試著在口罩下擠出一絲笑容。

他指了指那個打開的醫用包，讓羅根自己從裡面拿出一副橡膠手套和一個口罩。那股腐臭的味道突然消失了，取而代之的是一股讓人招架不住的薄荷味，熏得他差點就要流出眼淚來。「維克斯舒緩薄荷膏，」威爾森醫生告訴他。「病理學的老把戲。可以掩蓋一切的罪惡。」

「有什麼發現嗎？」

求求你，老天，就讓他是彼得・拉姆利吧。

「很難分辨。這個可憐的孩子幾乎已經爛光了。」

醫生說完讓到一邊，讓羅根可以親自看到是什麼讓馬修・奧斯華尖叫著衝進大雪之中，把他的麥維他早餐全都吐了出來。只見一個小孩的頭從一堆動物屍體中冒出來。那張臉已經沒有什麼五官可言了，骨頭也暴露在一片黏糊糊的灰色物質裡。

「噢，天哪。」羅根的胃整個晃動了起來。

「我甚至不知道它是男孩還是女孩。要等到我們把屍體挖出來，徹底地檢查過之後才會知道。」

羅根看著那顆陰冷的頭顱，空洞的眼眶、張開的嘴，以及從萎縮的牙齦裡凸出來的牙齒。那頭失去光澤的頭髮在四周的動物皮毛圍繞下幾乎難以辨識。一對粉紅色的小夾子嵌在腐爛的頭皮上。芭比髮夾。

「是個女孩。」羅根站起身。他受不了了。「好了，醫生。可以宣布死亡了，把這些留給病理學家吧。」

醫生難過地點點頭。「是啊。也許你是對的。可憐的孩子……」

羅根站在雪中，他的臉迎著風，企圖讓冰冷和濕氣沖刷掉腐屍的臭味。不過，雨雪卻驅走不了他的反胃。他瑟瑟發抖地看著威爾森醫生在雪中走進他的車子。車門才一關上，香菸就被點燃，將醫生裹在了雲霧之中。

「幸運的混蛋。」

他轉身背對著現場，隨即踏出沉重的腳步走向農舍，手電筒投射出的光線彷彿一條白色的柱子，隨著他的步伐在黑暗中旋轉，引領他在長草中一步一步往前進。才踏出十步，羅根的褲子就已經濕到了膝蓋，他的鞋子裡也浸滿了冰冷的水。等到他抵達農舍前門時，他的牙齒已經不自主地在打顫，規律的喀噠喀噠聲恰好呼應了他身體顫抖的節奏。

廚房的窗戶裡閃爍著光影，不過，透過骯髒的玻璃，羅根只能看到幾個剪影。他沒有敲門，只是逕自推開那扇變形了的大門。農舍裡比他預期的還要破敗。天知道這裡多久沒有住人了，這個地方基本上已經淪為了一座墳墓。他將手電筒照向走廊，約略還可以看到殘餘的壁紙和傢俱。牆壁上的石膏斑斑駁駁，暴露出石膏底下的木板條。深色的黴菌聚集在牆壁上的坑洞裡，彷彿瘡口上的蒼蠅一樣。樓梯也少了好幾級的階梯，甚至有一級已經斷掉了，木板的正中間破了一個大洞，兩邊則翹了起來。不過，還有一些照片依然掛在牆壁上。

羅根擦拭著其中一面蓋滿灰塵的相框玻璃，一名看起來很快樂的女子也在相片裡回視著他。他擦去更多的灰塵，然後，一個小男孩出現了，男孩穿著一套新衣服，梳著一頭服貼的頭髮笑看著鏡頭。男孩和女子長得十分相像。伯納德・杜肯・菲利普和他母親共度的昔日美好時光。在他開始收集死掉的東西以前。在一個小女孩的屍體被藏在二號建築以前。

擁擠的廚房裡很幽暗。一堆紙箱堆在房間裡，長期的濕氣讓紙箱的邊邊角角都塌陷了。爬滿牆壁的黴菌讓這個空間瀰漫著一股荒涼的味道。房間中央擺了一張簡陋的廚房桌，還有兩張看起來搖搖欲墜的椅子。

伯納德．杜肯．菲利普，又名清道夫，垮坐在其中一張椅子上，尹斯克警司則靠在他對面的水槽旁邊。一座小燭台在兩人之間閃爍。燭台的五個凹槽裡，只有兩個裝上了蠟燭，不過，與其說是蠟燭，其實只不過是兩塊殘蠟。當羅根走進來的時候，沒有人開口。

尹斯克的臉像石頭一樣，怒視著陷坐在椅子上的那個身影。他一定和羅根一樣在想同一件事：他們昨晚抓了他，不過卻放他走了。現在，他們手裡又多了一個死掉的小孩。

「我讓值班醫生回家了。」羅根的聲音一下就被這片愁雲慘霧所吞沒。

「他怎麼說？」尹斯克問他，不過目光卻沒有離開清道夫。

「可能是一個小女孩。我們不知道年齡。她已經死了很長一段時間。也許好幾年了。」

尹斯克點點頭，羅根知道這讓他鬆了一口氣。如果這個孩子已經死了好幾年，那麼，他們昨天晚上放走清道夫就無關緊要了。沒有人因為他被放走而喪命。

「菲利普先生拒絕發表任何的意見。不是嗎，菲利普先生？你不肯告訴我們她是誰，或者你是什麼時候殺她的。可笑的是，我們的紀錄上現在有兩個女孩死了，不是嗎？更可笑的是，我們竟然讓某個變態的混蛋逍遙法外，殺害小男孩，還用東西捅進他們的屁股。甚至把他們的小弟弟割掉。」

羅根皺起眉頭。大衛．雷德是在城市另一頭的水溝裡遭到殺害和肢解。清道夫喜歡保留死掉的東西。他不會讓他的獎品像那樣地公然流露在外。

「你知道嗎，」羅根試圖要扮演好警察的角色。「我們可以讓你好過一點，伯納德。你告訴我們發生了什麼事。就用你自己的話來說，好嗎？我相信你不是故意讓這一切發生的，對嗎？」

清道夫往前靠，直到他的頭抵住斑駁的桌面。

「這是一個意外嗎，伯納德？自然而然就發生了？」

「他們把它們全部都拿走了。我所有的東西，那些美麗的、死掉的東西。」

尹斯克的一隻大拳頭猛然落在桌面上，讓燭台和清道夫都跳了起來。熱騰騰的蠟也濺在了木頭上。伯納德．杜肯．菲利普緩緩地靠回桌面，將頭埋在了雙臂裡。

「你得去坐牢。你聽到了嗎？你要到彼得赫德監獄去，和那些變態的混蛋關在一起。那些戀童癖、強暴犯、謀殺犯。你想去那裡當別人的對象嗎？想在某個屁股長毛的混蛋身上找到你生命中的真愛嗎？如果你再不開口的話，我就會確定讓你和那裡最下流的肛交犯關在同一間牢房裡！」

尹斯克的這番話是為了要得到反應。然而卻沒有成功。在一片令人不安的沉默之中，羅根可以聽得到一陣微弱的音調。清道夫正在對他自己哼著些什麼。聽起來像是聖歌〈與主同住〉。

廚房的窗戶突然蒙上一層燈光，羅根清了清髒到看不清的玻璃。鑑證科的廂型車正在外面的泥濘中搖擺前進。然後停在了二號建築的外面。廂型車後面還有一輛車。看起來是一輛時髦昂貴的車子，正在積雪的路上努力掙扎。等到它終於接近農場上的建築時，鑑證科的技術人員已經開始把他們的設備從溫暖安全的廂型車裡扛到那間陰森的藏骸所了。

那輛車的駕駛下車走進了雨雪裡。是伊莎貝兒。

羅根嘆了一口氣。「是鑑證科和病理學家。」他看著她豎起衣領，艱難地繞到她的後車廂。她在那套棕褐色的套裝外面罩了一件駱駝色的長大衣。她脫下她的義大利皮靴，套上一雙雨靴，然後才拖著沉重的腳步走進二號建築。

三十秒之後，她又回到了雨雪之中，彎著腰，大口地喘氣。試著不要吐出來。羅根的臉上不自覺地浮現一絲冷笑。在低階人員面前露出人性可不太適合。

尹斯克從水槽邊上離開，拿出了一副手銬。「來吧，菲利普。站起來。」

在清道夫聽著他的權利被宣讀的同時，羅根看著他雙手在身後被銬上了手銬。緊接著，尹斯克就將清道夫拖出了廚房，走進大雪之中。

廚房裡只剩下羅根，他吹熄了蠟燭，跟在他們身後走了出去。

21

這一次，清道夫的「適當的成年人」是一名年紀五十出頭、頭頂稀疏、留著一小撮滑稽鬍子、看起來很疲憊的男子。羅伊德．透納：曾任海澤黑德學院的教師，新近喪妻，想要找點其他的事情轉移自己的注意力，避免讓自己感覺到無時無刻都很孤單。他坐在伯納德．杜肯．菲利普旁邊，面對著桌子對面的尹斯克警司和羅根．麥雷警佐擺出的臭臉。

房間裡臭氣熏人。不只是一般的腳臭味，而是清道夫散發出來的陳年汗臭和動物腐屍的味道。昨晚羅根在他臉上看到的瘀青似乎更嚴重了。滿臉的深紫色和綠色一直擴散到失去光澤的鬍子底下。他的雙手在桌面上不停地抖動，皮膚髒兮兮的，指甲也因為藏污納垢而變成了黑色。他身上唯一乾淨的部分是那件白色的連身工作服，那是鑑證科為了要取走他原本的衣服去做鑑識檢測而給他換上的。

羅根和尹斯克已經在這間房間裡待了三個小時，但卻毫無進展。他們從清道夫口中唯一聽到的話，就是有人偷走了他那些寶貴的死屍。他們試過和顏悅色的方法；也試過各種恫嚇。他們試著讓那名留著鬍子的前教師和他溝通，對他解釋情況的嚴重性。但他就是不說話。

尹斯克警司在他的座位上前後搖晃，讓那張塑膠椅子不停地吱吱作響。「好吧，」他嘆了一口氣地說。「我們就再試一次吧，各位？」

這句話讓在場每個人的臉都扭曲了，只有清道夫不為所動。他只是繼續在哼唱著那首該死的〈與主同住〉。這讓羅根忍不住就要抓狂了。

那名教師舉起手。「抱歉，警司。我想情況很明顯了，伯納德現在完全不在被審問的狀態中。」他側瞄了一眼他身邊那個臭味驚人的傢伙。「他的精神狀態是有紀錄可尋的，他需要的是幫助，而不是監禁。」

尹斯克把他的椅子往前一推。「那些躺在停屍間裡的小孩原本應該要平安在家才對，而不是被一個扭曲的怪物殺害！」他交叉著雙臂，襯衫上的縫線因此而繃緊，讓他的體積看起來更巨大了。「我要知道彼得．拉姆利在哪裡，還有，他還殺了多少小孩。」

「警司，我了解你只是在盡責做你的工作，但是，伯納德現在的狀態根本不適合回答問題，你看看他這個樣子！」

他們看了他一眼。他的手就像受傷的小鳥，在桌面上不停地拍打。他的眼神既遙遠又漠然。他甚至沒有和他們處在同一間房間裡。

羅根瞄了一眼牆上的時鐘。七點二十分。已經超過昨天清道夫說要吃藥的時間了。「長官，」他對尹斯克說。「能借一步說話嗎？」

他們走向咖啡機，和好幾張好奇的臉孔擦身而過。消息已經在警局裡傳開了，還有廣播電台，也許還上了晚間新聞。亞伯丁兒童殺手已經被關起來了。現在，他們要做的就是讓他開口。

「你有什麼想法，警佐？」尹斯克一邊問，一邊按著白咖啡加雙糖的按鍵。

「我們今晚不會從清道夫口中得到什麼了，長官。他有精神分裂症。他需要服藥。就算我們讓他認罪了，這份口供在法庭上也會被撕碎。精神有問題的嫌犯，沒有吃藥，在三個小時的審訊之後認罪了？你會怎麼做？」

尹斯克朝著他的塑膠杯表面吹了幾口氣，然後嘗試性地啜了一口咖啡。當他終於開口說話時，他的聲音聽起來就像個筋疲力盡的人。「你說得沒錯。」他把咖啡放在最近的桌子上，然後在他的口袋裡搜尋著甜食。最後，羅根只好把一顆自己的超強薄荷糖給他。

「謝謝。過去一小時裡，我也在想同樣的事。只不過，我不想就這樣放手。以防萬一。」他嘆息著。「萬一彼得·拉姆利還存活在哪裡。」

這是一個妄想，他們彼此都知道。彼得·拉姆利已經死了。他們只是還沒有找到他的屍體而已。

「犯罪現場呢？」羅根問。

「什麼犯罪現場？」

「我們發現的那個女孩也許並不是唯一一個被埋在那堆動物腐屍裡的小孩。」接下來他要說的是打從今天傍晚到農舍去之後，就一直困擾著他的一件事。「關於大衛·雷德。他被棄屍了。這兩個案子的手法不同。清道夫是一個收集東西的人。他不會把屍體留在外面，像大衛·雷德那樣。」

「也許他喜歡在囤積屍體之前先讓他們腐爛。」

「如果是他的話，既然他割掉了大衛・雷德的生殖器，那麼，生殖器就會在農場的某處。」尹斯克的臉整個皺了起來。「可惡。我們得要翻遍所有被他貯存在那裡的屍體，好找出那個東西。這簡直是在大海撈針。」他用手揉捏著臉。「好吧。」他深深吸了一口氣，然後挺起背脊。他的聲音又恢復了權威感。「我們得要用非常手段來處理這件事。如果我們不能讓菲利普親口認罪的話，我們就讓他和那些屍體扯上關係。我們在他家發現的那個小女孩；這個案子毫無疑義。至於大衛・雷德和彼得・拉姆利，一定有什麼可以顯示他和這兩個案子有關。我要你派十幾名警員去詢問每個人，看看這兩個孩子最後被人看到的地方在哪裡。給我一個證人。我們不會再次讓這個混蛋被放走了。」

那天晚上，羅根的夢裡都是腐爛的小孩。他們在他的公寓裡到處奔跑，想要玩耍。其中一個坐在起居室的地上，不停擊打著一具木琴，結果讓皮膚的碎屑掉滿了拋光的木頭地板，那具木琴是羅根四歲時收到的生日禮物。木琴發出錚錚咚咚的雜音，與其說是音樂，更像是電話的鈴聲。

他就是在那個時候醒來的。

羅根蹣跚地穿過起居室，從電話座上抓起電話。「幹嘛？」他沒好氣地說。

「聖誕快樂。」是柯林・米勒。

「噢，天啊……」羅根搓揉著臉，試著讓自己清醒。「現在是六點半！你對早晨有什麼不滿嗎？」

「你們發現了另一具屍體。」

羅根拖著腳步走到窗邊，企圖在街上尋找米勒那輛昂貴的汽車。不過，他的車卻不在外面。至少，那表示今天早上那個快活神仙不會來按門鈴，讓他可以倖免於難。

「所以呢？」

電話那頭暫停了一下。「你們逮捕了伯納德．菲利普。清道夫。」

羅根懵了，他放下撥開的窗簾。「你怎麼會知道？」他們發布的新聞資料裡並沒有指明誰被逮捕了，只是說：「一名嫌犯被拘留，地方檢察官也收到了一份報告。」

「你知道的：那是我的工作。可憐的孩子，在那堆死屍裡腐爛……我要內線消息，拉撒。我手上還有你們不知道的關於喬迪．史蒂芬森的事情。這是雙贏喔。」

羅根不敢相信自己的耳朵。「在你昨天對尹斯克警司做出那種事之後，你還敢這麼說，真是太厚臉皮了！」

「拉撒，那只是公事公辦而已。他不讓你好過，我也就挫挫他的威風。我有寫一句你的壞話嗎？有嗎？」

「那不是重點。」

「啊，忠誠。我喜歡。優質的執法官員。」

「你讓他看起來像個白痴。」

「這樣吧：我放過那個男扮女裝的兒童劇話題，然後你我一起吃個早餐聊聊？」

「我不能這麼做。任何我要說的話，都需要尹斯克同意，好嗎？」

電話那頭又停了一下。

「你得要謹慎地處理你的忠誠度，拉撒。有時候，那帶給你的傷害會比幫助還要大。」

「什麼？那是什麼意思？」

「看看今天早上的報紙吧，拉撒。想想看你是否需要一位來自報社的朋友。」

羅根把電話放回機座上，站在黑暗中的起居室裡，渾身顫抖。現在，他絕對無法再回去睡覺了。至少，在知道米勒做了什麼之前、在知道早報都登了些什麼之前，他都沒辦法睡得著了。

六點半。他自己訂的報紙還要一個多小時才會送到。因此，他很快地換好衣服，踩著深及腳踝的積雪，一路走到城堡門和最近的報攤。

那是一間小店，那種什麼都試著販售的店。牆壁上排滿櫥櫃：書籍、盆子、鍋子、電燈泡、一罐罐的腰豆……羅根在櫃檯旁的地板上找到了他要的東西——一疊剛出爐的報紙，上面還包裹了一層塑膠膜，以防報紙被雪浸濕。

報攤老闆，一名左手少了三根手指、留著灰色鬍子，還有一顆金牙的矮壯男子，他一邊咕噥地道了聲早安，一邊把報紙上的塑膠膜撕開。「老天，」說著，他拿起最上面的一份報紙，對羅根展示著頭版。「他們抓到了那個混蛋，卻又把他放走了！你他媽的能相信嗎？」

頭版上有四張照片，就排列在版面正中央：大衛．雷德、彼得．拉姆利、尹斯克警司和伯納德．杜肯．菲利普。照片中的清道夫是失焦的，他正彎身在一把鏟子上方，鏟子裡還有一隻被壓扁的兔子，他那個裝有輪子的大垃圾桶就停放在他旁邊的路面上。兩個男孩的照片是在學校裡拍的，照片中的孩子正對著相機露出燦爛的笑容。尹斯克則穿著他在耶誕兒童劇裡男扮女裝的壞人裝束。

照片上方的標題寫著「恐怖之家：死掉的女孩在一堆動物腐屍中被發現！」底下則是「幾個小時前，警方才把遭到拘留的兇手釋放」。柯林．米勒再度出擊了。

「一堆該死的小丑：那些人就是小丑。我告訴你：給我五分鐘和這個變態的混蛋相處。只要五分鐘就好。我自己的孫子也是那個年紀。」

羅根付了錢，一句話也沒說地離開了。

又開始下雪了。厚厚的雪花在一片漆黑中從天而降，天上的雲層反射著街燈，變成了一整片的深橘色。從這裡到聯合街的一路上都閃爍著聖誕裝飾，不過，羅根卻完全視而不見。他站在報攤外面，透過小店窗戶滲出來的燈光閱讀著報紙。

報上有一篇針對清道夫人生的深入報導——精神分裂症、在康希爾醫院待了兩年、母親已死、收集死屍。米勒甚至還採訪了幾名在小學大門外攻擊清道夫的群眾。他所引用的話裡充滿了誇大不實和正義的憤怒。警方因為他們攻擊了那個變態，就把他們當成罪犯看待，然而，事實上卻有一個女孩死了，一直躺在那堆腐屍之中！

報導中還說，警方拘留了清道夫，但是尹斯克警司卻下令釋放他，就是那個在孩子們遭到擄走、謀殺和性侵時，還在舞台上賣力演出的警司。對於本地警察英雄羅根「拉撒路」麥雷的建議，警司完全置之不理。

羅根發出了呻吟。該死的柯林．米勒！他也許以為這是在幫羅根的忙，讓他看起來像是理性的聲音，然而，尹斯克一定會氣炸了。這篇報導看起來就像是羅根把這件事透露給了新聞報。彷彿他就是那個在警司背後捅了他一刀的人。

當他推開警察總部的大門時，彼得．拉姆利的繼父正在那裡等著他。那傢伙看起來彷彿已經一個月都沒有睡覺了，他的呼吸差點就讓牆壁上的壁紙都凝結了：陳年的啤酒和威士忌的味道。他看過報紙了。他知道他們逮捕了某人。

羅根把他帶到一間審訊室，聽著他不停地咆哮怒罵。清道夫知道他兒子在哪裡。警方得讓他開口！如果他們做不到的話，他會讓他開口的！他們得找到彼得！

羅根慢慢地讓他冷靜下來，並且向他解釋，他們拘留的那個人也許和彼得的失蹤並沒有關係。警方正在盡最大的能力尋找他兒子的下落。他應該要回家，試著睡一下。最後，他是在精疲力竭下才同意讓巡邏車送他回家。

等到上班時間開始的時候，羅根的感覺已經很糟了。他的胃裡除了原本的組織傷疤之外，又多了一個結。八點半的時候，尹斯克依然不見人影。一場該死的風暴正在成形，而羅根即將身陷其中。

上午的簡報會議開過也結束了，羅根宣布了任務，也將各個小隊聚集在一起。其中一隊負責到失蹤兒童最後被看到的地點——無論是死前還是死後——一哩之內，挨家挨戶去詢問。他們看到過這個人——清道夫——在附近出現嗎？另一隊則負責檢視所有和伯納德・杜肯・菲利普相關的紀錄。最後、也是最龐大的一隊，得去做最不堪的工作：從堆積如山的動物腐屍中尋找一塊被割斷的陰莖。這已經不再是市政局環境衛生處的工作了。這是一件謀殺案。

沒有人問及尹斯克警司在哪裡，或者提及刊登在今天早上新聞報頭版的任何一個字。不過，羅根知道大家都看過那篇報導了。專案室裡有一股暗潮洶湧的敵意。他們直接就跳到了結論，而羅根也知道他們一定會這麼想：他跑到那家報社去把尹斯克整死了。

瓦森警員甚至不願意和他四目相對。

當簡報結束、每個人都魚貫走出專案室之後，羅根找到了史提爾警司。她坐在她的辦公室裡，兩腿蹺在桌上，一邊抽菸一邊喝著咖啡，一份今天的早報就攤開在她混亂的桌面上。當羅根敲門走進去時，她抬起頭，用她的馬克杯和他打了一個招呼。

「早，拉撒路，」她說。「你在找你下一個受害者嗎？」

「不是我！我知道那看起來像怎麼回事，但不是我幹的！」

「好吧，好吧。把門關上，坐下來。」她指著她辦公桌對面那張搖搖晃晃的椅子。

羅根遵照她的交代坐了下來，禮貌地婉拒了她提供的香菸。

「如果你真的去了那家報社幹了這件事，」她戳了戳報紙。「你要不就是蠢到極點，只要沒有人指導，你就不知道怎麼呼吸，要不就是具有很大的政治野心。你有野心嗎，我們的警察英雄先生？」

「什麼？」

「我知道你並不蠢，拉撒路。」她揮了揮手中的香菸。「洩密給媒體向來都會讓你自己中到回力鏢。不過，這件事有可能扼殺尹斯克警司的職業生涯。把他除掉之後，再加上有媒體和你站在同一邊，他的那個位置，你就十拿九穩了。那些基層的人會恨死你，不過，如果你可以忍受的話，你就可以一直往上爬。下一站就是總警司了。」語畢，她對他行了一個禮。

「我發誓我沒有洩密給任何人！我也想讓清道夫離開；沒有任何證據對他不利。我甚至還開車送他回家！」

「那麼，這個記者為什麼要一手幫你擦屁股，另一手卻在打尹斯克的屁股？」

「我……我不知道。」謊話。「他認為我們是朋友。我只和他說過幾次話而已。而且每次都是在尹斯克警司的同意之下。」超級大騙子。「我想，他不喜歡警司。」至少，這部分是真的。

「我可以想見。大部分的人都不喜歡尹斯克。我呢？我喜歡他。他很宏偉。看到那樣的屁股：會讓你全心投入、卯足了勁。」

羅根試著不要在腦子裡想像那樣的畫面。

史提爾警司用力地吸了一大口香菸，然後在愉快的笑容中吐出煙霧。「你和他說過話了嗎？」

「什麼，尹斯克警司嗎？」羅根垂下頭。「沒有。還沒。」

「嗯……他今天很早就到了。今天早上，我看到他那輛四輪傳動停在停車場裡。也許正在和高層研議什麼詭計：把你調到格拉斯哥的高伯斯去。」說完，她面帶微笑地坐了下來，不過，羅根實在看不出來她是否在開玩笑。

「我還希望也許你可以和他談一談——」

史提爾的微笑變成了大笑。

「要我去問他是不是暗戀你嗎？」

羅根可以感覺到自己從脖子到臉頰都漲紅了。他知道史提爾警司是什麼樣的人。他真的期待來這裡能得到她的同情和支持嗎？也許，他真的愚蠢到沒有人指導就不知道怎麼呼吸。「我很抱歉，」他站起身。「我應該回去工作了。」

就在辦公室的門即將關上之際，她叫住了他。「他會很生氣的。也許不是氣你，而是氣這個叫做米勒的傢伙，不過，他一定會很憤怒的。你要有被他大聲吼叫的心理準備。還有，如果他不聽你解釋的話，不妨想像蛋捲和雞蛋的關係吧。雖然你不是始作俑者，不過，那不代表你就不能順其自然。」

羅根停下腳步。「順其自然？」

「野心，英雄先生。不管你喜不喜歡，你最終都還是可以坐上他的位置。你不需要喜歡這個過程，但是你也許可以因此而升上警司。」她用殘餘的香菸屁股點燃了另一根香菸，然後將菸頭彈進她的咖啡裡。在她對他眨眼的同時，菸頭在咖啡裡發出了呲的一聲。「好好考慮。」

羅根確實考慮了一下。在走回他的迷你專案室的一路上都在想。那名女警又開始接電話，不停地記下姓名和口供聲明。在清道夫被捕的消息遍佈報紙和電視新聞之後，每個人和他們未婚的姑媽都紛紛熱心地提供各種消息。被謀殺的小孩，警官？沒問題：我看到她走進一輛市政局的垃圾車。報紙上登的這個傢伙實在是太膽大妄為了……

衛生當局也回應了他提出來的問題，開始提供關於在過去四年裡罹患結核病的小女孩資料。

可能的人選名單很少，不過，隨著日子過去，名單上的名字會越來越多的。

羅根看著那些名字，其中大部分都已經被他的女警劃掉了。目前年齡不在三歲半到五歲之間的小孩，都不是他們感興趣的對象。今天結束之前，他們就會知道她是誰了。

雖然他知道自己一定會被召喚，不過，一旦接到通知，他的五臟六腑依然免不了緊綳了起來：到高級警司辦公室報告。他得要為他沒有做的事情被斥責了。除了對柯林．米勒和尹斯克警司說謊之外。

「我要出去走走。」他對著那名接聽電話的女警說。「也許要一會兒。」

高級警司辦公室像個火爐一樣。羅根在那張大橡木桌前面立正站好，雙手背在身後。尹斯克警司坐在一張人造皮革、看似舒服的訪客椅子上。當羅根進來就定位的時候，他並沒有看向羅根。不過，專業標準處的納皮爾警司卻一直盯著他，彷彿他是某種科學實驗失敗的成果。

桌子後面坐著一名看起來很嚴肅的人，那顆圓頭頂上並沒有太多的頭髮。他穿著他的軍裝。鈕釦全部都扣上了。這不是什麼好現象。

「麥雷警佐。」他的聲音比他的個頭還要大，讓房間裡充滿了不祥之兆。「你知道你為什麼在這裡。」這不是一個問題；桌上有一份今天早上的新聞報。整齊地和筆記本以及電腦鍵盤排放在一起。

「是的，長官。」

「你有什麼要說的嗎？」

他們要開除他了。他才回來六天，他們就要把他踢出去了。他應該要低調一點，以傷病為藉口遠離這些是非。再見了，養老金。「是的，長官。我希望大家知道，我向來都完全地支持尹斯克警司。我沒有對柯林．米勒透露那件事，我也沒有告訴過任何人說我不同意尹斯克警司釋放清道……菲利普先生的決定。因為那個決定在當時是對的。」

高級警司往後靠在椅背上，十指頂在他的圓臉前面。「不過，你一直都有和米勒聯絡，不是嗎，警佐？」

「是的，長官。他今早六點半才打過電話給我，想要知道菲利普先生被捕的細節。」

尹斯克警司在他的座位上縮了一下。「他怎麼會知道我們逮捕了清道夫？這個訊息根本沒有對外公布！我告訴你，這——」

高級警司舉起一隻手，尹斯克立即就閉上了嘴。「當我問他的時候，他說知道這些事情是他的工作。」羅根自動轉入了警察作證的模式。「這不是他第一次知道他不應該得知的消息。我們發現大衛．雷德的時候，他也知道。他知道兇手肢解並且侵犯了屍體。他知道我們發現的那個女孩的屍體已經腐爛了。他有內部的線人。」

桌子對面的警司揚起了眉毛，不過並沒有吭聲。那是尹斯克警司專有的審訊技巧。不過，羅根沒有心情玩這種**沉默**的遊戲。

「但那不是我！我絕對不可能會告訴一個記者，說我不同意上級釋放嫌犯的決定！米勒想要在警局內部找到朋友，而他認為如果他『幫』我的話，他就可以達到他的目的。這完全都是為了讓報紙大賣！」

高級警司繼續保持著**沉默**。

「如果你要我辭職的話，長官——」

「這不是紀律公聽會，警佐。如果是的話，會有一名警察聯合會的代表陪你一起出席的。」他停了一下，看了尹斯克和納皮爾一眼，然後又看回羅根。「在我們進一步討論這個問題的同時，你可以在外面的接待區稍等一下。等我們達成決議的時候，我們會再請你進來。」

有人在羅根的肚子裡倒進了冰冷的混凝土。「是的，長官。」他抬頭挺胸地走出房間，把房門在身後關上。他們就要炒掉他了。不然就是把他調離亞伯丁。找一個蘇格蘭高地的偏遠地區，讓他在那裡的街上巡邏，或者更糟：當學校的聯絡官，負責學生家長和學校之間的聯繫。

終於，他被那個鷹鉤鼻、紅頭髮、來自專業標準處的警司召回了那間房間。羅根在高級警司的桌子前面立正站好，等待被宣判死刑。

「警佐，」那名高級警司從桌上拿起那份報紙，折成兩半，俐落地丟進垃圾桶裡。「你會很高興聽到我們相信你的說法。」

羅根無法不注意到納皮爾警司臉上酸溜溜的表情。顯然不是每個人都同意這個決定。

那名高級警司往後靠坐，再度打量著羅根。「尹斯克警司告訴我說，你是一名優秀的警官。史提爾警司也這麼說。你不是會去找媒體爆料這種事情的人。我向來都尊重我的資深警官。如果他們告訴我你不是一個……」他停了一下，露出一絲精明的微笑。「如果他們告訴我，你不會在沒有上級的授權之下去找媒體的話，我就相信他們。不過……」

羅根挺直了背脊，等著他改變心意。

「不過，我們不能讓這件事情沒有答案。我可以告訴全世界，我們百分之百支持尹斯克警司。事實上我們也確實如此。不過，那不會讓這件事就此結束。這些報導：在兒童劇裡男扮女裝、菲利普被釋放不到一天，就有一個女孩的屍體在他家被發現……」他在尹斯克警司能開口之前就先揚起了一隻手。「我個人不認為警司做錯了任何事。然而，這些報導卻高度損害了警察局的名聲。全國所有的二級小報對菲利普的故事都有他們自己的版本。太陽報、每日郵報、鏡報、獨立報、衛報、蘇格蘭人報：媽的，甚至連泰晤士報都是！」他不自在地在他的椅子上挪動了一下，然後拉直了他的制服。「洛錫安和博德斯警局又打了電話給局長。他們說他們有這類調查的經驗。他們會很高興有機會『協助』我們。」他拉下了臉。「我們得讓人看到我們有在做事。社會大眾都在要求我們做出懲罰；但是我還沒打算把尹斯克警司交給他們。」他深深吸了一口氣。「我們還可以做一件事。也就是把這個柯林．米勒拉進來。他似乎已經和你發展出和諧的關係，警佐。我要你去和他談。讓他站在我們這一邊。」

羅根看向尹斯克警司。他的臉充滿了憤怒。而納皮爾看起來像是他的頭就要爆炸了一樣。

「長官？」

「如果我們和媒體的問題持續下去的話，如果這些負面的宣傳不停止的話，我們就沒有選擇的餘地了：尹斯克警司在他的行為受到審查期間將會帶薪停職。我們也會被迫將兒童謀殺的調查拱手交給洛錫安和博德斯警局。」

「可是……可是，長官：這樣是不對的！」羅根的目光在最高警司和尹斯克之間來回游移。

「尹斯克警司是這個案子最好的人選！這不是他的錯！」

桌子後面的人點點頭，朝著尹斯克露出微笑。「你說得沒錯。忠誠。那就讓我們確保不會走到那一步吧，警佐。我要你們把這個洩密者查出來。不管是誰在提供消息給米勒，我都要這種行為終止。」

尹斯克沉著臉。「噢，不用擔心，長官。等我找出那個犯罪集團，我會確保他們永遠不會再對任何人開口。」

納皮爾僵坐在他的座位上。「你只要確保你的行動都是按照規矩來的就好，警司。」他顯然對尹斯克奪走他抓出那顆老鼠屎的職責感到不悅。「我要召開一場正式的紀律公聽會，並且要警察部門將那個人解職。不准讓他復職。也不准走捷徑。明白了嗎？」

尹斯克點點頭，不過，他的眼睛在那張憤怒到泛紅的臉上彷如燃燒的煤炭一樣。

高級警司笑了笑。「很好。我們可以讓這一切都結束。我們現在只需要定罪就好。菲利普已經受到了拘禁。我們知道他是兇手。我們只需要取得鑑識證據和證人就可以了。而這些都已經在你的掌控之中了。」說完，他在桌子後面站了起來。

「你們等著看吧。兩週之後，這一切就會結束了，然後，我們會恢復正常。一切都會沒事的。」

錯了。

22

尹斯克警司陪著羅根走回專案室，一路上一直低聲地在咕噥和咒罵。他很不高興。羅根知道最高警司提出要去巴結柯林・米勒的做法和尹斯克的世界觀並不合拍。那個記者讓全國都罵他無能。尹斯克想要報復，而不是讓他的警佐去和那傢伙玩拍拍手唱兒歌的遊戲。

「說真的，我並沒有告訴米勒什麼。」羅根說。

「沒有嗎？」

「沒有。我想那就是他為什麼這麼做的原因。我是說上次報導你演出兒童劇的事，現在又寫了這個。沒有經由你的同意，我不願意提供給他任何消息。他就不高興了。」

尹斯克沒有答腔，只是掏出一包嬰兒形狀的軟糖，然後開始把他們的頭咬掉。不過，他並沒有分享給羅根。

「聽我說，長官。難道我們不能只是發表一份聲明嗎？我的意思是：那具屍體已經擺在那裡很多年了。在他被毆打之後把他放走並不能改變這個事實。」

在他們走到專案室門口時，尹斯克停下了腳步。「事情不是這樣運作的，警佐。他們咬定了我；他們不會這麼容易就鬆手的。你聽到上級是怎麼說的：如果這件事再拖下去的話，我就要被踢出這個案子的調查了。然後換洛錫安和博德斯上場。」

「我無意讓情況演變成這樣，長官。」

尹斯克的臉上似乎閃過一絲笑意。「我知道你無意。」說著，他把那袋打開了的軟糖遞給羅根，羅根也拿了一塊。那塊綠色的軟糖嚐起來像五塊錢的銀幣一樣。尹斯克發出一聲嘆息。「別擔心：我會和大家說的。讓他們知道你不是抓耙仔。」

然而，羅根還是覺得自己像隻過街老鼠。

「聽好了！」尹斯克警司對著坐在桌子後面那些正在接聽電話、記錄聲明的員警說道。他們一看到他立刻就安靜了下來。「你們都看到我的照片出現在今天的早報上。我在週三晚上讓清道夫離開，隔天就有一個女孩的屍體出現在他收集的那堆腐屍裡。結果，我就變成了一個應該在打擊犯罪的時候卻熱衷於變裝的傢伙。此外，你們也都看到了報導中提到，麥雷警佐建議我不要放走清道夫。不過，我這個白痴還是放他走了。」

一片憤怒的低語開始指向羅根。尹斯克舉起一隻手，台下瞬間又安靜了下來。不過，那些憤怒的眼光並沒有因此而消失。

「我知道你們現在都認為麥雷警佐很卑鄙，不過，你們大可把這件事忘掉。麥雷警佐並沒有到報社去。明白了嗎？如果他告訴我，你們之中有人給他難堪的話……」尹斯克做了一個割喉的手勢。「現在，都給我滾回去工作，並且把這個訊息告訴其他的同事。我們會繼續調查這個案子，也將會抓到我們要找的人。」

十點半的時候，驗屍已經開始了。這是一次令人作嘔的經驗，而羅根也盡可能站在距離解剖台遠一點的地方。不過，那還是不夠遠；儘管停屍間的風扇已經開足了馬力，那股味道還是令人窒息。

當鑑證科的人員在農場試圖要把那具屍體抬起來的時候，屍體卻爆開了。他們只得把原本還殘留在屍體內部的五臟六腑從地上刮起來。

停屍間裡的每個人都戴上了保護裝備：白色的連身工作服、塑膠鞋套、橡膠手套和防毒面具。只不過，羅根這次的口罩並沒有滿滿的薄荷膏味道。伊莎貝兒緩緩地在桌邊來回走著，用戴著兩層手套的手指戳著腫脹的肉，對著她的口述錄音機有條不紊地敘述著細節。那個地位低下的情人——布萊恩——則像一條瘋狗似地跟在她的後面。一個頭髮邋遢的混蛋。尹斯克警司再度利用了羅根的罪惡感而缺席，不過地方檢查官和見證的病理學家都在場，只是盡可能地和那具腐屍保持了夠遠的距離。

這個孩子是否也像大衛·雷德一樣遭到勒斃，這點已經無從判斷。因為喉嚨四周的皮膚已經嚴重腐爛，至於肉的部分也不知道被什麼東西蠶食了。不只是之前那一大片會蠕動的白色小東西，也可能是老鼠、狐狸或者其他什麼動物造成的。伊莎貝兒的額頭冒著冷汗，顫抖地錄下她的評論。她小心翼翼地拿出被鏟進塑膠袋裡的內臟，試著要辨識出自己手上拿著的是什麼。

羅根相信他永遠也沒有辦法把這股味道從鼻孔裡除去。小大衛·雷德被發現的時候雖然已經死了，但是，這具屍體遠比大衛·雷德糟上一百倍。

「初步發現，」驗屍結束之後，伊莎貝兒一次又一次地刷洗著自己的手。「肋骨斷了四根，頭顱有閉合性挫傷的跡象。臀骨斷裂。一隻腿也斷了。五歲。金髮。後面的臼齒有一些補牙的填充物。」她抹上更多的肥皂，繼續刷洗。伊莎貝兒看起來就像要把自己從頭到尾連骨頭都清洗乾淨一樣。羅根從來沒有見過她在工作上受到這麼大的驚嚇。「我估計死亡的時間在十二到十八個月以前。腐敗的程度太嚴重，所以很難確定……」她打了個寒顫。「我需要把一些組織樣本拿到實驗室做測試才能確定。」

羅根輕輕地把一隻手放在她的肩膀上。「很遺憾。」他不知道自己為什麼遺憾。因為他們分手了嗎？還是因為安格斯．羅伯森被捕之後，他們之間就沒有什麼共通點了？或者因為她得在那棟大樓的屋頂經歷她所經歷的折磨？或者因為他沒有及早趕去救她……還是因為她得要像切割火雞肉一樣地切開一個腐爛的孩子？

她悲傷地對著他笑了笑，不過，眼角卻閃爍著淚光。在那一瞬間裡，他們之間似乎有了連結。他們共享了一絲短暫的溫柔。

然而，她的助理布萊恩卻毀了這一刻。「抱歉，博士，三線有你的電話。我已經把電話轉到辦公室去了。」

剛才的那一瞬間就這樣溜走了，伊莎貝兒也是。

等到羅根穿過市中心前往農場建築和建築裡那些恐怖的收藏品時，清道夫已經在接受心理評估了。對於伯納德．杜肯．菲利普能否被判定適合出庭，羅根並沒有抱著任何希望。清道夫是個十足的瘋子，每個人都知道這點。他把他從路面上清掉的動物屍體儲藏在他那三幢農場建築物裡，這對於他瘋了的事實也只是錦上添花的附帶證明而已。更遑論那個死掉的小孩了。那股味道依然沾在他身上揮之不去。

羅根盡可能地把車窗降下，快速飛舞的雪花因而飄進車子裡，在送風口的暖氣下融化。驗屍的畫面將會盤旋在他的腦海裡很長、很長一段時間。一股不寒而慄的感覺讓他再度調高了暖氣的溫度。

整座城市在大雪中逐漸陷入了停頓。車輛在路上打滑，一路堵塞到南安德森大道，有些停在了路邊，有些則在四線道的路中央掙扎。至少，他從警局借來的這輛生鏽的佛賀汽車在面對這種路況時並沒有太大的困難。

他可以看到前方有一輛閃著黃燈的車子正在兩條線道上撒著鹽和砂。後面的車輛都和它保持了相當的距離，唯恐自己車子的噴漆遭到刮傷。

「遲到總比不到好。」

「什麼，長官？」

羅根認不得開車的警員。他希望開車的可以是瓦森警員，不過，尹斯克警司並沒有這麼做。他挑了這名新的警員陪同羅根，因為這傢伙可能比較不會因為今早的那篇報導而給羅根臉色看。況且，賈姬．瓦森女警今早也和她的那個女更衣室的混蛋去了法院。那個混蛋上次出庭是為了提出對傑瑞德．克里維不利的證據，而這次則是去被審判。不過，審判的過程不會太久的。因為他在犯罪現場被逮個正著。他一臉扭曲地在女子更衣室裡握著自己的陰莖，用盡全力地在手淫。首先，他會被帶進法庭，然後認罪，宣布緩刑，下達社區服務令，最後，審判會在喝茶的時間到了的時候及時結束。也許，在成功的起訴之後，她會比較願意再和他說話？

他們花了兩倍的時間才穿過南安德森大道，開往清道夫位於考特郊區的農場。由於能見度實在太差，他們完全無法看清車子前方五十碼以外的地方。大雪把一切都蓋住了。

一群記者和電視攝影機聚集在清道夫的農場入口處外面，每個人都在大雪中不停地發抖和打噴嚏。兩名警員把他們最保暖的衣物都穿在了那件螢光色外套底下，在入口處守著大門，將媒體擋在外面。大雪在他們的警帽上堆積出一座小山，讓他們散發出聖誕節的氣氛。不過，他們的表情卻破壞了這樣的聯想。他們又冷又慘，還要面對媒體大軍向他們捅來的麥克風以及不停抛出的問題，讓他們無法待在他們溫暖的巡邏車裡。

那條小徑上堵滿了各種汽車和廂型車。BBC、天空新聞、ITN、CNN——全部都來了，電視的燈光讓大雪和深灰色的天空呈現出強烈的對比。當羅根的車子出現時，所有閃爍中的攝影機全都停了下來，然後像食人魚般地蜂擁過來。被卡在瘋狂媒體之中的羅根，完全按照尹斯克警司所交代的：對擠進車窗的麥克風和攝影機閉上嘴。

「警佐，你被任命負責這個案子是真的嗎？」

「麥雷警佐！這裡！尹斯克警司被停職了嗎？」

「伯納德・菲利普以前殺過人嗎？」

「你知道在那具屍體被發現以前，他就已經精神失常了嗎？」

更多更多的問題不斷地被提出，不過都被淹沒在了刺耳的雜音裡。

那名警員緩緩地開車穿越群眾，一直來到鎖上的大門前面。然後，羅根一直在等待的聲音響起了：「拉撒，也該是你出現的時候了，兄弟。我在這裡快要凍死了！」被凍到臉頰變成粉紅色、鼻子也泛紅的柯林・米勒冒了出來。他穿了一件厚重的黑色大衣、加厚的靴子，還戴了一頂裘皮帽。一派濃濃的俄羅斯風格。

「上車。」

米勒爬上後座，另一個渾身包裹得像粽子一樣的傢伙跟在他後面也上了車。

羅根猛然轉身，這個動作讓他的胃提醒了他，那些縫針還在他的胃裡，也讓他蹙緊了眉頭。

「拉撒，這是傑瑞。他是我的攝影師。」

那名攝影師脫下厚重的手套，伸出手要和羅根握手。

羅根對他的動作不予理會。「抱歉，傑瑞，這是個只有一個人的交易。警方會針對這個故事提供正式的照片，我們不能讓未受到許可的照片曝光。你得要待在這裡。」

米勒試著露出他最友善的笑容。「別這樣，拉撒，傑瑞是個好人。他不會拍攝任何血腥的照片，你不會吧，傑瑞？」

傑瑞突然露出不解的表情，羅根立刻就知道所謂的血腥照片正是他被交代要拍攝的。

「抱歉，只能讓你上車，就你一個。」

「該死。」米勒摘下他的裘皮帽，把上面的雪抖進後座的車底板上。「抱歉，傑瑞。你到車裡去等吧。駕駛座底下有一個保溫瓶，裡面有咖啡。不要把薑餅都吃光了。」

那名攝影師低聲地詛咒著，然後擠下了車，走回記者群和持續落下的大雪之中。

「好吧，」當他們的車緩緩在雪中前進時，羅根再度開口。「我們來把規則說清楚：每一則報導，我們都有編輯權。照片由我們提供。如果有什麼是我們不希望你們刊登的，因為會妨害到調查，那麼，你們就不能刊登。」

「不過，我享有獨家的權利。你不能對其他人依樣畫葫蘆。」米勒露出下流的笑容。

羅根點點頭。「還有，如果你膽敢說一句尹斯克警司的壞話，我就會親手殺了你。」

米勒大笑，假裝投降地舉起雙手。「哇，瞧瞧你，這麼兇悍。我不會再報導他男扮女裝的事。就這麼說定了。」

「值班的警員已經被交代要回答你的問題了。只要不是什麼不恰當的問題。」

「你那個身材曼妙的女警會來嗎？」

「不會。」

米勒傷心地搖搖頭。「真可惜。我有個不太合適的問題要問她。」

他們首先穿上全套的防毒連身衣，再戴上防毒面具。接著，羅根開始了他的行程。一號建築：雖然已經清空，不過還有黏液和分泌物的殘餘。二號建築是米勒首度真正吸入一大口惡臭的地方。當他們踩在那些腐爛中的毛皮和屍體之間時，他安靜到讓人驚訝。

那堆腐屍的規模真的令人震驚。即便一半的動物屍體都已經被丟進外面的廢棄物貨櫃裡，建築物裡依然還有數以百計的屍體。獾、狗、貓、兔子、海鷗、烏鴉、鴿子，偶爾還有鹿。死在亞伯丁街道上的動物都在這裡。慢慢地腐爛。

那堆動物屍體中有一個被封鎖起來的窟窿。那個女孩就是在那裡被發現的。

「天啊，拉撒，」米勒悶在口罩底下的聲音傳來。「這真是他媽的可怕！」

「那還用說嗎。」

他們在三號建築裡找到了搜索小隊。他們穿著同樣的藍色防護衣，徒手在成堆的腐屍中尋找。他們一具一具地拾起那些屍體，將它們放在一張桌上檢查，然後再把它們堆起來等著扔進廢棄物的貨櫃裡。

「他們為什麼在這裡？」米勒問。「他們為什麼不先把那個女孩被發現的那幢建築物清空？」

「菲利普把這些建築物都按照順序編號了。」羅根指著門外說。「從一到五。六號則是那棟農舍。他一定是打算把每一間都裝滿。按照順序。」

兩名警員拉著一條看似長了疥癬的西班牙獵犬混拉布拉的狗穿過那堆屍體，然後將他帶到桌邊。

「這棟建築是他裝到一半的。如果他抓了彼得．拉姆利的話，那個孩子就會在這裡。」

羅根可以看得出來米勒在他的護目鏡下皺起了眉頭。「如果你是在找另一個小孩的話，為什麼你還這麼做？為什麼要把所有的東西一件一件地檢查？為什麼不直接把東西扔出去，直到你們找到為止？」

「因為我們要找的可能不是一個完整的小孩。大衛．雷德的身體還有一小部分不見了。」米勒看著那堆死屍，再看看那些空手在屍體中翻找的男女警員。「老天。你們在找他的小雞雞？在這裡？我的媽呀，不過，你們這些傢伙真的應該要獲頒獎牌的！不然就是要被抓去檢查腦子。」在他說話的同時，又一隻兔子被放到桌上，經過短暫的檢查，隨即被扔進待丟棄的那堆屍體裡。「天哪……」

屋外，大雪正在緩緩地吞沒那些廢棄物的貨櫃。一層厚厚的雪覆蓋在貨櫃頂上，兩邊也沾上了雪花。看著那堆已經檢查完畢的殘骸被鏟進其中一具貨櫃裡，羅根突然萌生了一個不妙的念頭。

穿著笨重的雨靴在大雪中奔跑並不容易，不過，羅根還是在最後一隻海鷗被倒進去的時候跑到了那個貨櫃。「等一下，」他抓住拿著鏟子的那名男子。不，那不是一名男警，而是一名女警。那些不成形的保護裝置讓人很難分辨性別。

「你把裡面原本的東西放到那裡了？」

那名女警看著他的樣子，彷彿他發瘋了一樣，他們就那樣站在不斷飛旋的大雪中。「什麼？」

「裡面原來的東西：被市政局丟進去的東西。你把原本被他們丟進來的那些屍體放到哪裡去了？那些你們也檢查過了嗎？」

那名女警的臉上出現了意會的神情，不過顯然並不高興。「糟了！」她把手中的鏟子丟在雪裡。「糟了，糟了，糟了！」她深深地吸了三口氣才說，「抱歉，長官。我們一整天都在這裡。

我們只是不斷地把屍體扔進去而已。沒有人想到要檢查原本就在裡面的東西。」她的肩膀垮了下來，羅根明白她此刻的心情。

「好吧。我們得把這個貨櫃的東西清空到一號建築，然後一一檢查。一組人繼續他們現在在做的，其餘的人則檢查這裡面的東西。」太好了，太好了，太好了。「我會把這個好消息告訴大家。」有何不可？他在心裡想著，反正他們已經夠討厭我了。這也許剛好可以給他們一個恨我的好理由。

果不其然，這個消息引起的反應正如羅根所預期的。唯一讓他們好過一點的是，他準備加入他們的行列。至少和他們一起檢查一陣子。

而那就是羅根度過這個下午的方式。米勒也嚥下他的傲慢，拾起了一把鏟子。這次，那條西班牙拉布拉多混血獵犬就在那堆屍體最頂端的附近。最後被丟進去的東西最先被拎了出來。不過，他們慢慢地清空了那個廢棄物貨櫃裡的東西。

當一聲尖叫響起時，羅根很確定他已經把那隻已經爆開的兔子檢查過三十遍了。

有人一手抓著胸口地從三號建築裡衝了出來。他在雪地上滑倒，整個人都平貼在了地面上。在強風的吹襲下，他的尖叫聲暫時停止了。

整支隊伍都丟下了他們的殘骸，跑向那個摔倒在地的傢伙。當羅根趕到那裡的時候，尖叫又開始了。

只見那名警員厚厚的橡膠手套在手掌處被刺穿了一個工整的洞，鮮血正從那個洞裡滲出來。他扯掉他的面具和護目鏡。是史提夫警員。他無視於眾人要他冷靜下來的呼聲，只是一邊脫著手套，一邊持續地尖叫。他的手上有一個不規則的洞：就在拇指和食指之間的肉上。深紅色的血液從洞口湧出，沿著藍色的塑膠連身衣滴落到了雪地上。

「你做了什麼？」

史提夫警員還在尖叫，因此，有人裹了他一個巴掌。羅根不確定那是誰，不過，看起來像是那個混蛋賽門．雷尼。

「史提夫！」雷尼一邊說，一邊往後退開，打算再給他一個耳光。「發生了什麼事？」

史提夫警員瞪大眼睛，目光在那棟建築物和他鮮血直流的手之間來回游移。「老鼠！」

有人從連身服底下抽出皮帶，纏繞在史提夫的手腕上，再用力拉緊。

「老天，史提夫，」那個混蛋賽門．雷尼看了一眼他朋友手上的那個洞。「那隻老鼠一定很大！」

「那該死的東西就像一條羅威納犬！啊，好痛！」

他們在一只塑膠袋裡塞進了雪，然後把史提夫流血的手塞進去，試著不去理會袋子裡的雪逐漸從白色變成了粉紅色，再變成了紅色。羅根用一件多出來的連身服包裹住那隻塞在塑膠袋裡的手，然後叫雷尼警員帶史提夫到醫院去，並且一路都要開著警示燈和警笛。

米勒和羅根並肩而站，看著巡邏車頂上的警示燈開始閃爍。巡邏車在滑溜的路面上笨拙地完成了三點調頭，才在震天價響的警笛聲中緩緩地駛進了暴風雪裡。

「怎麼樣，」在巡邏車的警示燈被大雪吞沒之際，羅根開口問道，「還喜歡你在警隊裡的第一天嗎？」

23

羅根盡可能地在農場裡停留久一點，和小隊裡的其餘成員檢查著動物的殘骸。即便有那身防護設備的全副武裝，他依然覺得很髒。在那場老鼠襲擊的事件發生後，每個人都如坐針氈。沒有人想要加入史提夫警員在急診室的行列，等著接受破傷風和狂犬病疫苗的注射。最後，他不得不宣布今天到此為止：他還得回到警察總部工作。他們讓面如死灰的柯林・米勒在通往農場小徑的大門口下車。筋疲力盡的他打算直接回家，喝上一整瓶的酒。然後再爬進淋浴間，用力刷洗到皮膚流血為止。

群聚在農場外面的記者和電視攝影機已經散去了不少。只剩下幾個硬漢還撐在原地，坐在他們沒有熄火、暖氣調到最大的車子裡。羅根的車子一出現，他們立刻就從安全溫暖的車子裡衝出來。

不過，他們所得到的只有一句「無可奉告」。

當羅根回到警察總部時，尹斯克警司並不在專案室裡。負責接聽電話的那組人向羅根報告最新的狀況，讓羅根感覺到很不自在。儘管警司稍早已經澄清過，然而，他們很顯然依舊認定羅根是一隻披著羊皮的狼。雖然沒有人真的說什麼，不過，他們的報告都很簡明扼要，一句多餘的話也沒有。

第一組：挨家挨戶查訪——「你看過這個人嗎？」——得到的都是些前後矛盾的說詞。對，有人看到清道夫和那些男孩說話，沒有，他沒有，有，他有。海澤黑德車站甚至還設立了一個路障，將駕駛人攔下來，詢問他們在進出城的時候，是否曾經看到過什麼。這麼做的希望很渺茫，不過還是值得一試。

第二組：伯納德．杜肯．菲利普的生平故事。這組人是最有收穫的。警司的桌上擺了一個牛皮信封紙袋，裡面包含了所有人所知道的關於清道夫的事情。羅根靠在桌子邊緣，翻閱著那些影音檔案、傳真和列印文件。當他翻到伯納德母親死亡的那份報告時，羅根停了下來。

五年前，她被診斷出罹患腸癌。她已經病了很長一段時間，一直無法康復。伯納德不得不放棄攻讀博士學位，從聖安德魯斯回家來照顧他生病的母親。她的全科醫生曾經堅持要她尋求幫助，但是她拒絕了。伯納德支持他母親的決定，拿著一把鶴嘴鋤，把那個人趕出了他們家的農場。他們就是在那個時候發現他有精神上的問題。

後來，她弟弟發現她趴倒在廚房的地上，便要求她到醫院去。醫生幫她做了探查性手術，結果發現是癌症。他們試著要幫她治療，然而，二月的時候，癌細胞已經擴散到她的骨頭了。五月時她就過世了。不過，她並非死在醫院裡，而是死在了自己的床上。

在她死後，伯納德和她共處在一個屋簷下長達兩個月。一名到農場去探視伯納德的社工在農舍門口就聞到了那股味道。

於是，伯納德在康希爾待了兩年的時間，那是亞伯丁唯一的「特殊需求」醫院。由於他對藥物的反應良好，因此，醫院讓他出院，轉而接受社區的照護。說白了，就是醫院需要他讓出那張病床，好給其他可憐的傢伙。伯納德把自己投入在工作裡：幫亞伯丁市政局清掃死在路上的動物。

這讓很多事情得到了解釋。

羅根不需要第三組的最新報告：他在現場已經看得很清楚了，他們不可能在短時間內有什麼進展。要他們在廢棄物的貨櫃裡一件一件搜尋並沒有什麼幫助，不過，至少，他們現在知道他們沒有遺漏任何東西。以他們的速度來看，要檢查完三幢農場建築裡所有的動物屍體，最快也要週一了。這是連最高警司所批准的加班時間也都用上了。當羅根走進他自己的迷你專案室時，裡面一片空蕩，什麼人也沒有。伊莎貝兒在那個女孩體內找到的嘔吐物，實驗室的化驗報告已經送來了。裡面的DNA和諾曼．查默斯的取樣並不相符。至於鑑證科也仍然沒有發現什麼東西。唯一能把他和那個小女孩連結在一起的就是那張超市的收據。這太間接了。在這種情況下，他們只能放諾曼．查默斯走。不過，至少他還知道要保持低調，沒有大肆宣揚地引發媒體的注意。他的律師一定覺得很受傷。

羅根的桌上有一張用電腦打字的便條，整齊地列出了今天一整天所收到的目擊者報告。他抱持著懷疑的心態看著那些敘述。大部分看起來都是民眾自己想像或捏造的。

紙條旁邊還有一張名單，是全國四歲以下罹患結核病的女性資料。這份名單不長；只有五個姓名，和她們的地址。

羅根抓來一具電話，開始撥打。

當尹斯克警司探頭進來詢問羅根是否有空時，時間已經過了六點鐘了。警司的臉上帶著一抹奇怪的神情，讓羅根覺得他一定沒有什麼好話要說。他用一隻手蓋著電話聽筒，然後告訴警司他馬上就好。

電話另一頭是一名伯明罕的警員，當時，羅根名單上的最後一個女孩正坐在他旁邊。是的，她還活著，羅根知道她是非裔加勒比海人嗎？所以，也許她並不是那個正躺在停屍間裡、已經死掉的白人女孩。

「謝謝你，警員。」羅根掛斷電話，疲憊地嘆了一聲，將最後的那個名字劃掉。「運氣不好。」他一邊說，一邊看著尹斯克靠在桌邊翻閱他的檔案，發出了一些噪音。「所有接受過結核病治療又符合年齡的女孩都還好好地活著。」

「你知道那代表什麼意思，」尹斯克手裡拿著羅根篩選過的口供資料，全都是住在距離諾曼·查默斯和他那個大垃圾桶最近的人家。「如果她患有結核病，而且曾經接受過治療，那就表示她不是在這個國家治療的。她是——」

「——她不是英國人。」羅根幫他把話說完，然後將頭埋進雙手裡。全世界至今還有數以百計的地方經常發生肺結核的病例：大多是前蘇聯國家、立陶宛、各個非洲國家、遠東、美洲……許多最糟糕的地方甚至沒有國家紀錄。問題越來越棘手了。

「你想聽好消息嗎？」尹斯克雖然這麼問，但聲音卻很單調不悅。

「說吧。」

「在清道夫農場裡被發現的那個女孩，我們已經知道她的身分了。」

「已經查到了？」

尹斯克點點頭，把那疊被他搞亂順序的聲明放回桌上。「我們查了過去兩年內所有失蹤人口的名單，並且比對了牙科紀錄。羅娜．韓德森。四歲半。她母親曾經報警說她失蹤了。他們當時沿著南迪賽路，從班克瑞一路開車回家。途中發生了爭吵。她一直吵著要一匹小馬。因此，她母親就說：『如果你不閉嘴、還一直吵著要那匹該死的小馬，你就自己走路回家。』」

羅根點點頭。每個人的母親或多或少都曾經做過這種事。羅根自己的母親甚至也對他父親這樣做過一次。

「但是，羅娜真的、真的很想要一匹小馬。」尹斯克掏出一包皺巴巴的水果糖粉。不過，他沒有把糖粉倒進嘴裡，只是坐在那裡，悶悶不樂地看著那包糖粉。「所以，那個母親就讓那個威脅成真了。她把車子停下來，讓那個孩子下車。然後把車開走。不過，她沒有開遠，只是在下一個轉彎處就折回來了。不到半哩。她停下車，等著羅娜上車。只是她一直沒有出現。」

「她怎麼可以把一個四歲大的女孩趕下車？」

尹斯克笑了，不過，笑聲裡並沒有幽默的成分。「從來不曾有過小孩的人才會說這種話。那些小混蛋一旦學會說話之後，他們就再也閉不上嘴了，直到他們的荷爾蒙開始發生作用，讓他們變成了青少年為止。然後，你就再也不會聽到他們吐出一個字了。話說回來，一個四歲的女孩確實會整天整夜地唉唉叫，如果她真的想要什麼東西的話。總之，那個母親最後就崩潰了，就是這樣。從此再也沒有見到過她女兒。」

而她現在永遠都見不到她女兒了。當那具屍體最終被送去埋葬的時候，將會是一個閉棺的狀態。他們不會讓任何人看到棺材裡是什麼。

「她知道了嗎？知道我們發現她了？」

尹斯克呻吟著把那包動也沒有動過的糖粉放回他的口袋。「還沒有。那就是我現在要去的地方。去告訴她，她讓她的孩子被一個變態的混蛋抓走了。告訴她，他把她打到沒命，還把她的屍體塞到一堆動物的殘骸之中。」

歡迎來到地獄。

「我要帶瓦森警員一起去，」尹斯克繼續說。「你要一起來嗎？」他問得有點草率，不過他的聲音卻很認真。警司聽起來情緒很低落。在經歷過這樣一個星期之後，也難怪他會如此。尹斯克以為他可以把瓦森警員吊在羅根面前來賄賂他同行，就像吊一根穿著警察制服的胡蘿蔔一樣。

就算沒有賄賂，羅根也會去的。雖然，去告訴一個母親她的孩子死了並不是他樂意做的事，不過，尹斯克看起來彷彿很需要支持。「只要事後我們一起去喝一杯就可以。」

他們搭著尹斯克警司的 Range Rover 抵達了目的地，尹斯克把車停在路邊，相形之下，排列在街道兩邊那些車頂積雪的雷諾和飛雅特都顯得十分迷你。一路上，他們都沒有怎麼開口。只有那個家庭聯絡官不停地在和尹斯克車子後座那隻黑白相間的西班牙獵犬說話，時不時地用噪音般的聲音問那隻味道很重的狗：「誰是個漂亮的女孩啊？」

這一帶的環境不錯：有些樹，也有一點草地。如果你爬上屋頂的話，還可以看到田野。那棟屋子位在一排高出街道的房屋盡頭，那是一排樓上樓下各有兩間房間的小戶型住宅。房子的牆面都是白色的石灰和骨料構成的粗糙質地，那些白色的小碎片和石英在街燈下閃爍，製造出一種下雪的假象。

暴風雪已經轉變成懶洋洋的片片雪花，在嚴寒的夜裡緩緩飄落。他們踩在深及腳踝的積雪中一起走到前門。走在最前面的尹斯克按下門鈴，一首蘇格蘭民謠〈綠袖子〉立即在屋裡的某處叮噹噹地響了起來。兩分鐘之後，門打開了，一名滿臉不悅、四十多歲、濕漉漉地套著一件粉紅色寬鬆浴袍的女子站在門後。她臉上沒有化妝，殘留的眼影淡淡地從她的眼睛外擴到耳朵。那頭濕髮披散在臉上，彷彿沾了水的繩子一樣。當她看到站在後面的瓦森警員那一身制服時，她臉上的不耐立刻消失了。

「韓德森太太？」

「噢，天哪。」她抓住浴袍的正面，緊緊地遮住裸露出來的脖子。臉色也在瞬間失去了血色。「是凱文，對不對？噢，老天……他死了！」

「凱文？」尹斯克看起來有點慌亂。

「凱文，我丈夫。」她往後退到狹窄的走廊，不斷地揮動雙手。「噢，天啊。」

「韓德森太太：你丈夫沒有死。我們——」

「噢，謝天謝地。」她立刻鬆了一口氣，然後帶他們穿過走廊，來到一間粉白相間條紋的起居室裡。「不好意思，這裡很亂。週日通常都是我做家事的日子，不過，我今天在醫院連續值了兩個班。」她停了下來，環顧室內，然後把一件換下來的護士制服從沙發上丟到熨衣板上。只剩下半瓶的琴酒也很快地被塞進了餐具櫃裡。壁爐上方有一張裱框的假油畫，那種攝影師大量生產的照片。照片裡是一名男子、一名女子，還有一個淺色頭髮的小女孩。丈夫、妻子和一個遭到殺害的小孩。

「凱文現在不住在這裡……他正在休假……」她暫停了一下。「在我們的女兒失蹤以後，他就不住在這裡了。」

「啊。那正是我們來這裡的原因，韓德森太太。」

她向他們招招手，示意他們坐到一張凹凸不平的棕色沙發上，沙發的皮革上覆蓋著粉紅色和黃色相間的沙發布。「因為凱文不住在這裡？那只是暫時的而已！」

尹斯克從口袋裡抽出一個透明的塑膠信封。裡面裝了兩只粉紅色的髮夾。「你認得這個嗎，韓德森太太？」

她接過信封，看著裡面的內容物，然後再看看尹斯克，她的臉色再度發白。「噢，天啊，這是羅娜的！她最喜歡的芭比髮飾。沒有夾上這些髮夾，她就不肯出門！你在哪裡找到的？」

「我們找到了羅娜，韓德森太太。」

「找到？噢，上帝……」

「我很遺憾，韓德森太太。她死了。」

她似乎把自己封閉了起來：「茶。我們需要茶。甜甜的熱茶。」她轉過身，匆匆走進廚房，身上的毛巾浴袍在她走動時發出啪啪的聲音。

他們發現她在廚房水槽邊啜泣。

十分鐘之後，他們回到了起居室，尹斯克和羅根坐在那張佈滿結塊的沙發上。瓦森警員和韓德森太太則坐在同樣凹凸不平的棕色扶手椅上，而那名家庭聯絡官就站在韓德森太太後面，一隻手放在她的肩膀上不停地在安慰她。羅根沖了一大壺茶，然後把冒著蒸氣的茶壺放在一張擺放著柯夢波丹雜誌的咖啡桌上。每個人都拿到了一杯茶，不過卻沒有人在喝。

「都是我的錯。」韓德森太太似乎比他們剛進門時縮小了兩號。那件粉紅色的浴袍裹在她身上看起來就如同一件披風一樣。「如果我們有買那匹該死的小馬給她的話……」

尹斯克警司在那張沙發上微微地往前挪了一下。「很抱歉，我必須要問你，韓德森太太，我需要你告訴我們羅娜失蹤那天晚上的事。」

「我從來都沒有真的相信。你知道的：她不會回來的這個事實。她只是離家出走而已。總有一天，她會從那扇門走進來，然後，一切都會沒事的。」她低頭看著她的茶杯。「凱文無法接受。他不停地責怪我。他每天都說：『她不見了都是你的錯！』他是對的。都是我的錯。他……他在他工作的那個超市認識了這個女人。」她嘆了一口氣。「可是，他不是真的愛她！他只是在懲罰我……我是說，她沒有胸部。一個男人怎麼可能愛上一個沒有胸部的女人？他這麼做只是為了懲罰我。他會回來的。你會看到的。有一天，他會從那扇門走進來，然後，一切就都會沒事了。」語畢，她又沉默了下來，默默地咬著自己的臉頰內側。

「關於羅娜失蹤的那天晚上，韓德森太太，你有看到任何人在路上嗎？任何車輛？」

她從她的杯子上抬起頭來，眼裡閃著淚光，眼神十分遙遠。「什麼？我不記得……那已經很久了，我當時對她很生氣。我們為什麼不買那匹該死的馬給她？」

「你有看到廂型車，或者卡車嗎？」

「沒有。我不記得了。這些問題當時我們都說過了！」

「或者帶著一輛手推車的人？」

她突然僵住了。「你想要說什麼？」

尹斯克警司閉上了嘴。韓德森太太盯著他看了一會兒，然後出其不意地跳了起來。「我要見她！」

尹斯克警司小心翼翼地把他的杯子放到地毯上。「我很抱歉，韓德森太太。那不可能。」

「她是我女兒，可惡，我要見她！」

「羅娜已經死了很長一段時間了。她……你不會想要看到她的，韓德森太太。請你相信我。你會想要記得她以前的模樣。」

韓德森太太站在起居室中央，低頭怒視著尹斯克警司的禿頂。「你們是什麼時候找到她的？

你們是何時發現羅娜的？」

「昨天。」

「噢，老天爺……」她的一隻手掩住了嘴巴。「是他，對不對？報紙上的那個人！他殺了她，把她埋在那堆髒污裡！」

「冷靜，韓德森太太。我們已經拘禁他了。他哪裡也去不了。」

「那個污穢的混蛋！」說著，她把她的茶杯砸向牆壁。茶杯瞬間爆裂，瓷器的碎片掉落滿地，溫熱的奶茶也濺得滿牆都是。「他抓走了我的寶貝！」

回程的路上也沒有人說太多話。那名家庭聯絡官找來了一個鄰居看照韓德森太太，當那個憂心忡忡的胖女人趕到的時候，韓德森太太已經滿臉淚水地陷入崩潰了。他們讓兩名女子在沙發上哭泣，然後主動地告辭離去。

當他們朝著市中心一路開回去時，街道上安靜得有如墳墓一樣：降雪讓每個人都留在了室內，只剩下鏟雪車還在路上。

八點。當尹斯克經過海澤黑德圓環時，一抹熟悉的身影在車窗外劃過。彼得・拉姆利的繼父，他穿梭在不停降落的雪中，大聲地呼喊著他兒子的名字。羅根憂鬱地看著那個渾身冰冷濕透的人影，直到他們遠遠地把他拋在了車後。他即將面對一場可怕的登門拜訪。到時候，警方將會告訴他，他兒子的屍體被找到了。

尹斯克請總部的控制中心幫忙查詢，拿到了韓德森先生的地址。他和他那個平胸的超市女友在羅斯蒙環境較差的那一頭同居在一間公寓裡。

他們又經歷了一次同樣痛苦的場面。只不過這次沒有人自責。這次，所有的矛頭都指向他愚蠢的前妻。在他憤怒咆哮之際，他的女友只是含淚地坐在沙發上。她說，他平時不是這樣的。他通常都像個紳士一樣。

然後，他們又回到了警察總部。

「天啊，真是精采的一天。」尹斯克拖著蹣跚的腳步走向升降電梯，聲音聽起來已經筋疲力盡了。他用他那根肥胖的拇指用力按下電梯的按鈕。電梯的門出人意料地立刻就打開了。「聽著，」他一邊說，一邊走進電梯，把羅根和瓦森警員留在了走廊上。「你們兩個去換衣服吧，五分鐘之後和我在這裡碰面。我還有兩份表格要填寫，然後我就請你們去喝一杯。」

瓦森警員看了看羅根，隨即又看回警司。她看起來彷彿在找一個可以閃躲到別處的好藉口。不過，在她可以找到藉口之前，電梯的門就已經關上，把尹斯克警司帶走了。

羅根深深吸了一口氣。

「如果你不想去的話，」他對她說。「我可以理解。我可以告訴警司說，你原本就有別的安排了。」

「你就那麼想要擺脫我嗎？」

羅根揚起一道眉毛。「不是。完全不是。我以為……哎呀，經過報紙上那些討厭的報導之後……你知道的，」他指著自己。「卑鄙先生。」

她笑了。「恕我直言，長官：你有時候還真是個好人。我見過米勒，記得嗎？我知道他是個混蛋。」那絲笑意消失了。「我只是不知道你是否希望我也去。在那場飆罵之後。我在車子裡咒罵的那次？」

羅根露出了笑容。「不！沒事的。說真的。好吧，飆罵髒話是不對的——」見到她的笑容隱沒，羅根不禁擔心自己又會搞砸了。「——可是，那和其他的事情都無關。我希望你能來。特別是尹斯克警司要買單。」他停了一下。「我不是說如果我買單的話，我就不希望你來……是……」他閉上嘴，以免又說出什麼蠢話。

她看了他好一會兒。「好吧，」她終於說。「那我去換衣服。待會見。」

當她離開的時候，羅根很確定她一定在笑他。他獨自站在走廊裡，尷尬地漲紅了臉。

大塊頭蓋瑞正在前台準備上夜班。他笑著對羅根招了招手，示意他過去。

「嘿，拉撒路，很高興看到你得到了你應得的認同！」見到羅根皺著眉頭，蓋瑞立刻揮著一份當天的晚間快報，那是新聞報的姐妹報。只見頭版刊登著一張照片，照片裡有個穿著藍色塑膠連身服的人，正在徒手撿拾著一堆模糊不清的動物殘骸。

「恐怖之屋：尋找證據的英勇警察。」

「我來猜猜，」羅根嘆了一口氣。「又是柯林．米勒？」他的動作還真快。

蓋瑞用一根手指敲了敲鼻梁側面。「猜對了！我們的警察英雄先生。」

「蓋瑞，等我變成你的上級時，我會讓你到那裡去的，」他指著外面的大雪。「再回到大街上去巡邏。」

蓋瑞眨眨眼。「在那之前，你就只好忍下來了。要吃餅乾嗎？」他拿出一包Kit Kats，羅根忍不住笑了。然後拿了一塊。

「米勒先生還說了什麼？」

蓋瑞挺起胸膛，翻著報紙，極盡所能地以一種朗誦莎士比亞的語調大聲地唸著：「吧啦，吧啦，吧啦，雪和冰，吧啦，吧啦，吧啦。他華麗地描述著警察是多麼勇敢地在『一堆死屍的礦坑』中挖掘。吧啦，吧啦，吧啦，尋找著『能讓我們的孩子不受這個禽獸威脅的重要證據』。噢，你會喜歡這個的。『本地的警察英雄羅根・拉撒路・麥雷不只幫忙他的團隊用手挖著那些屍體。』很顯然地，當史提夫・雅各布斯警員被一隻巨大的老鼠攻擊時，你還救了他一命。老天保佑你，長官！」蓋瑞說完，對他行了一個禮。

「是雷尼警員幫他的。我只不過叫人送他去醫院而已！」

「啊，不過，沒有你堅定的領導，沒有人會想到要送他去醫院的！」他從眼角拭去一抹假想的淚水。「你鼓舞了我們所有的人，就是你。」

「我真討厭你。」不過，羅根說這句話的時候，臉上佈滿了笑意。

瓦森警員不穿制服的時候，比較容易被想成是「賈姬」。那套嚴肅的黑色制服已經被一條牛仔褲和一件紅色的運動衫取而代之了，那頭棕色的捲髮也垂落在肩膀上。她一邊套上一件厚重的外套，一邊咒罵地把外套拉好。

至少，他們之中有一個人會穿著足以保暖的雪地服。羅根身上還穿著他的工作服。他從來不在警察局換衣服。他只要走兩分鐘就可以到家，為什麼還要在這裡換衣服。

她加入了他們在前台的行列，乞求蓋瑞給她一塊Kit Kats，然後滿心歡喜地吃了起來。

羅根等到她塞了滿嘴的餅乾之後，才開口問她，「你的犯人今天早上怎麼樣了？」

她把餅乾咬得咔咔作響，最後才含糊不清地說，他一如往常地被要求去幫市政局的公園處進行兩個小時的社區服務，並且被列在了性犯罪者的名單紀錄上。

「一如往常？」

瓦森聳聳肩。「我發現他向來都被派到公園處去，」在她說話的同時，一小撮巧克力碎屑從嘴裡噴了出來。「法官很同情他，因為他在傑瑞德．克里維的案子上作證等等的。那天作證的情況又重演了一次，只不過這次沒有桑迪那條毒蛇說這一切都是他自己的某種扭曲、怪誕的想像。我得承認，我也有點同情這個孩子。你可以想像受到那樣的對待嗎？虐待他的父親、酗酒的母親，被送到醫院時還要遭到該死的傑瑞德．克里維在床單底下對他上下其手。」

空氣裡突然一陣沉默，他們各自都在思考著那個男護士在無法勃起的情況下，用別的東西騷擾小男孩的事實。

「你知道嗎，」蓋瑞突然說。「如果沒有清道夫的話，我願意賭克里維和那些死掉的小孩有關。」

「怎麼會？當彼得．拉姆利失蹤的時候，他人正在被拘禁。」

蓋瑞不安地說：「也許他有同謀。」

「他是個騙子，不是殺人者。」賈姬插嘴說道。「他喜歡活生生的小孩。」

羅根皺了皺眉頭。這個畫面雖然讓人不舒服，不過，她說得沒錯。

大塊頭蓋瑞不打算那麼輕易就放棄。「也許他再也不能勃起了呢？也許那是他之所以殺了他們的原因！」

「那也改變不了一個事實：過去六個月他一直都被關在牢裡。不是他。」

「我沒有說是他。我只是說有可能是。」蓋瑞拉下臉。「你們也不想想我讓你們這兩個討厭鬼吃了我的餅乾！真是忘恩負義的傢伙。」

24

一杯變成兩杯。兩杯變成三杯。三杯又續喝到第四杯。等到羅根向尹斯克警司和瓦森警員道別的時候，這個世界又回復了正常。好吧，由於警司也在場，他和賈姬不可能擦出什麼火花，不過，羅根有一種感覺，他覺得他們可能可以。如果尹斯克不在那裡的話。

當他在清晨四點半從床上跌跌撞撞地爬起來，把大量的水灌下肚，然後又帶著不舒服的感覺重新上床睡覺時，這些都已經不重要了。

當羅根走進警察局上班時，羅娜．韓德森的驗屍報告已經躺在尹斯克警司的桌上了。七點整，即便是在週六上午。警司已經坐在他的辦公桌後面，那張臉比平時看起來更粉紅。

羅娜．韓德森死於鈍挫傷。斷掉的肋骨原本有可能刺穿她的肺部，左邊太陽穴受到的撞擊粉碎了她的頭骨，後腦的撞擊則是導致死亡的臨門一腳。腿部斷裂之處的骨頭有些參差不齊，剛好就在膝蓋上方。一個四歲的女孩被毆打到死。清道夫真的下了狠手。

「你覺得我們能從他嘴裡問出什麼嗎？」羅根問著，把那些病理照片蓋在桌面上，這樣，他就可以不用再看到那些畫面。

尹斯克悶哼了一聲。「我懷疑。不過無所謂。我們已經握有很多鑑識證據，他絕對逃不過的。就算是狡猾的桑迪也無法讓他脫罪。菲利普先生將會在彼得赫德監獄和那些變態的混蛋關在一起，度過他的餘生。」他從口袋裡掏出一包水果糖粉，分享給專案室裡的其他人。然後才走回到他的座位，把剩餘的糖果全部解決掉。「你今天要帶米勒回去農場嗎？」尹斯克一提到那個記者的名字，就彷彿在形容什麼惡臭一樣。

「不了，」羅根咧嘴笑道，「不知道為什麼，他好像不太有興趣。我想不出原因。」週五的那趟考察對這位記者先生而言已經相當足夠了。今天的新聞報除了稱讚警方之外，什麼也沒有多說。晚間快報的報導也差不多，只不過多了一些社論。至少，尹斯克警司已經不再是焦點了。

「你呢？」他問。「你那個浮屍案怎麼樣了？」

「有些進展了。」

「史提爾警司告訴我，你認為是麥克里德兄弟幹的？」

羅根點點頭。「那是他們的作風。親自下手。手段殘忍。」

尹斯克的嘴角幾乎要浮現笑意了。「繼承了他們的老爸，那對兄弟。你要逮捕他們嗎？」

羅根試著不要聳肩，不過，他知道逮捕那對兄弟還未成定局。「我會盡我最大的能力。我已經讓鑑證科針對屍體被發現時所穿的衣服進行徹底的檢查。也許可以找到些什麼。如果找不到的話，也許他們的賭客之一會吐露些什麼……」他停了下來，想起了鄧肯・尼克森在雨中跑進賭注站的畫面。

尹斯克把一顆綠色的氣泡糖扔進嘴裡。「不太可能。你能想像有人會蠢到去咬麥克里德兄弟一口嗎？那對兄弟會把他們碎屍萬段的。」

「什麼？」羅根的思緒從尼克森身上拉了回來：那個塑膠袋。「噢，是啊。也許吧。賽門・麥克里德說那件事就是一個警告。一個訊息。這個城市裡的每個人都知道那個訊息的意思。」

「這個城市裡的每個人，嗯？」尹斯克發出清脆的咀嚼聲。「那我怎麼從來都沒有聽說過？」

「不知道。我希望米勒可以指點一下這句話是什麼意思。」

十二點鐘的時候，羅根坐在一大盤英式牛肉派、薯片和豆泥前面。威爾斯王子是一個老派的地方：整間店都佈滿了木頭鑲板和真正的麥芽啤酒，低垂的天花板在幾個世代的香菸煙燻下早已泛黃了。店裡很繁忙，擠滿了被老婆和女友強迫在週六上午去逛街購物的男人。這裡是他們的回報：一大杯冰涼的啤酒和一袋大蝦雞尾酒口味的薯片。

這間酒吧裡面分隔成一小間一小間的房間，房間與房間之間串連著很短的走廊。羅根和米勒坐在前面靠近窗戶的一個小房間裡。不過，他們選擇這個位置並非是因為視野有多好，從窗戶看出去，也不過就是巷子的另一邊，放眼所及只是一片矗立在雨中的灰色、單調又潮濕的花崗岩。

「話說，」米勒叉起一根荷蘭豆。「你們讓那個混蛋認罪了嗎？」

羅根嚼著滿口的牛肉和酥脆的派皮，希望自己能喝一杯啤酒把食物沖下肚，也順便沖淡他的宿醉。不過，在警察局長眼裡，執行勤務時喝酒和強暴一頭羊沒有兩樣，因此，羅根只能用一大杯新鮮柳橙和檸檬汁來替代。「我們正在調查當中。」滿嘴的食物讓他的話聽起來含糊不清。

「把他的屁股釘到牆上去吧。真是個變態。」米勒沒有在執勤，所以他可以喝酒。不過，他點的並非上好的愛爾蘭深色啤酒，而是一杯塞米雍夏多內白葡萄酒，來搭配他的千層鮭魚酥派。

羅根看著他啜了一口他的白酒，露出一絲微笑。米勒是個怪咖，不過說實在的，羅根甚至開始喜歡他了。即便他差點就讓尹斯克警司丟了工作。那身穿著、白酒、可頌和厚重的金飾只是讓他顯得更加地誇張。

羅根等到他塞了滿嘴的鮭魚才問，「那喬治．史蒂芬森呢？」

「嗯……」酥脆的派皮屑宛如雪花般地掉落在米勒精緻的象牙色襯衫上。「他怎麼了？」

「你說你還有關於他的訊息。是我不知道的事？」

米勒笑了笑，更多的派皮屑從他嘴裡掉出來。「他生前最後被看到的地方？」

羅根試著猜測：「綠草賽道？」

米勒的笑容轉為了驚訝。「啊：正中紅心。綠草賽道。」

羅根知道一定會是這裡。他們現在只需要證明這件事。「麥克里德兄弟其中之一告訴我，『每個人都知道不要犯喬迪犯過的錯』，那是一個警告。關於這句話，你有什麼要透露給我知道的嗎？」

米勒把玩著他的酒杯，讓酒吧裡的光線穿過杯子投射在木頭桌面上，看起來彷彿是在木紋上跳舞的一小圈金色聚光燈。

「你知道他在本地的投注站簽注了很多錢嗎？」

「你曾經說過。多少？」

「二十五萬五千六百四十二英鎊。」

這下換羅根感到驚訝了。那可是一大筆錢。「那他們為什麼殺了他？為什麼不教訓教訓他就好？如果他死了的話，就還不了賭債了。更不要說他們殺的還是刀俠馬爾克的人。我聽說馬爾克不會輕易放過那種事的。」

「是啊，很冒險。如果你未經馬爾克的允許就動他的人，他一定會給你好看的。」

羅根的心突然往下沉：亞伯丁最不需要的就是一連串以牙還牙的報復殺戮。在這個花崗岩城市裡發生幫派衝突。那應該很有意思吧？「那他們為什麼殺了他？」

米勒嘆息著放下手上的叉子。「他們之所以殺他，是因為如此一來，每個人就會知道你不能犯他所犯過的錯。」

「那究竟是什麼意思？」

「意思是……」米勒四下張望著他們所在的那間小房間。房間有一條走廊通往他們拿午餐的地方，另一條隱蔽在對面角落的走廊，則一路貫穿回到酒吧。每個人都在聊天、吃飯、喝酒，享受著不被嚇人的天氣所打擾的時光。沒有人多看他們一眼。

「聽著，你知道喬迪是幫誰工作的。你不會惹怒他兩次，好嗎？也許你可以逃得過一次，但是，如果你膽敢重複犯下同樣的錯誤，那你就要不好過了，懂我的意思嗎？」

「這點我們已經說過了！」

「是啊，我們是說過了。」

米勒看起來越來越不自在了。「你知道我怎麼會來到這個充滿陽光的亞伯丁嗎？」他朝著窗外陰冷潮濕的天氣揮舞著他的叉子。「我為什麼要放棄太陽報的位置，跑到這個糞坑來？」不過，他壓低了聲音，這樣就沒有人會聽到他把亞伯丁說成是糞坑。「毒品和妓女。」

最後一句話讓羅根揚起了眉毛。

米勒皺緊眉頭。「不是我，你這個骯髒的傢伙。當時，我在做一個關於這些東西從愛丁堡傳到格拉斯哥來的報導。他們把東西塞進妓女體內，從東歐走私進來。你知道的：把塑膠袋塞進陰部的老把戲。在她們生理期來的時候塞進去，這樣那些緝私的狗就聞不出來了。就算他們嗅到什麼，大家也會因為尷尬而不吭聲。」他又啜飲了一口。「你會很驚訝一個立陶宛妓女的陰部可以塞進多少古柯鹼。真的多到不像話。」

「這和喬迪有什麼關係？」

「我就要說到重點了。總之，我在做我那克拉克・肯特的例行工作：挖掘那些骯髒的事情，寫出他媽的很棒的故事。我是說，我就要被提名一堆獎項了。年度最佳深入調查記者、出書的邀約等等。只要我發現這件事的主謀，不是嗎？我查到了一個人。那個負責把這些體內塞滿毒品的妓女空運進到這個國家的大人物。」

「讓我猜猜：麥爾坎・麥克倫。」

「兩個大塊頭在薩奇霍街抓住了我。就在光天化日之下，媽的！把我綁進了一輛黑色的大車裡。我被禮貌地要求不要報導這個故事，就像放下一顆被輻射的馬鈴薯一樣，如果我還想要我的手指頭的話。還有腳。」

「你照做了？」

「我當然他媽的照做了！」米勒一口喝掉半杯的酒。「我才不會讓什麼混蛋用開山刀砍掉我的手指頭。」他發抖地說。「刀俠馬爾克把話傳了出去，接下來我所知道的就是我被開除了。蘇格蘭中央地帶沒有一家報社願意碰我。」他嘆了一口氣。「所以，我才會在這裡。不要誤會：到這裡來也不是那麼糟糕。一份還不錯的工作、很多上頭版的機會、好車、公寓、遇到一個好女人……收入不比以前，不過還是……而且我也還活著。」

羅根往後坐，檢視著坐在他對面的這個人：連在滂沱大雨的亞伯丁週六都要穿戴著手工西裝、金子飾品、絲質領帶的傢伙。

「所以，那就是我為什麼沒看到報紙刊登喬迪被砍掉膝蓋骨的屍體漂浮在港口的報導？你不敢刊登任何的消息，唯恐被刀俠馬爾克發現？」

「我要是再把他的事情刊登在頭版的話，我就要對我的十根小手指說再見了。」他朝著羅根揮了揮他的手指頭，那些戒指在酒吧的燈光下閃閃發亮。「不，我會對這個案子三緘其口的。」

「那你幹嘛要告訴我？」

米勒聳聳肩。「我是一名記者，但那不表示我就是一個沒有道德觀、像寄生蟲一樣的討厭鬼。我是說，我又不是律師或什麼的，我還有社會良知。我提供給你這些訊息，好讓你逮住那個兇手。我要低調點，才不用讓我的任何一根手指頭付出代價。一旦上了法庭，你就得自己面對了：到時候，我人會在法國的多爾多涅。享受兩個星期的法國美酒和高級美食。我不會對任何混蛋開口的。」

「你知道是誰幹的，對嗎？」

米勒喝光酒杯裡的酒，撇嘴笑了笑。「不。不過，如果我發現的話，你一定會是第一個知道的人。我已經不再追查這件事了。我有安全一點的事要做。」

「例如？」

米勒笑了一笑。「你很快就會看到的。好了，我得走了。」他站起身，套上他那件厚重的黑色大衣。「我和一個從電訊報來的傢伙有約。記得看明天的週日附刊，裡面會有一篇四頁的跨頁報導。『尋找死者：逮捕亞伯丁的兒童殺手。』很漂亮的一篇報導。」

丹斯頓一開始是一片農地，就像亞伯丁外圍大部分的地方一樣，不過，這裡比其他地區在對抗開發商上面堅持了更久的時間。因此，等到那片綠色的原野被輾壓在推土機底下時，「加速開發、密集興建」就變成了開發商的口號。傳統的灰色花崗岩磚塊和鐵灰色的石板屋頂完全不見蹤影：這裡只有石灰和骨料混合、看似燕麥片的粗糙牆面以及波形瓦，還有蜿蜒的死巷和封閉的道路。一如其他惱人的郊區建築一樣。

不過，不同於亞伯丁中部那些被出租公寓和石灰岩大樓擋住天空，導致每天的日光都少了一個小時的地方，這裡的陽光充足，整個開發區座落在頓河河岸一個朝南的山丘上。唯一的缺陷是鄰近養雞場、紙漿廠和污水處理廠。然而，沒有十全十美的。只要風不從西邊吹過來就不會有事。

今天並沒有刮西風。今天的風直接從東邊的北海呼嘯而來，冰冷的大雨也隨著風勢橫掃而至。

羅根發抖地把車窗玻璃關上。他把車停在路邊，和一幢上下樓各有兩間房的小屋保持了一點距離，屋前的那座小花園在大雨中看起來半死不活的。他和一名穿著防寒外套的光頭探員已經在這裡待了一個小時了，但他們的目標至今都還沒有出現。

「他在哪裡？」那名探員一邊縮進他那件保暖外套，一邊問著。打從他們離開警察局開始，他就只是不停地在抱怨。抱怨他們竟然在週六工作。抱怨今天下雨。抱怨天氣很冷。說他很餓。還說大雨讓他的膀胱都焦慮了起來。

羅根試著不要嘆氣。如果尼克森不趕緊出現的話，明天的報紙上將會出現另一宗謀殺案。「滿腹牢騷的警員在停車場捏爆自己的膀胱！」當他正在思考他會因為殺了一個不停抱怨的傢伙而獲頒大英帝國勳章還是會因此受封爵位之際，一輛眼熟、老舊又生鏽的綠色Volvo從他們的車旁疾馳而過。Volvo的駕駛在急著停車之下，把車子開上了路邊的人行道，然後朝著後座胡亂翻找著什麼。

「好戲上場了。」羅根打開車門，匆匆走進冰冷的大雨中。那名探員也咕噥地跟著下車。

他們在尼克森抓著兩個塑膠袋從車裡擠出來的時候趕到了車邊。當他看到羅根時，他的臉色瞬間變得慘白。

「午安，尼克森先生。」羅根擠出一絲微笑，儘管冰冷的雨水正從他的脖子往下流，浸濕了他的襯衫衣領。「介意我們看一下袋子嗎？」

「袋子？」雨水在鄧肯．尼克森的平頭上閃閃發亮，彷彿緊張的汗水一樣。他立刻把塑膠袋藏到身後。「什麼袋子？」

那名不爽的探員往前踏出一步，從他那件防寒外套毛茸茸的帽兜裡發出一陣咆哮。「讓我把該死的袋子給你！」

「噢，這些啊！」那是再生的塑膠袋。「我去購物了。去了Tesco。買點午餐。好了，如果你們沒其他事的話……」

羅根動也沒有動。「那是Asda的購物袋，尼克森先生，不是Tesco的。」

尼克森看了看羅根，又看了看那名脾氣暴躁的探員。「我……我……呃……回收使用。我會回收我的塑膠袋。總得要為我們的環境做點什麼。」

那名探員又往前踏了一步。「讓我來幫你該死的環境做點──」

「夠了，警員，」羅根說道。「我相信尼克森先生一定和我們一樣，都想要趕快躲雨。我們要到室內去嗎，尼克森先生？如果你不介意的話，警察局可是個乾燥的好地方。我們可以讓你搭個便車。」

兩分鐘之後，他們已經坐在一個綠色的小廚房裡，聽著水壺燒水發出的沸騰聲。如果你不擔心你的貓會腦震盪的話，這幢房子裡面倒是還不錯。牆壁上貼著有花色的壁紙，牆壁邊緣和屋頂底下還裝飾著邊框和飾帶，地上鋪著昂貴的橄欖色地毯，牆壁上則掛了鑲框的大幅油畫。不過，放眼望去倒是一本書都沒有。

「你家真可愛，」羅根盯著尼克森說道。平頭、刺青，耳朵上那一堆金屬耳釘多到足以讓這裡到丹迪所有的金屬探測器都響起來。「你自己裝潢的，是嗎？」

尼克森低聲地說著他老婆很愛看那些房屋翻修的節目等等的。所有的東西都是相配的：水壺、烤麵包機、果汁機、磁磚和爐灶。全都是綠色的。就連油氈地板也是綠色的。感覺就像坐在一隻巨大的怪物體內一樣。

那兩個塑膠袋就擺在桌上。

「我們要不要看看袋子裡面，尼克森先生？」羅根拉開其中一只，驚訝地看到一包培根和一罐豆子正從袋子裡回視著他。另一只塑膠袋裡則是薯片和巧克力餅乾。他皺著眉頭，把那些東西拎到桌面上。巧克力和薯片，豆子和培根……兩個厚重的牛皮紙信封袋就躺在塑膠袋最底下。羅根皺著的臉浮上了一絲笑容。

「這裡面有什麼？」

「我這輩子從來都沒看過這些信封！」

現在，從尼克森臉上滴落下來的已經不是雨水了：那是真的汗水，緊張的汗水。

羅根套上一雙橡膠手套，拿起其中一只信封。信封上有一股香菸的菸味。「在我打開之前，你有什麼要說的嗎？」

「我只是攜帶了那些信封而已。我不知道裡面有什麼……那不是我的！」

羅根把信封裡的東西倒在桌上。照片。照片。女人洗澡；女人準備上床。不過，絕大部分都是小孩的照片。在學校。在花園裡玩耍。其中一張是一個坐在車子後座，滿臉驚恐的孩子。不管羅根期待會看到的是什麼，都不是這些東西。每一張照片背後都寫了一個名字。沒有地址，只是名字。

「這是什麼鬼？」

「我告訴過你了：我不知道信封裡的東西是什麼！」他的聲音越來越高，也越來越恐慌。

「我只是帶著它們而已。」

那名壞脾氣的探員揪住鄧肯．尼克森的肩膀，用力將他推倒在他的椅子上。

「你這個骯髒的混蛋！」他拿起一張照片，上面是一個坐在沙坑裡的小男孩，旁邊還有一隻兔子的填充玩偶。「你就是這樣找到他的嗎？是嗎？你也拍了大衛．雷德？決定他就是你的目標？你這個骯髒的傢伙！」

「不是那樣的！完全不是那樣的！」

「鄧肯．尼克森先生，我以涉嫌謀殺的罪名逮捕你。」羅根低頭看著那些孩子的臉孔，感到一陣噁心。「宣讀他的權利，警員。」

屋子裡沒有足夠的空間可以容納四名鑑證科的技術人員、錄影的人、攝影師、羅根、那名暴躁的警探，加上兩名穿制服的基層員警，不過，他們還是全都擠進去了。沒有人想在外面的大雨中等待。

那兩個信封裡的東西現在都被裝袋、貼上標籤了。二號信封裡並沒有裝著滿滿的照片；而是一堆錢和小件的珠寶首飾。

樓上有一個櫥櫃，就擺在浴室對面。三呎長、四呎寬，僅僅足以擺得下一台電腦、一台看起來很花俏的彩色印表機，以及一張吧檯凳。還有一根從裡面固定住櫃子的螺絲。

好幾個塞滿CD的架子沿著牆壁擺放，那種你在家裡自己燒錄的CD，每一張都貼上了標籤和日期，電腦桌底下還有好幾箱高畫質的列印相片。都是女人和小孩；大部分都是小孩。他們還在臥室裡找到了一台頂級的數位相機。

樓下傳來一陣嘎嘎的聲響，讓所有人突然都安靜了下來。吱的一聲。前門打開了。

「小鄧？你可以幫我……你們是誰？」

羅根把頭探向樓梯底下，只見一名大腹便便的孕婦身穿黑色皮大衣、手上拿著一堆購物袋，不敢相信地看著擠在她家裡的一群警察。

「鄧肯在哪裡？你們這些混蛋對我丈夫做了什麼事？」

25

車裡的無線電在三點鐘的時候傳出了消息，當時，羅根正在趕回總部的途中。在媒體的鎂光燈下沸騰了四週之後，傑瑞德．克里維一案終於做出了判決。

「無罪？他們怎麼可以判他無罪？」當那名脾氣暴躁的探員忙著把他們生鏽的車子開進停車場時，羅根問道。

「該死的毒蛇席德。」那名警員應聲說道。桑迪．摩爾—法古哈森又贏了。

他們匆匆下車，趕往簡報區域。專案室裡擠滿了穿著制服的員警，大部分人看起來渾身都濕透了。

「注意！」局長親自出馬了，他那一身全套制服熨燙得十分工整，而他看起來就如同他制服上的別針一樣尖銳。「即將會有很多憤怒的人民在外面聚集。」這句話真是太輕描淡寫了：法院外面的抗議群眾幾乎已經是常設性地駐紮在那裡了。他們想要看到傑瑞德．克里維被判無期徒刑，終生監禁在彼得赫德監獄裡。讓他無罪釋放簡直就像點燃藍色的導火紙，然後把煙火塞進你的褲子裡一樣。

派駐在法院外面的警力一直都維持在最低人數，純粹只是為了不讓現場失控而已；不過，這樣的情況即將改變。局長不打算冒任何的風險。

「全世界的目光都集中在亞伯丁，」說著，他做出一個鼓舞人心的姿勢。「隨著每一天的過去，反戀童癖的運動也跟著擴大。這沒有什麼不對。然而，我們不能讓少數受到誤導的個人，用保護我們的孩子作為暴力的藉口。我要這場抗議示威和平地進行。沒有鎮暴的盾牌。這是社區的維安行動。明白嗎？」

台下有些人點了點頭。

「你們所代表的是這個驕傲的城市最好的一面。你們要確保每個人都知道亞伯丁是很認真看待法律和秩序的！」

他停了一秒鐘，彷彿期待會有掌聲響起，然後才將現場交給史提爾警司，讓她分派每個人的任務。她看起來壓力很大。因為傑瑞德．克里維的案子一直都是由她在負責。

羅根不是基層員警，因此，他的名字和刑事偵緝處的其他人一樣，並不在名單之上，不過，他還是跟在最後一組隊伍的後面往前走，直到來到前門時才暫停腳步，看著門外冷冰冰的雨水和群聚在郡法院外面的憤怒暴民。

群眾的人數比羅根預期的還要多：大約有五百人左右，不僅塞滿了法院前面，還延伸到台階和掛著「公務專用」告示牌的停車場。電視台的工作人員彷彿冷靜的小島一樣，浮沉在這一片憤怒的人海和標語牌之中：

「打倒邪惡的克里維！」

「解雇克里維！」

「變態的混蛋！」

「命就是命！」

「處死戀童癖人渣！」

最後那個標語牌讓羅根畏縮了一下。以「正義的憤怒」為名的一群蠢蛋，加上混在人群中的暴民，沒有什麼比這個更恐怖的了。上一次發生類似的狂熱事件時，就有三名兒科醫生的診療室窗戶被砸破了。現在看起來，這些人似乎也會有樣學樣。

事情已經變得越來越可怕了。

群眾對著法院高喊著口號，辱罵粗話：男人、女人、家長和祖父母，全都聚集在一起，要求要懲罰相關人員。他們只差沒有拿出乾草叉和燃燒的火炬。

突然之間，群眾安靜了下來。

只見大片的玻璃門打開，桑迪．摩爾—法古哈森走進了雨中。傑瑞德．克里維並沒有和他在一起：格蘭坪警局絕對不可能讓克里維出現在暴民面前，不管他們認為這傢伙有多麼地罪不可赦。

桑迪對著群眾笑了笑，彷彿他們都是他的老朋友一樣。這是他榮耀的一刻。來自全球各地的電視攝影機都在那裡了。今天，他會在全世界的舞台上閃耀。

一堆麥克風立刻湧上前來包圍住他。

羅根走到雨中，病態的好奇心驅使他往前走，直到他可以聽清這名律師所說的話。

「女士們、先生們，」摩爾—法古哈森說著，從他的外套口袋裡掏出幾張折疊的紙，「我的客戶現在無法發表任何談話，不過，他要求我宣讀以下的聲明。」他清了清喉嚨，挺起胸膛。「『我想要感謝所有人在這場嚴峻的考驗中給予我的那些口頭上的支持。我一直都堅持我是清白的，而今天，亞伯丁善良的人民證明了我是對的。』」

當他唸到這裡時，原本的**沉默**被憤怒的吵雜聲所取代。

「噢，天啊，」一名穿著制服的警員站在羅根旁邊低聲地說。「他們不會讓他閉嘴嗎？」

「『現在……』」桑迪得要提高音量，才能讓他的聲音被聽到。「『現在，我良好的名聲已經恢復了清白，我會』——」他沒有機會往下唸。

一名高大邋遢的年輕男子從群眾裡衝出來，穿過重重的記者，然後狠狠地揍了那個律師一拳。正中他的鼻子。桑迪踉蹌地往後退，隨即絆倒在地上。群眾頓時發出認同的歡呼。

一群身穿黑色制服的員警不知道從哪裡冒了出來，在男子來得及一腳踩在摔倒的律師身上之前將他抓住。警察把流血的桑迪．摩爾—法古哈森從地上扶起來，將他帶進了法院裡面，他的攻擊者也雙手背在腦後地被押了進去。

接下來的半個小時裡什麼都沒有發生。除了令人瑟瑟發抖的冷雨還在繼續灑落之外。大部分的群眾已經棄守在法院前門，轉而前往酒吧或者回家，現場只剩下一小撮的示威者目送著一輛沒有標示、車窗上貼著暗色隔熱紙的小巴在雨中向市中心行駛而去。

傑瑞德．克里維獲釋了。

羅根回到警察總部，加入一排渾身滴水、不停吸著鼻子的男女警員隊伍中。在隊伍的最前方，食堂的員工正在提供冒著熱騰騰蒸氣的蘇格蘭濃湯。警察局長站在餐具旁邊和每個人握手，稱讚他們表現得很好，說他們防止了一場混亂。

羅根大方地接受了濃湯和局長的握手，然後在起霧的窗戶邊找了一張桌子坐下來。熱呼呼的濃湯十分可口，而且也比握手實際多了。所幸湯是免費的。

一臉雀躍的尹斯克警司在桌子的另一頭重重地坐下，直接坐在了一群渾身濕透的警員之間。他笑看著所有的人和眼前的一切。「正中鼻子！」他終於開口。「砰！正中鼻子。」他笑著把湯匙插進他的湯裡。「一記重擊！」他放下湯匙。「你看到了嗎？那個狡猾的小混蛋站在那裡胡言亂語，結果有人起身給了他一拳。砰！」他用力地往自己的手落下一拳，讓他身邊那名警員嚇得跳了起來，把一湯匙的熱湯灑在了自己的領帶上。「抱歉，年輕人。」尹斯克把一張餐巾紙遞給那名灑了一身熱湯的警員。「正中該死的鼻子！」他閉上嘴，臉上的那抹笑容逐漸地蕩漾開來。「那會上今晚的新聞！我要把它錄下來，每次我想要大笑的時候——」他假裝拿著一個遙控器，用手指按下假想的按鍵。「砰！正中鼻子。」他高興地嘆了一口氣。「這種日子讓我想起我為什麼加入警察部隊。」

「史提爾警司怎麼樣了？」羅根問。

「嗯？噢……」尹斯克的笑容退去。「她很高興那傢伙的鼻子被打了一拳，不過，那個變態被釋放的判決讓她很不高興。」他搖了搖頭。「她花了很多時間在讓受害者出來作證。那些可憐蟲得站在法庭上，告訴所有人那個變態對他們所做的事。還要遭受那條毒蛇的羞辱。克里維被釋放了，那些人所承受的痛苦都白費了。」

空氣裡一片安靜，每個人都專注在他們的濃湯上面。

「你想要去看他嗎？」當羅根喝完最後一口熱湯時，尹斯克問他。

「什麼？克里維？」

「不是，我是說我們的那位英雄！」他舉起雙手，做出經典的拳擊姿勢。「他像蝴蝶般輕盈，像蜜蜂般螫刺⓮。」

羅根笑了。「當然。」

拘留所的牢房外有一小撮群眾。每個人都很開心地在聊天。尹斯克警司咆哮了一聲，把他們全都趕走了。他們不知道這樣很不專業嗎？他們想讓人們以為攻擊別人是沒有關係的嗎？那些旁觀的基層員警帶著一臉的慚愧一哄而散，只剩下羅根、尹斯克和那名羈押警佐站在漆成藍色的大門外。那名警佐在牢房旁邊的板子上草草地寫下一個名字，羅根看了不由自主地皺起了眉頭。這個名字看起來有點熟悉，不過，他想不起來為什麼。

「你介意我們去看一下這裡面的傢伙嗎？」尹斯克在那名警佐寫完之後問他。

「什麼？不，長官，請便。你負責調查這個案子嗎？」

尹斯克又露出一絲笑容。「我還真希望是這樣！」

那是一間一點都不舒適的小房間：棕色的油氈地板、米色的牆壁，還有一張硬木的板凳靠牆而放。唯一的自然光來自於外牆頂端那兩扇耐用的玻璃窗。房間裡瀰漫著一股腋下的味道。

牢房裡面的人蜷縮在那張木板凳上，以胎兒的姿勢側躺在上面。靜靜地發出呻吟。

「謝謝你，警佐。」尹斯克說。「我們自己來吧。」

「好。」那名羈押警佐退出牢房，並且對羅根眨了眨眼睛。「如果這位穆哈瑪德・阿里先生找你們麻煩的話，就讓我知道。」

牢房的門在一聲沉悶的撞擊聲中關上，尹斯克隨即走到板凳旁邊，在那個蜷曲的身影旁坐下來。「史崔生先生？或者我可以叫你馬丁？」

那個身影微微地動了一下。

「馬丁？你知道你為什麼在這裡嗎？」尹斯克的聲音既溫柔又友善，羅根從來沒有聽過他用這種語氣和嫌犯講話。

馬丁・史崔生緩緩地坐起來，直到他的雙腿懸垂在板凳的邊緣，他的襪子在地板上留下了濕淋淋的腳印。他們沒收了他的鞋帶、皮帶和任何可能有危險的東西。他很魁梧——不是胖——不過全身各處都很碩大，手臂、兩腿、雙手、下巴……那張坑坑疤疤的臉讓羅根停下了目光。現在，他知道他為什麼認得那個名字了：馬丁・史崔生就是瓦森警員那個更衣室案的混蛋，他曾經

⑭拳王阿里的經典語錄之一。形容他自己靈巧的步法就如蝴蝶一般，而他的刺拳則像針螫一樣。

送他回克萊格監獄。就是曾經在傑瑞德・克里維案作證的那個傢伙。

難怪他那一拳會正中桑迪的鼻子。

「他們放他走了。」他的聲音小到彷彿在耳語。

「我知道他們放他走了，馬丁。我知道。他們不應該那麼做的，可是，他們還是放走了他。」

「他們放他走是因為他。」

尹斯克點點頭。「所以，你才揍了摩爾—法古哈森先生？」

他含糊不清發出一陣低語。

「馬丁，我要寫一份簡單的口供，然後，我會請你在上面簽名，好嗎？」

「他們把他放了。」

尹斯克輕聲地把下午發生的事情描述給馬丁・史崔生聽，在提到那個影響性的一刻時還特別高興，並且要羅根以嚴厲的警方語氣把所有的過程記下來。這是一份認罪的口供，但是，尹斯克卻煞費苦心地要讓事情看起來完全都是桑迪的錯。不過也確實如此。馬丁簽完名之後，尹斯克就釋放了他。

「你有地方可去嗎？」羅根在陪同他穿過櫃檯、走向門口時問道。

「我和我母親住在一起。法庭說我在履行社區服務期間必須如此。」他的肩膀垂得更低了。

尹斯克拍拍他的背。「外面還在下雨；我可以叫一輛巡邏車送你回去，如果你希望如此的話？」

馬丁・史崔生打了個冷顫。「我母親說，如果她在我家外面再次看到警車的話，她會殺了我。」「好吧。如果你確定要這樣的話。」尹斯克伸出手，史崔生也握了握他的手，用他那隻巨大的爪子把尹斯克的手包覆在裡面。「還有，馬丁，」他凝視著那孩子寫滿苦惱的淡褐色眼睛。「謝謝你。」

羅根和尹斯克站在窗邊，看著馬丁・史崔生消失在下午的雨中。才下午四點鐘，外面就已經天黑了。

「當他站在證人席上的時候，」羅根說。「他曾經發誓說他要殺了摩爾—法古哈森。」

「真的嗎？」尹斯克聽起來若有所思的樣子。

「你認為他會再試別的方法嗎？」

一絲笑容在警司的臉上綻放開來。「希望如此。」

三號審訊室裡的每一張臉上都沒有笑容。尹斯克警司、麥雷警佐、一名渾身淋濕的女警，還有鄧肯・尼克森，四個人把這間小房間擠到快爆了。錄音和錄影裝置裡的帶子不停地在轉動，錄影機上的紅色指示燈也在房間的角落裡頻頻閃爍。

尹斯克靠向前，臉上露出鱷魚等待著獵物的笑容。「你不想坦白承認嗎，尼克森先生？」他問。「幫我們大家都省省麻煩吧。你就全盤托出了吧，告訴我們你對彼得・拉姆利的屍體做了什麼。」

然而，尼克森只是用手搓著他的平頭，讓他在擦掉汗水的同時，不停地發出摩擦的噪音。他看起來糟透了——發抖、出汗、雙臂抱著自己、眼睛不時地從羅根身上飄到尹斯克，再飄向門口。

尹斯克扯開一只透明的塑膠袋子，從裡面抽出一張照片，照片上是一個騎著三輪車的小男孩。那個孩子所處的環境看似一座後花園，看得出來背景那條失焦的毛巾和一條牛仔褲之間有一條曬衣繩貫穿其中。尹斯克拿起一張照片，讓照片的影像背對著他，好看清照片後面用原子筆寫的名字。「告訴我，尼克森先生，路克．葛迪是誰？」尼克森舔了舔嘴唇，緊張地瞄了門口一眼，然後又看了看那名女警，他的目光到處閃爍，就是不肯落在那個騎著三輪車的孩子身上。

「他是你的小小受害者之一嗎，尼克森先生？你要綁架、殺害、侵犯的下一個對象嗎？不是？那這個呢——」尹斯克從袋子裡掏出另一張照片，那是一名穿著學校制服、獨自走在街道上的金髮小男孩。「想起來了嗎？有讓你想起什麼嗎？這讓你硬起來了，是嗎？」他又抽出另一張照片。「這個呢？」一名小男孩坐在車子後座，一臉驚恐的模樣。「這是你的車嗎？看起來像是一輛Volvo。」

「我什麼也沒做！」

「沒有才怪。你是個說謊的人渣，我要把你送進監牢，讓你在那裡待到死為止。」

尼克森困難地嚥了嚥口水。

「我們還有其他的照片。」羅根說。「你想看看嗎，尼克森先生？」說著，他從一只牛皮紙信封袋裡拿出大衛．雷德的驗屍照片。

「噢，天啊……」尼克森的臉色瞬間變得死灰。

「你記得小大衛．雷德，對嗎，尼克森先生呢？那個被你綁架、勒死、強暴的三歲小孩？」

「沒有！」

「你當然記得他了？你還折回去取走了他的一部分，沒有嗎？用一把園藝的剪刀？」

「沒有！天啊，沒有！我沒有！我只是發現了他而已！我沒有碰他！」他抓緊桌子，彷彿就要摔到地上，然後再彈到天花板一樣。「我什麼都沒做！」

「我不相信你，鄧肯。」尹斯克再度露出他那抹鱷魚的笑容。「你這個骯髒的混蛋，我會把你關起來的。等到你被送進彼得赫德監獄時，你就會知道像你這樣的人會發生什麼事。你這種胡搞兒童的人。」

「我什麼也沒做！」淚水沿著尼克森的臉頰流下來。「我發誓，我什麼也沒有做！」

半個小時之後，尹斯克中止了審訊，說是要「暫時休息一下」。他們把鄧肯．尼克森和那名女警留在了審訊室裡，然後溜達到主要的專案室。尼克森幾乎崩潰了，他不停地在啜泣、哀號和顫抖。尹斯克激起了他對上帝的恐懼，現在，他要這個傢伙反省他自己所做過的事。

羅根和尹斯克喝著咖啡、吃著氣泡軟糖，並且聊著他們在清道夫的農場建築裡挖到的那個小女孩屍體的種種，藉此來消磨這段時間。他的手下又回到了農場，一整天都在清理那堆死屍，卻什麼也沒有發現。

羅根再次打開他的檔案夾，拿出一張大衛．雷德在學校拍的照片——一個有點齙牙、頂著一頭無論怎麼梳理都不服貼的頭髮、看起來很快樂的小孩。和驗屍照裡那個腫脹、發黑、腐爛的臉孔完全不同。「你依然認為是他幹的嗎？」他問。

「清道夫？」尹斯克聳聳肩，繼續咀嚼嘴裡的軟糖。「看起來已經不像是他了，對嗎？尤其是現在還出現了一個收集小孩照片的傢伙。也許，他們有某種戀童癖的圈子。」他皺皺眉頭。「那就太棒了，不是嗎？一群變態的混蛋就在外面出沒。」「不過，尼克森的照片裡，沒有一個小孩是赤裸的。沒有什麼下流的照片。」

尹斯克揚起眉毛。「什麼，你認為那些照片只是藝術照嗎？」

「不是。你知道我的意思。那並非兒童淫照，不是嗎？那很詭異、也是犯罪行為，但怎麼都不是色情照片。」

「也許尼克森不喜歡用那種角度看他們。也許，這只是他挑選對象的過程。跟蹤一些小孩，拍些照片，然後在戀童癖的活動中選中一個幸運兒。」他用手指做出一把槍的模樣，然後射中一個假想的小孩。「親自製作他的兒童淫照，不僅是真人，還很及時。」

羅根沒有被說服，不過，他並沒有說什麼。

最後，一名警員把頭探進專案室，告訴他們有位摩爾—法古哈森先生想要見他們。如果見不到的話，他就會讓每個人都不好過。尹斯克癟了癟嘴，想了想，終於叫那名警員去把桑迪帶到一間拘留室。

「你覺得那條毒蛇要幹嘛？」羅根在那名警員離開之後問道。

尹斯克咧嘴一笑。「抱怨、呻吟……誰在乎？我們可以在那傢伙受傷的時候尋他開心。」他戳了戳雙手。「羅根小伙子，有時候，上帝也會對我們微笑的。」

桑迪．摩爾—法古哈森在一間位於底樓的拘留室等待他們。他看起來不是太高興的樣子。他那現在看起來有點歪斜的鼻梁上貼了一塊薄薄的白色塑膠，眼睛底下還有兩坨黑色的圓圈。如果幸運的話，那些眼袋明天就會變成了一對美麗的黑眼圈。

他的手提箱放在他面前那張桌子的中間，手指不耐煩地敲打在手提箱的皮革表面上，當尹斯克和羅根進來時，他立刻怒視著兩人。

「『法—瓜兒—森』先生，」警司開口和他招呼。「真高興再見到你啊。」

桑迪沒好氣地咆哮道。「你放他走了。」他的聲音裡充滿了威脅。

「是啊。他做了口供，然後就被保釋了，並且會在週一下午四點回到這裡來。」

「他打斷了我的鼻子！」說著，他一拳拍在桌面上，讓他的手提箱跳了起來。

「噢，沒那麼糟吧，法—瓜兒—森先生。事實上，這還讓你看起來比較粗獷，比較有男人味呢。不是嗎，警佐？」

羅根面無表情地表示確實如此。

桑迪皺了皺眉頭，不過，他無法分辨他們是不是在嘲弄他。「真的嗎？」他問。

「真的，」尹斯克板起臉。「早該有人打斷你的鼻子了。」

那名律師皺著眉頭的臉拉了下來。「你知道有人不斷地寄給我死亡威脅，不是嗎？還有人往我身上潑了一桶血？」

「知道。」

「另外，這個馬丁．史崔生有過暴力的紀錄？」

「哎啊，哎呀，法─瓜兒─森先生，當你被那桶血潑到的時候，史崔生先生正受到警察的拘留。而我們也分析過那些死亡威脅了。那些信件至少來自四個人，但是沒有一封的郵戳顯示是克萊格監獄。所以，那可能不是史崔生先生幹的。」他笑了笑。「不過，如果你想的話，我們可以讓你接受保護性拘留？我們樓下有很多可愛的牢房。只要放幾個抱枕和一些花進去，就會很像家了！」

他所得到的回應只是**沉默**的怒視。

尹斯克笑著說，「不好意思，法─瓜兒─森先生，我們還有真正的警務要做。」說著，他站起身，示意羅根也站起來。「不過，如果那些死亡威脅真的遭人兌現的話，你一定要聯絡我。麥雷警佐會送你出去的。」他笑得更燦爛了。「別讓他偷了銀器，羅根：你知道這些律師都是什麼樣的。」

羅根陪著法古哈森一路走到前門。

「你知道嗎，」桑迪沉著臉，看著大雨轟隆隆地從灰色的天空落下。「我也有孩子。如果那個癡肥的混蛋死性不改的話，你會認為我一定會後悔把他放回大街上。」

羅根揚起一道眉。「是你幫傑瑞德．克里維脫罪的。」

律師扣上大衣的鈕釦。「不，我沒有。」

「你當然有！你讓那個該死的案子無法成立！」

摩爾—法古拉森轉過身，直視羅根的雙眼。「如果那個案子罪證確鑿的話，我就不可能撼動得了。我沒有幫克里維脫罪：是你們。」

「可是——」

「好了，如果你不介意的話，警官，我還有別的事要做。」

鄧肯．尼克森在審訊室裡坐立不安，彷彿有人把一條電纜塞進了他的屁股一樣。他的襯衫已經汗濕了，他的眼神不停地在房間裡飄來飄去，從來都沒有在一個東西上停留超過一秒鐘。

羅根回到最靠近錄音裝置的座位上，把機器準備好，開始重新錄影錄音。

「我……我要接受保護性拘留！」尼克森在羅根按下啟動鍵之前爆出一句話。

「克萊格監獄對你來說夠安全嗎？」尹斯克問。「當然，你之後還是會被送到彼得赫德監獄去的。」

「不！像電影演的那樣：保護性拘留。某個安全的地方……」他撓了撓出汗的臉。「如果他們發現我告訴你們的話，他們會殺了我！」他的上唇正在發抖，剎那之間，羅根覺得他又要嚎啕大哭了。

尹斯克拿出一包氣泡軟糖，塞了幾塊到嘴裡。「我不敢保證，」他嚼著一嘴柳橙和草莓口味的恐龍。「開始錄吧，警佐。」

尼克森低垂著頭，定定地注視著自己放在桌面上那雙顫抖的手。「我……我一直都在幫一些賭注站、錢莊工作，你知道的……」說著說著，他的聲音破了，讓他不得不做了個深呼吸，才能繼續說下去。「有點像是債務控管研究員，你知道的：我跟蹤那些不還錢的人。拍攝他們和他們家人的照片。我……我在家裡把那些照片印出來，然後把照片寄給他們的債主。」他在椅子上陷得更深了。「那些賭注站用這些照片去威脅他們。鼓勵他們還錢。」

尹斯克撇了撇嘴。「你父母一定很以你為傲！」

尼克森用袖子的背面拭去臉頰上的一道淚水。「拍別人的照片不是什麼不合法的行為！我只是拍照而已。沒有做其他的事！我沒有碰任何一個孩子！」

尹斯克警司對他的話嗤之以鼻。「根本是在胡扯！」他坐在椅子上往前靠，把那對巨大的拳頭壓在桌上。「我要知道你在頓河橋的水溝裡對一具三歲小孩被肢解的屍體幹了什麼事。我要知道你為什麼會有一個裝滿現金和珠寶的信封。」他突然站起身。「你這個骯髒的混蛋，尼克森。你剩餘的悲慘人生都應該要被關起來。你可以待在這裡，繼續編造你的謊言；我要去和地方檢察官談談。讓他卯足全力把你的屁股釘在牆上。審訊中止於——」

「我滑倒了。」尼克森這下真的淚流滿面了，他眼裡的恐慌明顯可見。「求求你！我滑倒了。」

羅根嘆了一口氣。「這點你已經告訴過我們了。你在那裡幹嘛？」

「我……我在工作。」尼克森看著羅根的眼睛，羅根知道他們已經讓他崩潰了。

「繼續說。」

「我在工作。對象是一個嬌小的老太太。一個寡婦。她在家裡存放了一點現金。一點銀子。還算是珠寶吧？」

「所以你就搶劫她了？」

尼克森搖搖頭，淚珠像鑽石般地掉落在骯髒的塑膠桌面上。「我沒有搶她。我喝多了。醉到什麼都沒辦法做。我一直都把偷來的東西藏在河岸上的一棵樹底下。你知道的。把那些東西藏在外面，以免你們這些人到我家去搜查房子。」他聳聳肩，說話的聲音越來越含糊。「我整個人都喝茫了。我想要在闖入那個老太太的家以前，先算算我還有多少東西。雨下得很大。結果我就滑倒了，一路摔到河岸上。大概有二十呎吧？在一片漆黑裡，在該死的大雨中。我的外套和牛仔褲都破了，還差點在一塊大石頭上撞破頭。最後滾到了水溝裡。我試著要扶著那塊大紙板站起來，可是那塊板子卻是鬆的。它滑動了一下，水裡還有一個東西也跟著移動。」他開始啜泣。「起初，我以為是條狗，你知道的，牛頭㹴或者什麼的……因為……因為四下都黑漆漆的。反正，就在我準備爬出水溝時，我看到了那個發亮的東西，在雨中閃爍著。你知道的，就像一條銀鍊子或者什麼的……」他又聳聳肩。「我以為那是我的。我醉到腦子都不清楚了，以為那是我藏匿的東西之一。因此，我就去把它撿起來，結果那東西翻了過來。是個死掉的小孩。然後，我不停地尖叫，一直叫一直叫……」

羅根往前傾靠。「然後呢？」

「我用最快的速度離開了那裡。直接回家了。然後直接衝進淋浴間，企圖把那些髒水從我身上沖洗掉。然後就打電話報警了。」

那就是我出現的時候，羅根心裡在想。「那個東西呢？」他問。

「啊？」

「你在屍體上發現的那個發亮的東西。那是什麼？現在在哪裡？」

「錫箔紙。只是一小片該死的錫箔紙。」

尹斯克怒視著他。「我要所有被你搶劫過的人的名單。我要那些贓物。全部！」他低頭看著那個透明塑膠袋裡的那疊照片。「還有，你幫他們拍照的那些賭注站，我要他們的名單。如果這些照片裡的任何人有受到傷害的話，我不在乎那些傷害是否只是從他們自己的腳踏車上摔下來造成的，我都要以企圖侵害人身的罪名起訴你。懂了嗎？」

只見尼克森把臉埋進了雙手裡。

「好了，」尹斯克露出一絲慷慨的笑容。「謝謝你協助我們的調查，尼克森先生。羅根，好好地護送我們的客人到他的牢房去。找一間朝南、有景觀和陽台的房間給他。」

尼克森一路哭著走了出去。

26

初步的法醫報告在六點剛過的時候送到了。結果並不好。沒有什麼可以把鄧肯．尼克森和大衛．雷德連結在一起，除了他發現了屍體的事實之外。此外，在彼得．拉姆利失蹤時，他也有不在場的鐵證。尹斯克派了兩名警員到尼克森供稱他用來藏匿贓物的地方。結果，警員回來的時候，巡邏車後車廂也確實載滿了那些偷盜來的財物。這樣看起來，尼克森說的似乎是實話。

這就表示所有的矛頭又回到了清道夫身上。對此，羅根依然無法接受。他無法將清道夫視為一個戀童癖的兇手，即便他確實把一具女孩的屍體保存在他的一間農場附屬建築裡。

最終，尹斯克警司暫停了手邊的工作。「該回家了，」他說。「每個人都不成人形了，週一早上他們還得回到那裡。」

「週一？」

尹斯克點點頭。「是啊，週一。羅根，我准許你週日休息一天。守安息日吧。看場足球、喝喝啤酒、吃吃薯片、找點樂子。」他停了一下，露出一絲狡猾的笑容。「也許帶一名不錯的女警去吃頓晚餐？」

羅根臉紅地不發一語。

「隨便啦。週一早上之前，我不想見到你出現在這裡。」

羅根離開警察總部時，雨已經停了。前台的警員又用三則來自彼得．拉姆利繼父的留言將他困住了。彼得．拉姆利的繼父依然相信他們可以找到他的孩子。羅根試著要說謊，告訴他一切都會沒事的，然而，他不能這麼做。因此，他只是向他保證，如果他聽到什麼消息的話，一定會立刻通知他。除此之外，他也沒辦法多做什麼了。

日間的寒意在夜裡變得更加嚴酷，人行道上閃爍著一層蓋滿灰塵的薄霜。羅根才踏上聯合街，他吐出來的氣息立刻就像一朵雲霧般地將他包圍其中。簡直像在冷死人的波羅的海一樣。

對週六夜晚來說，今天的街道安靜得有點奇怪。羅根並不想回到他空蕩的公寓。現在還不想。因此，他選擇了到阿奇波．辛普森去。酒吧裡擠滿了一群群吵雜的年輕人，每個人都在大口喝著雞尾酒，讓酒精盡快驅離他們的寒意。到這裡來打發時間的結果就是嘔吐、打架，有些人可能還會因此而被扔進牢房，或者急診室。

「再經歷一次年輕和愚蠢的時光吧。」他自言自語地從人群中擠向木頭的長吧檯。

在走向吧檯途中所聽到的片段對話都是可以預期得到的話題。有些人在吹噓說他們昨天晚上醉到什麼程度，而今晚還要喝到爛醉。不過，在那些閒聊底下都有另外一個主題。酒精和性能力的話題都受到了傑瑞德．克里維無罪開釋的挑戰。

羅根站在吧檯，等著那些面色焦躁的澳洲服務生接受他的點單，一邊聽著一名穿著亮黃色襯衫的肥仔在對一名穿著T恤背心、留著鬍子的瘦長男子發表長篇大論。克里維是個人渣。警方怎麼這麼無能，居然讓那個變態逃脫了？克里維顯然是有罪的，都死了那麼多孩子了。而他們竟然還讓一個眾所周知的戀童癖回到大街上！

小個和大個不是唯一在謾罵「愚蠢的警察」的人。羅根可以聽到至少還有六、七個人也在談論同樣的話題。他們不知道大部分的亞伯丁警察下班後都會來這裡喝一杯嗎？一定有很多輪值白天班的警察在下班後到這裡來喝上一杯。哀嘆著克里維被釋放。然後在這裡花掉一些他們賺得的加班費。

當他終於得到酒保的服務時，羅根拿著他那杯史黛拉啤酒，到酒吧的其他地方閒晃，看看能否遇到熟人可以聊天。他笑著朝一群警員揮揮手，其實他只是從他們的制服認出他們的身分而已。在遠處的一個角落，他瞄到一抹熟悉的身影被包裹在香菸的煙霧裡，身邊還圍繞了一群神色沮喪的探員和警察。她把頭往後仰，朝著頭頂上方又吐出了一大口煙霧。在她重新把頭低下時，她的目光落在了羅根身上，她揚起一邊的嘴角，給了他一個笑容。

羅根不禁呻吟：她看到他了。這下，他不得不走過去了。

一名探員挪開位子，在那張小桌子上讓出空間給羅根和他的啤酒。他們的頭頂上有一台電視機正在安靜地自娛自樂，在各檔節目之間不停地播放著本地的修車廠、薯條店，以及雙層玻璃的廣告。

「拉撒路，」史提爾警司的話從一坨煙霧中含糊不清地吐出來。「你好嗎，拉撒路？你升上總督察了沒有啊？」

他真不應該坐下來的。他應該要在對街買個披薩就回家的。他勉強擠出輕快的語氣說：「還沒有。也許週一吧。」

「週一？」警司大聲地笑了出來，前俯後仰地噴了那名讓位的探員一身菸灰。「『也許週一』。真有趣……」她瞄了一眼擠滿玻璃杯的桌面，然後皺皺眉頭。「喝吧！」說著，她從衣服裡面的口袋掏出一個舊皮夾，遞給那名沾滿菸灰的探員。「警員，我要你再去買一輪酒。大家在這裡都快渴死了！」

「是的，長官。」

「全部都要威士忌！」史提爾警司拍著桌面。「要烈一點！」

那名探員帶著警司的皮夾走向了吧檯。

史提爾靠近羅根，把聲音壓低到近乎陰謀般的耳語。「你知我知就好，我覺得他有點醉了。」說完，她往後靠坐，對他笑了一笑。「你知道嗎，尹斯克被清道夫的案子弄得烏煙瘴氣，而現在克里維又被釋放了，看來至少會有一個警司的位置要空出來了！」

羅根沒有做出任何回應，不過，史提爾的臉色還是沉下來了。

「抱歉，拉撒路。」她拿下嘴裡的香菸，在地板上擰熄。「今天真的是很糟糕的一天。」

「他們放走克里維並非你的錯。如果要怪的話，也要怪席德那條毒蛇。」

「我要為這句話乾杯！」她說著舉杯，喝了一大口威士忌。

桌子對面一名看似眼熟的警員正在看著他們頭頂上的電視。他突然抓住警司的手臂。「來了！」

羅根和史提爾警司在座位上轉過頭，剛好看到當地新聞的開場字幕出現在螢幕上，酒吧裡的噪音也瞬間安靜了下來，因為在場每一位下了班的男女警員都把臉轉向了距離最近的電視。

一名並不迷人的主播正嚴肅地對著主播台對面的攝影機說話。電視的音量並沒有大到足以讓人聽清主播在說些什麼，不過，她左肩上方出現了一張傑瑞德·克里維的照片。畫面隨即切換到亞伯丁郡法院的外面。在高舉標語牌的群眾中，一名四十多歲的女子突然出現在鏡頭前，驕傲地拿著她那張「處死戀童癖人渣！！！」的標語。整段十五秒的畫面裡，她都在正義的憤怒下咬牙切齒，不過，在擁擠的酒吧裡，她所說的話沒有一句聽得清楚，然後，畫面就切換到另一個從群眾的視角拍向法院的鏡頭。只見法院巨大的玻璃門打開了。

「來吧！」史提爾警司高興地說。

桑迪·摩爾—法古哈森從大門裡走出來，準備要宣讀他客戶的聲明。鏡頭往前推近，及時捕捉到一個身影從群眾中衝出來，朝著桑迪的臉揮出了一拳。

一陣震天的歡呼在酒吧裡響起。

新聞播報員那張嚴肅的臉出現在螢幕上，不知道在說什麼，然後，那個打人的畫面又重播了一次。

酒吧裡又響起一陣歡呼。

接著是戴斯到紐馬撒爾街之間的交通報導，每個人也在這個時候開心地重新喝起酒來。

史提爾警司含淚地帶著笑意，又吞下了一大口威士忌。「那不是你看過最棒的畫面嗎？」

羅根同意，確實很棒。

「你知道嗎，」史提爾說著，點燃另一根香菸。「我會很樂意和那個孩子握手。我甚至願意和他共度春宵。他真是太棒了！」

羅根試著不要在腦子裡想像史提爾警司和馬丁・史崔生纏綿的畫面，不過，他失敗了。為了要轉移注意力，他再度把目光挪向電視。現在，彼得・拉姆利的照片填滿了螢幕，那孩子從週二就失蹤了。紅頭髮、雀斑臉，還有一副燦爛的笑容。畫面接著切換到清道夫的農場。然後是一臉堅決的警察局長出現在記者會中的片段。

隨著螢幕上的畫面切換，羅根的好心情也跟著逐漸消失。死了的彼得正躺在某個地方，而羅根有一種不好的感覺，他認為他們還沒有抓到兇手。不管尹斯克警司怎麼想。

接著是廣告時段。比爾賽得的一家修車廠、羅斯蒙的一間服裝店，還有政府的道路安全宣導之類的。羅根靜靜地看著螢幕裡的一輛車子緊急煞車，不過，車子還是撞上了一個正在過馬路的孩子。那個孩子很小，車子的格柵和保險桿撞到了他的側面，在他像風車般彈撞到引擎蓋時，他的腿不停地在空中揮動，他的頭撞上了金屬的引擎蓋，然後跌撞在柏油碎石的路面上。整個過程都是慢動作，每一道撞擊都很清楚地呈現，同時也是精心安排過的。最後，那句名言「為了孩子的生命，請減速慢行」出現在了畫面上。

羅根盯著螢幕，痛苦的神情在他的臉上擴大。「該死。」

他們都錯了。

一直等到八點，所有人才在停屍間裡集合到齊。尹斯克警司、羅根和伊莎貝兒．麥克艾利斯特，對於被拉回來工作，伊莎貝兒看起來比警司還不高興。她穿著一身精心打扮的低胸黑色禮服就直接趕來了。不過，羅根也並未能欣賞到她裸露的肌膚。伊莎貝兒在那件晚禮服上又罩了一件螢光橘的絨衫，雙手深深地插在口袋裡，企圖在冰冷又充斥著防腐劑味道的停屍間裡維持體溫。

她原本正在劇院裡。「這件事最好很重要。」她一邊說著，一邊看了羅根一眼，顯然是在示意沒有什麼比在蘇格蘭國家歌劇院和那個地位不如她的小狼狗共度一晚、欣賞最新製作的波希米亞人更重要的了。

尹斯克穿了一件牛仔褲和一件破舊的藍色運動衫。這是羅根第一次看到他不穿工作西裝出現，除了他那套兒童劇裡的壞人戲服之外。當羅根為了自己在週六晚上這個時候把他們抓來這裡而致歉時，他顯然並沒有什麼好臉色。這已經不是第一次了。

「好吧，」羅根尋找著冰櫃，企圖要找出他們在清道夫農場建築裡發現的那個小女孩被保存在哪裡。他咬咬牙用力拉開找到的冰櫃，一股腐臭味瞬間衝進滿室的消毒水味道裡，讓他踉蹌地往後退開了幾步。「好了，」他皺起臉，努力地想要只透過嘴巴來呼吸。「我們知道這個女孩是死於閉合性創傷——」

「當然了！」伊莎貝兒不高興地說。「我在驗屍報告裡已經說過了。她顱骨前面和後面的破裂導致腦部受到重大傷害和死亡。」

問。

「我知道，」羅根從檔案夾裡抽出X光片，舉向燈光。「你們看到這個了嗎？」他指著肋骨

「斷掉的肋骨。」伊莎貝兒怒視著他。「你把我從劇院裡揪出來，就是為了告訴我那些我在第一時間就告訴過你的事情嗎，警佐？」她的最後一個字裡充滿了怨恨。

羅根嘆了一口氣。「聽著，我們都以為那些傷是清道夫毆打那個女孩造成的——」

「那些傷符合毆打造成的傷害。我在驗屍的時候就說過了！我們還要花多少時間重複這件事？你說你有新的證據！」

羅根深深吸了一口氣，把每一張X光片都銜接在一起，拼出了一個完整的小孩骨架。斷裂的臀骨、腿、肋骨，以及顱骨。整個影像湊起來還不足四呎高。羅根蹲下來，拿起骨架的影像，讓影像裡的腳碰到地上。「看看肋骨，」他說。「看看它們距離地面多遠。」

尹斯克警司和伊莎貝兒都往肋骨看去。兩人顯然都不覺有異。

「所以呢？」

「如果那些傷不是毆打導致的呢？」

「噢，少來了！」伊莎貝兒說。「這實在太可悲了！她是被打死的！」

「看看那些斷裂的肋骨距離地面有多遠。」羅根再說了一次。

沒有反應。

「車子，」羅根挪動著那一大張X光片，讓影片看起來彷彿一個恐怖的影子戲偶一樣。「第

一個被撞擊到的地方是臀部。」他扭轉著X光片的腰部，然後在順時鐘轉動著影片上半部的同時，把腰部抬了起來。「肋骨撞到了散熱器頂部邊緣。」他再次挪動著那個X光女孩，猛然把她的頭部彎向右邊。「頭骨的左邊撞到了引擎蓋。車子緊急煞車。」他把X光片豎直，再把它回正朝著停屍間的地板放低。「她撞到了柏油路面，右腿斷了。她的頭撞到車子的底板，造成後腦凹陷。」說完，他把X光片放在他腳邊的地面上。

他的兩名聽眾**沉默**了足足有一分鐘之久，然後，伊莎貝兒才開口說：「那她怎麼會出現在清道夫的恐怖之屋裡？」

「伯納德．杜肯．菲利普，人稱清道夫，帶著他的鏟子和大垃圾桶，做他每天都做的工作。」尹斯克瞪著他，彷彿他剛從冰櫃裡抓下那個孩子腐爛的屍體，準備要和它在這間房間裡跳著蘇格蘭傳統的鄉村舞蹈一樣。「那是一個死掉的女孩！不是一隻該死的兔子！」

「對他來說都是一樣的。」羅根低頭看著冰櫃裡的東西，感覺到一股重量沉沉地壓在自己的肋骨上。「只不過是另一具從路上掃掉的屍體而已。她在二號建築裡。在那之前，他已經裝滿了另一棟建築了。」

尹斯克張開嘴。看著羅根。再看看伊莎貝兒。最後看著躺在地上的X光影像。「混蛋。」最後終於擠出一句話來。

伊莎貝兒無語地站在原地，雙手依然深深地插在她那件亮橘色的絨衫口袋裡，臉上也依然是一副不高興的表情。

「你認為呢？」羅根問。

她挺直了背脊，聲音宛如結冰的漂白水，她同意那些傷痕符合羅根所描述的情節。並且表示屍體嚴重地腐敗，因此不可能判斷出受傷的順序。那些傷看起來符合嚴重毆打的結果。根據屍體的狀態，她已經盡了她的全力了。他們不能期待她是個什麼都可以看得見的千里眼。

「混蛋。」尹斯克又重複了一次。

「他沒有殺她。」羅根把冰櫃的門關上，低沉的撞擊聲迴盪在停屍間冰冷的白色磁磚之間。「我們又回到原點了。」

伯納德．杜肯．菲利普的那位「適當的成年人」在一個半小時瘋狂的電話追蹤之後出現了，看起來一副狼狽的模樣。那是一名前學校教師，羅伊德．透納，又是他，他帶著一股濃厚的薄荷味，彷彿一直在喝酒，卻不希望讓人知道一樣。他單薄的鬍子邊緣冒出了一點鬍碴。當羅根依照慣例地對著錄影裝置說著開場白時，他一直慌亂地在翻閱著手裡的紙張。

「我們要你，」尹斯克警司穿著他的備用西裝說道。「告訴我們關於那個死掉的女孩的事，伯納德。」

清道夫的目光在房間裡游移，那名前教師不禁發出一聲痛苦的長嘆。

「警司，我們已經經歷過這些了。」他的聲音聽起來很蒼老、疲憊。「伯納德的狀態不好。他需要的是幫助，不是監禁。」

尹斯克板起臉孔。「伯納德，」尹斯克小心翼翼地說著。「你發現了她，對不對？」羅伊德．透納的眉毛差點就飛出了他的頭頂。「發現她？」他帶著隱藏不住的詫異，看著坐在他旁邊那個發臭、骯髒的傢伙。「你發現她的嗎，伯納德？」

清道夫在他的座位上不安地動了動，然後低頭看著自己的手。他的手指上覆蓋著酒紅色的小結，彷彿寄生蟲一樣。他指甲附近的皮膚因為不停地被啃咬而顯得很赤裸。他甚至沒有抬起頭來，只是發出低微又破裂的聲音。「路上。在路上發現她。三隻刺蝟、兩隻烏鴉、一隻海鷗、一隻大花貓、兩隻長毛貓、黑白毛的、一個女孩、九隻兔子、一隻狍鹿……」他的眼睛泛出淚光，聲音也開始變得粗糙。「我美麗的死屍……」一道晶瑩的淚水從他的眼眶裡掉落出來，洗淨了他長長的睫毛，沿著他飽經風霜的臉頰流下來，消失在了他的鬍子裡。

尹斯克交叉著雙臂，往後靠坐在椅背上。「所以，你把那個小女孩帶回去和你的『收集品』放在一起。」

「向來都把它們帶回家。向來都這樣。」他吸了吸鼻子。「不能把它們丟在外面像垃圾一樣。不能這樣對待死掉的東西。那些東西的身體裡面曾經是活的，不能這樣對待它們。」

這讓羅根被迫想起在市政局的垃圾場中央，有一條腿從一個垃圾袋裡捅出來的事情。「你還有看到什麼嗎？」他問。「當你把她撿起來的時候。你有看到什麼嗎：一輛汽車，或者貨車，還是什麼類似的東西？」

清道夫搖搖頭。「沒有。只有那個死掉的女孩，躺在路邊。全身都斷裂了，而且還在流血，身體還是溫暖的。」

羅根後頸的寒毛都豎起來了。「當時她還活著嗎？伯納德，你發現她的時候，她還活著嗎？」

那個襤褸的身影將雙臂放在破裂的塑膠桌面上，讓頭枕靠在手臂上。「有時候，那些被撞到的東西不會馬上死掉。有時候，他們會等我走過去看守著他們。」

「噢，天哪。」

他們讓清道夫回到他的牢房裡，然後在審訊室裡重新召開會議：羅根、尹斯克和清道夫的那名「適當的成年人」。

「你們知道你們得要釋放他，對不對？」透納先生問。

羅根揚起一道眉毛，不過，尹斯克卻先開了口：「會才怪。」

那名前教師嘆了一口氣，在那張不舒服的塑膠椅子上坐好。「你最多只能說他沒報警說有意外事故，以及非法丟棄屍體。」他搓了搓他的臉。「而我們都知道皇家檢察署對於這種案子不會進行刑事審判。只要一份好的精神分析報告，這件事就結束了。他沒有做錯什麼。以他的認知來說沒有。那個女孩只是他在路邊發現的另一個屍體而已。他是在做他的工作。」

羅根試著不要點頭表示贊同。尹斯克不會樂於見到他點頭的。

警司咬牙切齒地瞪著透納先生，後者則只是聳了聳肩。「我很抱歉，可是，他是無罪的。如果你們不釋放他的話，我就要去告訴媒體。外面還是有足夠的攝影機可以讓這件事在晨間新聞上大量曝光。」

「我們不能放他走，」尹斯克說。「如果放他離開的話，有人會把他的頭扭下來的。」

「所以，你也承認他沒有做錯什麼嘍？」透納的語氣裡有一種明顯的自以為是，彷彿他又回到了校園裡，而尹斯克警司剛好在腳踏車棚後面被逮到了。

警司怒視著他。「聽著，老兄：這裡由我來主導，不是你。」他摸了摸口袋，想要找出甜食，不過卻什麼也沒有摸到。「在克里維獲釋之後，我們偉大的、善良的、愚蠢的社會大眾正在找尋他們發洩的對象，即便只是有點狡猾的人也會被當成目標。那傢伙在他的小屋裡藏了一個女孩的屍體。他一定會變成那些人名單裡的首要對象。」

「那你們就得為他提供監護。我們會告訴媒體：讓社會大眾明白伯納德是無辜的。讓大眾知道你們決定要撤銷所有對他的指控。」

羅根插嘴說道：「不，我們還沒有決定！他把屍體藏起來還是有罪的！」

「警佐，」透納先生逐漸失去了耐性。「你得了解事情應該怎麼做。如果你試著要把這個案子搬上法庭的話，最終你一定會輸的。地方檢察官不會再容忍另一次的混亂。克里維一案的失敗已經讓他當眾被砸了一堆雞蛋。菲利普先生最終會無罪獲釋的。問題是：你們想要浪費多少納稅人的錢，才願意讓他獲釋？」

羅根和尹斯克警司站在空蕩蕩的專案室裡，看著樓下停車場裡越來越喧囂的場面。透納先生實踐了他所說的話。他正站在攝影機前面，享受著聚光燈集中在他身上的榮耀。他正在告訴全世界，伯納德·杜肯·菲利普所受到的所有指控都被撤銷了，這是一個法制的社會。

那個前教師是對的：地方檢察官不想碰這種如芒在背的案子。而警察局長對此也並不高興。因此，清道夫就被送到了位於夏丘某地的一間庇護所。

「你怎麼想？」羅根看著另一組攝影人員加入人群裡。儘管已經快要十一點了，他們還是趕來了。

尹斯克皺眉地看著那群媒體。「我搞砸了，這就是我的想法。一開始是那個該死的兒童劇，然後是克里維在犯下長達十二年系統性的性侵兒童之後無罪獲釋，現在，清道夫又重回大街上。我們拘禁了他多久？四十八小時？也許六十個小時，最多了。他們會把我生吞活剝的……」

「如果我們也去找媒體呢？我可以和米勒談談。看看他能不能幫我們解釋我們的立場和想法？」

尹斯克悲傷地笑了笑。「小鎮記者拯救警司的前途免於落入茅坑？」他搖搖頭。「你能想像嗎？」

「還是值得一試。」

最後，尹斯克只得承認試試看也沒有什麼損失。

「畢竟，」羅根表示。「我們剛避免了一場嚴重的誤判。這肯定也算有點價值吧？」

「是啊。應該是。」警司垮著肩膀回應。「不過，如果不是清道夫，也不是尼克森的話，那麼，兇手就一定還逍遙在外，到處綁架小孩。而我們完全不知道他是誰，連個該死的線索也沒有。」

27

等到羅根爬下床、走進淋浴間的時候，週日已經在他公寓的窗口伸出了冬天的魔爪。細碎的雪花在狂風中來回翻騰。一個又冷又黑的週日，而且已經不是他被允諾的休息日了。

羅根使勁地套上一件灰色的西裝，帶著同樣灰色的表情，顫顫悠悠地在他溫暖的家裡四處磨蹭，試著要拖延出門的時間。結果，電話響了：那個舉世無雙的柯林．米勒要來尋求他的獨家新聞了。

羅根一路咕噥地走下公共樓梯，來到公寓大樓的前門。當他掙扎著要走出大門，投入酷寒的早晨時，半噸的冰雪瞬間就湧入了門裡。大雪彷如利刃一樣地攻擊著他，噴刮在他毫無遮掩的臉上和手上，刺痛了他的臉頰和耳朵。

天色陰暗得彷彿一個律師的靈魂。

米勒的新車正在路邊等他，車內亮著燈，一陣古典音樂透過車窗玻璃傳出，而米勒則埋首在一大張攤開的報紙上。羅根用力把公寓大門關上，不在乎是否會吵醒鄰居。為什麼只有他得那麼早起床，還要在這麼糟糕的天氣裡工作？他踉蹌地繞到乘客座那一邊，把一團冰冷的雪也帶進了車裡。

「小心皮椅！」米勒得大聲喊叫，才能壓過車裡正在震天價響的歌劇。他立刻把音量關小，看著那些單薄的雪花從羅根厚重的大衣上逐漸融化。

「什麼，今天沒有奶油麵包卷？」羅根一邊問，一邊拍掉頭髮上的冰雪，以免雪花融化成一條涓涓細流，滑落到他的後頸上。

「你以為我會讓你把那些油膩膩的麵包屑噴得我的新車裡到處都是嗎？如果這場訪問很順利的話，我就請你吃麥當勞蛋堡。可以吧？」

羅根告訴他，自己寧可吃油炸屎團。「還有，你怎麼負擔得起這樣的新車？我以為所有的記者都很窮。」

「哎呦，」米勒聳聳肩，把車子駛離路邊。「我曾經幫過一個傢伙。沒有刊登一篇報導……」

羅根揚起一道眉毛，但米勒卻不再往下說。

週日這個時間點，路上的交通並不擁擠，不過，糟糕的天氣還是讓原本寥寥無幾的車流也只能龜速行駛。米勒跟在一輛曾經是白色的卡車後面，卡車車頂已經堆積了一呎厚的積雪，其餘的部分也蓋滿了三吋的塵土。有人把厚厚的塵垢當成畫板，在上面寫下了「真希望我老婆有這麼髒」以及「幫我洗澡」。當他們橫越市區，緩緩地朝著夏丘前進時，那些潦草的字跡在米勒的車燈照耀下一路都在發亮。

那間庇護所和同一條街道上的其他房子看起來並沒有什麼不同：只是另一間盒子般的混凝土小屋，屋子前面有一座積雪的小花園，彷彿蓋上了一條白色的毯子一樣。一棵低垂的柳樹孤獨地站在花園中央，被冰雪壓得幾乎挺不起腰來。

「好了，」米勒把車停在一輛破舊的雷諾後面。「讓我們來拿個獨家吧。」自從羅根告訴他關於車禍的事情之後，他對清道夫的態度就出現了戲劇性的變化。伯納德．杜肯．菲利普不再是應該要被人從生殖器倒吊起來、直到生殖器爆破為止的人。現在，他變成了「用完即丟」的社會文化下的受害者，在這樣的社會裡，有精神疾病的人可能會被扔進社區裡自生自滅。

伯納德．杜肯．菲利普被一名穿著便服的魁梧女警從床上叫起來，然後被催促下樓會見記者。米勒問問題的技巧很好，讓清道夫感到了放鬆和自我的重要性，訪問過程裡，還有一台俗麗的數位錄音機被放在殘破的咖啡桌正中央。他們談及了他精采的專業職涯，那是在被他母親的健康狀況毀掉之前的事，然後小心翼翼地切入他的精神疾病和清道夫母親的死亡，願上帝保佑她的靈魂。這些都是羅根早已從檔案裡知道的資料，因此，他只能喝著從一只棕色的破壺裡倒出來的濃茶來打發時間。或者數著壁紙上的玫瑰花，以及那些粉紅色條紋之間有多少個藍色的絲質蝴蝶結。

一直到米勒談到羅娜．韓德森，那個在二號農場建築裡的女孩，羅根才開始重新集中了注意力。

不過，儘管米勒很擅長訪問，但是，他能從他的訪問對象口中得知的，也沒有比尹斯克警司多。這個話題讓清道夫焦躁不安了起來。他開始變得激動。

那是不對的。那些死掉的東西是他的。他們把它們拿走了。

「別這樣，伯納德，」那名便衣女警再度拿起茶壺，對他說道，「沒有必要激動，不是嗎？」

「我的東西。他們偷了我的東西！」他跳起來，把一盤巧克力消化餅乾撞落到地上。那雙驚恐的眼睛盯著羅根。「你是警察！他們偷了我的東西！」

羅根試著不要嘆息。「他們不得不把那些東西拿走，伯納德。你記得我們和那個市政局的人去找你的事嗎？那些東西會讓人生病。就像你媽媽一樣，記得嗎？」

清道夫緊緊地閉上雙眼。咬牙切齒地將拳頭壓在自己的額頭上。「我要回家！那是我的東西！」

那名魁梧的女警放下茶壺，發出了安慰的聲音，彷彿眼前這個骯髒、咆哮中的男人是個膝蓋受傷的小孩一樣。「噓，噓，」她用那隻戴滿戒指、肉乎乎的手搓揉著清道夫的手臂。「沒事的。一切都會沒事的。你和我們在這裡很安全。我們不會讓你發生任何事的。」

伯納德．杜肯．菲利普緩緩地、不確定地在他的椅子邊緣坐了下來，地毯上的一塊巧克力消化餅乾在他的踩踏下發出了清脆的聲音。

不過，訪問從這裡開始就每況愈下了。不管米勒的問題問得有多麼高明、多麼小心，都還是讓清道夫感到了沮喪。而且，他一直不斷地繞回同樣的一句話：他要回家：他們偷走了他的東西。

亞伯丁海邊既蒼涼又凍人。北海在冰雪的布幔之間怒吼，變成了一片深灰色。暗灰色的海浪彷彿花崗岩一樣，在呼嘯的暴風雨中不斷地衝撞在海濱的混凝土上，激起了二十呎高的浪花，空中的浪花隨即又被狂風吹向海邊的店面。

大部分的店家今天早上都沒有營業。在這種天氣底下，觀光購物商店、遊樂場和冰淇淋店都不可能有什麼生意。不過，米勒和羅根卻安坐在英弗斯尼咖啡館裡，狼吞虎嚥地享用著煙燻培根三明治和濃咖啡。

「那真是浪費時間，」米勒從他的三明治裡挑出一條宛如橡皮筋的培根油脂。「你應該在訪問結束之後請我吃早餐的。而不是讓我請你。」

「你一定有所收穫！」

米勒聳聳肩，把那條油脂放進一個沒有用過的菸灰缸裡。「是啊：他瘋了。我很清楚。這不算什麼新聞吧，不是嗎？」

「我沒有期待太多，」羅根說。「只要讓每個人都知道他沒有殺那個女孩就可以了。他沒有殺她，所以我們只能放他走。」

米勒咬了一大口三明治，若有所思地咀嚼著。「如果你的老闆們要你來求我寫一篇吹捧的好話，那就表示他們一定很擔心。」

羅根張開嘴，沒說什麼地又閉上。

米勒對他眨眨眼。「沒事的，拉撒，我可以這麼做。用上柯林．米勒的點金術。我們在頭版刊登一份那些X光的照片。再讓插畫部門提供一些『兒童被Volvo撞到』的圖畫。這樣就搞定了。不過，那也得等到週一才會刊登出來。你看過今早的電視嗎？他們樂壞了。等到那個時候，你那個在兒童劇裡男扮女裝的老闆就已經被革職了。放走清道夫。兩次。」

「他沒有殺那個孩子。」

「那不是重點，拉撒。民眾看到所有骯髒的事情發生：死在水溝裡的男孩、垃圾袋裡的女孩、到處都有小孩被拐。克里維無罪獲釋，即便我們都知道他犯了哪些罪行。而現在連清道夫都獲釋了。」他又咬了一口三明治。「民眾認為他是有罪的。」

「但是，那不是他幹的！」

「沒有人在乎真相是什麼。這你也知道的，拉撒。」

羅根不得不沮喪地承認他也知道。他們沉默地坐著，繼續吃著早餐。

「你另外一篇報導進行得如何了？」他終於打破沉默。

「哪一篇？」

「當你告訴我說，你不要再碰喬迪的案子時，你曾經說你有另外一個比較保險的故事可以報導。」

米勒喝了一口咖啡。「噢，那個呀。」他停了一下，透過窗戶看著窗外的大雪和海浪，以及洶湧的大海。「不太順利。」語畢，他閉上了嘴。

羅根沒有吭聲，直到他確定米勒不會自己往下說出更多的細節時，他才追問。「噢？是什麼樣的報導？」

「嗯？」米勒把注意力重新拉回咖啡館裡。「噢，對。據說市場上有人在賣某些特別的東西。那種沒什麼人在賣的東西。」

「毒品？」

米勒搖搖頭。「才不是。牲口。」

這聽起來實在很蠢。「什麼？豬、雞、牛，還是什麼的？」

「不是那種牲口。」

羅根往後靠坐，仔細審視著話突然變少的米勒。他的表情通常都很容易讀懂，但是現在卻封閉了起來。「那這個買家要找的是什麼樣的牲口？」

米勒聳聳肩。

「很難說。沒有人多說什麼。反正也搞不清楚。也許是個女人、男人、男孩、女孩……」

「你不能買賣活人！」

米勒給了羅根一個既像同情又像鄙視的表情。「你是用香蕉皮在克萊德河上面航行的嗎？你當然可以買賣活人！你到愛丁堡繞一圈，只要走對地方，你想買什麼都買得到。槍枝、毒品。女人也一樣。」他往前靠，壓低了聲音繼續說，「我不是告訴過你，刀俠馬爾克從立陶宛進口妓女的事嗎？你以為他要那些女人幹嘛？」

「我以為他雇用她們……」

米勒壞心眼地大笑道：「是啊，沒錯。雇用和販賣。如果是店裡的舊貨就可以打折。」

羅根臉上不敢相信的表情讓他嘆了一口氣。「聽著：大部分的時候，買的人都是皮條客。你的妓女要是有人因為服藥過量而掛掉，你就去找馬爾克，一手交錢一手交貨。幫你自己買個替代品。一個幾乎全新的立陶宛妓女也很便宜。」

「天啊！」

「那些可憐的妓女大部分甚至都不會說英文。她們被買走、塞進海洛因、被出租、被用盡，當她們再也無法滿足客人時，她們就會被遺棄到大街上。」

他們沒有再說什麼，只是默默地坐著，聽著卡布奇諾機所發出的嘶嘶聲，以及被雙層玻璃阻隔後殘餘的微弱風雨聲。

羅根不打算回辦公室。當米勒讓他在城堡門下車時，他是這麼告訴自己的。他要跑到奧德兵去買幾瓶酒和一些啤酒，然後回到他的公寓，安坐在火爐前面。看書、喝酒，吃著外賣配熱茶。不過，最終他發現自己站在了警察總部淒涼的大廳裡，融化的雪花正在從他身上滴落到油氈地板上。

一如往常地，彼得·拉姆利的繼父又留了一堆留言給他。羅根盡可能不要去想那些留言。今天是週日：他本來就不應該在這裡出現。而且，他也無法再面對那些絕望的來電。因此，他坐在他的辦公桌前面，盯著喬迪·史蒂芬森的照片。企圖從那雙死掉的眼睛裡看出些什麼。

米勒那個買賣女人的故事讓他陷入了思考。有人想要在亞伯丁買個女人，然後，喬迪就出現在了亞伯丁，而他所代表的是全國最大的人口進口商之一。也許他不是來做那種生意的——房地產而非妓女——不過也沒有什麼不同……

「你真的搞砸了，對嗎，喬迪？」他對著那張驗屍照說。「大老遠從愛丁堡來到這裡要做生意，結果卻俯趴在港口裡，連膝蓋骨都被砍掉了。甚至沒辦法賄賂規劃署的成員。我懷疑你有沒有告訴你老闆，有人有興趣想要給自己買個女人？付現。不准問任何問題。」

喬迪的驗屍報告還原封不動地擺在羅根桌上。過去這一個星期簡直是多事之秋，他根本沒有時間可以看報告。他從桌上拿起那只牛皮紙文件夾，就在他準備要翻閱時，他的手機突然響了起來。

「羅根。」

「警佐？」是尹斯克警司。「你在哪裡？」

「警察總部。」

「羅根，你是無家可歸嗎？我不是叫你帶一名不錯的女警出去，好好地共度一段美好時光嗎？」

羅根笑了笑。「是的，長官。抱歉，長官。」

「好了，反正現在也來不及了。」

「長官？」

「給我到西頓公園去吧。我剛接到電話：他們找到彼得．拉姆利了。」

羅根的心臟直往下沉。「知道了。」

「從我這裡過去大約需要……天啊，這裡在下暴風雪。保守估計三十分鐘吧。也許四十分鐘。低調點，警佐。不要開警車燈，也不要鳴警笛，不要驚動任何人。好嗎？」

「是的，長官。」

西頓公園在夏天的時候是個漂亮的地方——綠草如茵、樹木高大，還有一座演奏台。民眾會在草地上野餐，即興地踢著足球，甚至在樹叢底下親熱。不過，天黑之後也會發生搶劫。這裡距離亞伯丁大學的學生宿舍很近，因此，總是有一些天真的新生隨身帶著現金路經這裡。

今天，這裡彷如齊瓦哥醫生裡的某一幕。儘管在大白天裡，低垂的天空也沒有什麼天光，只是不斷地將冰雪灑落在大地上。

羅根穿過公園，身後跟著一名全身裹得像愛斯基摩人的警員。當他們在雪中跋涉時，那個沒用的傢伙把羅根當作了防風林。他們的目標是位於公園中央的一棟低矮的混凝土建築物，建築物一邊的牆面蓋著一層厚厚的白雪。公共廁所在冬季的時候是關閉的。所有內急的人都只能到灌木叢後面解放。他們繞到建築物的側面，很高興躲開了刺骨的冷風，一路走到位於一面凹壁後的女廁入口。

廁所的門敞開，稍稍一推，門上的木片就裂開了，原本應該有掛鎖的地方也被扯破了。那只大銅鎖失去功能地吊在它的金屬鎖扣上。羅根推開門，走進了女廁裡。

廁所裡面似乎比外面還要寒冷。兩名穿著制服的警員正監視著三個包裹著厚重衣服、年齡大約在六到十歲之間的小孩。孩子們的呼吸在空氣裡形成了一團團的白霧。他們看起來很興奮，不過沒有人理睬他們。

一名警員將目光從那三個孩子的身上轉向羅根。「第三間。」

羅根點點頭，直接走了過去。

彼得・拉姆利已經死了。羅根一打開那扇黑色的隔間門就知道了。那個孩子躺在地上，蜷縮在馬桶底部，彷彿在和馬桶相互依偎一樣。那頭火紅的頭髮已經失去了光澤，在冷冷的燈光下失去了鮮豔的色彩，臉上的雀斑在蠟一般的藍白色皮膚下也幾乎難以辨識。男孩的T恤被掀了起來，蓋住了他的臉和手臂，暴露出他後背和腹部蒼白的皮膚。除此之外，他身上沒有其他的衣物。

「你這個可憐的小傢伙……」

羅根皺著眉，瞄著孩子暴露的身體，他無法再往前靠近，以免破壞了犯罪現場。彼得・拉姆利和他們在水溝裡發現的那個小男孩不同。彼得・拉姆利的身體依然完整無缺。

廁所裡越來越擁擠了。滿臉通紅、不停咒罵著的尹斯克在值班醫生和鑑證科之後抵達了。鑑證科的人員依照指示地穿著各自的便服趕到了現場，將他們的白色廂型車和工具留在了聖馬查爾天主教堂旁邊的停車場，以免引人注目。

當尹斯克跺著腳，企圖甩掉靴子上的雪時，鑑識小組和其他人都套上了白色的連身工作服，在冰冷的空氣裡發抖地抱怨著低溫。

「情況怎麼樣？」在值班醫生脫掉他的工作服，試著要在其中一座水槽洗手時，尹斯克上前問道。

「那個可憐的小孩死了。不知道死了多久。他已經結凍了。這種天氣會破壞原本死後發生的屍僵。」

「死因呢？」

值班醫生在他的羊毛外套內裡上把手擦乾。「這你得從冰雪皇后那裡得到答案，不過，在我看起來像是被繩子勒斃的。」

「和上次一樣。」尹斯克嘆了一口氣，壓低聲音，這樣，那幾個還活著的孩子就不會聽到他要說的話。「有性侵的跡象嗎？」

那名醫生點點頭，讓伊斯克又發出一聲嘆息。

「是啊。」醫生說完，把自己層層包裹在他那件多層的保暖外套裡。「如果你們不再需要我的話，我就要去找個溫暖的地方了。這裡簡直就像西伯利亞。」

在死亡宣布之後，鑑識小組就開始蒐集任何他們戴著手套的手可以觸及的東西。纖維、指紋。攝影師的相機不停地發出喀嚓喀嚓的聲音，錄影人員也把現場所有的一切和每個人都拍了下來。他們唯一沒有做的事情就是挪動屍體。沒有人想要惹怒病理學家。自從羅根回歸警隊之後，伊莎貝兒就為自己贏得了讓人聞風喪膽的名聲。

「一週前的今天，不是嗎？」尹斯克一邊看著鑑識小組在工作，一邊靠在牆上問羅根。羅根確認了他的問題。尹斯克從大衣口袋裡掏出一包軟糖，遞給羅根。「這是怎樣的一個星期啊，」他嚼著軟糖說道。「你有想過在近期休假嗎？等罪案數字回歸正常之後？」

「哈哈。」羅根把手插進口袋裡，試著不要去想當他們告訴彼得．拉姆利的繼父他們找到孩子的時候，那個繼父會是什麼模樣。

尹斯克朝著那三個在女廁裡逐漸失去血色的孩子點點頭。「他們是怎麼回事？」

羅根聳聳肩。「他們說他們出來堆雪人。其中一個需要尿尿，所以，他們就進來這裡，然後就發現了屍體。」他看著他們：兩個女孩，一個八歲、一個十歲，還有一個男孩，是三人中年紀最小的，才六歲。他們是兄弟姊妹。三個人的鼻頭都往上翹，每個人都有一對棕色的大眼睛。

「可憐的孩子。」尹斯克說。

「可憐的孩子，才怪。」羅根接著說。「你覺得他們是怎麼進來的？拿一把八吋的螺絲起子扣住門，直接把門鎖撬掉。一輛路過的巡邏車在現場逮住了他們。」他指了指那兩名凍僵了的基層警員。「如果這兩個傢伙沒有出現抓住他們的話，那些孩子就會跑了。」

尹斯克把注意力從三個孩子身上轉移到那兩名警員。「一輛路過的巡邏車？在西頓公園中央？在這種天氣裡？」他皺了皺眉頭。「你不覺得聽起來有點牽強嗎？」

羅根再度聳了聳肩。「他們是這樣說的，而且他們一直沒有改變說法。」

「嗯……」

那兩名警員在尹斯克的目光下不自在地動了動。

「你認為有人看到屍體被丟棄嗎？」他轉而問道。

「不。我想沒有。」

尹斯克點點頭。「嗯，我也這麼想。」

「因為屍體並不是被丟棄的：它是被藏在這裡的。那些孩子必須把門撬開才能進來。那表示門鎖是兇手加上去的。他認為這樣屍體就可以被安全地鎖在這裡。只要他感到有需要，他就隨時可以回到這裡來。他還沒有取得他的戰利品。」

一絲邪惡的笑容在警司的臉上擴散開來。「那就意味著他會再回來。我們終於有機會逮住這個混蛋了！」

語畢，伊莎貝兒．麥克艾利斯特博士正好出現，她穿著一件厚重的羊毛大衣，帶著一陣雪花和一股低落的情緒，踩著重重的腳步走進了女廁。她站在入口處，環顧現場，當她看到羅根時，她的臉色就更難看了。她看起來彷彿帶著恨意：羅根不僅毀了她的劇院之夜，還證明了她做出錯誤的死因判斷。因為那個女孩不是被毆打致死的。而伊莎貝兒是永遠不會錯的。「警司，」她完全無視於那個曾經和她同床共枕的男人。「我們可以盡快結束嗎？」

見到尹斯克指著第三個隔間，伊莎貝兒立刻從他身前掠過，前去檢驗那具屍體，她的雨靴在她走路的時候發出了噗噗的聲音。

「是只有我這麼覺得嗎，」尹斯克小聲地問。「還是這裡真的突然變冷了？」

那天傍晚，他們把這個消息告知了彼得．拉姆利的父母。拉姆利先生和拉姆利太太什麼也沒有說。羅根和尹斯克一出現，他們就知道了。當尹斯克緩慢而嚴肅地說出那個災難性的消息時，他們只是並肩坐在沙發上，**沉默**地握著彼此的手。

拉姆利先生不發一語地站起身，從掛鉤上拿起他的大衣走了出去。

他的妻子看著他走出門，直到大門在他身後關上之後，她才終於放聲痛哭。同行的家庭聯絡官趕緊走到她身邊，讓她可以依靠在她的肩膀上哭泣。

羅根和尹斯克只能默默地告辭離去。

28

計畫很簡單。每一個進出犯罪現場的人都要保持低調。進入洗手間的人數也被控制在最少，門鎖也被修好重新掛上。屍體會被秘密地搬運出去，另外會有兩名警員留下來看守洗手間。不過，他們會待在安全且溫暖的刑事偵緝車裡進行監視，車子也會停在既能夠清楚看到女廁，卻又不至於太接近的位置。持續落下的大雪已經蓋住了廁所附近混亂的腳印，讓一切都隱藏在一片平整的白雪之下，絲毫看不出有人曾經到過這裡。那三個發現屍體的小孩並不會受到入室行竊的起訴，只要他們閉緊嘴巴就不會有事。沒有人會知道彼得・拉姆利的屍體被找到了。兇手會帶著他的剪刀回來，企圖取走他的紀念品，然後，那兩名看守的警員就會將他逮捕。這怎麼可能出錯呢？

米勒那篇針對伯納德・杜肯・菲利普——又名清道夫——的悲慘人生報導，被安排在了第四頁，和一些新款拖拉機以及一場慈善大拍賣的報導塞在一起。無論被擠到哪個版面，那都是一篇不錯的文章。米勒把清道夫還原成一個可憐的角色，他的精神問題是因為他母親的死亡所導致的。他是一個聰明卻遭到社會遺棄的人，同時也極盡所能地在理解這個讓他感到困惑的世界。全篇報導其實是在拐彎抹角地讓格蘭坪警局看起來像是他們在釋放清道夫的時候，其實很清楚知道自己在做什麼。

如果那是米勒那天早上刊登在新聞報上唯一的一篇文章的話，警察總部裡的每個人都會開心一些。

米勒的第二篇報導在偌大的標題下佔據了頭版的版面：「兒童殺手再度出擊！男孩的屍體在廁所被發現。」

「他怎麼會知道的？」尹斯克一拳捶在桌面上，讓桌上的杯子、紙張和每個在簡報室裡的人都跳了起來。

要在兇手回來拿取他的紀念品時逮捕他的計畫被搞砸了，而且絕無可能再重擬。每一個血淋淋的細節都以憤慨的語氣被刊登在了新聞報的頭版。

「那是在兇手再次殘殺下一個目標之前，我們能抓到他的最好機會！」尹斯克一把抓起報紙，憤怒地向參加簡報的員警們揮舞著頭版。「我們本來可以抓到他的！現在，因為某個愚蠢的混蛋不能閉緊他該死的嘴巴，結果又會導致某個孩子遭到殘殺！」

他用力地將報紙扔出去。只見報紙在空中飛散旋轉，撞到了遠處的牆壁上。穿著一身正式制服的納皮爾警司站在他後面，看起來彷如一個紅髮的死神。他沒有吭聲，只是在尹斯克警司的震怒之下，壓抑著他那雙帶著怒意的眉毛，目光炯炯地注視著在場所有的人。

「我要告訴你們我要怎麼做，」尹斯克說著，把手伸進口袋裡。他掏出一個厚厚的棕色皮夾，然後打開，抽出一把鈔票。「第一個來向我舉報是誰洩漏消息的人，就可以拿走這些錢。」

語畢，他把鈔票用力地壓在桌面上。

簡報室裡安靜了幾分鐘。

羅根隨即也拿出自己的皮夾，將他的現金疊加在警司的鈔票上面。

這開啟了一陣騷動：穿著制服的基層員警、探員、警佐們，紛紛掏空自己的口袋，把他們的錢也扔到桌上。等到每個人都貢獻完的時候，堆疊在桌上的現金已經很客觀了。這雖然比不上所謂的獎金，但是卻很感人。

「很好，」尹斯克露出一抹疲憊的笑容。「不過，我們還是不知道那個洩密的大嘴巴是誰。」

尹斯克看著眾人紛紛回到各自的座位上，臉上出現了一絲接近驕傲的神情。而納皮爾的表情就比較不那麼易懂了：他的目光掃過房間裡的所有人，尋找著愧疚的跡象，並且三番兩次地盯著羅根，頻率高到讓人感到不自在。

「好了，」尹斯克又說。「現在只有兩種情況，現場若非有個說謊的混蛋，以為跟著大家捐錢就不會露出馬腳，要不就是米勒的內線是其他部門的人。我希望是後者。」他收起臉上的笑意。「因為，如果洩密的是這個團隊裡的人，我一定會親手處置他。」他重重地靠在桌子邊緣。「麥雷警佐，開始分派工作吧。」

羅根唸著名單上的名字，派出一個小隊到白雪覆蓋的公園進行地毯式的搜索。另一支隊伍則挨家挨戶去查問是否有人看到那具屍體被藏起來。其他人則負責跟進廣大的市民打進來的電話。大部分的電話是在清道夫獲釋的消息傳出之後就立刻打來的。那麼多人突然想起他的大垃圾桶曾經出現在那些孩子失蹤的地方，這也實在太神奇了。

那天早晨的簡報終於結束，每個人在離開的時候，臉色都和室外的天氣一樣陰沉，並且忍不住瞄一眼桌上的那疊現金，最後，簡報室裡只剩下納皮爾、羅根和尹斯克警司三個人。

警司把那些錢掃進一個棕色的大信封裡。並且在信封上寫下幾個黑色的大字：「該死的現金」。

「你有什麼想法？」

羅根聳聳肩。「鑑證科的人？他們可以接觸得到所有的屍體。」

納皮爾冷冷地揚起一道眉毛。「雖然你的團隊湊了一筆錢，但那並不代表他們就是無辜的。任何在這裡的人都可能洩密。」他的最後一句話是直接盯著羅根說的。「任何人。」

尹斯克思索著這番話，表情看起來既陰沉又冷漠。「我們原本可能逮到他的，」他一邊說，一邊封住信封口。「我們原本可以監視那個地方，等著他回來。」

羅根點點頭。他們有可能抓到他的。

納皮爾繼續盯著羅根。

「總之，」尹斯克嘆了一口氣，把那只裝滿錢的棕色信封塞進衣服的內袋。「如果你不介意的話，警司：九點開始驗屍。我們可不想遲到。羅根的前女友會扒了我們的皮。」

羅根和尹斯克在地下室發現伊莎貝兒．麥克艾利斯特博士帶了一名觀眾前來。她那個地位不如她、滿頭亂髮的助理一如往常地帶著他那女性化又愚蠢的態度，不停地在她身邊走動。三名手持筆記本的醫學院學生也站在一旁，認真地想要學習如何切開一名遭到謀殺的四歲小孩。當她生硬地和警司打招呼時，她甚至連看都沒有看羅根一眼。

彼得．拉姆利赤裸的屍體躺在板子的中央，蒼白如蠟，渾身硬邦邦的。那幾個學生忙著做筆記，那個助理臉上掛著令人討厭的假笑，而伊莎貝兒則負責下刀切開、檢視、取出內臟和過磅稱重。彼得．拉姆利的屍體狀況就和小大衛．雷德一樣，只不過還沒有嚴重腐爛，生殖器也沒有遭到割除。他被某種繩索般的東西勒死，那個東西也許還包裹了塑膠的表層。這個孩子在死亡之後，屍體也被注射了某種東西。

又一個死掉的孩子躺在了解剖檯上。

當羅根帶著噁心的感覺在驗屍之後回到他的小專案室時，房間裡空蕩蕩的。喬迪．史蒂芬森那張死掉的臉孔從牆壁上空洞地俯視著專案室。兩個案子。都沒有進展。

他的收件籃裡有一個來自法醫部門的軟墊信封，上面的收件人姓名寫著「拉撒路．麥雷警佐」。

「一群王八蛋。」

他陷入椅子裡，拆開信封。裡面有一份法醫報告，全都是用無法理解的術語寫成的。此外，還有一個樹脂做成的米色牙齒模型。

羅根從小塑膠袋裡取出牙齒模型，皺了皺眉。一定有人搞錯了。這應該是根據喬迪屍體上那個咬痕所做的齒模。應該要符合柯林．麥克里德的牙齒。但是，從這個齒模看起來，除非柯林．麥克里德是個嗜血狼人，他的牙齒才有可能符合這個齒模的形狀和尺寸。而且還得是個掉了幾顆牙的狼人……

羅根懷著逐漸加大的不安，拾起喬迪那份還沒閱讀的驗屍報告。關於咬痕的那部分在報告裡寫得十分清楚。

他閉上眼睛咒罵了一頓。

五分鐘之後，他拖著一臉困惑的瓦森警員衝出了大門。

綠草賽道從外面看起來就和上次見到的一樣破舊和不友好。下雪並沒有為它帶來任何歡樂的節日氣息；相反地，這排長方形的混凝土商店看起來比過去還要淒涼。瓦森警員把他們的車停在商店前門的停車場裡，一行人坐在車裡看著車窗外呼嘯的強風和不斷落下的飛雪，等待著另一輛巡邏車——魁北克三一——確認他們在商店後面已經就定位了。這並非他們正常的任務，不過他們反正也沒事。

乘客座的車窗被敲了幾下，讓羅根嚇得從椅子上彈了起來。

一名神色緊張的男子手臂上戴著一具塞著厚重襯墊的保護皮套站在雪中。羅根降下玻璃窗，那名男子立刻問道：「所以說……這條阿爾薩斯狼犬……很大嗎？」他臉上的表情顯然是期待能得到否定的答案。

羅根拿起那具齒模，讓這名來自犬類小組的專員可以看清楚。不過，那並沒有讓這名男子感到高興一點。

「噢……很大。牙齒很多。」那名專員嘆了一口氣。「太好了。」

羅根回憶了一下那條狗灰色的口鼻。「也許這個訊息值得安慰：牠很老了。」

「啊……」那名專員看起來更沮喪了。「大狗，牙齒很多又很有經驗。」

他帶著一根金屬長棍，末端綁了一條堅固的塑膠套索，只見他輕輕地把頭撞向棍子，一道水柱也隨之濺入了乘客座的車窗裡。

無線電突然發出聲響：魁北克三一已就定位。可以出動了。

羅根下車走進濕滑的停車場。瓦森警員首先從車子旁邊抵達了綠草賽道，隨即貼在門邊，手握警棍，就像電影裡那樣。羅根雙手深深地插入口袋，肩膀緊縮，耳朵在冰冷的風中凍得發紅，他跟在瓦森警員後面，另外兩名馴狗專員則嘟嘟囔囔地緊跟在他身後。

當他們抵達投注站時，馴狗專員也模仿著瓦森，平貼在牆上，手裡緊緊抓著他們的金屬長棍。

羅根看著他們三個人，然後搖了搖頭。

「這不是警網雙雄，各位，」說完，他冷靜地打開賭注站的門，屋裡立刻傳出震耳欲聾的一陣嘈雜聲。

一股菸草的惡臭和手捲菸的味道在羅根踏進門檻時迎面而來。他花了幾秒鐘，眼睛才適應了室內的陰暗。橫跨房間的木頭櫃檯上方有兩台電視機，各自架在房間兩邊的角落閃爍著。兩台電視都在播著同樣的賽狗節目，畫面不停地在跳動，聲音也開到了震天價響的程度。

四名男子坐在破裂的塑膠椅子邊緣，每一個都緊盯著電視螢幕在吶喊。

「快點，你這條懶狗！快跑！！！」

絕望的道格並不在那裡。不過，他的阿爾薩斯犬正四肢大開地貼著地板，躺在一具有三根電熱管的電暖爐旁邊，牠的舌頭歪斜地掛在嘴邊，身上的狗毛在暖氣中緩緩地散發著蒸氣。

一股冷風掠過羅根，吹進了陰暗又充滿煙霧的房間裡，還帶進了一陣雪花，讓牆壁上的海報都飄動了起來。一名魁梧的男子打扮得彷彿休假中的流浪漢，頭也沒回地直接大喊了一聲，「把那扇該死的門關上！」

那陣風吹過睡夢中的狗，只見牠的爪子突然抽動了一下，彷彿正在追趕什麼一樣。也許是什麼可口的東西吧。一隻兔子；或者一名警察。

瓦森和兩名馴狗專員跟在羅根後面悄悄地走進屋裡，然後把門在身後關上。他們盯著那隻正在睡覺的阿爾薩斯狼犬，彷彿他是一顆定時炸彈一樣。一名專員緊張地舔了舔嘴唇，把棍子尾端的套索朝著那坨冒著蒸氣的灰褐色毛團伸過去，然後無聲地往前靠近。如果他們可以在他睡著的時候套住他，也許就不會有人被咬。當那群賭客的注意力全都集中在賽狗節目上時，他躡手躡腳地慢慢往前靠近，眼看著套索距離狗嘴只有幾吋的距離了。電視上一隻穿著橘色圍兜的灰狗首先衝過了終點線，以極小的差距領先了另外一隻穿著藍色圍兜的狗。兩名賭客瞬間從座位上跳起來歡呼。另外兩名則不停地發出咒罵。

突來的叫囂聲讓那條睡夢中的狗動了動耳朵，抬起了他那顆狼一般的頭。他的眼光落在了那名手持套索長棍的專員身上。

那名專員發出一聲「哎呀！」，隨即往前一刺。然而，他還是慢了一步。那隻老狗一躍而起，在捕狗棍撞到電暖器、砸碎其中一根發熱管時，發出了機關槍似的咆哮。

房間裡的每一張臉都轉向了那條狗。然後看向四名警察。

「搞什麼？」

現在，每個賭客都站了起來。佈滿刺青的手緊握拳頭、齜牙咧嘴地咆哮，就像絕望的道格那條阿爾薩斯狼犬一樣。

店尾傳來一陣碰撞聲，通往後面房間的那扇門突然打開。賽門・麥克里德站在門口，一臉的不耐煩瞬間轉為憤怒。

「我們不想惹麻煩。」羅根得要提高音量才能壓過狂吠的狗聲。「我們只是想要和道格・馬克杜夫談一談。」

賽門伸出一隻手，關掉了電燈。房間瞬間陷入一片漆黑，電視機投射出鬼魅般的灰綠色亮光，讓一切都變成了剪影。

首先發出痛苦叫聲的是那名馴狗專員。碰撞、混亂，聽起來像是有人撞到了桌子。一陣拳風在羅根的耳邊呼嘯而過，他蹲下身，本能地揮出一拳。他感到有人的皮膚和骨頭在他的指關節下破碎了，隨著一聲低沉的喊叫，一股濕答答的東西噴在了他的臉頰上，然後又是一聲碰撞聲響起。但願剛才被他打到躺平的人不是瓦森警員！

那條狗還在狂吠，叫聲介於咆哮和咬人之間。電視上宣布了下一輪比賽即將展開，更多的灰狗也被關進了柵欄。一根金屬棍撞到羅根的背，讓他踉蹌地往前倒，絆倒在一具仰臥的身體上，然後頭部朝前地摔在地上。一條腿重重地踩在他的頭旁邊，很快地又不見了。

房間裡突然灑滿白光，羅根轉過頭，只看見一道佝僂的剪影背對著室外的暴風雪。那道身影扔下手中的塑膠袋。四罐拉格黃啤酒和一瓶威雀蘇格蘭威士忌哐噹一聲地掉在破舊的油氈地板上。

剎那之間，冬日的微光灑入室內。只見一名馴狗專員躺在地板上，他那具填充的皮革護臂套已經被那隻咆哮的阿爾薩斯犬咬得慘不忍睹了。瓦森警員一臉鼻血地將一名刺青大漢的頭夾在了腋下。另一名馴狗專員被一名賭客壓在身下，朝著他的肚子猛揮拳頭。而羅根則半趴在地，壓在了一名穿著連身工作服、缺了門牙、滿嘴鮮血的傢伙身上。

門口的那道身影突然轉身，拔腿就跑。

絕望的道格！

羅根咒罵著從地板上彈起來，衝向正在關上的大門。一隻手抓住了他的腳踝，讓他再度向前跌撞，重重摔倒在地板上，他可以感覺到胃裡的傷疤在嘶喊。他腳踝上的那隻手加緊了力道，另一隻手也跟著扒住他的腿。

羅根痛到屏住呼吸，一把抓住掉落在地上的威士忌酒瓶，像揮棒一樣地揮了出去。酒瓶敲在他的襲擊者頭上，隨著一道沉悶的哐噹聲，抓住他的那雙手立即鬆軟了下來。

羅根往後倒退，再次掙扎起身，衝出門口。他胃裡的疼痛彷彿大火在燃燒。有人在他體內注入了汽油，然後點燃了一把火。他咬緊牙根，掏出了手機，告訴魁北克三一前往賭注站，立刻馬上！他沉重地靠在隔開商店和停車場之間的欄杆上。絕望的道格也許曾經是個飛毛腿，但是，他已經不再年輕如昔了。他不可能跑遠的。

左邊：什麼也沒有，只有空蕩蕩的馬路和停在路邊、在大雪中若隱若現的車子。右邊：一片灰撲撲的磚塊和混凝土的出租建築。更多停泊的車子。一道身影躲進了其中一棟毫無生氣的陰鬱建築裡。

羅根從欄杆上起身，追逐著那道消失的身影。魁北克三一在警車燈和警笛火力全開之下，從他身後衝進了結冰的停車場。

在羅根奮力往前進的同時，強風將冰雪刮向他的臉，彷彿針刺一樣。他腳下滑溜的人行道在他每跨出一步時，都讓他置身在四腳朝天的威脅裡。他跌跌撞撞地走向道格跑進去的那棟建築，爬上窄小的階梯，撞開前門。建築物的入口處悄然無聲，他的呼吸在冰冷的空氣裡化成了一團團的白霧。門口的水泥上滿佈著深色的污漬——從胯下的高度到地面上都覆蓋上一層樹狀的髒污——顯然有人再三地在他們鄰居的門口撒尿。一股令人作嘔的刺鼻味籠罩在冰冷的走廊裡。

羅根氣喘吁吁地停下腳步，那股尿騷味刺激著他的眼睛。道格可能躲進了這裡面的任何一間公寓裡。或者只是躲藏在看不見的地方，也許就在樓梯後面。他往前走出幾吋，但是，絕望的道格不在那裡。不過，後門是敞開著的。

「可惡。」羅根深深吸了一口氣，穿過後門，再度回到風雪裡。

根據這片建築的排列方式，每一棟三到四層樓的出租公寓之間都隔著一道乾枯的公共綠地。不過，即便在全年最好的季節，這條綠化帶也並不特別蒼翠。雖然有一道剛留下的腳印朝著對面那棟出租公寓延伸而去，但卻已經在不斷落下的大雪中緩緩消失。

羅根跟著腳印穿過對面的建築物。建築物後面是另一條街道和另一排的出租公寓。一扇門在前方重重地關上，羅根蹣跚地沿著小徑越過馬路，穿過公寓大門，再經過走廊，從建築物的另一邊又走了出來。只不過這回門外並沒有另一排的灰色建築：這次，眼前只有一道六呎高的鐵絲網圍籬，隔開了乾枯的綠地和一片參差不齊的灌木叢。放眼望去，可以看到鐵絲網圍籬之外是一片工業區，後面還有幾棟高聳的建築物：堤利特隆工業區。

絕望的道格正在翻越那座高高的鐵絲網圍籬。

「不要跑！」羅根跌跌撞撞地穿過雪地，來到那片乾枯綠地的盡頭停了下來，剛好目睹道格再一次地從他眼前消失。「你是誰，該死的逃脫大師胡迪尼嗎？」

一直等到自己也爬上圍籬之後，羅根才終於了解絕望的道格為什麼可以瞬間消失。原來，這道鐵絲網隔開了桑迪蘭茲住宅區和北上出城的鐵路軌道。隱藏在灌木叢和矮樹叢後面的是一道寬闊的人工深溝，而鐵道就位於深溝溝底。道格就是沿著一邊的溝壁一路滑下了陡坡。

那個老頭再也跑不快了。他以慢跑的速度緩緩移動，同時在沿著鐵軌前進的時候，還用一隻手臂抓緊了胸口。

羅根翻過圍籬頂端，重重地摔落在地上。他立刻感到一陣昏眩。之後就只能任憑地心引力擺布了。他宛如一塊巨石般地從陡坡上滾落，翻過荊豆和蕨類，撞上了深溝底部堅硬的石礫。這讓他發出了一陣痛苦的慘叫。一道鮮血瞬間從他的手背湧出。他的頭也因為撞上石頭而在嗡嗡作響。不過，最糟的還是在他胃裡爆發的那股痛楚。即便已經過了一年，安格斯·羅伯森，那個馬崔斯克怪物依然在傷害著他。

鐵軌兩邊的高壁為深溝溝底擋住了疾風。大雪在這裡穩定地從天而降，彷彿一條在安靜的空氣裡飄落的毯子。

側躺在地的羅根發出了一陣陣的呻吟，他試著不要嘔吐出來，只是任憑白雪飄落在他的身上。他甚至無法移動。不過，他可以清楚地看到絕望的道格冒險回過頭，看著一路追趕他的那個警察鮮血直流地躺在鐵軌上。他不再奔跑，轉而面對羅根，他大口的喘息讓空氣裡出現了一片白霧。

然後，他開始朝著羅根往回走向鐵軌。他把手探進口袋，當他再度伸出手時，手裡多了一個發亮的東西。一個尖銳的東西。

冰冷的水滴沖刷過羅根的身體。「噢，天啊……」

他試著要翻身，企圖在絕望的道格走到他身邊之前站起身。然而，他的胃實在太痛了，即便死神正沿著鐵軌緩緩地向他接近，他也無法動彈。

「你不需要跟著我的。」道格的聲音在喘氣中傳來。「你大可管好你自己的事就好。現在，我要給你一個教訓，豬頭先生。」說著，他舉起那個發亮的東西：那是一把史坦利刀，折疊的刀刃已經完全拉開了。

「噢，天啊，不……」事情又要重演了！

「我真的很喜歡培根，我。」道格漲紅的臉因為靜脈曲張而發皺。他那隻死氣沉沉的眼睛彷彿雪一樣的白，扭曲的笑容暴露出一口被尼古丁染黃的牙齒。「關於培根，你得要好好地切成薄片。」

「不要……」羅根絕望地再次試著翻身。

「啊，你該不會要哭了吧，豬頭先生？要像個小孩一樣嗎？哎呀，我不會怪你的。這可是會痛死人的！」

「不要……求求你！你不需要這麼做……」

「不要？」道格大笑，笑聲逐漸被混濁的咳嗽聲所取代，只見他吐出了一口紅黑色的髒污。「怎麼，」當他終於回復呼吸時，他開口問道，「我有什麼損失嗎？啊？我得了癌症，豬頭先生。醫院裡的那個好好先生說，我還有一年可活，也許兩年，最多了。而那將會是很痛苦的一兩年。不過，你們這些王八蛋還是會對我窮追不捨的，對嗎？」

羅根咬著牙，用力抵住地面，然而，在他用盡力氣地想要跪起來之前，道格一腳踩在了他的背脊正中央，然後順勢往前一推。羅根的胸口砰地一聲撞到地上。「啊啊啊啊啊啊啊啊啊啊啊……」

「哼，你們這些混蛋打算再把我關起來。我沒有辦法活著走出監獄。更別說我的肺和骨頭都將會被癌症所吞噬。所以，就算我把你給切成一片一片，他們又能把我怎麼樣？反正，在我服刑完畢之前，我就已經死了。多一具屍體又如何，蛤？」

羅根呻吟著翻到側面，感覺到冰冷的雪直接落在了他的臉上。讓他繼續講話。讓他說下去，也許就會有人出現。那些穿制服的基層警員之一。瓦森警員。任何人。老天，求求你讓誰出現吧！「那是……那是你為什麼殺了喬迪·史蒂芬森的原因嗎？」

道格大笑。「這是在幹嘛？你以為我們會好好聊聊，然後，我就會把一切都告訴你嗎？讓那個老傢伙繼續說下去，他就會吐出實情的？」他搖了搖頭。「你電視看多了，豬頭先生。我會吐出來的，只有你的內臟而已。」他揮了揮那把史坦利小刀，笑得咧開了嘴。

羅根冷不防地踢向他的膝蓋。狠狠地一踢。道格在一聲清脆的斷裂聲中倒下，鬆開手中的刀子，緊緊抓住自己斷裂的膝蓋骨。「哎呀，王八蛋！」

羅根從齒縫中倒吸一口氣，翻到側面，再度踢了一腳，正中老傢伙的頭部，造成了一道三吋寬的裂縫。

道格呻吟地用手蓋著冒血的頭皮，羅根趁機再度給他一記重擊。這回，道格的兩根手指在羅根的靴子下喀嚓地斷了。「他媽的混帳東西！」

他也許老了，也罹患了癌症，然而，道格·馬克杜夫可是曾經在蘇格蘭最恐怖的監獄裡贏得硬漢聲名的人。那是他在重重的教訓下贏得的。他怒吼一聲，踉蹌地往後退到羅根碰不到的範圍。然後一個猛衝，用那雙沾滿尼古丁的手攫住羅根的喉嚨，用力地掐緊，即將勒死一名警佐讓他皺成一團的臉露出了獸性。

羅根抓住勒緊他脖子的雙手，企圖要將之拉開，然而，道格的手卻如同鋼鐵一般地無法撥動。世界開始蒙上了一層淡紅的色調，他的耳朵因為腦壓而開始鳴叫。他放開一隻手，握成拳頭，重重地擊落在道格的側臉上。那個老頭發出一陣呻吟，不過卻絲毫沒有鬆手。羅根一次、一次又一次地擊中他的臉，道格傷口上的鮮血不斷地低落在羅根四周，將地上的白雪染成了粉紅色。為了保住性命，羅根的拳頭不斷地落在道格的頭上，打碎了他的下巴，讓他那隻乳白色的眼睛再也睜不開來。他拚命地揮拳，而世界也越來越暗。一次又一次，一次又一次……直到勒住羅根喉嚨的那雙手終於鬆開，直到那個老傢伙無力地跌落在地上，在未見停歇的雪中側躺在了自己的血泊之中。

29

他們把道格拉斯．馬克杜夫直接送到了急診室，然後轉入一間治療室。他看起來活像已經死了。那張佈滿皺紋的臉上覆蓋著一片面積持續擴大的暗紅色瘀青。他的呼吸很淺、很不安穩。在被送往亞伯丁皇家醫院的救護車上，他一直沒有回復意識，只是躺在那裡，臉上不停地冒著鮮血。

在前往醫院的一路上，救護車裡的人都沒有和羅根說話。他們也不知道他就是毆打這個養老金領取者的人。

羅根沉默地站在一旁，顫抖地看著一名護士把一堆線路從絕望的道格身上接到一排螢幕上，持續的嗶嗶聲記錄著這個老傢伙的心跳。

她抬頭看了一眼站在病床尾端的羅根。「你得離開，」她一邊說，一邊解開道格的襯衫。

「他被打得很慘。」

「我知道，」羅根沒有提起自己就是那個把他打得很慘的人。他的聲音沙啞，充滿了痛苦。

「你是他的親人嗎？」她帶著關注和專業的神情，小心翼翼地掀開道格的襯衫。

「不是。我是警察：麥雷警佐。」

她突然停下動作，表情也變得冰冷。「我希望你可以抓到那個揍他的混蛋，然後讓他一輩子都關在監獄裡！居然把一個老人打成這樣！」

醫生也在此時抵達了：一名矮小、禿頭的男子，他帶著一個記事板，一臉的焦慮。他不在乎羅根是不是執法的官員。每個人都得離開，好讓病人接受診斷和治療。

「他叫做道格拉斯．馬克杜夫。」羅根試著要讓自己粗糙的聲音保持穩定。「他是一宗謀殺案的首要嫌犯。我們認為他是個很危險的人。」

那名護士從病床旁邊退開，在她的藍色罩衫上擦拭著雙手，那雙外科手套隱約發出的摩擦聲，被淹沒在了儀器規律的嗶嗶聲底下。

羅根輕輕地揉揉自己的喉嚨。「我會派一名警員在這裡站崗監視他。」他痛苦地嚥了一口口水。

那名護士給了他一個不確定的笑容，不過，醫生已經開始刺戳著道格傷痕累累的身體了。她深深吸了一口氣，挺起胸膛，又開始工作。

羅根安排了一名警員待在道格的病床邊，隨即離開診療室，讓他們做他們應該做的事情。當他走到走廊上時，差點就撞到一名推著藥品推車的護士。他轉過身想要道歉，卻發現那是一張熟悉的臉。只不過，這回羅娜．韓德森的母親臉上多了一個很大的黑眼圈。她企圖要用六吋厚的化妝品蓋住，然而，那個瘀青依然穿透了厚厚的妝容。「你沒事吧？」他問。

她揚起手，緊張地摸了一下那隻腫脹的眼睛，勉強擠出一絲笑容。「沒事。」她說，聲音聽起來有些脆弱。「再好不過了。你呢？」

「有人打了你嗎，韓德森太太？」

她撫平身上藍色的護士制服，說沒有人打她。她只是撞到了門。純粹是意外。如此而已。

羅根給了她一個尹斯克式的**沉默**。

慢慢地，她臉上那抹牽強的笑意退去了，那張蒼白的臉垮了下來。「凱文來過了。他一直在喝酒。」她調整了一下胸前的名牌，沒有直視羅根的眼睛。「我以為他會回到我身邊。你知道的，離開那個平胸的女人。可是，他說羅娜的死都是我的錯。他說，我不應該趕她下車。說我殺了她……」她抬起頭，淚水在日光燈下讓她的眼睛閃閃發亮。「我試著要讓他明白，我們可以一起熬過這份痛苦。我們可以彼此扶持。我依然愛著他。而我知道他也還愛著我。」一顆淚珠溢出眼眶，沿著她的臉頰流了下來。她用手背拭去淚水。「他很惱火，結果吼得更大聲了。然後，他……我活該！都是我的錯！他永遠再也不會回來了……」在滿臉的淚水下，她丟下她的推車跑走了。

羅根看著她穿過一道雙開門，隨即消失了蹤影，不禁嘆了一口氣。

瓦森警員坐在等候區，頭往後仰，一團皺巴巴的衛生紙抵在臉上。衛生紙已經變成了鮮紅色。

「鼻子還好嗎？」羅根一邊問，一邊在她旁邊的塑膠椅子上坐下來。試著讓自己不要顫抖。

「很瘦。」說著，她維持著頭部的姿勢，從眼角瞄了他一眼。「至少，我想它沒有斷掉。那個犯人怎麼樣了？」

羅根聳聳肩，不過立刻就後悔了。「其他人呢？都還好嗎？」他的聲音有點嘶啞。

瓦森警員指著通往治療室的走廊。「一個馴狗專員正在檢查肋骨。其他人都沒事。」她笑了笑，不過立刻畏縮了一下。「哎呦……賭注站裡有人的門牙被打斷了。」她又瞄了他一眼，發現羅根坐下來以後，不知道已經揉了幾次喉嚨了。「你沒事吧？」

羅根拉下襯衫的衣領，露出被掐得傷痕累累的脖子。

瓦森再度畏縮了一下，不過，這次是因為羅根。絕望的道格在那片蒼白的皮膚上留下了紅色和紫色的指痕。最大的兩塊瘀青就在氣管的兩邊，那是那個老頭企圖要勒死他的時候所留下的拇指痕跡。

「天哪，發生了什麼事？」

「我摔倒了，然後爬不起來。」羅根又揉揉自己的喉嚨。「馬克杜夫先生想要一勞永逸。」一想起那把閃閃發亮的刀刃，他不由得再度顫抖。

「那個老混蛋！」

羅根差點就笑了；偶爾，有人能和他站在同一邊的感覺真的很好。

尹斯克警司就沒有那麼體諒人了。當他們回到警察總部時，羅根身上多了一包止痛藥，而瓦森警員也確認了她的鼻子沒有斷裂。櫃檯的警員給了他一則訊息：羅根得到警司的辦公室報到。立刻！

當羅根走進辦公室時，警司正背對著門口而站，他的雙手交疊在背後，那顆禿頭在頭頂上方的燈光照耀下發亮。尹斯克凝視著窗外，看著穩定落下的雪花。「你到底以為自己在幹什麼？」他問。

羅根再度揉了揉喉嚨，告訴他自己企圖要逮捕殺害喬治．史蒂芬森的兇手。

尹斯克嘆了一口氣。「警佐，你剛剛把一個老人打到不省人事。醫院說他的狀況很嚴重。萬一他死了呢？你可以想像明天的報紙會怎麼報導這件事？『警察把領取養老金的老人毆打致死！』你到底在想什麼？」

羅根清了清喉嚨，不過，立刻就希望自己沒有這麼做。痛死了。「我……我是在自我防衛。」

尹斯克猛然轉過身，他的臉紅得像甜菜根一樣。「合理的防衛不包括毆打老……」當他看到羅根脖子上的環狀瘀青時，他停了下來。「發生了什麼事？瓦森變成了瘋狂的吻痕製造者嗎？」

「馬克杜夫先生企圖要勒死我。長官。」

「所以你才打他？」

羅根點點頭，皺了皺眉頭。「那是讓他停手唯一的方法。」他從口袋裡掏出一個透明的塑膠袋，用顫抖的手丟在尹斯克的桌上。塑膠袋裡有一把史坦利小刀。「他打算用那個把我切開。」

尹斯克拾起那把刀子，轉動了一下，透過塑膠袋檢視了一番。「很高興見到還有人在使用那些老方法。」語畢，他直視著羅根的雙眼。「這件事接受調查的期間，你可能會遭到暫時停職。如果絕望的道格決定要提出訴訟的話……」他聳了聳肩。「你知道這裡現在是什麼狀況。我們不需要任何不好的宣傳。」

「他打算殺了我……」

「你把一個領取養老金的老人打到昏迷，羅根。原因是什麼並不重要。他們只會看到這個事實。這是警察暴力行為中最糟糕的一種。」

羅根不敢相信自己的耳朵。「你打算讓我接受懲罰？」

「警佐，我並沒有要做什麼。專業標準處不會讓我插手的。這件事我完全無法介入。」

專案室裡除了羅根和他的文件之外，什麼也沒有。他坐在昏暗之中，一杯冷掉的咖啡放在桌上，旁邊還有一包吃剩一半的麥提莎巧克力球。他試著不要讓自己發抖。

那把刀。

羅根用手撫過自己的臉。他已經很久沒有想起那天晚上的事了。他半昏迷地躺在大樓的屋頂，任由安格斯．羅伯森的刀不停地刺向他……絕望的道格．馬克杜夫把那一切都帶回了他的記憶裡。

羅根填寫完所有的表格，解釋著他為什麼會讓一個領取養老金的老人被送到醫院。他花了一個半小時的時間在納皮爾警司的怒視下，被問了一些誘導性的問題，讓他很清楚地明白接下來會發生什麼事。現在，除了坐下來等待被通知他遭到暫時停職的消息之外，已經沒有什麼可做的了。他才回來一星期，他的警察生涯就已經完蛋了。而這甚至不是他的錯！

他發出一聲嘆息，抬頭看著喬迪．史蒂芬森那張死掉的臉孔。最糟糕的是，絕望的道格現在已經更難以被定罪了。陪審團眼中所看到的會是一個老人，遭到一名警察以調查愛丁堡的一個流氓被謀殺為名而毆打他。那樣一個老人怎麼可能殺人呢？他那麼脆弱！地方檢察官也不會想和這個案子有什麼瓜葛。

羅根讓自己的頭往前垂落，直到撞上一疊紙張為止。「可惡。」他用前額撞向桌子，不停地說著，「可惡，可惡，可惡，可惡……」

一陣手機吵雜的聲音響起，打斷了他的動作。他嘆了一聲，拿出手機，塞在耳朵旁邊。「羅根。」他的聲音裡沒有一絲熱情。

「麥雷警佐？我是愛麗絲．凱利，我們昨天見過面？在庇護所？我們在找菲利普先生？」

羅根的腦子裡突然出現一個毫無魅力、穿著便衣、戴著一堆戒指的女警。「哈囉……」他停了下來，在椅子上坐直。「你是什麼意思：你們『正在』找他？他在哪裡？」

「啊，對。是這樣的，」她尷尬地停了一下。「哈里斯警探出去買牛奶和一些薯片，當時我正在洗澡——」

「不要告訴我你們把他搞丟了！」

「我們也不是真的把他搞丟了。我相信他只是去散步而已。只要天一黑，他就會回來的……」

羅根看了看手錶。三點半。天已經黑了。「你們有去找他嗎？」

「哈里斯警探已經出去找他了。我留在這裡，以防他回來。」

羅根再一次把頭撞向桌子。

「哈囉？哈囉？怎麼了？」

「他不會回來的。」羅根咬牙切齒地說。「你告訴總部的控制中心說他失蹤了嗎？」

又是一陣尷尬的**沉默**。

「噢，天啊，」羅根說道。「我會通知他們的。」

「你希望我現在怎麼做？」

羅根沒有說什麼，他得要保持紳士風度。

十分鐘之後，亞伯丁的每一輛巡邏車都知道要留意可能會在街上出現的清道夫。羅根並非有什麼通靈的能力可以知道清道夫要去哪裡。可想而知，他一定會朝著他的農場和那些塞滿屍體的建築物而去的。

從考特步行到夏丘是一段不算短的路程，特別是在這種大雪之下，然而，清道夫很習慣長途跋涉。推著他自己的移動停屍間，沿著高速公路和這座城市的各條小路而行。一路上蒐集那些死掉的動物。

不過，伯納德·杜肯·菲利普並沒有走到那麼遠。三個半小時之後，他被發現躺在海澤黑德樹林裡一灘逐漸結凍的血泊之中。

□□□

黑白相間的樹林彷彿童話一般，冰雪讓扭曲的老樹覆蓋上了一層厚厚的霜。一條單線道蜿蜒地穿過公園中央，羅根在低速中沿著這條道路前進，試著不要讓車滑出路面，一頭撞到樹上。

駛進樹林一哩半之後有一座簡陋的停車場，停車場裡沒有鋪設柏油，只有一片在經年累月使用下被壓緊的泥地，泥土上已經覆蓋了一層厚厚的積雪。一棵孤獨巨大的山毛櫸矗立在停車場中間，一群看似無所事事的警察圍繞在大樹周圍，凍僵了的警察在來回走動中不停地吐出白煙。

羅根把車停在一輛骯髒的鑑證科廂型車旁邊，熄掉引擎，下車走進滑溜的雪地裡。寒冷的空氣彷彿裹在臉上的巴掌。他一路發抖地走到犯罪現場的帳篷，希望裡面會暖和一點。不過，帳篷裡面也一樣寒氣逼人。鮮血從帳篷中央往外濺開，中央那一大灘暗紅色的血泊已經逐漸結冰，讓血泊的表面反射出了晶瑩的亮光。帳篷裡四處都留下了腳印，還有一個人形的凹陷將那灘血泊分隔成了兩半。清道夫曾經側躺在這裡。在積雪中慢慢地流盡他身上的血液。

羅根抓住那名攝影師。是比利：那個光頭的亞伯丁足球俱樂部粉絲，在垃圾場拍照的人也是他。他依然戴著那頂紅白相間、頂上有小圓球的羊毛帽。

「屍體呢？」

「在急診處。」

「什麼？」

「他沒死。」那名攝影師低頭看著赤紅色的污漬，然後再看看羅根。「還沒。」

因此，羅根又回到了亞伯丁皇家醫院，這是他今天第二次到這裡了。伯納德・杜肯・菲利普被確認顱骨破裂、肋骨斷裂、手臂斷裂、一條腿斷了，手指折斷，還有臟器受傷，顯然是被人不斷地踩踏他的肚子所造成的。他直接被送進了急診室，不過，那群暴民這次做得很徹底。他們想要讓清道夫沒命。

羅根等在醫院裡，因為他也沒有地方可去。他不打算回警察總部，等著他遭到暫時停職的決定被正式宣布。如果他待在這裡的話，至少他可以關掉手機，假裝這件事不會發生。

四個小時之後，一名神情嚴肅的護士出現了，她帶著羅根穿過迷宮般的走廊，來到加護病房。稍早幫絕望的道格診療的那名醫生就站在清道夫的病床邊，看著一份圖表。

「他怎麼樣了？」

那名醫生從他的記事板上抬起頭來。「你又回來了？」

羅根看著眼前纏滿繃帶的身影。「他和表面看起來一樣糟嗎？」

「這個嘛……」然後是一聲嘆息。「他的腦部受到傷害。我們現在還不知道傷害有多嚴重。他目前算是穩定了。」

他們站在那裡，看著清道夫淺淺地在呼吸。

「有機會嗎？」

醫生聳聳肩。「我想，我們及時止住了內臟的出血。不過，我可以很確定地告訴你一件事：

他再也不能生小孩了。兩顆睪丸都破裂了。不過，他會活下來的。」

羅根皺起眉頭。「那個稍早和我一起被送來的人呢？馬克杜夫先生？」

「不好。」醫生搖搖頭。「很不好。」

「他會沒事嗎？」

「我恐怕不能告訴你。這是病人隱私。你得要自己問馬克杜夫先生。」

「好，我會的。」

醫生再度搖搖頭。「今晚不行。他是個老人：他今天已經受夠了。現在都快午夜了。讓他睡覺吧。」他傷感地看著羅根。「相信我：他哪裡也去不了。」

戶外，雪已經停了，天空也變得清朗：彷彿一只藍黑色的碗，夜空裡的星星在城市的光害下變得模糊不清。羅根離開了急診室，走進冰冷的夜裡。

一輛救護車小心翼翼地停在入口處，車頂上的燈光不停地在閃爍。

羅根背對著急診室，爬進他的警車裡，他的呼吸立刻就讓擋風玻璃蒙上了一層霧氣，他從口袋裡掏出手機，重新打開。還是面對現實吧，不過，這個時間應該不會有人打電話給他了。

他有五則留言。四則來自於柯林．米勒，他急著想要知道清道夫發生了什麼事。不過有一則是賈姬．瓦森警員留下的訊息，她問他如果沒有什麼重要的事情要做的話，是否想要看部影片，或者不是影片，也許只是喝一杯，因為今天實在太不好過了；如果他不想要的話也沒關係……如果他確實想要做點什麼，你知道的，他也許可以回電給她？這則訊息是在八點鐘的時候留下的。就在羅根等待清道夫被推出手術室的時候。

他在手機上按下她的電話號碼。時間已經很晚了：都過了午夜了，不過，也許還不算太遲……電話響了又響，響了又響。最後，一個尖細的、金屬般的聲音告訴他，他所撥打的號碼無法接聽，請他稍後再重撥一次。

這是他今天第二次一邊撞頭、一邊咒罵了。他的額頭撞在方向盤的塑膠皮上，讓方向盤發出了細微的嗶剎聲。

這真是糟糕的一天。

當擋風玻璃上的霧氣終於散去時，羅根打開引擎，帶著惡劣的心情，加速把車開出了醫院的停車場。車子開到交叉路口時，他咬緊牙關，重重地踩下煞車，在車子甩尾的剎那，享受著一股醜陋的快感。他把油門踩到底，在車子打滑時轉動方向盤，讓車子在漂移時回到原來的方向，然後重新上路。前方的紅綠燈有一輛卡車停在那裡，羅根突然心生衝動，想要加速撞向卡車的車尾。

不過，他沒有這麼做。他只是在心裡默默地咒罵，然後減低車速，緩慢地向前移動。

他口袋裡的手機突然大聲作響，讓他從駕駛座上跳了起來。是賈姬，是瓦森警員回電了！他咧嘴而笑，把手機從口袋裡抓了出來，放到耳朵上。「哈囉？」他盡可能地讓自己聽起來很有精神。

「拉撒？是你嗎？」是柯林．米勒。「拉撒，我已經找了你好幾個小時了，老兄！」

羅根把手機貼在耳朵上，看著交通號誌從紅燈變成了黃燈。「我知道，我有收到你的留言。」

「他們把清道夫打得很慘。你聽說了嗎？發生了什麼事？快告訴我！」

羅根拒絕告訴他。

「什麼？別這樣，拉撒，我以為你和我是朋友呢？」

羅根怒視著冰冷空蕩的夜色。「在你做了那種事情之後？你才不是我的朋友！」

電話那頭啞口無言。

「在我做了那種事情之後？你在說什麼？我已經很久沒有批評你那位男扮女裝的老闆了！我也幫你寫了那篇警方的好話！你還想怎樣？」

交通號誌終於轉成綠燈，那輛卡車很快就開走了，把羅根和他的警車留在後面。

「你告訴全天下，我們發現了彼得．拉姆利的屍體。」

「那又怎樣？你們發現了，那——」

「他會回去的。那個兇手。他會回去那裡，然後我們就可以抓到他了！」

「什麼？」

「他把屍體藏在那裡。他會再回去找那具屍體。但是，因為你把這個消息大肆公開在了頭版，所以他就知道了。他不會再回來。他還逍遙法外，而你把我們逮到那個混蛋最好的機會搞砸了！如果再有孩子失蹤，那就是你的錯，聽懂了嗎？我們原本可以抓到他的！」

又是一陣沉默。當米勒終於開口時，他的聲音很小，幾乎就要淹沒在車子的呼嘯聲中。「天啊，拉撒，我不知道。如果我知道的話，我絕對不會刊登一個字的！對不起。」

他聽起來是真的感到抱歉。羅根深深地吸了一口氣，將車子打到行車檔。「你得告訴我你的消息來源是誰——」

「你知道我不能這麼做，拉撒。我不能。」

羅根嘆了一口氣，把車子駛離交通號誌，往回開向市區。

「聽著，拉撒，我這裡快結束了，你要和我碰面喝一杯嗎？碼頭那邊還有一些地方還沒打烊……我請客？」

羅根說他不想碰面，然後便掛斷了電話。

回到市區的一路上車流量很少。他把車子停在他的公寓外面，然後無精打采地爬上樓。他的公寓裡很冷，因此，他把暖氣調高，坐在黑暗裡，看著窗外的燈光閃爍，為自己感到難過。試著不要去想起那把刀子。

電話答錄機上的那個小紅燈正在對他閃爍，不過，那只是更多來自於米勒的留言。瓦森警員並沒有留言給他，說她準備了一瓶香檳、還換了一身的便服在等他。也許還有一些吐司？

羅根的肚子發出一陣低沉的咕嚕聲。已經凌晨一點了，而他從早餐之後就沒有吃過東西了，除了一把麥提莎巧克力豆和一些止痛劑之外。

廚房裡還有一包餅乾和一瓶紅酒，羅根把兩樣東西都打開來。他幫自己倒了一杯希拉紅酒，然後塞了一片巧克力燕麥餅乾到嘴裡，才又回到起居室裡生悶氣。

「喝酒時不要服藥。」他自言自語地說著，然後對著窗戶玻璃上的倒影舉杯致敬。

就在他的第二杯酒喝到一半的時候，他的門鈴響了。他一面咒罵，一面從椅子上起身，走到窗口，瞥見一輛眼熟的新車塞在對街的一個停車位。

柯林・米勒。

米勒帶著懺悔的表情和兩個塑膠購物袋，站在他公寓樓下的大門口。

「你要幹嘛？」羅根問。

「啊，聽著，我知道你很生氣，好嗎？可是，我不是故意那麼做的。如果我知道的話，我一定會閉緊嘴巴的。我真的、真的很抱歉……」他露出抱歉的笑容，舉起那兩個袋子。「講和嗎？」

他們在廚房坐下來，桌上除了羅根的那瓶希拉紅酒，還有米勒冰涼的夏多內，以及一排塑膠盤子，每一盤都散發著令人興奮的、辛辣的泰式外賣食物香味。「我認識老闆，」米勒舀了一湯匙的綠咖哩草蝦到一只盤子上。「他住在格拉斯哥的時候，我幫過他一些忙。而他的店又開到很晚。」

羅根必須承認食物很可口。比巧克力餅乾和紅酒好太多了。「你大老遠跑來這裡，就是為了帶外賣來給我嗎？」

「既然你自己提起了，」米勒把炒麵堆在自己的盤子裡。「我遇到了一個類似道德困境的問題。」

羅根的叉子停在半空中，一塊油亮的雞肉在叉子上等待著他。「我就知道！」

「哇哦，老兄，」米勒笑道。「這個道德困境是這樣的：我有一篇關於一個兇手的報導，只不過它會毀了某人的前途。」

羅根揚起一道眉毛。「就你對尹斯克警司的所作所為來看，我很驚訝你現在做事居然會三思而後行。」

「是啊，你說得沒錯。問題是，我還有點喜歡這個即將會被毀了的傢伙。」

羅根把辣雞肉塞進嘴裡，含糊不清地問：「所以呢？那是什麼報導？」他一邊嚼著雞肉一邊問道。

「本地警察英雄將領取養老金的老人毆打致死。」

30

週二上午，羅根走進警察總部工作時，試著不要和任何人有眼神的交流。沒有人對他開口，不過，他可以感覺到他們從背後射來的目光，可以感覺到那些竊竊私語一路跟著他穿過總部，來到尹斯克警司晨間簡報的現場。他睡得很不好，夢裡都是高樓大廈、燃燒的天空和亮晃晃的刀子。還有安格斯・羅伯森在切開他肚子時露出的那幅猙獰、扭曲的面孔。

警司依然站在他慣常的位置，把他圓滾滾的屁股靠在桌子邊緣，日光燈管投射出來的燈光照亮了他那顆禿頭。他沒有看向羅根，只是把他的注意力放在一包果子露糖果粉末上，並且小心翼翼地避免讓那些紅色和橘色的粉末撒在他的黑色西裝上面。

羅根紅著臉，在簡報室前面那個他慣坐的位子坐了下來。

尹斯克警司並沒有提起那天早上新聞報的那篇報導。那篇橫跨頭版、還在第十二頁附加了一大篇社論的報導。他只是告訴所有人清道夫遭到襲擊。而搜索隊什麼也沒有發現，除了事後得了重感冒之外。之後，他分派了當天的任務，結束了簡報。

羅根是第一個站起來的人，他已經準備好要離開了，然而，尹斯克卻不輕易放他走。「警佐，」他用一種奉承的語氣說道。「如果你不介意的話，請留步。」

羅根只得像個笨蛋地站在那裡，看著其他人從他面前離開，而且目光依然避開了他。就連瓦森警員也沒有看他一眼。也許這樣也好：反正他的感覺已經夠糟了。

當最後一名警員離開、簡報室的門也關上之後，尹斯克拿出一份那天早上的報紙，用力扔在桌面上。「拉撒路是從死神手中回來的，不是嗎？」警司問他。「我不是虔誠的信徒，警佐，不過，你的職業生涯似乎也在玩同樣的把戲。」他戳了戳標題：「領取養老金的老年殺手被捕：本地警察英雄為自己的生命奮戰！」標題底下是一張照片，那是絕望的道格在用棘輪螺絲起子殘害了一名建材商之後被捕入獄的照片。那隻灰白色的眼睛、齜牙咧嘴的神情，以及那一身火焰的刺青，讓他怎麼看都不像是個慈祥的老爺爺。

米勒找了他在報社裡所有能幫上忙的人更換了頭版的報導。這篇報導顯然比「提利特隆籌款活動順利展開！」來得更有新聞價值。

「納皮爾警司快氣死了。」尹斯克露出笑容。「好吧，既然你已經不會被炒掉了，史提爾警司說，你可以去醫院向絕望的道格問供。」

「我？她不想自己問嗎？」沒有警司在場指導，警佐通常不能自行向殺人嫌犯問供的。

「不，她不想。說什麼『既然有人能做，她為什麼還要親自去做』。好了，快去吧。」

□□□

羅根又徵用了另一輛生鏽的佛賀汽車和瓦森警員一段時間。當她把車開出停車場時，她並沒有對他說什麼。一直到駛離警察總部夠遠了，她才爆笑出來。

「不好笑。」

那道笑聲轉成一絲詭異的笑容。「抱歉，長官。」

車裡陷入了一片沉默。

瓦森安靜地開車經過了羅斯蒙。天氣暫時放晴了，藍色的天空在閃亮的灰色花崗岩建築上方無限蔓延。

「長官，」她才開口，又停了下來，清了清喉嚨才又說。「長官，關於昨晚我給你的電話留言。」

羅根的脈搏開始加速了起來。

「呃，」瓦森把車開進一列車陣之中，跟在了一輛巴士後面。「我是後來才想到的。你知道的，那個留言可能會造成的誤導。我的意思是，當你沒有回電的時候，我以為我可能得罪到你了。或者什麼的。」她一口氣說完。

羅根臉上的笑容僵住了。她退縮了。假裝她的訊息是一個很大的誤會。「當時我在醫院裡。他們不讓人使用手機。一直到半夜，我才收到你的留言。我試著回電，不過你的手機關機了……」

「噢。」她說。

「嗯。」他說。

然後，兩人又靜默了一會兒。

陽光透過擋風玻璃灑進車內，讓車裡溫暖了起來，甚至變成了一個四輪微波爐。他們前面那輛巴士在下一個交叉口向左轉了，而瓦森則向右轉。這裡的房子都已經為耶誕節妝點好了：窗戶裡的聖誕樹、門口的燈飾、花圈和聖誕節小矮人。其中一戶人家甚至還有一隻鼻子會發出紅光的塑膠馴鹿。非常雅緻。

羅根坐在車裡，看著那些覆蓋著白雪的房子從車窗外劃過，他看著那些裝飾，想到了自己那間空蕩蕩的公寓。他的屋子裡連一張卡片裝飾也沒有。也許他應該去買棵樹？去年，他不需要聖誕樹。因為他的聖誕節是在伊莎貝兒家過的，那間大房子裡有兩棵真的樹，每一棵都掛滿了最時尚的裝飾品。沒有家人，只有他們兩個。他們從瑪莎百貨買了烤鵝，因為伊莎貝兒對於下廚動手並沒有什麼信心。整個早上，他們都在纏綿。

而今年，他也許得去他父母家過聖誕。他們會把全家人都找回來。爭吵、挖苦、喝酒、勉強的笑容，還有該死的大富翁遊戲……

他的思緒被前方的一抹身影打斷。那名男子低著頭，沿著積雪蹣跚而行。吉姆．拉姆利：彼得的繼父。

「靠邊停一下，好嗎？」羅根說完，瓦森立刻將車開到路邊。

他走進十二月的空氣裡，跟在那名男子後面，積雪在他的腳下發出了清脆的嘎吱聲。「拉姆利先生？」羅根伸出手，輕輕拍了一下男子的肩膀。

拉姆利轉身，他的眼睛和鼻子一樣紅。他的下巴覆蓋著邋遢的鬍碴，一副蓬頭垢面的模樣。

他注視著羅根好一會兒，才彷彿被什麼東西啟動了一樣。「他死了，」他說。「他死了，都是我的錯。」

「拉姆利先生，那不是你的錯。你還好嗎？」這真是個蠢問題，不過，羅根忍不住要這麼問。這個人當然不好：他的孩子被一個戀童癖綁架、被殺害，還遭到了強暴。他的心正在死去。

「要不要我們載你回家？」

男子那張邋遢的臉上出現一絲很難被視之為笑容的表情。「我喜歡走路。」他揚起一隻手，在面前掃了一下，指著積了雪的人行道和泥濘的道路。「尋找彼得。」淚水在他的眼眶湧起，滑落到被凍紅的臉頰。「你們放了他！」

「放了誰……」羅根過了一會兒才明白他指的是清道夫。「拉姆利先生，他——」

「我得走了。」拉姆利轉身，在覆蓋冰雪的路面上跌跌撞撞地奔跑起來。

羅根嘆了一口氣，看著他離開，然後才爬回車上。

「你的朋友？」瓦森問著，把車開回車流裡。

「我們在廁所發現的那個男孩。那是他父親。」

「天啊，可憐的傢伙。」

羅根沒有答腔。

他們把車停在標示著「醫院員工專用」的停車格裡，然後走向醫院裡的接待區。寬敞的大廳是開放式的格局，地面上鋪設著醫院的徽章圖案。一座巨大的弧形木頭櫃檯座落在一角。羅根禮貌地詢問櫃檯人員道格拉斯．馬克杜夫先生在哪裡，兩分鐘之後，他們就在一條鋪設著油氈地板的長走廊上了。

絕望的道格住在一間單人病房裡，一名正在看書的警員守在病房門外。當他看到羅根時，立刻愧疚地跳起來，把那本伊恩．蘭欽[15]的書塞在他的座位底下。

「沒關係的，警員，」羅根對他說。「我不會告訴別人的。你去幫我們三個買咖啡，然後你就可以再回去看你那英勇的警察故事了。」

那名警員鬆了一口氣地走開了。

道格的病房裡很熱，陽光穿過窗戶，細微的塵埃懶洋洋地飄散在十二月初的陽光底下。一台電視高掛在病床對面的牆壁上，無聲地在閃爍。病房裡唯一的病人靠坐在床上，一副很糟糕的模樣。瘀青蓋住了他的右半邊臉，那隻灰白色的眼睛腫脹到幾乎緊閉；不過，即便腫成那樣，絕望的道格看起來依然很削瘦。很難相信這個傢伙是昨天差點徒手殺了他的那個人。

「早啊，道格。」羅根說著，從角落裡拉來那張訪客椅，一屁股在病床尾坐下來。

病床上的病患甚至無視於他的存在。他只是躺在那裡，盯著那台在無聲中閃爍的電視。羅根轉過頭，看了一眼瓦森警員。她立刻從床頭櫃上拿起電視遙控器，將電視關掉。

床上的老頭緩緩地發出一聲咳嗽般的嘆息。「我正在看那個。」他的話說得彷彿漏了風一

[15] 伊恩．蘭欽，一九六〇年四月二十八日生於英國，推理小說作家，被譽為蘇格蘭黑色之王，是當代最優秀的偵探小說家之一。

樣，羅根這才首度注意到窗邊的水杯裡浮著一副牙齒。

「呃，把你的牙齒裝上吧，道格，拜託！你看起來像隻烏龜一樣！」

「去你的。」道格口頭上雖然這麼說，不過卻似乎有些心不在焉。

羅根笑了笑。「好了，寒暄夠了，我們何不來談談正事吧？你殺了喬治『喬迪』史蒂芬森。」

「胡說八道。」

「少來了，道格。我們已經拿到了我們所需要的鑑識證據！你那條狗的牙齒符合他腿上的咬痕。他的膝蓋骨被一把開山刀砍掉！那把刀上面寫滿了道格．馬克杜夫的名字。發生了什麼事？在你砍他的時候，麥克里德兄弟幫你把人給壓住嗎？」

道格哼了一聲。

「別這樣，道格，不要告訴我你可以靠自己壓住那樣的一個大塊頭？而且還是在你砍掉他膝蓋骨的同時？你多大年紀了：九十？」羅根安坐在椅子上，把一隻腳放在床尾。「讓我來告訴你我是怎麼想的吧，好嗎？如果我說錯了的話，你隨時可以插嘴。」

瓦森警員安靜地站在角落，低調地寫著筆記。

「喬迪．史蒂芬森自以為是地從愛丁堡過來，想要在這裡做點生意。當他待在這裡時，他想要小賭一把。所以就去了賭注站，結果輸得很慘。然而，他無法償還他的賭債。不過，綠草賽道的傢伙可是不會輕易作罷的。」羅根停了一下。「他們付了你多少錢，讓你把他做掉，道格？超過一週的養老金嗎？兩週？一個月？希望他們付得夠多，道格，因為喬迪．史蒂芬森是刀俠馬爾克的人。如果他發現你殺了他的人，他一定會活生生地把你的皮給扒下來。」

道格沒有牙齒的嘴邊浮上一絲笑意。「你根本是在瞎扯。」

「是嗎？道格，我看過馬爾克的手下把人幹掉之後留下了什麼。手臂、腿、小雞雞……你逃不過的。」羅根友善地對他眨眨眼。「不過，我可以告訴你：只要你把賽門和柯林．麥克里德的事情，以及他們收債的方式都告訴我們，我就保證你可以被關在馬爾克碰不到你的地方。」

他的話讓道格開始笑了起來。

羅根皺起眉頭。「怎麼了？」

「你根——」他的話被一聲咳嗽打斷，道格的身軀在重重的喘氣下晃動。「根本——」又一聲咳嗽，這次咳得更加用力，彷彿是從胸口發出來的一樣。「什麼——」又一聲咳嗽。「都不知道——」這回，整張病床都前後震動了起來，他用那隻顫抖削瘦的手摀住了嘴巴。終於，他跌回枕頭上，在睡衣上擦了擦手。留下了一道紅黑色的痕跡。「是嗎，豬頭先生？」

「你要我叫醫生來嗎？」羅根問。

老頭苦笑了一下，但他的笑容立刻化作更多的咳嗽。「沒必要。」他喘著氣，呼吸開始急促起來。「今天早上醫生已經來過了。我告訴你，豬頭先生：我得了癌症。只不過再也不是一年或兩年可活了。醫生說現在我只剩下一個月。」他用那隻沾了血的手用力地拍拍自己的胸口。「一顆大腫瘤。」

沉默的空氣裡只有灰塵在漂浮，每一顆塵埃在燦爛的陽光下都彷彿是熠熠發光的金子。

「好了，滾吧，讓我可以平靜地死去。」

伯納德·杜肯·菲利普沒有單人病房。他得和另一個人共用一間加護病房。他那張窄床四周擺滿了各種設施、監視器和呼吸機；所有你叫得出名號的機器都在這裡了，他們把那些儀器連接在清道夫傷痕累累的身上。羅根和瓦森站在病房門口，啜飲著那名警員終於送來的溫咖啡。

如果說絕望的道格看起來狀況並不好，那麼，清道夫就更糟了。他身上沒有被繃帶裹住的地方都是瘀青。在羅根上次見到他以後，他們把他的雙臂和一條腿都打上了石膏。讓他看起來彷彿是六、七〇年代喜劇連續劇裡的人物。

氧氣罩已經不見了，取而代之的是氧氣鼻管，鼻管的透明塑膠管繞過他的耳朵上方，用膠帶貼在他的臉頰上，以防鼻管滑落。

「有什麼需要幫忙的嗎？」

一名矮小的女人穿著護士制服：天藍色的寬鬆長褲，短袖上衣，左胸上還別了一只上下顛倒的手錶。

「他的狀況怎麼樣？」

那名護士老練地看著羅根。「你是家屬？」

「不是。我是警察。」

「不會吧？真的嗎？」

「他怎麼樣了？」

她拾起吊在清道夫床尾的圖表，約略看了一眼。「他比我們預期的好多了。手術很順利。今天早上，他甚至還醒了一個小時。」她笑了笑。「真令人有點驚訝。我還押了『昏迷不醒』呢。不過，勝敗乃兵家常事。」

那是羅根最後一次見到活著的清道夫。

史提爾警司對他沒能從絕望的道格口中問出什麼並不感到詫異。相反地，她只是靠坐在她的椅子上，雙腳蹺在桌上，朝著天花板吐著煙圈。

「如果你不介意我這麼問的話，長官，」羅根在她辦公桌對面的那張椅子上坐立不安地說。「你為什麼不親自去問訊呢？」

她透過一片煙霧，慢悠悠地對他笑了笑。「道格和我認識很久了。當我還是個基層警員的時候，他的事業正值頂峰……」她的笑容開始露出一絲嘲諷。「這麼說吧，我們有點過節。」

「我們現在要怎麼處置他？」

她嘆了一聲，吐出的煙飄過她的辦公桌，彷彿一面霧做成的牆。「我們去找了地方檢察官，也把鑑識證據給了他。他看完之後說，那些證據足以開庭，我們也認為那樣就太好了。然而，道格的律師卻說，他的客戶在一個月之內就會死了。然後，地方檢察官就說那實在太糟糕了。為什麼要浪費錢？」她用參差不齊的指甲從齒縫裡摳出了一個東西，看了一會兒，然後才彈開。「在這個案子開庭之前，他就會死了。我想，就讓道格死在病床上吧。」她停了一下，彷彿突然想起了什麼。「你和他的醫生確認過了吧？他快死了，對嗎？你不是在開玩笑的吧？」

「我確認過了。他是真的快死了。」

她點點頭，香菸菸頭的火光在半昏暗的辦公室裡上下晃動。「可憐的老道格。」

雖然，羅根覺得自己很難真的同情那個老傢伙，不過，他並沒有吭聲。

羅根回到他的專案室，從牆上拿下喬迪．史蒂芬森的照片。包括洛錫安和博德斯警察局寄來的那張，以及驗屍時拍攝的那一張。現在，絕望的道格．馬克杜夫就快要死了，再也沒有人會因為謀殺喬迪而遭到定罪。不過，喬迪那傢伙沒有老婆、小孩，也沒有兄弟姊妹。沒有人會來幫他收屍。沒有人會想念刀俠馬爾克的手下。沒有人，除了刀俠馬爾克本人。而他又會怎麼處理道格呢？反正，那個老傢伙在一個月之內就會死了。而且會死得很痛苦：根據醫生的說法。馬爾克所能做的就是幫他結束他的痛苦，這點道格也明白。也許，那就是當羅根說到馬爾克會如何懲罰他時，他之所以大笑的原因。反正不管怎麼死都無所謂。

他把所有關於喬迪．史蒂芬森之死的檔案都塞進一個檔案夾裡，包括他對昨天那個事件的報告。他會需要填寫一些文件幫這件事做個了結，不過，除此之外，這個案子就和喬迪一樣無疾而終了。

當那些檔案都收拾好之後，羅根的小專案室裡就只剩下那個不知名的女孩了。她臉上那雙空洞的眼睛正在從牆上俯視著他。

一個案子結束了，還有另一個要處理。

羅根坐下來，再度翻閱著那些聲明：住在距離那個公共垃圾桶幾步範圍內的每個人。他們其中有人殺了那個女孩，扒光她的衣服，企圖要肢解她，並且把她的屍體用棕色的膠帶綑綁起來，塞進了垃圾袋裡。如果兇手不是諾曼．查默斯的話，那又是誰？

31

落日把羅斯蒙的天空染成了一片橘色和猩紅色的濃烈火焰。街道四邊都被灰色的三層出租公寓所包圍，放眼望去，天空變成了一條條彩虹顏色的緞帶。硫磺色的街燈在十二月清冷的空氣裡閃爍低鳴，讓建築物蒙上了一層黃疸般的色澤。現在甚至都還不到五點鐘。

出人意料地，瓦森警員竟然在諾曼·查默斯的公寓大樓前面找到了停車位。那個公共垃圾桶就擺放在公寓大門正前方。那是一個黑色的大桶，高度及胸，四邊都呈扁平狀，並且被鍊條鎖在了一根柱子上。那一定就是那個女孩被丟棄的地方。清潔大隊從那裡把她和其他的垃圾一起運送到了市政局的垃圾場。

鑑證科已經檢查過了整個垃圾桶，不過並沒有任何發現，除了知道這棟公寓大樓裡住了一個愛好色情書刊的戀童癖者之外，一無所獲。

「我們要查多少棟建築？」瓦森一邊問，一邊把一疊聲明抵在方向盤上整理。

「從最中間的那棟開始。然後往左右兩邊的三棟逐一敲門詢問：所以總共是七棟。每一棟六間……」

「四十二間公寓？天啊，那要花多少時間！」

「對街的也要。」

瓦森抬頭看著她身邊的那棟建築物，然後又看看羅根。「我們不能找一些基層警員來做這件事嗎？」

羅根笑了笑。「你就是基層警員，不記得了嗎？」

「是啊，可是我在做別的事啊：我幫你開車到處跑，還做其他的事。要查完這些公寓得花很多時間啊！」

「我們在車裡坐得越久，這件事就越晚才能做完。」

於是，他們從查默斯的那棟公寓大樓開始著手。

底層左邊：一名眼神狡猾的老婦，尿黃色的頭髮，呼吸時散發出雪利酒的陳年臭味。她拒絕開門，直到羅根把他的警證插進信箱，讓她可以打電話和警察局確認他不是她所聽說的那些戀童癖之一，她才願意開門。羅根並沒有告訴她，她很安全，因為她比戀童癖所偏好的對象老了七十歲。

底層右邊：四名學生，其中有兩人還在睡覺。沒有人看到或者聽到任何事。他們忙著在念書。「才怪。」瓦森不屑地說。「法西斯主義者。」那名學生也嗆聲回應。

一樓左邊：一名戴著大眼鏡、長了一口大牙的膽小單身女子。沒有，她沒有看到任何人，也沒有聽到任何聲音。這實在太可怕了，不是嗎？

一樓右邊：沒有人應門。

頂樓左邊：未婚媽媽和一個三歲大的小孩。又是一個什麼也沒有看到、聽到，也沒有和什麼奇怪的人說過話的人。羅根有一種感覺，即便你在她的浴室裡殺了國王，而她當時正在洗澡，她也會發誓說她什麼都沒有看到。

頂樓右邊：諾曼．查默斯。他的說法依舊沒有改變。他們沒有權利像這樣來騷擾他。他要打電話給他的律師。

然後，他們又回到了街道上。

「好吧，」羅根把手深深插進口袋裡保暖。「問完了六間，還有七十八間。」

瓦森不禁發出了呻吟。

「得了，」羅根對她笑笑。「如果你表現得非常、非常好的話，事情結束之後，我請你喝一杯啤酒。」

那似乎讓她稍微高興了一點，就在羅根打算再加上晚餐的邀請時，他在車子的擋風玻璃上看到了自己的倒影。天色已經暗到看不出他身後那棟建築物的許多細節，不過，建築物窗戶裡的燈光投射在漆黑的車窗玻璃上，彷如貓眼一樣閃亮。每一扇窗戶都是。

他轉過頭，看著身後的那棟建築。建築正面的每一扇窗戶都透出了燈光。就連一樓右邊那間剛才空無一人的公寓也一樣。就在他望著公寓時，一張臉出現在了窗邊，低頭看著樓下的街道。在那個短暫的瞬間，他們的目光相遇了，那張臉隨即帶著驚恐的神情消失無蹤。一張很眼熟的臉。

「哎呀，哎呀，哎呀……」羅根拍拍瓦森警員的肩膀。「看來我們有候選人了。」

他們又回到了公寓大樓裡。瓦森用力拍打著那間討人厭的公寓大門。「別這樣：我們知道你在裡面。我們看到你了！」

羅根往後靠在欄杆上，看著瓦森用力拍打著那扇黑色的門。他帶了那疊聲明下車，在瓦森敲門的同時，翻找著這個門牌號碼的住戶姓名。一樓右邊，十七號……一位卡麥隆・安德森先生。來自愛丁堡，現在是一名遙控潛水器的製造者。

瓦森警員再一次用拇指用力按著電鈴，另一隻手也繼續在門上拍打。「如果你不開門的話，我就要把門踢開了！」

她的拍門聲和吼叫聲傳遍了走廊，然而，卻沒有一張臉從其他的公寓裡探出來看看發生了什麼事。這是什麼社區意識啊？

兩分鐘之後，公寓的門依然緊閉。羅根開始蒙生一股不好的感覺。「把門踢開。」

「什麼？」瓦森轉過頭，小聲地用氣音對他說。「我們沒有搜索令！我們不能破門而入！我只是嚇唬——」

「把門踢開。現在立刻馬上。」

瓦森警員往後退開一步，然後把腳重重地踹在門鎖下方的門板上。門在砰的一聲巨響下彈開，撞在公寓的牆壁上，然後又彈了回來，讓牆壁上的相框都受到了震動。他們衝進屋裡，瓦森走進起居室，羅根則跑向臥室。沒有人。

一如樓上查默斯的公寓，廚房沒有門，不過反正也是空的。現在只剩下浴室了，而浴室的門卻上了鎖。

羅根晃動著門把，然後用手掌拍打著木門。「安德森先生？」

浴室裡傳出了啜泣和水流的聲音。

「該死。」他試了最後一次，然後要求瓦森重複剛才的動作。

她差點就把門的鉸鍊踢斷了。

濃濃的蒸氣湧入狹窄的走廊。那間小浴室裡包覆著木頭，彷彿一間桑拿一樣，掩蓋住底下醜陋的酪梨色牆壁。裡面的空間只夠在另一頭的牆壁前擺放一只浴缸，另一邊則是一座馬桶，馬桶上方裝了一個蓮蓬頭，浴簾是拉上的。

羅根扯開浴簾，只見一名穿戴整齊的男子跪在水位逐漸上升的浴缸裡，正在用一把殘破的一次性刮鬍刀劃著自己的手腕。

他們把安德森先生直接送到了急診室，完全沒有呼叫救護車。醫院距離公寓不過只是五分鐘不到的車程。他們用一層層的毛巾裹住他的手腕，再套入從廚房拿來的廢棄塑膠購物袋裡，這樣車裡才不會沾滿他的血。

卡麥隆．安德森的自殺行動很失敗。那些切口不夠深，不足以割開他的動脈，而且他也割得不夠長。只要縫上幾針，觀察一晚就沒事了。羅根聽到這個消息時笑著向護士保證，安德森先生會在警察總部的監牢裡得到很好的觀察。那名護士聞言，不禁對他投以不屑的眼光。

「你是哪裡有問題？」她責備地說。「那個可憐的傢伙才剛企圖要自殺！」

「他是一件謀殺案的嫌犯——」羅根的話還沒說完，那名護士就因為認出他而打斷了他的話。

「我知道你！你就是昨天來這裡的那個人！那個毆打那名老者的人！」

「我沒時間扯這些。他在哪裡？」

她把手臂交叉，再次怒視著他。

「如果你不離開的話，我就要叫警衛了。」

「那就再好不過了。我們就來看看你是怎麼被控告妨害公務的。好嗎？」

語畢，羅根大步地經過她面前，走向那排被簾子包裹著的小隔間。某個小隔間裡發出了帶著愛丁堡腔調的哭啼聲，讓他認出了安德森的所在。

安德森坐在一張檢驗床邊緣，前後來回地搖晃，在哭泣聲中喃喃地自言自語著。羅根掀開簾子，一屁股在床尾的一張黑色塑膠椅上坐下。跟在他身後的瓦森則站到角落裡，拿著筆記本準備記錄。

「哈囉，安德森先生，」羅根用最友善的語氣說道。「或者，我可以叫你卡麥隆嗎？」

那名男子沒有抬頭。他左手腕上的繃帶滲出了一小片的紅暈。他無法把目光從那裡移開。

「卡麥隆，我一直在想一件事，」羅根說。「是這樣的，有個從愛丁堡來的傢伙死在了港口。我們把他的照片刊登在各大報上，也在所有的商店都張貼了海報，可是，沒有人和我們聯絡。看來，他們似乎不喜歡他的膝蓋骨被開山刀砍掉的方式。」

一聽到「砍掉」，安德森先生立刻就畏縮了一下。而「開山刀」則讓他發出了不安的呻吟。

「我覺得奇怪的是，卡麥隆先生，你從來都沒有打電話給我們。我是說，你一定看過那張照片。畢竟，它在新聞報導和很多地方都出現過。」羅根從口袋裡掏出一張長方形的紙張，紙張攤開來之後，出現了喬迪．史蒂芬森生前的照片。自從他們走訪過亞伯丁各個骯髒的賭注站之後，他就一直帶著這張照片。他把照片舉到嗚咽的男子面前。「你認得他的，對不對？」

安德森的眼睛瞄了一下照片，隨即又回到他繃帶上的那片血漬。從那短暫的一瞥，羅根知道自己說對了。卡麥隆．安德森和喬迪．史蒂芬森。他們雖然姓氏不同，然而，他們卻有著同樣粗獷的五官，同樣蓬鬆的頭髮。唯一的差別只在於安德森沒有A片明星般的鬍子而已。

安德森說了什麼，不過，他的聲音低到根本聽不清楚。

羅根把照片放到地上，如此一來，喬迪那雙眼睛就盯住了病床上的人。「你為什麼要自殺，卡麥隆？」

「我以為你是他。」與其說他是在說話，不如說是在咕噥，不過，至少這次還聽得清楚他在說什麼。

「他？誰？」

安德森顫抖地說，「他。那個老頭。」

「形容一下。」

「很老。頭髮灰白。」他在喉嚨的地方做了一個抓癢、爪子般的手勢。「刺青。有一隻眼睛是全白的。就像一顆水煮蛋一樣。」

羅根往後靠在椅背上。「為什麼，卡麥隆？他想對你做什麼？」

「喬迪是我哥哥。那個老人……他……」說著，他把一隻手伸到嘴邊。開始規律地把每一根手指甲都咬到禿。「他到公寓來。告訴喬迪說他帶了一個訊息要給他。是麥克倫先生交代的。」

「麥克倫先生？刀俠馬爾克？」羅根往前坐到椅子前端。「是什麼訊息？」

「我讓他進門，然後他就用一個東西打了喬迪。當喬迪倒地時，他又開始踢他。」他那雙哭紅的眼睛哀求地看著羅根。淚水瞬間沿著他蒼白的臉頰流下。「我試著要阻止他，可是他打我……」那說明了那天他讓他們進到公寓大樓時，他的臉上為什麼會有一片瘀青。

「是什麼訊息，卡麥隆？」那就是賽門・麥克里德口中全亞伯丁人都知道的神秘訊息。只有警察不知道。

「他對我吐口水……」一聲哭泣之下，一道銀色的黏液從卡麥隆的鼻子流了下來。「他把喬迪拖出了公寓。他說，他會再回來找我！我以為你是他！」

羅根審視著這個坐在他面前、不斷地在床邊前後搖晃、眼淚和鼻涕不停流下來的男子。他在說謊。他剛才明明就從窗口看出來，看到了羅根和瓦森警員站在街上。他知道那不是絕望的道格回來解決他了。「訊息是什麼？」

卡麥隆胡亂地揮了揮手，他繃帶上的血漬因此擴散得更大了。「我不知道。他只是說他會再回來！」

「那麼，那個小女孩呢？」羅根問。

安德森的反應有如被羅根打了一巴掌一樣。他花了整整十秒鐘才回復過來。「女孩？」

「那個女孩，卡麥隆。那個死掉的女孩，還被裝在你樓上鄰居的垃圾袋裡。你記得她嗎？有一個警察來問過你，還記下了你的口供聲明。」

安德森咬著嘴唇，不肯迎向羅根的目光。

他們無法從他口中獲得更多的訊息。他們只能沉默地坐在那裡，直到兩名警員來把他帶走。

當羅根和瓦森警員出現在病房門口時，看守在絕望的道格・馬克杜夫病房外的那名警員已經把他的小說讀完一半了。除了偶爾和幾名護士調情之外，他這一天過得很無聊。羅根再度差遣他去買咖啡。

道格的病房籠罩在半幽暗裡，閃爍的電視螢光幕散發出灰綠色的燈光，讓房間裡的影子不停地跳動。那就好像又回到了綠色賽道一樣。只不過這回沒有人企圖要置他們於死地。房間裡唯一的聲音來自於那台嗡嗡作響的冷氣，那個蒼白、喘息的老人躺在病床上，目光盯在那台無聲的電視上。羅根兀自坐到床尾。「晚安，道格，」他的聲音裡帶著笑意。「我們帶了葡萄來。」他撲通一聲地把一只紙袋扔在老人腳邊的毯子上。

道格哼了一聲，繼續盯著電視螢幕。

「我們剛和某人有過一場有趣的談話，道格。是關於你的。」羅根往前靠，自顧自地從紙袋裡拿出一串葡萄。在電視的燈光底下，葡萄看起來有如一顆顆壞死的小痔瘡。「他說你襲擊、並且脅持了當時還沒死的喬迪．史蒂芬森。他親眼看到你那麼做！怎麼樣，道格？之前，我們已經取得了鑑識證據，現在，我們又有了證人。」

沒有反應。

羅根又吃了一顆葡萄。「證人說你還殺了那個小女孩。」這當然是個謊話，不過，你怎麼知道自己會有多幸運呢。「那個在垃圾袋裡被發現的女孩。」

這句話讓道格的注意力從電視上轉開了。他在一堆枕頭的支撐下，用僅剩的那隻眼睛瞪著羅根。然後又將目光轉回電視。「混蛋。」

幽暗的病房籠罩在一股**沉默**之中。在電視鬼魅般的燈光下，絕望的道格看起來就像一具骷髏，雙頰凹陷、眼窩發黑。而他的牙齒依然浮在那個水杯裡。

「你為什麼殺她，道格？」

「你知道嗎，」他的聲音低沉沙啞，彷彿從玻璃裂縫裡擠出來的一樣。「我年輕的時候就是一匹他媽的種馬。是啊，我的思想並沒有那麼年輕。女人們費盡心思想要試試所謂的道格式風格。女人啊。女人。我才不像那些下流的變態。」

羅根看著道格咳嗽：一道卡痰的聲音，隨即有一小球深色的黏液被吐到了便盆裡。

「我聽說喬迪和他娘娘腔的同父異母弟弟住在羅斯蒙。所以，我就去拜訪他們了。起初，喬迪想要來硬的，你知道嗎？他是個成年男人。而我只是個老頭。『回去吧，老爺爺，不然的話，我就打斷你的助行器……』」缺牙的笑容轉成了大笑，然後又轉成了一陣咳嗽。道格靠回那一落醫院的枕頭山，困難地呼吸。「因此，我就不斷地踢他。就在他的起居室裡。然後，他那個混蛋弟弟從臥室裡闖了進來，身上裹著一件粉紅色的晨袍。我沒有多想。你知道的，我想他可能正要洗泡泡浴之類的。只不過，我可以聽到像是小孩在哭的聲音。」他搖了搖頭。「那個王八蛋站在那裡對著我吼叫：『你不能進來！你不能這麼做！』好像我真的會在乎他說什麼一樣。然後，我又持續聽到那陣哭聲。所以，我就走過去看看那是什麼，但是，那個同性戀卻擋在那裡：『你沒有權利……』」他的一隻拳頭用力擊在了另一隻手掌裡。「砰。那個小女孩就在臥室裡。除了一頂米老鼠帽子以外，她身上什麼也沒有。你知道的，那種有耳朵的帽子？」他看著羅根，想和他確認，不過，羅根已經震驚到無法開口。「所以，我就看著這個赤裸的小女孩，還有那個站在那裡、幾乎沒穿衣服的王八蛋。」他扭曲著臉。「然後，我又回到起居室，也把他踢到半死。變態的傢伙。」

羅根終於從震撼中回復過來。「那個女孩發生了什麼事？」

絕望的道格．馬克杜夫將目光落到自己的雙手。那雙手彷彿一對乾癟的爪子，蜷曲地放在他的腿上。手指上的關節因為關節炎而開始腫脹成發痛的圓球。「嗯。那個女孩……」他清了清喉嚨。「她……在我痛踢那個變態時，她走進起居室。她是個外國人。你知道的，可能是德國人或者他媽的挪威人。反正就是外國人。她抬起頭，那雙棕色的大眼睛看著我，然後哭著說了一些他媽的不堪入耳的話：『我會吸吮你的小雞雞。』『從屁眼操我……』一遍又一遍地說著。」他顫抖地吸了一口氣，隨即化成嚴重的咳嗽，咳到連病床都搖晃了起來。當咳嗽停止的時候，他的臉色慘白得有如牛奶一樣。「她……她抓住我的腿，眼淚鼻涕到處都是，全身赤裸地告訴我說，她要我從她的屁眼操她。我……我把她推開……」他的聲音往下一沉。「她撞到了壁爐。砰。頭撞上了磚頭。」

他們再次陷入了一片**沉默**。道格迷失在他的思緒裡，羅根和瓦森則試著要接受他們剛才所聽到的這席話。

「所以，我揪起喬迪，把他帶到一個安靜、沒有人打擾的地方，然後解決了他。你應該聽聽他在被我砍掉膝蓋骨時發出的尖叫聲。骯髒的混蛋。」

羅根清了清喉嚨。「你怎麼會讓他弟弟活下來？」

道格看著他，臉上的皺紋裡流露著深深的悲傷。「我還有別的事要去做。有訊息要去傳達。我打算隔天再折回去的。讓他知道像他那樣的變態會有什麼下場。你知道的，用我的史坦利小刀？只是，當我回去的時候，那裡到處都是豬頭警察。隔天、隔天的隔天也都是……」

羅根點點頭。第一批警察一定就是他派去逮捕諾曼·查默斯的那組人。其他人則挨家挨戶去詢問，企圖要找到證人。而這整段時間裡，絕望的道格·馬克杜夫就躲在陰影裡，看著他們。

「我像個白痴一樣地站在雨雪中，結果讓我自己除了癌症之外，還得了肺炎。」語畢，道格又陷入了**沉默**，那隻正常的眼睛彷彿在看著遠方，另一隻灰白色的眼睛則反射著電視的亮光。

羅根站起身。「在我們到犯罪現場之前，我想要知道一件事：那個訊息是什麼？」

「訊息？」一抹笑容在絕望的道格臉上蕩漾開來。「你不能偷取你雇主的東西。」

32

房門緊閉的審訊室裡很擁擠，遠處角落裡的散熱器正在噴出熱氣，不透明的窗戶頑固地將新鮮的空氣阻擋在外。卡麥隆・安德森坐在桌子另一端說謊的同時，房間裡充斥著一股腳臭味和緊張的腋窩味。

羅根和尹斯克坐在桌子的另一端，面無表情地聽著卡麥隆・安德森再次地把一切都推給絕望的道格・馬克杜夫。那個死掉的女孩和他一點關係也沒有。

「這麼說，」尹斯克雙臂交叉在他水桶一般的胸前。「你是告訴我們，那個小孩是那個老頭帶去的。」

卡麥隆試著露出諂媚的笑容。「沒錯。」

「絕望的道格・馬克杜夫是一個殺人無數的人，一個靠傷害別人為生的人，當他要去把你哥哥拖走，並且砍斷他的膝蓋骨時，他還帶了一個四歲的小女孩同行？這是什麼：帶你的孫女去上班嗎？」

卡麥隆舔了舔裂開的嘴唇說，「我只能告訴你已經發生的事情。」這句話他大概已經說過二十次了。他的表現出奇地好。彷彿這不是他第一次被警方問訊。彷彿這些他以前都經歷過了。只不過沒有紀錄顯示他曾經被捕。

「真有趣，」尹斯克說著，從口袋裡掏出一包人形軟糖。他遞給羅根一塊，自己也吃了一塊，然後又把那包糖果塞回口袋裡。「道格說當他到你公寓的時候，你和那個女孩在臥室裡。他說，你那件晨袍底下什麼也沒有穿。他說你在搞她。」

「道格拉斯．馬克杜夫說謊。」

「如果是他說謊的話，那麼，那個女孩為什麼會死掉？」

「他推了她一把，結果她撞到了壁爐。」

這是卡麥隆的說法和絕望的道格告訴羅根的版本唯一相符的地方。

「那她又怎麼會在你鄰居的垃圾袋裡？」

「那個老頭用封箱膠帶把她綑起來，然後把她藏在袋子裡。」

「他說是你幹的。」

「他在說謊。」

「真的……」尹斯克往後坐，吸了吸自己的牙齒，讓沉默在室內擴大。這個方法他已經試過好幾次了，不過，卡麥隆並沒有像他外表看起來那麼笨。他依然緊緊地閉著嘴巴。

尹斯克靠向桌子，目光往下盯著卡麥隆．安德森。「你真的期待我們會相信是絕望的道格把那個女孩棄屍的嗎？一個很樂意用開山刀把你哥哥的膝蓋骨砍掉的人，會無法肢解一個小女孩的屍體？」

卡麥隆打了個冷顫，不過並沒有吭聲。

「我們知道你試著要肢解那具屍體，但是，你做不到，不是嗎？那讓你噁心。所以你吐了。只不過你太不小心了。」尹斯克笑得像條鯊魚一樣。「你知道我們可以從嘔吐物裡取得DNA嗎？安德森先生？我們已經進行分析了。現在，我們只需要把它和你的DNA做個比對，你就完了。」

卡麥隆的鎮定突然被擊破了。「我……我……」他的目光在房間裡四下漂移，尋找著理由，尋找著靈感。然後，他又回復了冷靜。「我……我剛才並沒有完全說實話。」他再度恢復了正常。

「那還真令人震驚。」

卡麥隆選擇不去理會這個嘲諷。「我只是企圖要保護我哥哥的名譽。」

尹斯克笑了笑。「他的名譽？什麼名譽：一個使用暴力的人渣嗎？」

卡麥隆依舊無視於尹斯克的嘲笑。「喬迪在兩星期前來找我。他說他來這裡辦點事，需要一個地方住。他帶了一個小女孩，說那是他女友的小孩。他的女友去伊披薩島度假了，所以他要幫忙照顧那個孩子。我不知道究竟是怎麼回事，不過，喬迪被殺的那個晚上，我回家的時候發現他和那個女孩赤裸地一起躺在床上。我們發生了爭吵，我要他離開我家。我告訴他我要報警。」卡麥隆低頭看著他的手，彷彿劇情就寫在那裡一樣。「不過，那個老頭就是在那個時候來的。他說他帶了一個訊息要給喬迪。我讓他進門，然後就去看那個女孩是否沒事。看看喬迪有沒有傷害到她……那時候起居室就響起了很大的碰撞聲，我跑過去，只看到喬迪蜷縮地躺在地板上。那個老頭一直在踢他、打他，喬迪也一直在哭，我試著要讓他停手，但是那個老傢伙就像一頭動物一樣！然後……然後那個小女孩從臥室裡走出來，抓住那個老頭。他……」卡麥隆的聲音哽住了。

「他把她推開，然後，她在摔倒時撞到了壁爐。我過去幫她，想要扶她起來，但是她已經死了。那個老頭瞪著我。」他打了個冷顫。「他……他拿著一把刀。他要我把她切開。他說，如果我不動手的話，他就要把我切開……我做不到。我試了，但是我做不到。」卡麥隆垂下頭，然後才繼續說道格又把他痛打了一頓。要他把那個女孩的屍體用封箱膠帶綑綁起來，然後藏在垃圾袋裡。然而，他的公寓裡並沒有垃圾袋。隔天是收垃圾的日子，樓上的樓梯轉角處剛好有一個近乎是空的垃圾袋，就在諾曼．查默斯的公寓外面。安德森拿了那個垃圾袋，把屍體放在裡面，然後再搬到公寓大樓前面的那個公共垃圾桶。當時已經很晚了，天色很暗，附近也沒有人。他把那個女孩放進大垃圾桶裡，再用其他的袋子蓋在上面。事後，那個老頭告訴他，說他已經是共犯了，如果他把事情告訴任何人的話，警察就會把他關起來。

「真是匪夷所思。」尹斯克冷冷地說。

「他又威脅我說，如果我告訴任何人發生了什麼事的話，他就會殺了我。那是我最後一次看到他，或者我哥哥，或那個女孩。」

當卡麥隆說完時，他們全都**沉默**不語，只有錄影帶轉動的呼呼聲在室內輕輕地迴盪。

「如果你是喬迪的弟弟，」羅根問。「為什麼你們的姓不一樣？」

卡麥隆不安地在椅子上動了一下。「不同的母親。他是我父親第一任婚姻所生的孩子。他們離婚了，所以喬迪就在他母親的姓氏下被撫養長大，史蒂芬森。後來，我父親再婚，六年之後生了我。」

又是一片寂靜無聲。不過，羅根打破了**沉默**。「如果我告訴你，我們在那個女孩的嘴裡發現了精液呢？」

卡麥隆的臉色瞬間發白。

「你想要下多少賭注，賭它會符合我們從你身上取得的樣本？你打算怎麼把這個賴到絕望的道格身上？」

卡麥隆的震驚不下於尹斯克。他坐在桌子的另一頭，嘴巴不斷地上下顫動，彷彿一條即將死掉的魚一樣。房間裡一陣**沉默**。

「警佐，」最後，尹斯克打破了**沉默**。「能借一步講話嗎，麻煩你？」

他們暫停了審訊，羅根走到室外的走廊上，加入尹斯克的行列，把卡麥隆留給一名**沉默**不語的警員看守。

尹斯克皺起眉頭，齜牙咧嘴地說：「為什麼沒有人告訴我，我們在那個女孩的嘴裡發現了精液？」他的聲音聽起來雖然平淡，卻流露出一絲的危險。

「因為我們並沒有發現。」羅根笑著回答。「不過，這點他不知道。」

「你真是一個齷齪的騙子，麥雷警佐。」尹斯克說著，原本糾結的眉頭被父親般的驕傲笑容所取代。「你看到你說這件事的時候，他的臉色變成什麼樣嗎？那就好像他把屎拉在了自己身上一樣。」

羅根正準備詳述這個做法時，一名憂心忡忡的女警沿著走廊小跑過來，告訴他們關於清道夫的事情。醫院的一名醫生撥打了999。有人結束了伯納德．杜肯．菲利普的性命。

尹斯克咒罵著用他的大手擦拭著臉。「他應該要待在庇護所的！但是他卻讓自己遭到了毆打，送到醫院，還被殺害了。」警司沮喪地靠在牆上。「給我們五分鐘。」他告訴那名女警，隨即折回了審訊室。

他們搭著尹斯克警司那輛髒兮兮的Range Rover，車窗上沾滿污漬，而他的那條獵犬還不停地在玻璃上摩擦著鼻子。尹斯克載著他們穿越羅斯蒙白雪皚皚的街道。

羅根憂鬱地望著窗外，看著花崗岩的陽台劃過車窗，他的思緒一半在清道夫身上，一半在他和瓦森警員那段勉為其難的對話上，當時他們也同樣地開在這條前往醫院的道路上。

當尹斯克轉過街角駛向醫院時，羅根的腦子裡跳出了一個念頭。他眺望著道路旁的住家。一頭全身都點亮的塑膠馴鹿，那顆閃爍著霓虹燈光的紅鼻子喚起了羅根的記憶。他們就是在這裡看到彼得．拉姆利的父親。看到他仍然在街頭漫無目的地閒晃，尋找著他失蹤的兒子。即便他知道他的繼子已經死了……

「你的臉看起來像豬屁股一樣。」尹斯克說完，打開方向燈，準備轉到維斯邦街。「怎麼了？」

羅根聳聳肩，他彷彿依然可以看到那個悲慘的身影，低著頭在雪中跋涉，那件連身工作服的褲腳都已經被雪濕透，沾滿了爛泥。「我不確定……也許沒什麼。」

醫院裡很熱，為了對抗冬天的冰冷，暖氣的溫度被調得很高，讓整間醫院都瀰漫著一股像亞熱帶一般的、充滿消毒水的渾濁空氣。伯納德・杜肯・菲利普，又名清道夫，他的那間兩人病房也一樣，只不過房間裡還更擁擠——鑑證科人員、一名攝影師、尹斯克警司和羅根，全都套上了一模一樣的白色連身服，彷彿他們是某個概念舞蹈團一樣。

病房裡的另一張病床是空的；一名年近五十、淚眼汪汪的護士告訴羅根，那個病床的患者那天下午因為肝衰竭而過世了。

在高八度的嗚咽聲和攝影師閃光燈的啪嗒聲之間，羅根看到了清道夫不堪的屍體。他趴躺在床上，一隻打著石膏的手臂吊掛在油氈地板上方，緩緩滴下的鮮血凝結在了蒼白的手指指尖。他頭上的繃帶在眼睛和嘴巴的四周都染成了鮮紅色，胸口的繃帶也幾乎被血浸成了黑色。

「那個看守他的警員發生了什麼事？」尹斯克不悅地問。

一個神色窘迫的警員舉起手，然後解釋說急診室發生了一些糾紛。兩名醉漢和一名保鏢互毆了起來。於是，他就被護士召喚過去幫忙將他們分開。

尹斯克的臉皺成一團，默默地在心裡數到十。「我猜已經宣告死亡了？」他在數完之後問道。

一名女警表示還沒有，這讓警司又爆發出一連串的咒罵。

「這裡是醫院！這裡到處都是該死的醫生！去找一個懶惰的混蛋過來正式宣布死亡！」

在等待著醫生前來之際，尹斯克和羅根盡可能地在不碰觸屍體之下進行檢視。

「刺傷，」尹斯克仔細地看著繃帶上那些長方形的刺孔。「你覺得看起來像刀子嗎？」

「某種楔形尖口的東西。也許是螺絲起子？匕首？剪刀？」

尹斯克蹲下來，看看床底下是否有被丟棄的刀子。不過，他所能看見的只是一片鮮血。

在警司尋找著兇器時，羅根小心翼翼地檢查著屍體。那些刺痕看起來都一樣，不超過十五公分長、二公分寬，所有的刺痕都從身體的左邊往外擴散。兇手一定處在狂怒之下，才會有那麼多道的傷口，而且每一道傷口看起來下手都很兇狠。他閉上眼睛，想像著那個畫面：失去意識的清道夫躺在床上，兇手站在病床左邊，也是距離病房門口最遠的那一邊。他刺得很快，一遍又一遍。

羅根睜開眼睛，往後退開，感覺到微微的噁心。到處都沾滿血跡。不只是屍體和病床，還有牆壁。他往後仰頭，看到了米白色的天花板磁磚上也濺上了一些紅色的小斑點。不管是誰下的手，當他結束的時候，看起來一定像是恐怖電影裡的人。而不是某個會讓你在匆匆一瞥下忘記的人。

這不是隨機發生的暴力。也不是一個自以為是的暴民所做出來的行為。這是一場報復。

「這是什麼意思？為什麼要把我拖到這裡來？」

一道焦慮又煩躁的聲音響起，一如聲音的主人一樣：一名體型壯碩的女醫生，一身白袍，脖子上還掛了一具聽診器。

羅根舉起雙手從屍體旁邊退開。「在我們移動屍體之前，需要你先宣布死亡。」

她怒視著他。「他當然已經死了。你看到這個嗎？」她指著自己的名牌。「這上面寫著『醫生』。那表示當我看到一具屍體的時候，我當然知道那是一具屍體！」

尹斯克警司從病床的另一邊站起來，掏出他的警證。「你看到這個嗎？」他把證件拿到她的鼻子底下。「這上面寫著『警司』。那表示我期待你能表現得像個成人一樣，不要把你自己的問題發洩在我的警官身上。好嗎？」

她瞪著他，不過什麼也沒說。她的神色慢慢地緩和下來。「抱歉，」她終於說。「今天糟糕的事實在太多了。」

尹斯克點點頭。「如果這樣說有點安慰的話，我會說我了解你的感受。」他往後退開一步，指著清道夫宛如針墊的屍體說，「要不要猜猜死亡時間？」

「很簡單：介於八點四十五分到十點十五分之間。」

尹斯克看似很驚訝。「很少有死亡時間可以精準地被推斷在九十分鐘之內。」

那名醫生居然對他笑了笑。「那是上一個班結束的時間。護士會定時巡查病床。他在八點四十五分的時候還沒死。十點十五分的時候卻已經死了。」

尹斯克警司向她表達了謝意，就在她打算說什麼的時候，她臀邊的呼叫器突然發出了一串嗶嗶聲。她抓起呼叫器，看了一下訊息，詛咒了一聲，隨即表示歉意地跑出了病房。

羅根低頭看著伯納德．杜肯．菲利普血淋淋的殘骸，試著要釐清在這件事情上一直困擾著他的那股感覺。然後，他想到了。「拉姆利。」他說。

「什麼？」尹斯克看著他，彷彿他多長了一顆頭似的。

「彼得．拉姆利的繼父。還記得他嗎？他一直都在這一帶徘徊。我上一次見到他的時候，他正從醫院離開。他把他兒子的死歸罪於清道夫。」

「那又怎樣？」

羅根看著病床上那具浸在血泊中的屍體。「看來他已經報仇了。」

33

午夜的海澤黑德既陰暗又冰冷。這裡的積雪比市中心要厚得多，路上的樹木彷彿羅夏墨跡測驗[16]一樣。街燈灑下一大片黃色的光暈，各種黑影在巡邏車的藍色警燈下彷彿群魔亂舞。大部分的建築都籠罩在黑暗之中，不過，偶爾還是有人掀開窗簾，試著要看清警察想要幹嘛。

警察想要吉姆．拉姆利。

拉姆利家和羅根上次來訪時迥然不同。說是豬圈也不為過。用過的外帶餐盒堆疊在地毯上，還有史派西啤酒空罐以及廉價的拉格啤酒空瓶。原本掛在公寓其他地方的照片全都被取了下來，重新在起居室裡拼湊成彼得．拉姆利一生的紀錄。

當尹斯克在按完門鈴、拖著羅根和幾名基層警員闖入公寓的時候，吉姆．拉姆利並沒有做出任何的反抗。他只是穿著一身骯髒的工作服站在那裡，滿臉鬍碴、不修邊幅，頭髮亂翹，彷彿一隻觸電的刺蝟一樣。「如果你們要找希拉的話，她不在這裡。」說完，他一屁股陷入沙發裡。「兩天前離開的。和她母親住在一起……」他把一罐史派西啤酒從半打裝的塑膠圈上扯下，然後拉開罐子上的扣環。

「我們不是來找希拉的，拉姆利先生。」尹斯克說。「我們是來找你的。」

拉姆利點點頭，喝了一口啤酒。「清道夫。」他甚至沒有抹去沾在下巴上的啤酒泡沫。

「對，清道夫。」羅根在沙發的另一頭坐下來。「他死了。」

吉姆．拉姆利緩緩地點頭，盯著手中的啤酒罐。

「你要告訴我們這件事情的始末嗎，拉姆利先生？」

拉姆利的頭往後一仰，一口喝光了罐子裡的啤酒，啤酒泡沫順著他的嘴邊流下，沾濕了他那件骯髒的工作服正面。「沒什麼好說的……」他聳聳肩。「我到處遊蕩，尋找著彼得，然後就看到他了。長得就和報紙上的照片一樣。他就在那裡。」他抓來另一罐史派西啤酒，不過，在他來得及打開之前就被尹斯克搶走了。

尹斯克交代那兩名基層警員在公寓裡搜尋兇器。

拉姆利從沙發上拾起一顆抱枕，像熱水瓶一樣地抱在胸前。「因此，我就跟在他後面。走進了樹林裡。」

「走進樹林？」這和羅根所期待的不同，不過，尹斯克在他說出更多話以前給了他一個警告的眼神。

「他就那樣往前走，彷彿什麼也沒有發生過一樣。彷彿彼得並沒有死！」拉姆利的臉漲得通紅，連工作服底下露出的那一小截骯髒的脖子都泛紅了。「我抓住他……我……我只打算和他說

⓰羅夏墨跡測驗由瑞士精神科醫生羅夏於1921年創立，是人格測驗的投射技術之一。測驗由10張有墨漬的卡片組成，受試者會被要求回答卡片最初以及後來看起來像什麼。心理學家再根據他們的回答和統計數據，判斷受試者的人格及其狀態。

話。告訴他我對他的想法……」他咬咬嘴唇，低頭看著抱枕上的縫線。「他開始喊叫，所以我就打了他。只是要讓他閉嘴。讓他不要再叫。然而，我沒辦法。我停不下來。只是不停地打他，一直、一直毆打他……」

老天，羅根心想，我們都以為他是被一群暴民所攻擊。結果竟然是一人所為！

「然後……然後又開始下雪了。當時很冷。我用一把雪把手上和臉上的血跡洗掉，然後就回家了。」他又聳了聳肩。「我告訴希拉發生了什麼事，然後，她就收拾行李離開了。」一道淚水滑下他的臉頰，為那張骯髒的臉擦出了一行乾淨的痕跡。他吸了吸鼻子，企圖要從他的空啤酒罐裡再喝一口。「我是個怪物……就像他一樣……」他看著手中的空啤酒罐，但是罐子裡只是一片漆黑。「所以他死了，啊？」拉姆利說著，一拳把啤酒罐捏扁。

尹斯克和羅根雙雙皺著眉頭。「他當然死了，」尹斯克說。「有人把他變成了篩子。」

拉姆利沾滿淚水的臉上露出一抹苦笑。「謝天謝地。」

屋外，暗橘色的天空裡雪花紛飛。城市的街燈照亮了灰色的雲層。羅根和尹斯克看著吉姆・拉姆利被塞進了一輛巡邏車的後座，然後被帶走了。

「呃，」警司吐出來的氣息在冷空氣裡化成了厚厚的雲朵。「抓錯對象，不過理由充分。五十，五十。」他把一包可樂瓶狀的氣泡糖遞向羅根。「不要？好吧。」尹斯克兀自抓了一把糖果，在他們往回走向他那輛沾滿泥濘的Range Rover時，一次一顆地丟進嘴裡。

「你認為他們會起訴他嗎？」羅根在尹斯克發動引擎、將暖氣開到最大時問道。

「嗯。也許吧。可惜他不是刺殺他的人。如果是他就好了。」

「回醫院嗎？」羅根問。

「醫院？」伊斯克看了一眼儀表板上的時鐘。「現在已經快要凌晨一點了！她會把我吊起來的。」眾所皆知，警司的老婆一到深夜脾氣就不太好。「我已經讓基層警員去詢問口供聲明了。我們明早再看那些紀錄吧。反正，半數的人都在睡覺了。」

尹斯克讓他在他的公寓前面下車，羅根目視著尹斯克的車子小心翼翼地駛離，才走進了公寓大樓裡。他的電話答錄機上面那顆紅色的小燈正在閃爍。有那麼短暫的一瞬間，羅根以為那可能是賈姬．瓦森警員的留言，不過，當他按下播放的按鍵時，答錄機裡傳出來的卻是米勒的聲音。他聽說了清道夫遇刺的消息，因此想要最新的獨家內線。

羅根咕噥地按下刪除按鍵，然後疲憊地倒在床上。

週三一如平日一樣地展開了。羅根沖完澡，還來不及接電話，電話答錄機就自動啟動了。米勒又打來要獨家內線了。羅根完全不想把電話接起來；他任憑那個記者對著電話答錄機喋喋不休地說個不停，然後兀自走到廚房去幫自己泡茶和準備吐司。

在走出公寓之前，他停下腳步，聽也不聽地刪除了米勒的留言。他懷疑那會是米勒今天打給他的最後一通電話。

晨間簡報在壓抑的氛圍中展開，尹斯克一邊打呵欠，一邊向大家報告昨天晚上發生的事，包括醫院和三號審訊室裡的事情。今天的任務是挨家挨戶登門去進行詢問。又來了。

羅根在簡報結束時留了下來，並且和正要離開去詢問醫生、護士和其他病患的瓦森警員交換了一個微笑。他還欠她一杯啤酒。

尹斯克靠在他的老位子上，抵住桌子邊緣，試著要從西裝口袋裡找出甜食，活像一團沾在木板上的肉球一樣。「我應該有一些水果錠片的……」在他自言自語的時候，羅根走了過來，問他今天早上的計畫是什麼。當他兩手空空地從口袋裡伸出來時，他要羅根親自去把卡麥隆・安德森帶到審訊室。「你懂的，」他說。「讓一名高大魁梧的警員站在審訊室的角落裡怒視他一會兒。那會讓他的括約肌都緊繃起來。」

等到九點的時候，卡麥隆・安德森已經在烤箱般的審訊室裡，被一名滿臉敵意的警員監視了將近一個小時了，誠如尹斯克所預測的，他確實感到了坐立不安。

「安德森先生，」當他們終於坐下來開始問訊時，尹斯克冷冷地開口。「你人真好，能在百忙之中抽出時間來！」卡麥隆看起來不僅嚇壞了，還一副筋疲力盡的模樣，彷彿哭了一整夜。

「我估計，」尹斯克吃了一塊水果軟糖，然後說道，「你已經為那天傍晚發生的事件捏造好什麼神奇的說詞了吧？也許是外星人做的？」

卡麥隆的雙手在桌面上顫抖。他的聲音很低微，抖得就像他的手一樣。「一直到我十歲的時候，喬迪和我才見到面。他母親因為乳癌而去世，所以，他就搬來和我們住在一起。他的塊頭比我高大很多……」卡麥隆的聲音低到羅根不得不要求他提高音量，好讓錄音機可以錄到。「他做了一些事。他……」一顆淚水滑下他的臉頰。卡麥隆咬著嘴唇，把他哥哥的事情告訴了他們。

喬迪在三週前從愛丁堡來到這裡。他是來幫他老闆做事的。某件和獲取建造許可有關的事。他大把大把地花錢，彷如流水一樣。絕大部分都是拿去賭博了。只是他並沒有贏錢。而他去賄賂那個建造許可的經辦人也失敗了。不過，反正那個時候，他也已經把所有要用來賄賂的錢都花光了。因此，他試著用威脅達到目的。而且，他得要盡快離開這裡。

「他把那個經辦人推下巴士，」尹斯克說。「那個人現在在亞伯丁皇家醫院，頭骨和骨盆都碎裂了。顯然活不了多久了。」

卡麥隆沒有抬頭，只是繼續往下說。「一星期之後，喬迪回來了。他說他的老闆想要知道那些錢都到哪裡去了。他沒有了錢，而那些賭注站的人也跑到我的公寓來。他們把喬迪帶走。隔天他回來的時候，甚至還排出了血尿。」他打了個冷顫，雙眼泛著淚光。「不過，喬迪已經有計畫了。他說，有人正在找某個特別的東西。而那是他可以弄到手的東西。」

羅根往前坐到椅子前端。那就是米勒所說的。有人在找「牲口」。

「在那之後幾天，我都沒有再見到他。當他回來的時候，他帶了一個很大的行李箱，裡面裝了那個女孩。她被下藥了。他……他說，她可以解決我們一切的問題。他要把她賣給這個人，然後他就有錢可以償還賭注站，也可以把那筆賄賂款還給他的老闆。不會有人想念那個女孩的。」

「她叫做什麼名字？」羅根問，他的聲音在燠熱的審訊室裡聽起來異常冰冷。

卡麥隆聳聳肩，淚水開始湧上他的下眼瞼，鼻涕也從鼻尖裡滲透出來。「我……我不知道。她是個外國人。我想是俄羅斯哪裡的人。她母親是愛丁堡的妓女，是透過特殊管道被帶進來的。不過，她因為服藥過量而死了。所以，這個孩子，你知道的，就沒人要了……」他吸了吸鼻子。「喬迪在有人來把她帶走之前，將她裝進了行李箱裡。」

「所以，你和你哥哥打算把一個四歲大的女孩賣給某個變態？」尹斯克無法完全壓抑住聲音裡的威嚇。他的臉頰已經漲紅，眼睛也炯炯發亮，彷彿兩顆黑色的鑽石一樣。

「我和那件事完全無關！向來都是他……」

尹斯克眼裡燃著怒火，不過卻沒有再說什麼。

「她完全不會講英文，所以，他就教她講了一些話。你知道的，」他把頭埋進了簌簌發抖的雙手裡。「下流的話。她不懂那些話是什麼意思。」

「所以，你們就虐待她。你們教她說：『從我的屁眼操我』，然後還讓她這麼做。」

「不！不！我們不能……」他的臉立刻泛紅。「喬迪說她必須要，你知道的，必須要保持處女之身。」

羅根的臉不屑地皺成了一團。「所以你就讓她吸吮你的老二？」

「那是喬迪的意思！他強迫我那麼做！」淚水滾落在卡麥隆的臉上。「只有一次。我只做過一次。就在那個老頭來的時候。當時，他正在毆打喬迪，而我試著要阻止他。然後，那個女孩就跑了進來，說了喬迪教她說的那些話。她抓住那個老頭，但是卻被他推開，結果她摔倒了，撞到了頭，然後就死了。」他哀求地看著尹斯克冰冷的雙眼。「他告訴我他會殺了喬迪，然後再回來找我！」卡麥隆用衣袖背面擦了擦眼睛，拭去淚水。不過，新一波的眼淚立刻又湧上來。「我得處理掉她！她躺在壁爐邊上，全身赤裸，又已經死了。我試著要肢解她，但是我做不到。那實在……實在……」他不寒而慄地又擦了擦眼睛。「所以，我就用膠帶把她綑起來。我……倒了漂白水在她的嘴裡，為了……你知道的……讓她的嘴回復乾淨。」

「然後，你得要找個垃圾袋把她裝進去。」

卡麥隆點點頭，一滴鼻涕晶亮地從他的鼻子滴落在他兩手之間的桌面上。

「然後，你就把她和垃圾一起丟掉了。」

「是的……對不起。對不起……」

□□□

在錄完口供、在卡麥隆．安德森承認性侵了一個四歲女孩之後，他們把他押回他的牢房，安排他隔天到郡法院出席。他們沒有展開任何的慶祝。不知怎麼地，在卡麥隆認罪之後，沒有人有那種歡欣的心情。

回到專案室之後，羅根把那個小女孩的照片從牆上取下來，打從心裡感到一股空洞。那個人侵犯她、又將她棄屍，彷彿她只不過是日常生活裡的垃圾，雖然將他逮捕了，羅根卻感到一股連帶的罪惡感。愧為人類的罪惡感。

尹斯克靠在桌邊，幫忙羅根把那些鄰居和民眾的口供聲明疊起來。「不知道我們是否有朝一日會知道她是誰？」

羅根用手撓了撓臉龐，他可以感覺得到鬍碴摩擦在指尖上。「我不知道。」他說。

「好吧，」尹斯克把那疊聲明扔進檔案夾裡，打了一個大呵欠。「我們還有很多事要操心。」清道夫。

這回，他們開了一輛刑事偵緝處的車子到醫院，由瓦森警員負責開車。

亞伯丁皇家醫院裡面比昨天晚上更加忙碌。他們抵達的時候剛好趕上了派送病患午餐的時間：不知名的水煮物搭配了水煮馬鈴薯和水煮高麗菜。

他們把所有負責詢問病人和醫院員工的警員全都召集在一間無人的休息室裡，然後聽取他們的最新報告。這些報告沒有什麼值得關注的，不過，他們還是全部都聽完了，並且對那些基層警員表達了謝意。沒有人看到、或者聽到任何事。他們甚至調閱了保安的監視錄影帶：沒有渾身浴血的身影衝進醫院外面的夜色裡。

警司對他們發表了一篇激勵的談話，然後讓他們全都再回去工作。只剩下羅根和瓦森。「你們兩個最好也讓自己派上用場，」尹斯克說著，又開始在他的西裝裡東摸西摸地尋找東西。「我要去和昨天晚上見到的那名醫生談談。」他慢慢地走開，一邊走，一邊不忘尋找消失了的糖果。

「那麼，」瓦森警員企圖讓自己聽起來很有效率。「你想從哪裡開始？」

羅根想到了她站在廚房裡，那雙腿從他的T恤底下探出來的畫面。「呃……」他決定現在並非想起這件事的時間和地點。「我們去看看那些警衛的監視帶好了。看看有沒有什麼被遺漏了。」

「你說了算。」說完，她對他行了一個俏皮的禮。

在他們走向警衛室的途中，羅根試著讓自己的思緒專注在工作上。不過卻沒有用。「你知道嗎，」當他們走到電梯時，他終於開口說。「昨晚的事，我還欠你一杯啤酒。」

瓦森點點頭。「我沒有忘記，長官。」

「很好。」他按下電梯的按鈕，然後靠在圍繞著電梯內部的欄杆上，試著要讓自己看起來很輕鬆。「今晚如何？」

「今晚？」

羅根感覺到自己開始臉紅了。「如果你忙的話也沒關係。你知道的，改天晚上……」白痴。

電梯抖了一下停住了。瓦森對他露出一絲微笑。「今晚沒問題。」

羅根高興到說不出話來，一路無語地走到警衛室。那是一間小房間：一張黑色長桌，桌子上方有一面由一堆小螢幕組成的電視牆。一整排的錄影機嗡嗡地在工作，記錄著所有的一切。房間的中央坐了一名看起來很年輕的男子，頭髮染成了金色，臉上長著粉刺，身上是一套標準的警衛制服，棕色的制服上還鑲有黃邊，頭頂上則是一頂有帽簷的帽子。看起來活像戴了帽子的一坨屎。

那名男子解釋說，那間發生謀殺的病房並沒有安裝監視器，不過，所有主要的走廊、急診室，以及所有的出口都有安裝。有些病房也有，不過，拍攝病人接受治療是有「爭議」的。隱私之類的問題。

昨天晚上監視器錄下的那堆錄影帶，搜索小隊已經全部都看過了，不過，如果羅根想要再看一遍的話也沒關係。

羅根的手機突然響了，手機的鈴聲在這麼小的房間裡聽起來十分惱人。

「你知道嗎，」那名警衛嚴厲地說。「進來這裡，手機應該要關機的！」

羅根向他致歉，並且表示他只需要一分鐘就好。

又是米勒。「拉撒！我還以為你從地球上消失了，老兄。」

「我現在很忙，」羅根轉身，背向那名穿著便便色制服、一臉痘子的年輕人。「有急事嗎？」

「那就看你怎麼想。你附近有電視嗎？」

「什麼？」

「電視。會動的影像──」

「我知道什麼是電視。」

「好，好吧，如果你附近有的話，打開。格蘭坪頻道。」

「你可以在任何一個螢幕接收一般的電視節目嗎？」羅根問那個便便警衛。

那名粉刺男說不行，不過，羅根可以到走廊上的其他房間試試看。

三分鐘之後，他們已經站在一台螢幕閃爍的電視前面，畫面裡正在播放著一部美國的肥皂劇。他們身後的病床上，一名頭髮染成紫色的老婦正在呼呼大睡，床邊的水杯裡浮著她的假牙。

「天啊，阿德雷德，」一名古銅色皮膚的男子，露出一口完美的牙齒和洗衣板似的小腹說道，「你是說那個孩子是我的嗎？」

戲劇性的音樂揚起，鏡頭特寫在一名濃妝豔抹的黑髮大奶妹臉上；畫面切換到廣告。樓梯升降椅。薯片。洗衣粉。然後是傑瑞德．克里維填滿螢幕的臉孔。他坐在一張扇形靠背的皮椅上，身上穿了一件開襟衫，看起來一派慈祥又生氣蓬勃。「他們企圖要讓我看起來像個怪物！」他一說完，畫面就切換到他牽著一條活潑的拉布拉多在遛狗。「他們指控我犯了我沒有犯的罪！」畫面再度切換，這回是克里維坐在一排石砌的堤防上面，臉上流露著誠懇和痛苦的神情。「想要了解我的那一年悲慘歲月嗎，只在本週的世界新聞報！」

「喔，天哪，」看著世界新聞報的標誌在螢幕上旋轉而出，羅根不禁說道，「事情還不夠多嗎？」

34

羅根和瓦森一路發牢騷地走回警衛辦公室。痛斥那家報社決定付錢買傑瑞德・克里維的故事。那名穿著大便般棕色制服的年輕警衛正準備展開行動，他一邊走出辦公室，一邊調整著他的帽子。

「出事了？」瓦森警員問他。

「有人在禮品店偷了瑪氏巧克力棒。」說完，他立刻就匆匆離開了。

他們看著他消失在轉角，向犯罪現場飛奔而去。瓦森苦笑著說：「看看人家是怎麼過日子的……」

另一名警衛——一個體格健壯、五十出頭、頭髮從一邊橫越頭頂拉向另外一邊以掩飾禿頭、眉毛長得像獵犬的男子——坐在控制台前面。他正在大口喝著一瓶葡萄適能量飲料[17]，還不時把頭埋入今天的早報裡。「殺害兒童的兇嫌被刺身亡！」橫跨在頭版的標題位置上。當羅根把他們為什麼在這裡的原因告訴他時，他咕噥地朝著一落貼有標籤的錄影帶揮了揮手。

羅根和瓦森來到一座裝有放影機的控制台前面坐下，開始費力檢查那些錄影帶的內容。稍早來過的搜索隊讓他們的工作變得容易許多，因為他們把所有的錄影帶都快進到了清道夫被殺的那一段。羅根和瓦森慢慢地檢查著錄影帶的影像，至於那名警衛則在他們後面持續地喝著他的能量飲料，時不時還發出吸牙的聲音。

人物的影像在螢幕上跳動，因為攝影機每隔三或四秒才拍攝一幀影像，讓畫面裡的一切看起來彷彿加拿大的實驗動畫。每張臉孔都很模糊，不過，當畫面上的人走近攝影機時，依然還是可以看得清楚。半個小時之後，羅根已經從好幾百個在醫院各處走動的人當中辨認出了一些臉孔：那個治療過道格的醫生；那個因為他毆打老人而將他視為怪物的護士；那個應該守衛在老職業殺手病房門口的警員；昨天晚上宣布清道夫死亡的那名醫生；那個花了七個小時才幫羅根的腹腔縫合起來的醫生；穿著便服、黑眼圈明顯可見的韓德森護士——她穿了一件橄欖球衫、運動鞋和一條牛仔褲，肩膀上還掛了一只旅行袋。

「我們還有多少帶子要看？」羅根在瓦森打了一個大呵欠、並且伸著懶腰時問道。

「抱歉，長官，」她立刻提起精神地回答。「還有兩捲從醫院出口拍攝的帶子，然後就沒了。」

羅根把下一捲錄影帶放進機器裡。那是醫院側面的入口。一張張臉孔劃過鏡頭，或說或笑，或者在走入寒風時壓低了頭。沒有什麼可疑之處。最後一捲是急診室的主要櫃檯區。這捲帶子是以正常速度拍攝的，隨時準備好要記錄下在一夜狂歡後所發生的那些反社會行為。這捲帶子裡有

⓱ 葡萄適於一九二七年由一名英國藥劑師發明並推出。其中成分為葡萄糖，命名為葡萄適。其系列產品包含能量飲料和運動飲料，深受英國人喜愛。

更多羅根認得的臉孔：他曾經逮捕過其中不少人。在門口撒尿、輕微竊盜罪，以及蓄意破壞他人財產的人。其中一個人甚至還曾經以「犒賞自己」為名，用一只酒瓶在聯合露台花園裡進行破壞。不過，話說回來，這捲帶子裡也沒有什麼不尋常的地方。如果兩名醉漢突然攻擊一名手臂上綁著吊腕帶的大塊頭算是正常事件的話。尖叫聲、被打翻的椅子、更多的鮮血。護士試著要把他們拉開。最後，一道模糊的警察身影衝進了擁擠的急診室，噴了三次催淚瓦斯才結束了這場混亂。在那之後，只見大部分的人都倒在地上，四處響起了尖叫聲。不過，還是沒有見到謀殺清道夫的兇手。

羅根往後坐在椅子上，揉了揉眼睛。錄影帶上顯示的時間是十點二十分。那名使用催淚瓦斯的警員留在現場，確認所有人都還活著。十點二十五分：英雄警察在回到清道夫病房門口之前，接受了別人給他的一杯茶。十點三十分……這些影像看得羅根越發覺得無聊。他們從這些錄影帶裡發現不了什麼的。

就在此時，韓德森護士又出現了，她的黑眼圈更明顯了。羅根皺著眉頭，暫停了錄影帶。

「怎麼了？」瓦森對著靜止的畫面瞇起眼睛。

「你注意到了嗎？」

瓦森警員坦承自己什麼也沒發現，因此，羅根輕輕敲了敲螢幕，指著揹著旅行袋的韓德森護士。「她穿著她的制服。」

「所以呢？」

「在另一捲錄影帶裡，她穿的是她的便服。」

瓦森聳聳肩。「她換過衣服了，那又如何？」

「她還揹著那個袋子。如果她換了衣服的話，為什麼不把她的袋子留在置物櫃裡？」

「也許他們沒有置物櫃？」

羅根問那名年長的守衛，護士的更衣室是否有置物櫃。

「有。」那名警衛回答。「不過，如果你想要我給你看護士換衣服的錄影帶的話：那你就錯了！」

「這是在調查一宗謀殺案！」

「我才不在乎。你不能看護士光著身子的錄影帶。」

羅根怒道：「聽著，老兄——」

「更衣室裡面沒有攝影機。」他咧嘴笑道，露出了一口完美的假牙。「我們試著要裝，但是管理階層不准。他們不相信我們。真可惜。那些帶子可以讓我大賺一筆的……」

醫院的行政中心比診療區和病房好多了。在這裡，油氈地板上的消毒水味道被地毯和清新的空氣所取代。羅根找了一名把頭髮染成金色、有著一口愛爾蘭腔的年輕護士幫忙，好言請她查看昨天晚上的值班紀錄。

「這裡，」她指著電腦螢幕上的一堆數字和日期。「蜜雪兒．韓德森護士……昨晚輪了兩班。下班的時間大約在九點半左右。」

「九點半？謝謝：非常感謝。你幫了大忙。」

她對他笑了笑，很高興自己幫上了忙。如果還有任何她可以幫到的地方，只要給她一個電話就可以了。隨時都可以。她甚至還把自己的名片給他。還好，羅根在接過名片的時候，沒有看到瓦森警員的表情。

「現在呢？」當他們搭乘升降電梯返回底層時，她開口問他。

「韓德森在九點半的時候下班。九點五十分的時候，她被攝影機拍到，換好了衣服，準備要回家。十點三十分的時候，她又換回了她的制服，離開了醫院。」瓦森張開嘴，不過，羅根卻繼續往下說，聲音裡流露著不帶情緒的勝利感。「我們一直在找渾身是血的人。韓德森女士卻換了衣服，一副什麼也沒有發生過的模樣走出了醫院。」

□□□

他們從搜索隊抓來兩名警員，然後返回了總部。尹斯克警司在接到電話時顯然情緒不佳：他聽起來彷彿有人用一把燒紅的火鉗在他的屁股上按摩一樣。「你到哪裡去了？」他問道，隨即在羅根插得上話之前又說，「過去半個小時裡，我一直在打你的電話。」

「我還在醫院，長官。在這裡手機必須關機……」不過，他之所以關機的主要原因，還是因為這樣柯林．米勒就沒辦法再騷擾他了。

「算了！又有一個小孩失蹤了！」

羅根覺得自己的心直往下沉。「喔，不會吧……」

「好了，我要你立刻趕到杜希公園：冬季花園。我已經派出了所有的搜索隊。該死的天氣越來越糟，大雪會把我們所能找到的證據全都覆蓋掉。這件事現在是我們的首要之務！」

「長官，我正在去逮捕蜜雪兒．韓德森護士的路上——」

「誰？」

「羅娜．韓德森的母親。我們在清道夫的農場建築物裡發現的那個小孩。她昨天晚上在醫院裡。她把她女兒的死和婚姻的破裂怪罪在清道夫身上。動機和機會。地方檢查官已經同意了：拘捕令和搜索令都拿到了。」

電話那頭沉默了一會兒，然後模糊地傳來尹斯克在教訓某人的聲音。最後，警司終於回到線上。「好吧，」他聽起來好像就要痛揍什麼人一樣。「把她抓起來，關到牢房去，然後快點過來，清道夫反正都已經死了。但是，這個孩子可能還活著。」

羅根站在大雪中的台階上按著門鈴。那首〈綠袖子〉已經響了四遍了。

瓦森詢問羅根，他是否要她把門踢開。她的呼吸在冰冷的空氣中化成了霧氣，鼻子和臉頰也都凍紅了。他們身後跟著兩名被他們從醫院抓來的搜索隊警員，兩人也紛紛同意瓦森警員的建議。只要能讓他們不要繼續站在門外受凍就好。

就在他打算點頭之際，大門打開了一條縫，露出了蜜雪兒·韓德森護士的臉。她的頭髮看起來彷彿有一隻黑猩猩剛剛睡在裡面一樣。

「有什麼事嗎？」她沒有拉開門上的鎖鍊，只是從門裡問道。一股陳年的琴酒臭味從她的呼吸裡散發出來。

「開門，韓德森太太。」羅根舉起他的證件。「你記得我們。我們需要和你談談關於昨天晚上發生的事。」

她咬了咬嘴唇，看著眼前的四個人，彷彿站在雪中的小嘴烏鴉一樣。「不行，」她說。「我不能開門。我得要準備去上班了。」

她打算把門關上，不過，瓦森警員已經把自己的腳塞進了那道窄縫裡。「開門，不然我就踢開了。」

韓德森太太露出警戒的神情。「你們不能這麼做！」說著，她拉緊了身上的浴袍領口。

羅根點點頭，從外套內袋掏出一疊紙。「我們可以。不過，我們不需要這麼做。把門打開。」

她只得讓他們進門。

他們一進門，就彷彿踏進了爐子一樣。蜜雪兒·韓德森的小公寓比他們上次來的時候整潔許多。所有的東西都不再蒙上一層灰塵，地毯也被吸塵器吸過了，就連咖啡桌上的柯夢波丹雜誌都被整齊地堆成了一落。她陷入一張凹凸不平的棕色扶手椅裡，下巴靠在膝蓋上，宛如一個年幼的孩子。那讓她的浴袍敞開了，當羅根在沙發上坐下來的時候，他小心翼翼地避開了視線。

「你知道我們為什麼到這裡來，對嗎，蜜雪兒？」他說。

她不肯直視他的眼睛。

羅根讓**沉默**在空氣中蔓延。

「我……我必須準備去工作了。」她雖然這麼說，但是卻完全沒有站起來，只是把自己的膝蓋抱得更緊。

「你把兇器放到哪裡了，韓德森太太？」

「如果我遲到的話，瑪格麗特就不能下班了。她得到托兒所去接她的孩子。我不能遲到……」

羅根點了點頭，那兩名警員立刻離開起居室，前去把整間屋子都快速地檢查一遍。

「你的衣服都沾上了血跡，對不對？」

她畏縮了一下，不過什麼也沒有說。

「你事先計畫的嗎？」羅根問。「要讓他為他對你女兒所做的事付出代價？」

依然沒有回應。

「我們在錄影帶上看到你了，韓德森太太。」

她硬生生地盯著地毯上一個不知道為什麼沒有被吸塵器清理到的點。

「長官？」

羅根抬起頭，只見一名警員站在門邊，手上抓著一堆已經漂白的衣服。一條牛仔褲、一件T恤、橄欖球衫、兩只襪子和一雙運動鞋，全部都漂到幾近白色。

「這些東西吊在廚房的散熱器上方。還是濕的。」

「韓德森太太？」

沒有反應。

羅根嘆了一口氣。「蜜雪兒．韓德森，我現在要以謀殺伯納德．杜肯．菲利普的罪名逮捕你。」

位於迪河河岸的杜希公園是一片精心維護的綠地，裡面有養鴨的池塘、演奏台和復刻的埃及豔后方尖碑。這裡廣受許多家庭喜愛，寬敞的腹地和成排的綠蔭為小孩提供了充足的嬉戲空間。即便大雪覆蓋也還看得見大自然的生機。堆積到不同階段的雪人矗立在白色的草原上，彷彿一顆顆站立的石頭：一群**沉默**的守護者，靜靜地注視著他們的屬地。

傑米，麥克里斯——再過兩週就滿四歲了，就在耶誕夜的前一天——消失了。他和他的母親一起到公園來，那名二十多歲、心急如焚的女子有著一頭彷如秋天落葉般的紅色長髮，她的頭上戴著一頂針織帽，帽子頂端還有一顆可笑的金色流蘇。她哭倒在冬季花園裡的一張長凳上，一名神情慌亂的女子推著一輛嬰兒車，極盡所能地在一旁安慰她。

冬季花園——一座大型的維多利亞建築，漆成白色的鋼樑支撐著好幾噸的玻璃，將仙人掌和棕櫚樹安穩地保護在室內，免於受到大雪的侵擾——此時一片繁忙，擠滿了穿著制服的警員。

羅根找到了尹斯克警司，後者正站在一座木頭的拱橋上，看著橋下那一泓藍色池水裡的銅金魚。「長官？」

警司回過頭，皺著眉的圓臉讓他看起來既頑固又無助。「你來得還真慢。」

羅根試著不要上當。「韓德森太太什麼都不肯說。不過，我們發現她把她穿過的衣服都吊在散熱器上方烘乾。每一件衣物都被漂白到不能再白了。」

「鑑證科呢？」尹斯克問。

「我已經讓他們過去檢查洗衣機和廚房了。那些衣服一定都沾滿了血。我們會找到的。」

警司點點頭，迷失在自己的思緒裡。「至少有點進展，」他終於開口。「我接到警察局長的電話：這必須是最後一次，不能再有小孩失蹤了。洛錫安和博德斯出動四名他們最精銳的成員，已經在趕來的路上了。」

羅根發出一道呻吟。真是屋漏偏逢連夜雨。

「哎，」尹斯克說道。「他們想要讓小地方的警察看看應該怎麼做事。」

「發生了什麼事？」

警司聳聳肩。「太多的媒體曝光，太少的進展。」

「不是，我是說這裡——」羅根指著玻璃屋下方圍繞著他們的大片草木叢林。「那個孩子發生了什麼事？」

「啊。是啊。」尹斯克挺起胸膛，指向隱藏在一大叢熱帶雨林後面的入口。「媽媽和小孩在十點五十五分進到了冬季花園。傑米．麥克里斯喜歡魚，但是很怕鳥。還有那些該死的仙人掌。

所以，他們進來之後，他就坐在橋邊，看著那些魚在水裡游來游去。麥克里斯太太看到了一個朋友，便和她打招呼。她們聊了一會兒，她認為大約有十五分鐘左右，接下來，她所知道的就是傑米不見了。於是，她開始找他。」他伸出一隻大手，朝著跨越池塘和池塘周邊的小路比劃了一下。「什麼也沒有看到。她看過報紙和電視，因此，她開始恐慌。在這裡不停地尖叫。她的朋友用她的手機打給了九九九，然後，我們就來了。」他把手放回身邊。「我們派出了四支搜索隊在這裡搜尋：每一棵樹叢底下、橋下，以及每一間儲藏室。所有你說得出來的地方。另外兩支搜索隊則在——」尹斯克斜著頭，指向起霧的玻璃，示意他們在玻璃屋外面的公園搜尋。「等更多的警員抵達時，我們會派出更多人力到公園裡搜尋。」

羅根點點頭。「你怎麼想？」

尹斯克慢慢地往前靠，手肘支撐在木橋的欄杆上，深不可測地看著魚群在橋底下悠游。「我希望他只是走失了，因為無聊到處亂跑。希望他在玻璃屋外面堆雪人……不過，我內心是怎麼想的？我想，他把他抓走了。」他嘆了一口氣。「而且，他會把他給殺了。」

35

尹斯克下令將行動專案室帶到杜希公園。行動專案室只比一輛美化過的活動房車大一點，骯髒的白色長方形車身上印著「格蘭坪警局」，車內還有一間對外封鎖的審訊室。其餘的空間則被幾張桌子、一個微波爐和一只茶壺所佔滿。那只茶壺持續地在加熱，讓這間令人產生幽閉恐懼症的小房間裡瀰漫著白色的蒸氣。

搜索隊什麼也沒有發現，大雪飢渴地逐步吞噬掉可能的證據，寒風掃過公園，每一個凹陷的地方都被雪填充得渾圓飽滿，放眼望去是一片整齊劃一的銀白世界。

羅根坐在靠近門口的那張桌子後面，每一次車門打開，就有一個凍僵了的身軀跌跌撞撞地走進來，然後用力在地毯上踩踏，好震落腳上的積雪，並且眼巴巴地看著那個水壺，而竄進車裡的寒氣總讓羅根打從骨子裡發冷。他一直盯著一台電腦，看著一串本市的性犯罪者名單不停地滑過他的眼前。如果幸運的話，他們也許會發現其中某個人就住在公園附近，把這裡當作他的狩獵遊樂園。這是一個不太可能的「如果」：另外兩具屍體都是在本市的另外一頭被發現的。一具在頓河河岸，另一具則在西頓公園。兩者距離貫穿亞伯丁最北端三分之一面積的頓河都很近。

「也許我們在找的是不同的人？」他的聲音大到讓尹斯克從那疊報告裡抬起了頭。

「想都別想！綁架小孩的變態混蛋一個就夠了！」

車門砰地一聲打開，讓羅根忍不住再次顫抖，一名鼻子凍紅的女警從雪中走了進來。在她央求能有一杯保衛爾牛肉汁喝的時候，羅根把注意力放回了那份變態、強暴犯和戀童癖的名單上。名單裡有兩個人的地址在菲瑞丘，那個地區直接連接到了杜希公園，不過，那兩個人都是因為強暴二十多歲的女子被逮捕的。他們不太可能綁架、殺害和性侵四歲大的男孩，不過，羅根還是派出了幾輛巡邏車去追查。以防萬一。

搜索隊帶回來的消息都是否定的。尹斯克已經放棄在冬季花園裡找到傑米．麥克里斯的希望，轉而將所有的人力都派遣到冬季花園外的公園裡進行地毯式的搜索。

羅根的目光瞄過一個熟悉的名字，讓他停了下來。道格拉斯．馬克杜夫：絕望的道格。他不是性犯罪者，不過，他卻被二十多年前發生的幾件強暴案列為嫌疑犯。其餘的名字他多多少少也都算認識，因為上週他才剛檢視過這些名單，尋找著可能抓走大衛．雷德或者彼得．拉姆利的嫌犯。

他的雙眼之間開始浮現一股疼痛。那就是他坐在這個位置盯著電腦，一次又一次忍受著穿堂風的副作用。結果卻什麼也沒有發現。很難相信今天才週三。他回來工作至今已經十一天了。完全沒有休息的十一天。只有不停的工作。他咕噥著，揉了揉自己的鼻梁，企圖要揉掉越來越嚴重的頭痛。

當他再度睜開眼睛時，他又看到了另一個熟悉的名字：馬丁．史崔生，豪斯班克大道二十五號。那個可以一拳就把瘦弱的律師打倒在地的傢伙。而狡猾的桑迪居然還有臉說克里維被無罪釋放是警方的錯……羅根在腦子裡回放著桑迪挨揍的那一幕，一絲淺笑不由得浮上了他的臉。碰。正中鼻子。

尹斯克聽完那名發抖的女警報告，將目光移到羅根身上。「什麼事這麼好笑？」他問羅根，他的表情明白地顯示了沒有什麼值得笑的。

「抱歉，長官，我只是想起了桑迪的鼻子被打斷的那一刻。」

尹斯克臉上的惱怒立刻化為烏有。也許還是有值得一笑的事情。「砰！」他把一隻肥嘟嘟的拳頭用力擊在自己的另一隻手掌上。「我已經把那段畫面錄下來了。我打算找人把它燒錄成光碟，這樣，我就可以把它拿來當作電腦的屏保。砰……」

羅根咧嘴笑了笑，回頭看著自己的電腦。螢幕上的名單還有一堆名字等著他去檢視。十分鐘之後，他站在一幅被釘在行動專案室另一頭牆壁上的巨型亞伯丁地圖前面。他們在地圖上釘了紅色和藍色的圖釘，就像警察總部裡的那幅一樣：紅色代表兒童被綁架的地方，藍色則代表屍體被發現的地方。只不過現在多了一個紅圈框住了杜希公園。

「怎麼？」當羅根站在那裡長達五分鐘都沒有挪動一下時，尹斯克終於開口問道。

「嗯？喔，我正在想這些公園的關聯性。我們在西頓公園發現了彼得．拉姆利，傑米．麥克里斯在杜希公園被拐走……」羅根拾起一支藍色的麥克筆，輕輕地在自己的牙齒上敲著。

「然後呢？」尹斯克的聲音裡充滿了不耐煩。

「大衛．雷德不符合這個模式。」

尹斯克發出一聲低沉的咆哮，憤怒地問羅根到底在講什麼。

「好吧，」羅根用手裡的筆戳了戳地圖。「大衛．雷德是在海邊的遊樂場被擄走的，然後被丟棄在了頓河橋邊。不是公園。」

「這個我們早就知道了！」尹斯克低吼。

「沒錯，不過，當時我們只有兩件失蹤案。也許還不足以看出一套模式。」

車門又被推開，一陣大風捲進車裡，瓦森警員隨即走進來。她喀噠一聲地把門關緊，用力地跺腳，在油氈地板上製造出一陣微型的暴風雪。「天啊，外面冷死了！」她的鼻子紅得像一顆櫻桃，臉頰像蘋果，嘴唇則像兩條紫色的肝臟。

尹斯克將目光從羅根身上抽離，轉向瓦森，然後又回到羅根身上。瓦森完全無視於警司的目光，只是用戴著手套的手裹住茶壺，盡可能地想要多沾染一些熱氣。

「一定有些什麼，」羅根注視著地圖，再度用藍筆敲著自己的牙齒。「什麼我們沒有看到的地方。這個孩子有什麼不同之處？」他停了一下。「或者，也許他完全沒有什麼不同……所有的這些地點都有某種共通點……」

尹斯克的眼裡閃爍著希望。「是什麼？」

羅根聳聳肩。「不知道。我知道一定有些什麼，可是，我無法明確地指出來。」

直到此時，尹斯克警司終於爆發了。他的拳頭重重地落在桌面上，讓桌上的一疊紙全部都跳了起來，然後要求羅根說清楚自己到底在玩什麼把戲？有一個孩子失蹤了，而他所能做的竟然是在玩什麼愚蠢的遊戲？他的臉漲得像甜菜根一樣紅，口水在專案室的日光燈下四處飛濺，自從麥克里斯家的孩子失蹤以來，終於有人主動送上前來讓他破口大罵了。

「呃……」瓦森在尹斯克暫停下來喘息時開了口。

警司面帶威脅地朝她的方向瞥了一眼，而她也真的往後退開一步，同時將那只水壺像盾牌一樣地抱在胸口。「幹嘛？」警司咆哮地問。

「它們都是市政局管轄的？」她盡可能地快速把話說完。

羅根轉身面對地圖。她說得對。每個被他標註起來的地點都歸市政局公園處所管理。拉姆利家有一大片地就在西頓公園旁邊，而大衛·雷德失蹤的海灘也是公共屬地。至於他被發現的河岸也是。

羅根的腦子裡靈光一現。

「馬丁·史崔生，」他指著電腦螢幕說。「他在性犯罪者的名單上。他的社區服務工作向來都是公園處指派的。」他戳了一下地圖，弄髒了他在西頓公園上面畫的藍色圓圈。「所以，他才知道那些廁所在春天前都不會被使用！」

瓦森搖搖頭。「抱歉，長官，史崔生是因為在女更衣室手淫被捕的，不是對小男孩毛手毛腳。」

尹斯克表示同意，不過，羅根沒打算這麼輕易就被駁倒。「那是游泳池，對嗎？媽媽們會帶什麼去游泳池？小孩！那些小孩還太年幼，媽媽們無法讓他們自己到男更衣室去，因此，媽媽們就把他們帶在身邊！赤身裸體的小女孩和——」

「——赤身裸體的小男孩，」尹斯克幫他把話說完。「混蛋。發出全面通緝。我要逮捕史崔生，而且現在就要去抓他！」

從杜希公園到米多菲德的一路上，他們的警示燈和警笛全都火力全開，只有到快要抵達馬丁．史崔生家時才關掉。他們不想打草驚蛇。

豪斯班克大道二十五號是一幢位於米多菲德西北角某一條街上的中型雙層公寓。那排白色的粗面建築物後面什麼也沒有，只有一小條長滿灌木叢的草地，以及廢棄的花崗岩採石場。在那後面就是一道陡坡，往下通到造紙廠和養雞場林立的巴克斯本。

強風在那排房子後面呼嘯，從冰凍的大地上捲起一大片飛雪，和正在降下的薄冰混合在了一起。冰雪依附在建築物的牆上，讓房子看起來彷彿被人用發亮的棉花裹住了一樣。聖誕樹在陰暗的窗戶裡閃爍；窗戶玻璃上貼著快樂的聖誕老人。到處都有人企圖要用黑色的電線膠帶和噴霧雪花重現舊式的鋁框窗戶。看起來十分別緻時尚。

瓦森把車停在從史崔生家看不到的角落。

尹斯克、瓦森、羅根和一名羅根認為是那個混蛋賽門．雷尼的基層警員，全都下車走進雪裡。地方檢查官花了三分鐘整，就簽署了對馬丁．史崔生的拘捕令。

「好，」尹斯克看著屋子說道。它是這條街上唯一沒有聖誕樹在窗口閃爍的屋子。「瓦森、雷尼：你們繞到屋子後面。不准讓人進出。等你們就定位之後，就給我們一個信號。」說著，他舉起手機。「我們負責前門。」

兩名基層警員彎身走進強風裡，隨即消失在那排陽台小屋的後面。

尹斯克打量著他的警佐。「你準備好了嗎？」他問羅根。

「長官？」

「如果情況棘手的話：你準備好了嗎？我可不希望你倒在我身上。」

羅根搖搖頭，感覺到自己的耳朵在冷風中被凍到彷彿在燃燒。「不要擔心我，長官，」他吐出的氣在來得及化成蒸氣之前就被風吹散了。「我會躲在你後面。」

「是啊，」尹斯克笑著說。「你只要確定我不會倒在你身上就好。」

警司口袋裡的手機悄悄地震動了。瓦森和雷尼已經就位了。

二十五號有一扇多年沒有上漆的前門。剝落的藍漆下露出膨脹的灰色木頭，蓋在木頭上的霜讓大門看起來彷彿在閃爍。兩塊有花紋的玻璃鑲在門板上，讓門裡陰暗的走廊若隱若現。

尹斯克按了電鈴。三十秒之後，他又試了一次。然後是第三次。

「好啦！好啦！好啦！不要再按了！」房子後面傳來一道聲音，屋裡隨即燈光大亮，光線穿透了門上的玻璃。

一道陰影出現在走廊上，伴隨陰影而來的是一陣咒罵聲，聲音雖然不大，卻也足以被聽見。

「誰啊？」是個女人，因為長年喝酒和抽菸而變得粗糙的聲音彷彿一隻激動的羅威納犬。

「警察。」

屋裡安靜了一下。「那個小混蛋做了什麼？」不過，大門依然緊閉。

「請你開門。」

「那個小混蛋不在這裡。」

尹斯克警司的脖子開始變色。「立刻把這扇該死的門打開！」喀噠、哐啷、噹啷。門打開了一條縫。一張佈滿皺紋又不友善的臉從門後探出來，扭曲的嘴角叼著一根香菸。「我告訴你了：他不在這裡。你們晚點再來。」

尹斯克再也受不了了。他挺起身，把全身的重量都壓在門上，用力一推。當門裡的那個女人踉蹌地往後退時，他踏進了門檻，走進了那條小走廊。

「你不能沒有搜索令就進來！我有權利！」

尹斯克搖搖頭，大踏步地從她面前走過，穿過一間小廚房，打開了後門。瓦森和雷尼跌跌撞撞地從冷風中走進屋裡，一陣雪花從他們身邊跟著飛進了昏暗的室內。「你叫什麼名字？」尹斯克用一根肥胖的手指指著那名憤怒的女人。她的裝扮完全是為了下一個冰河時期的到來：厚重的羊毛套頭衫、厚重的羊毛裙、厚重的襪子、毛茸茸的大拖鞋，最誇張的是一件超大號的棕色開襟衫，那種糞便般的棕色。她的髮型看起來彷彿是從一九五〇年代至今都沒有動過一樣。油亮的捲髮用髮夾和近乎棕色的髮網緊緊地固定在了頭上。

她交叉雙邊臂，頂住下垂的胸部。「你不是有搜索令嗎，你告訴我啊。」

「每個人電視都看多了。」尹斯克喃喃自語地掏出拘捕令揮向她的臉。「他在哪裡?」

「我不知道。」她快步地往後退到起居室裡。「我又不是他的守衛!」

警司往前踏出一步,面色泛紫,臉上和脖子上的青筋爆出。那個老女人不由得畏縮了。

羅根打破了緊張的氣氛。「你最後看到他是什麼時候?」

她轉了轉頭。「今天早上。他去做他該死的社區服務。那個小混蛋永遠都在做社區服務。下流的小變態。就是不能好好找一份工作,不是嗎?只會忙著在該死的更衣室裡把自己弄爽。」

「好吧,」羅根說。「他今天在哪裡工作?」

「我不知道,我怎麼會知道?那個小混蛋會在早上打電話給他們,然後他們就會告訴他應該去哪裡。」

「打電話到哪裡?」

「市政局!」她幾乎要往他身上吐口水了。「還會有哪裡?電話號碼在電話桌上面。」

只見一張小桌上擺了一具骯髒的無線電話和一小本標示著「留言」的便條紙。電話底座下的仿桃花心木桌板上壓著一封信。信上有亞伯丁市議會的徽章:三幢塔樓被看似帶刺的鐵絲網包圍起來,底下是一面被一對獵豹支撐著的盾牌。看起來非常莊嚴。那是公園處發給馬丁·史崔生的社區服務通知書。羅根拿出自己的手機,按下電話號碼,和負責史崔生工作細節的人對上話。

「要猜猜看嗎?」電話掛斷之後他說。

「杜希公園?」尹斯克回答。

「答對了。」

當雷尼和瓦森警員在屋內搜索時，他們從馬丁母親的口中問出了馬丁那輛車的細節。瓦森鐵青著臉回到起居室，手中多了一個透明的塑膠證物袋，裡面裝了一把園藝剪。

史崔生太太一聽到她兒子做了什麼之後，顯然很樂意協助警察把他關起來，終生監禁在牢房裡。他活該，她說。他從來都做不出什麼好事。她真希望在他出生時就把他勒死，甚至當他還在子宮裡面時，就用衣架把他刺死。天知道她在懷孕的時候喝了多少琴酒和威士忌，想要讓那個小混蛋胎死腹中。

「好了，」當她踏著沉重的腳步上樓去上廁所的時候，尹斯克說道。「在我們把他的名字和細節公諸媒體之後，他不太可能會回到這裡，投入他那個可愛的母親充滿愛的懷抱。瓦森、雷尼，我要你們和那個米多菲德的老巫婆待在這裡。遠離窗戶：我不要任何人知道你們在這裡。如果她兒子真的回來的話：務必打電話請求支援。只有在安全的情況下才出手逮捕他。」

瓦森不敢相信地看著他。「別這樣，長官！他不會回來的！不要把我留在這裡。讓雷尼警員一個人在這裡看著就可以了！」

雷尼翻了翻白眼，故作得意地說：「謝謝你啊！」

她對他皺皺眉頭。「你知道我的意思。長官，我可以幫得上忙，我可以——」

尹斯克打斷她。「聽著，警員，」他說。「你是我隊上最有價值的成員之一。我很尊重你的專業技巧。但是我沒有時間在這裡安撫你該死的自尊心。你要留下來負責這裡。如果史崔生真的回來的話，我需要有人在這裡把他痛揍一頓。」

雷尼警員看起來似乎再度受到了冒犯，不過，他很明智地閉緊了嘴巴。

警司重新扣上外套的釦子。「好了，羅根，你和我一起走。」語畢，兩人就離開了。

瓦森警員面露不悅地看著大門在他們身後關上。

那個混蛋賽門．雷尼悄悄地走到她身邊。「哎喲，賈姬，」他用刺耳的美國腔說道。「你好重要、好特別喔。如果那個下流男回來的話，你會保護我嗎？」他甚至還眨了眨睫毛。

「你有時候真的很白目。」她怒氣沖沖地走向廚房去泡茶。

雷尼警員在走廊上自顧自地咧開了嘴，然後故作誇張地跟在她身後，並且不忘叫著：「別把我留在這裡！別把我留在這裡！」

羅根把巡邏車裡的暖氣調高，等著擋風玻璃上的霧氣散去。「你確定要這樣做嗎？」他問著警司，後者終於在他的外套口袋裡找到了一包打開過的酒味軟糖，並且忙著挑起沾在糖果上的絨毛和碎屑。

「蛤？」尹斯克把一塊紅色的軟糖塞進嘴裡，然後把那包糖果遞給羅根。袋子最上面是一顆深綠色的糖果，所幸上面沒有任何絨毛。

「我是說，」羅根把那顆糖果從袋子裡拔出來，丟進嘴裡。「如果他回來的話呢？」

尹斯克聳聳肩。「他們叫她『搗蛋者』不是沒有理由的。如果我派一堆基層警員等在這裡的話，他們一定會把他嚇跑的。必須低調一點。我會派幾輛沒有警方標誌的車在這條路上待命。如果他回來的話：他們就看得到他。不過，我估計他會躲在某個市政局管轄的藏身之處。就算他笨到回家的話，我懷疑他會給瓦森帶來什麼麻煩。史崔生不是什麼暴力人物，至少不是真的暴力。」

「他揍了桑迪！」

尹斯克點點頭，開心地笑了。「是啊，至少他還做了點好事。反正，你和我還有很多事要擔心。出發到蝙蝠洞去吧！」他用一隻胖手指著警察總部的方向。

羅根把車開進暴風雪之中，將豪斯班克二十五號以及瓦森警員留在了身後。

36

全亞伯丁的巡邏車都出動在搜尋馬丁・史崔生的下落，所有人都收到了關於他那輛破舊的福特嘉年華的詳細資料。鑑識人員在那把園藝剪上發現了血跡，就卡在剪刀的螺絲處；和大衛・雷德的血型相符。如果史崔生此刻正在哪裡的話，他們一定會把他找出來。

四小時又四十五分過去了。

而在警察總部裡，尹斯克警司和麥雷警佐正在浪費時間。來自愛丁堡的傢伙已經到了。兩名穿著時髦的深藍色西裝、貼身襯衫、打著領帶的警佐，一名臉孔彷彿菸灰缸底部的警司，還有一名堅持所有人稱呼他為布薛爾「博士」的臨床心理學家。

那名警司曾經處理過兩宗連續殺人案，兩次都成功地將罪犯逮捕歸案。第一宗是在眺望王子街東面盡頭的卡爾頓丘發現了六名被勒斃的學生。第二宗則是發生在舊城的一場長時間的包圍。沒有生還者。三個民眾和一名警官在那個事件中喪生。羅根心想，那不是什麼了不起的紀錄。

那名新來的警司面無表情地聽著尹斯克敘述案件的始末。並且不時提出追根究底的問題。他不是個笨蛋：這點無庸置疑。而他顯然也很佩服尹斯克和羅根在只發現了兩具屍體之後，就能判斷出兇手是誰。

布薛爾博士自鳴得意到讓人無法忍受。馬丁・史崔生完美地符合了他之前所提供的檔案資料——那份指出他們的兒童殺手具有「精神健康問題」的資料。他似乎並沒有掌握到一個事實，那份資料對他們指認出史崔生一點忙都沒有幫上。

「那就是我們現在的狀況。」尹斯克說完，做了一個「喀噠」的手勢，指著專案室裡的一切。

那名警司點點頭。「聽起來你們並不需要我們的協助。」他帶著些許蘇格蘭南部法夫郡的口音、低沉而嚴肅地表示。「你們知道你們要抓的人是誰，也派出了搜索隊。你們現在要做的只是等待。他遲早都會出現的。」

對尹斯克而言，「遲早」還不夠。「遲早」代表了傑米．麥克里斯將會被列入死亡的名單。

那名博士氣勢凌人地站起來，看著釘在牆上的那些犯罪現場照片，不時發出令人難解的「嗯……」和「原來如此……」的噪音。

「博士？」那名警司說。「你對他會在哪裡出現有什麼看法嗎？」

那名心理學家轉過身，臉上那副圓形的眼鏡反射著室內的燈光。一絲笑意浮上他的嘴角。「你的兇手不會急著動手的。」他說。「他想要慢慢來。畢竟，這是他計畫了很久的事情。」

羅根和尹斯克都出現了一副「喔，天哪」的表情。「呃……」他小心翼翼地走動。「你不認為這比較像是一種本能反應嗎？」

布薛爾博士看著羅根，彷彿他是一個犯錯的孩子，不過他願意姑息羅根的錯誤。「說說看。」

「他十一歲的時候遭到傑瑞德．克里維的性侵。克里維在週六的時候無罪釋放了。星期天，在史崔生能回去肢解拉姆利家的孩子之前，我們就發現了那個孩子的屍體。今天，電視台不停地播出廣告：克里維把他的故事賣給了報社，而史崔生無法接受這樣的事情。這讓他崩潰了。」

博士寬容地笑了笑。「這個理論很有趣。」他說。「外行人通常都會搞不清這些跡象。這件事裡有些模式，只有訓練過的人才看得出來。史崔生是一個高度自律的犯罪分子。他很小心地確認他的受害者遺體不會被發現。他的幻想世界具有一種強烈的儀式感，而那些儀式意味著他必須要遵守他自己設定的規則。如果他不遵守的話，那他就無異於一個掠食幼童的怪物。你瞧，他對自己的行為感到羞恥——」布薛爾博士指著大衛·雷德腹股溝部位的驗屍照片。「割掉了這孩子的生殖器，假裝他不是男的。他用這樣來告訴自己，他的罪行並不那麼令人髮指，因為他所侵犯的不是小男孩。」他摘下眼鏡，用領帶的末端拭淨。「不，馬丁·史崔生一定可以為他自己的行為辯解，只不過那是對他自己辯解。他有他自己的儀式。他會想要慢慢來的。」

羅根沒有再多說什麼，直到尹斯克將他們的賓客帶到食堂，然後重新回到專案室和羅根獨處時，他才再度開口。「什麼狗屁！」

尹斯克點點頭，在口袋裡摸索了一下，那是他這個下午不知道第幾次在口袋裡找東西了。「是啊。不過，那個滿口大話的傢伙曾經幫忙逮住過四個慣犯，其中三個還是謀殺犯。他確實很會說大話，不過，他還是很有經驗的。」

羅根嘆了一口氣。「那我們現在要怎麼做？」

尹斯克放棄再找糖果，轉而傷心地把他的大手插進西裝褲的口袋裡。「現在，」他說。「我們只能坐下來，希望我們能有好運。」

夏天的時候，從屋後的窗子望出去，可以看到一片起伏的短草地在金色的陽光底下閃閃發亮，遼闊的視野一直延伸到地平線的盡頭。巴克斯本灰色而雜亂的城區會被採石場底下的陡坡所遮蔽。天氣好的時候，當造紙廠沒有散發出奇怪味道的濃煙時，頓河另一邊的山坡、農地和樹林就會閃耀得有如翡翠一樣。彷彿一個將嘈雜車聲都隔絕在外的田園避風港。

不過，那些景致此時此刻都完全看不到。屋外的風雪已經轉變為暴風雪，賈姬．瓦森警員站在主臥室的窗前，她能看到的只有後花園的籬笆。她嘆了一口氣，轉身背對著下午的狂風和灰濛濛的窗外，踩著沉重的步伐回到樓下。

馬丁．史崔生的母親拱著背，坐在一張椅墊襯得又軟又厚、印著玫瑰和罌粟花圖案的扶手椅上。她的嘴角叼了一根菸，身邊的菸灰缸已經變成了一個菸灰的墓園。電視上正在播著肥皂劇。瓦森最討厭肥皂劇。然而，那個混蛋賽門．雷尼卻很喜歡。他坐在那張印花沙發上盯著螢幕，啜飲著一杯又一杯的熱茶。

咖啡桌上放了一包還沒吃完的佳發蛋糕，瓦森走過去拿走了最後兩塊，然後直接站在了那台有兩條發熱管的電暖器正前面，就算她的長褲會著火，她也決定要藉此取暖。整間屋子裡寒氣逼人。為了她的客人，史崔生太太特別讓步地打開了電暖器，不過，她並非沒有抱怨。電不是免費的，你知道的。那個小混蛋一毛錢都沒有拿回家，她要怎麼平衡家用？住在這條路上的杜肯太太，她的兒子是個毒販。他拿了一堆錢回家，他們每年都到國外度假兩次！當然，現在他因為意圖販賣毒品而被判在克萊格監獄服刑三年，不過，至少他有試著要供錢給家裡！

當她褲腳後面的蒸氣熱到難以忍受時，瓦森轉而走到廚房去燒熱水，這已經不是第一次了。要在這間該死的冰屋裡保暖，只能靠著不停地喝茶。

廚房並不大，只是一塊方形的油氈地板加上擺放在正中央的一張小桌子，以及沿著牆壁伸展的工作台湊合而成的一個小空間，所有的東西都蒙上了一層尼古丁的黃色。瓦森從瀝水板上取來三只馬克杯，用力地放到工作台上，完全不在乎是否會把杯子震碎。三個茶包。糖。滾水。然而，牛奶只夠兩杯使用。「煩死了。」如果連一杯茶都沒有的話，她絕對不可能待在這裡忍受著冰冷。雷尼警員只能喝沒有加牛奶的茶了。

她帶著三杯茶回到起居室，放在咖啡桌上。史崔生太太連一聲謝也沒有地拿起她的那一杯。雷尼警員則說了一句：「噢，太好了……」然後突然發現他的那一杯沒有牛奶。他立刻向瓦森露出一抹神情，彷彿一隻迷路的小狗。

「別煩了，」她對他說。「沒有牛奶了。」

他失望地看著杯子裡的深色液體。「你確定？」

「一滴都沒有了。」

史崔生太太怒視著他們兩人，然後從齒縫之間噴出一縷白煙。「拜託你們好不好？我正在看這個！」

螢幕上那個滿臉橫肉、鬍子參差不齊的男子正在看電視和喝茶。雷尼警員再度低頭看著自己的茶。「我可以去買一些牛奶，」他主動提議。「也許也買點餅乾？」所有的佳發蛋糕都被瓦森吃完了。

「尹斯克告訴我們要等在這裡。」她說著嘆了一口氣。

「是啊，可是我們都知道史崔生不會回來這裡。這會花我多久？五、十分鐘？角落就有一個小報攤——」

史崔生太太這回連菸都從嘴裡拿出來了。「你們可以閉嘴嗎！」

他們只好轉移陣地到走廊上。

「聽著，我只需要一分鐘。而且，如果他回來的話，你又不是不能把他踢到屁滾尿流！外面還有兩輛車在監視這附近呢。」

「我知道，我知道。」她回頭看著起居室門裡的電視和馬丁．史崔生的母親。「我只是不喜歡違背警司的命令而已。」

「我不會告訴任何人的，如果你也不說的話。」雷尼警員拿起吊在走廊上的一件厚外套。外套聞起來就像陳年的薯片一樣，不過，至少還足以讓他保暖。「要親我一下，祝我好運嗎？」他嘟起嘴問。

「除非地球上只剩下你一個男人。」她一把將他推向門口。「順便買些薯片。還有鹽和醋。」

「是的，長官。」他草率地向她行了一個禮。

她看著前門砰地一聲關上，才回到起居室，坐在愚蠢的肥皂劇前面喝著她的茶。

亞伯丁市政局公園處管轄或者擁有的建築多到令人難以相信。一名聽起來有點火氣的男子把那份名單傳真了過來，對於在六點四十五分被叫回辦公室，他顯然並不高興。每一棟建築都需要被檢查和搜索。布薛爾博士堅信史崔生勢必會把那個孩子帶到其中的一棟建築。

羅根完全懶得指出這實在再明顯不過了。

要從這麼長的一份名單裡選出是哪一棟建築來進行搜索，挑中的機率相當渺茫。他們沒有辦法及時找到他。小傑米・麥克里斯活不到他的四歲生日了。

為了要縮小範圍，羅根請公園處那名脾氣暴躁的男子從他們的紀錄裡找出史崔生曾經做過社區服務的每個地方。那份名單幾乎和第一份名單一樣長。馬丁・史崔生從十一歲開始就不斷地惹麻煩。自從傑瑞德・克里維染指於他開始。史崔生曾經在本市大部分的公園綠地裡掃落葉、修剪灌木叢、噴灑除草劑，以及疏通馬桶。

羅根按照時間的順序對搜尋的地點進行了逆向安排，他讓搜索隊從史崔生最近去工作過的地方開始著手。在那之後，他們再根據社區服務的時間先後，倒回去搜索名單上的地點。希望他們可以在那個孩子被施暴之前，幸運地找到他。然而，一股沉重的感覺告訴羅根這樣的情況不會發生。他們會在幾天之後抓到史崔生，也許在史東哈文，或者丹迪。他不可能還留在亞伯丁。尤其是他那張臉已經上遍了所有的報紙和電視，他的名字和長相特徵的描述也一再出現在電台的廣播裡。他們會抓到他的，而他最終也會帶他們找到那個孩子的屍體。

「怎麼樣了？」

羅根抬起頭，看見尹斯克就站在他的小專案室門口。主專案室裡有太多臨床心理學家，這裡的平靜和安靜有助於他安排和調度搜索隊。

「已經展開搜索了。」

尹斯克點點頭，遞給羅根一只裝有超濃咖啡的破馬克杯。「你聽起來並不樂觀。」說著，他靠在羅根的桌子邊緣，檢視著那份具有可能性的地點清單。

羅根承認自己並不樂觀。已經沒有什麼可做的了：搜索隊已經拿到了搜尋地點的先後順序，每個人都知道他們要搜尋的下一棟建築是什麼。就這樣了。現在，他們若非找到他，不然就是找不到。

「你想要出去找嗎？」

「你不想嗎？」

警司給了他一個無奈的笑容。「是啊。但是，我得要照顧那些大孩子們……這是階級特權之一。」尹斯克離開桌邊，拍拍羅根的肩膀。「不過，你只是一名低階的警佐。」他眨了眨眼。「去吧。」

羅根從停車場借了一輛生鏽的藍色佛賀。外面的天色已黑，已經快要七點了。週三晚上的交通並不繁忙，大部分的人在下班後都直接回家了。糟糕的天氣讓他們乖乖地待在了家裡。只有最莽撞的人還在聖誕燈飾下的酒吧之間流連。

在車輛越來越少的情況下，道路幾乎都被大雪掌控了。當羅根離開警察總部時，市中心反光的黑色柏油路面已經變成了灰色，然後終於慢慢變成了一片白色。他的腦子裡沒有什麼確切的目的地：他只是想要做點什麼才開車出來。只是為了多一雙眼睛來尋找馬丁・史崔生的車子。

他把車開到羅斯蒙，然後在維多利亞公園和附近的街道繞了一圈，不過並沒有下車。在大雪以時速九十哩的速度降落之下，加上零下的溫度，馬丁・史崔生絕無可能把車子停在幾哩之外，然後徒步走到他的目的地。尤其是他又拖了一個被他綁架的小孩。

維多利亞公園附近並沒有馬丁那輛骯髒的福特嘉年華的蹤影，因此，羅根又轉到道路對面的威斯邦公園。威斯邦比維多利亞大很多，裡面縱橫交錯的單線道路上覆滿白雪。羅根的車在暴風雪中緩緩前進，尋找著任何可能被史崔生用來藏車的角落和縫隙。

什麼也沒有。

這將會是一個漫長的夜晚。

瓦森警員望著廚房的窗外，看著雪花在狂風裡前後翻滾。雷尼警員已經出去了十五分鐘，從那時候起，她原本的那股厭煩就轉成了緊張的期待。她並不是擔心馬丁・史崔生會回來——畢竟，如同那個混蛋賽門・雷尼所言，她可以輕易就把史崔生踢趴。而且，說句不客氣的話，她可以把大部分的人都踢趴。她的綽號並非浪得虛名。不是的，真正讓她擔心的是……老實說：她也不確定自己在擔心什麼。

也許是被排除在搜索隊的名單之外，要她希望渺茫地坐在這裡吧。她應該要出去加入行動的。做點什麼。不是卡在這裡，看著肥皂劇和喝茶。她嘆了一口氣，關掉廚房的燈，看著窗外的雪。

一道聲音讓她跳了起來。前門傳來了喀噠的聲響。

她後腦的寒毛都豎了起來。他回來了！那個蠢蛋回家來了，彷彿什麼也沒有發生一樣！她帶著一絲冷笑、躡手躡腳地走出廚房，來到昏暗的走廊裡。

看到門把被往下壓，她渾身都繃緊了。大門突然被推開，她抓住門口的那個人影，在他失去平衡之下，一把將他摔倒在地毯的塑膠保護墊上。然後跳到他身上，右手握拳準備揮出。

那個人尖叫著用手蓋住了自己的臉。「啊啊啊啊啊啊啊啊啊啊啊啊！」

是那個混蛋賽門．雷尼。

「噢，」她放下拳頭，往後跨坐下來。「抱歉。」

「天哪，賈姬！」他從指縫中間瞄著她。「如果你想上我的話，你只要開口說就好了！」

「我以為你是某人。」她從雷尼身上爬起來，然後幫他從地上站起身。「你還好吧？」

「可能得去看看樓上有沒有多餘的乾淨內褲，除此之外，我沒事。」

她再次道歉，然後幫他把買回來的東西拿進廚房。

「我買了一些杯麵，」他把袋子裡的東西倒到流理檯上。「你要雞肉蘑菇口味、牛肉番茄，還是辣咖哩的？」

瓦森拿了雞肉杯麵，雷尼選了咖哩：那個擺著一張醜臉的史崔生太太可以吃他們選剩的。當他們在等杯麵泡好的時候，雷尼警員把他剛才那趟購物之行所看到的告訴了她。尹斯克安排的一輛車停在這條街的街口，就在那些商店對面，他花了幾分鐘的時間和車裡的人小聊了一下。他們來自這條路盡頭的巴克斯本警局，對這項任務不以為然。那簡直是在浪費時間！史崔生不會回來的。不過，如果他回來的話，他們一定會痛揍他一頓，因為他害他們得在這種凍死人的天氣底下守候在那裡。

「他們有說搜索進行得如何了嗎？」她一邊問，一邊心不在焉地攪拌著正在吸收熱水的麵條。

「什麼也沒找到。那麼多建築物，根本不知道他會去哪一棟。」

瓦森嘆了一口氣，再度望著黑漆漆的窗外，看著持續不斷的降雪。「這會是一個漫漫長夜。」

「沒關係，」雷尼咧嘴一笑。「她把東區人[18]錄下來了。」

瓦森呻吟了一下。彷彿這一天過得還不夠糟糕一樣！

威斯邦公園裡沒有馬丁．史崔生那輛福特嘉年華的蹤影。羅根已經不止一次地懷疑，史崔生會不會已經從主幹道離開了亞伯丁。他現在應該已經知道警方正在追捕他了。自從離開警察總部

[18] 東區人（EastEnders），一部英國長壽肥皂劇，從1985年2月19日開始在英國廣播公司第一台播出至今。

之後，羅根已經不下十次聽到本地的電台在呼籲民眾提供資訊。如果他是馬丁．史崔生的話，他現在一定已經在前往丹迪的半路上了。於是，他慢慢地把車開離了市區。

偶爾會有一輛巡邏車從反方向經過，在街道上搜尋，就和他一樣。也許他應該去海澤黑德看看？或者馬斯崔克？不過，最後，他知道無論他去哪裡都一樣。小傑米．麥克里斯肯定已經死了。他嘆了一口氣，將車子開上北安德森大道。

他的手機突然大聲作響，羅根立刻把車開到路邊，車子在停下來時撞到了路邊已經結成冰塊的積雪。

「羅根。」

「拉撒，兄弟！怎麼樣了？」

該死的柯林．米勒。

「有什麼事，柯林？」他疲憊地嘆了一口氣。

「我一直在看新聞，也一直在看警方發布的新聞稿。發生了什麼事？」

一輛聯結車轟隆隆地駛過，把一道三呎高的爛泥濺到了他的車側。羅根看著聯結車的尾燈，一對紅色的眼睛，消失在了前方的圓環。

「你很清楚發生了什麼事！你刊登了你那該死的故事，結果造成我們錯失逮捕那個混蛋的最好機會。」羅根知道自己這樣說並不公平，因為米勒並非故意要讓事情變成這樣，然而，此刻，他並不在乎。他既疲倦又沮喪，他只想要找個發洩的對象。「他又綁架了另一個小孩，因為你告訴全世界說我們發現了一具孩子的屍體……」他沉默了下來，因為他終於看到長久以來一直都明擺在他眼前的事。「可惡！」他用力地拍打著方向盤。「可惡，可惡，可惡，可惡！」

「老天，喂，冷靜一點！怎麼了？」

羅根咬著牙，再度重重地敲打著方向盤。

「你是抽筋了還是怎樣？」

「每當有人死的時候，你總是會知道，不是嗎？每次我們發現一具小孩的屍體時，你他媽的都知道。」在羅根對著車窗外大吼時，又一輛聯結車經過，讓他的車受到了強烈的震動。

「拉撒？」

「伊莎貝兒。」

電話那頭突然一陣沉默。

「她就是你的內線，對嗎？到處蒐集訊息，把幕後的消息告訴你。讓你的報紙大賣！」他已經在吶喊了。「你付了她多少錢？傑米．麥克里斯的命值多少錢？」

「不是那樣的！是……我……」他停了一下。當米勒再度開口時，他的聲音聽起來很小。「有時候，她回到家會告訴我她那天發生了什麼事。」

羅根看著手機，彷彿他的手機剛剛當著他的面放了一個屁一樣。「什麼？」

電話那頭響起一聲嘆息。「我們……她的工作根本不像人做的。她需要有人和她一起分擔。我們不知道事情會變成這樣……我發誓！我們——」

羅根不說二話地掛斷了電話。他早就應該發現了。歌劇、新車、華服、美食，還有那張臭嘴。原來是米勒。他就是伊莎貝兒的那隻「小狼狗」。羅根獨自坐在車子裡，在雪中，在黑暗裡，閉上眼睛飆出了咒罵。

如果瓦森警員得再看一集該死的肥皂劇，她一定就要尖叫了。史崔生太太已經開始在播放她之前錄下來的劇集。活在悲慘生活中的悲慘的人，在毫無意義的悲慘中胡鬧。老天，她快無聊死了。而這棟屋子裡連一本書也沒有。他們有的只是電視，以及永無止境的肥皂劇。

她拖著腳步走回廚房，燈也沒開地就把她的杯麵空盒丟進了垃圾桶裡。這真是浪費時間！

「賈姬？你既然在廚房的話，就燒一下熱水吧。」

瓦森嘆了一口氣。「你上一任的奴隸是什麼時候死的？」

「牛奶和兩顆糖，啊？」

她咕噥著，再度把水壺裝滿水，開始燒水。「上次是我泡的茶，」她一邊說，一邊回到起居室。「這次換你了。」

雷尼警員驚訝地看著她。「可是這樣我就會錯過愛默戴爾農場⑲了！」

「那是錄影帶！如果是錄影帶的話，你怎麼可能會錯過愛默戴爾的開頭？按暫停就好了！」

史崔生太太坐在她那張擁擠的扶手椅上，在那堆菸蒂上又擰熄了一根菸。「你們兩個有不吵架的時候嗎？」她說著拿出她的打火機和香菸。「像該死的小孩一樣。」

瓦森咬咬牙。「你要喝茶？那就自己去泡。」語畢，轉身走向樓梯。

「你要去哪裡？」

「去尿尿。你有意見嗎？」

雷尼自衛性地舉起雙手。「沒有。沒有。我會去泡茶的。噓，如果有這麼嚴重的話……」他從沙發上站起來，收拾著空了的馬克杯。

瓦森警員帶著一絲滿意的微笑走上了樓。

她並沒有聽到後門打開的聲音。

⑲愛默戴爾農場是英國長壽肥皂劇，該劇於1972年首播。與《加冕街》、《東區人》、《聖橡鎮少年》並稱為英倫四大肥皂劇。

37

這間廁所的沖水設備屬於「那一種」。不管她按了幾次、按得多麼用力，就是沒辦法把馬桶沖乾淨。賈姬．瓦森警員坐在浴缸邊緣，再一次地按下水箱按鍵，然後瞄了一眼馬桶蓋底下。至少衛生紙已經被沖掉了。不管裡面還剩下什麼，都已經被稀釋到難以注意了。

如同這間房子的其他部分一樣，浴室裡也冷得像個冰櫃。她抑制住顫抖，將手洗乾淨，看了一眼吊在門後那條淺灰色的毛巾，然後把手在自己的長褲上擦乾。

當她開門的時候，有人正站在浴室門外。她跳了起來，一口氣差點喘不過來。史崔生回來了！

她大叫一聲，想也沒有多想就朝著他的臉揮出一拳，直到她的腦子和眼前的畫面結合在一起，她的拳頭才在最後一瞬間改變了方向。不是馬丁．史崔生。他母親嚇得瞪大雙眼。她們就那樣站著注視著彼此，血液在她們的耳朵裡轟轟地沸騰。

「不要嚇人！」瓦森說著收回了拳頭。

「走開，」馬丁的母親聲音有點顫抖，她看著瓦森的樣子，彷彿在看一個逃脫出精神病院的瘋子一樣，「我的膀胱快要爆炸了。」她抓緊她的開襟衫，擠過瓦森身邊，一手關上浴室的門，一手則拿了一份晚間快報。「你男朋友還在慢慢吞吞地泡茶。」說著，她把瓦森獨自留在了浴室門外，站在漆黑的樓梯盡頭。

「真是可愛的女人，」她自言自語地說。「難怪她的孩子會是一個怪物。」

她走下樓，想著麥雷警佐欠她的那杯啤酒。那總比另一杯熱茶好多了。她一邊抱怨，一邊重重陷入沙發裡。愛默戴爾農場的劇名在電視螢幕上閃爍，靜止在背景那片原野的正中央。他們真好心，還等她上完廁所下來一起看。「快點，雷尼！」她在起居室裡叫著。「你怎麼這麼慢？茶包，水，牛奶。又不難。」她再度陷回沙發裡，對著電視皺起眉頭。「噢，拜託！」她站起身，走進廚房。「你難道連泡個該死的茶……」

廚房的油氈地板上躺了一個人。

雷尼警員。

「該死！」她抓住肩膀上的無線電。然後，世界突然爆炸成一片黃色和黑色的星火。

她應該沒有昏迷太久。這點，她是從爐灶上的時鐘得知的。只有五分鐘。她呻吟著，企圖要坐起來，然而，她的手腳都不對勁。廚房在她的頭四周旋轉，讓她又倒回在地板上。

閉上眼睛只讓她的感覺更糟。她的嘴裡有一股銅臭和金屬的味道，但是，她無法吐出來。有人把一條抹布打成結，塞住了她的嘴巴。那個人也把她的雙手綁在背後，她的腳踝也被綁在了一起。

她翻過身，仰躺在地，這個動作卻讓房間再度旋轉了起來。直到世界不再天旋地轉，她才繼續轉身，讓自己背對起居室，面朝後門。

雷尼警員平躺在地上，他的臉部著地，五官鬆垮而蒼白。他也和她一樣被綁了起來，一道血跡讓他深色的頭髮在廚房的燈光下發亮，變成了赤紅色。

一陣又一陣的沖水聲從樓上不停地傳來。

她再度轉身。這回，世界雖然又旋轉了起來，不過卻很快就停止了。

沖水，沖水，沖水。

垃圾桶旁邊有一個大旅行袋。很大的一個。袋子的縫線上卡了些許結塊的雪。

賈姬．瓦森警員試著要用下巴壓住無線電的通話按鈕。無線電依然套在她的肩膀上，然而，不管她多麼努力嘗試，她就是碰不到那個按鈕。

突然之間，一雙腿走進了廚房。那雙腿上套著厚厚的連身襪，還有一件羊毛裙，後面則是陰暗的走廊。瓦森抬起頭看著史崔生太太的臉。那個女人一見到被綁在她廚房地板上的兩個人，立刻瞪大了眼睛，鬆弛的嘴唇一個字都說不出來。她猛然轉身，雙手在臀邊不停地揮舞。「馬丁！馬丁！」她的聲音簡直就像兇惡的犀牛一樣。「你以為你在做什麼，你這個下流的小混蛋？」

一道影子落在她的身上。

躺在地上的瓦森只能看到一名骨架很大的男子，那雙大手不停地在空中拍打，彷彿一隻被網住的鳥一樣。

「媽——」

「不要叫我『媽』，你這個小混蛋！這是在幹嘛？」她指著被綁住的兩個人。

「我不——」

「你又在對小男孩動手動腳了，對不對？」她用一根骨瘦如柴的手指用力地戳著他的胸口。

「你讓警察跑到我家來！你讓我覺得噁心！如果你爸爸還活著的話，他一定會打死你，你這個懦弱的小混蛋，變態！」

「媽，我——」

「你什麼都不是，你只是一個寄生蟲！你就是一條在我胸口蠕動的蛆！」

他往後退了一步。「媽，不要——」

「我從來都不想要你！你是個錯誤！你聽到了嗎？你是一個骯髒的、腐敗的、他媽的大錯！」

瓦森可以看到馬丁．史崔生挪動著腳，轉身背對他母親。然後跑向了起居室。不過，史崔生太太卻打算要算總帳。她追在他身後，提高的嗓音彷彿一支生鏽的電鋸一樣。「你敢給我跑開，你這個小混蛋！兩年！你聽到了嗎？在我懷你的時候，你父親在牢裡待了兩年！你毀了一切！你向來就是個沒有用的傢伙！」

「不要……」他的聲音雖然平靜，然而，瓦森可以聽得出一絲威脅。

不過，史崔生太太卻聽不出來。「你讓我作嘔！」她尖叫地說。「對小男孩毛手毛腳！你這個骯髒、下流的混蛋。如果你父親還活著——」

「怎樣？怎樣？如果我父親還活著：怎樣？」馬丁的聲音彷如雷鳴，並且因為憤怒而顫抖。

「他會把你揍成肉醬。怎樣！」

起居室裡有東西破了。花瓶或者罐子。

藉著這些吵雜聲音的掩護，瓦森把腳縮到身體底下，將身體往前推，一吋一吋地沿著地板往前蠕動，彷彿一隻毛毛蟲一樣，朝著走廊的電話前進。

「這都是他的錯！」

「不要把你自己變成這副模樣怪到你父親頭上，你這個下流的混蛋！」

瓦森的臉摩擦在粗糙的走廊地毯上，從廚房一路一直蠕動到走廊。起居室裡又有東西摔在了牆上。「是他造成的！是他！」馬丁的聲音裡含著淚，不過，那依然掩蓋不了他的憤怒。「他把我放進醫院！他把我給了那個……那個……克里維！每一個晚上！每一個該死的晚上！」

「不准你那樣說你父親！」

「每個晚上！傑瑞德．克里維他媽的每個晚上都對我動手！我才十一歲！」

瓦森已經來到了電話桌底下，走廊上的地毯已經換成了冰冷的塑膠地墊。

「你這個可悲的、只會哭哭啼啼的小混蛋！」

一道摑掌聲突然響起，人肉拍打在人肉上的聲音，然後是幾秒鐘的靜默。

瓦森冒險地向起居室瞄了一眼，然而，她只能看到投射在壁紙上的人影。馬丁．史崔生一手蓋在臉上，蜷曲著身體，他的母親則矗立在他面前。

瓦森繼續往前蠕動，來到了電話桌前面。現在，她可以看到起居室以及起居室後面的小餐廳了。只見一疊衣服放在一塊燙衣板旁邊。史崔生太太就在那堆衣服前面朝著她的兒子揚起了手。

「你這個下流、下流的小混蛋！」隨著她脫口而出的每一個字，一個又一個的巴掌落在了馬丁的頭上。

瓦森用肩膀推了推電話桌，桌子震動的聲音完全淹沒在大吵大鬧的喧囂裡。電話在電話座上晃動了一下，一次，兩次，然後在空中無聲地旋轉了幾下，掉在了地上。沒有人聽到它掉落在塑膠地墊上的喀噠聲。

「我應該在你一出生時就把你勒死！」

瓦森笨拙地把電話弄到手裡，轉過頭看著按鍵，用拇指按下了九九九。她驚恐地看了起居室一眼。沒有人往她的方向看過來。史崔生太太攻擊她兒子的吵鬧聲讓她無法聽見電話那頭的鈴響，不過，她還是用耳朵把電話壓在了地上，讓自己被堵住的嘴巴靠近話筒。

「應急部門。你需要什麼服務？」

她竭盡所能地要回答，然而卻只能發出一串模糊不清的咕嚕聲。

「很抱歉，你可以重複一次嗎？」

賈姬．瓦森滿頭大汗地再試了一次。

「這是一個緊急號碼。」善意在電話那頭的聲音裡消失了。「打這種惡作劇的電話是違法的！」

賈姬只能再一次發出咕噥聲。

「夠了！我會舉報你的行為！」

不！不！他們得要追蹤這個電話號碼，然後派人來支援！

電話斷了。

她憤怒地放下電話，再度往前蠕動，抓住話筒再撥了一次九九九。

一聲沉悶的重擊傳來。

她立刻將目光從電話移向起居室。只見史崔生太太搖搖晃晃地靠近沙發，她的臉色蒼白得有如屋外的雪一樣。馬丁站在她身後，手裡拿著熨斗，表情異常的冷靜和安詳。他母親往前絆倒，抓住那張塞滿東西的沙發作為支撐，馬丁往前踏出一步，握著熨斗的手在空中劃過一道弧線往下落。熨斗落在了她的後腦，讓她彷彿一袋馬鈴薯般地瞬間倒下。

瓦森感到一陣噁心。她顫抖地再度按著電話的按鍵。

史崔生太太顫抖的手在沙發後面拚命地揮動。她兒子把熨斗舉在胸口，用另一隻手抽出熨斗的電線。他的嘴角宛如微笑般地牽動了一下，隨即彎身將電線纏繞在了他母親的脖子上。在他緊緊勒住她的同時，她的腳不停地掙扎著，在地毯上發出了砰砰的聲音。

瓦森警員咬著牙，抓住電話往廚房的方向蠕動。她已經忍不住地哭了，她感到既無助又可憐，親眼看著另一個人遭到殺害讓她感到了害怕。而她知道自己就是下一個。

她顫抖地做了一個深呼吸，閉上眼睛，試著記起麥雷警佐的手機號碼。透過敞開的廚房房門，她可以聽到史崔生太太踩踏在地板上的聲音越來越小。

賈姬用拇指在電話鍵盤上按下羅根的號碼，然後重複了一次剛才撥打到應急部門時的流程。

快點，快點！接電話！

喀噠。

「羅根。」

她大聲尖叫著，然而，她口中的那團抹布堵住了她的聲音，直到她的叫聲變成了一道吱吱聲。

「哈囉？哪一位？」

「米勒？是你嗎？」

她再度尖叫，這回罵了各種髒話，咒罵著他怎麼會這麼愚蠢。

馬丁．史崔生的影子落在了廚房裡。他手裡依然拿著熨斗，濃濃的血跡覆蓋在熨斗閃亮的金屬表面上。油膩的捲髮卡在了結塊的血裡。

她的目光從熨斗移到馬丁的臉上。猩紅色的斑點盤據在他那張滿是痘疤的大臉右半邊。他低下頭，悲傷地看著她，然後拾起電話，放到耳朵旁邊，聽著電話那頭的羅根詢問著是誰打了他的電話。一秒鐘之後，他冷靜地按下了那個紅色按鈕，掛斷了電話。

他從水壺下方最上層的抽屜裡拿出一把剪刀，兩片刀刃在頭頂上的燈光照射下閃著寒光。他對賈姬笑了笑。

喀嚓，喀嚓，喀嚓，喀嚓。

「是時候好好做這件事了……」

羅根看著手裡的電話，忍不住咒罵起來。難道他要擔心的事情還不夠多嗎，還需要這種惡作劇的電話來添油加醋嗎！他按下顯示最後一個來電號碼的按鍵。那是一個本地的號碼，不過他不認得。他皺著眉頭按下「回電」的功能鍵，聽著電話自動撥出那個剛剛打來的號碼，算是給對方一個回報。

電話響了又響，響了又響。沒有人接聽。是啊，要查出是誰打來的有很多方法。他草草記下那個號碼，然後撥通總部的控制中心，要他們查出那個號碼的地址。電話那頭的男子用了幾乎五分鐘的時間，才終於回覆他：「阿格妮絲．史崔生女士，豪斯班克大道二十五號，亞伯丁……」

羅根沒等到男子告訴他郵遞區號，就大喊了一聲，「可惡！」，隨即把油門踩到底。他的車子像蛇一樣地滑行在路面上。「聽著，」他一邊對控制中心說，一邊開著那輛生鏽的佛賀汽車在冰雪中疾馳。「尹斯克警司派了兩輛車在米多菲德，我要他們立刻趕到這個地址！」

等到羅根抵達的時候，那兩輛車已經停在了二十五號前門外的街道上了。強風已經逐漸減弱，厚厚的雪花從骯髒的橘色天空裡落下。空氣裡有一股胡椒的味道。

羅根用力踩下煞車，車子滑過柏油路面上的積雪，一直到撞上路邊才停了下來。他爬下車，跌跌撞撞地走上台階，衝進馬丁．史崔生和他母親共住的屋子裡。

史崔生太太趴在起居室裡，後腦凹陷了一塊，喉嚨上有著一圈圈的紅色痕跡。廚房裡傳來憤怒的聲音，羅根立刻衝進廚房，只見兩名穿著制服的基層警員在廚房裡，一個彎身看著一名倒在地板上的身影，另一個則在使用無線電：「重複一次，這裡有一名警員倒下了！」

羅根四下環顧著這間擁擠的房間，他的目光最後停在了垃圾桶旁邊一個角落裡的一疊布料。

第三名警員衝進屋裡，上氣不接下氣地說：「我們已經搜尋過屋裡了：沒有看到任何人。」

羅根戳了一下那疊布料：那原本應該是一件黑色的長褲。長褲底下是一件黑色套頭毛衣和一件白色女襯衫的殘餘物。襯衫的肩膀上有一種繩套，是用來繫住警察肩章的特殊設計。他回頭看到尹斯克警司的第四名看門狗衝進走廊，在他的搭檔後面停了下來。「她在哪裡？」

「房子裡沒有人，長官。」

「該死！」羅根立刻邁開腳步。「你和你——」他指著剛搜索完屋子的兩名警員，「到前面去！他抓走了瓦森警員。去搜尋每一條街、每一扇打開的門，所有你們能看到的都要搜索！」

他們站在那裡好一會兒，低頭看著賽門・雷尼警員蜷縮在廚房地板上的身軀。

「快去！」羅根大喊。

他們這才匆匆跑了出門。

「他還好嗎？」他一邊問，一邊跨過賽門，然後打開後門，讓一陣冷空氣吹進室內。

「後腦被重重地擊中。他還在呼吸，不過看起來狀況不太好。」

羅根點點頭。「你留下來陪他。」語畢，他戳了戳最後一名警員。「你，跟我來！」

後花園的積雪深及膝蓋。積雪貼在房子的外牆上，逐漸往窗戶底下堆高，不過，花園裡依稀可見有一道足跡延伸到了黑暗之中。

「該死！」

羅根咬咬牙，邁出步伐，走進了大雪裡。

38

那只能算是一間棚寮。一間在砂石場路邊的水泥披棚。這裡是他小時候玩耍的地方。不，不是玩甩。是躲藏。躲避他的父親。躲避這個世界。

砂石場灰色的花崗岩壁宛如一只大碗，在不斷飄落的大雪中，岩壁看起來只是一片黑影。以前的開採者直接鑿穿岩石，挖出了一道懸崖，然後將他們的注意力轉向地底下的沉積物，最後留下了一座既深且險惡的湖泊。即便在夏季的高峰，湖水也依然冰冷黑暗，湖底深處糾纏著大片的野草，岸邊附近的購物推車也被丟棄在遠處一個深不見底的礦坑裡。沒有人會在這座湖裡游泳。自從兩個男孩在五〇年代後期失蹤之後就沒有過了。

這裡是一個鬧鬼的地方。一個亡者之地。不過，對他來說剛剛好。

*警察不應該在屋子裡的！不對。他們不應該在那裡的……*他在深及腳踝的積雪中跋涉前進，氣喘吁吁地朝著那間砂石場的小屋走去。他們很重，重到他的肩膀都發痛了。不過，這一切都是值得的。*她是一個乖女孩。完全沒有掙扎。*馬丁只往她的頭部踢了一下，在那之後，她就乖得不得了了。當他剪開她身上的衣服時，她一聲都沒有吭過，一直都很平靜。

她皮膚的觸感讓他的雙手發抖：當他剪開她的衣服，讓她身上只剩下胸罩和內褲時，她的皮膚摸起來是那麼地冰涼和柔軟。那身衣服所遮蔽住的一切嚇到他了。讓他產生了一股渴望……

然後，電話響了。當他把她扛在肩膀上、拎起那個大旅行袋走出後門時，電話響了又響，不停地在響。他們要來追捕他了。

一只銅鎖把小屋的門緊緊地拴住，旁邊還掛了一個牌子：「警告：此處有坍塌之虞。不准進入。」

他咕噥著往後退開一步，一腳踹向銅鎖旁邊的木頭。那扇老舊的木門在他的攻擊下發出一聲巨響，彈了幾下，不過銅鎖依舊牢牢地固定在門板上。他又踹了一次，然後是第三次，希望這次運氣夠好。第三聲巨響迴盪在砂石場的牆壁之間，在銅鎖頓失功能的瞬間，掩蓋住了木頭碎裂的聲音。

小屋裡面既冰冷又黑暗，老鼠的味道在多年的積塵底下已經變淡。他緊張地咧嘴笑了笑，把肩膀上的女人滑落到水泥地上。她蒼白的肌膚在深灰色的地面上發亮，他感到一陣顫抖，卻佯裝那只是因為太冷了。不過，他心知肚明那是因為她的緣故。

他把那只大旅行袋放在她的旁邊。他知道事後那會讓他感到噁心。讓他吐到只剩下膽汁和羞恥。不過，那都是之後的事了。現在，他的血液正在沸騰。

他用凍到發麻的手指拉開了旅行袋的拉鍊。

「哈囉？」他說。

袋子裡面，小傑米．麥克里斯睜開眼睛，開始尖叫。

腳印消失得很快，厚厚的雪花填平了地上凹陷的足跡，讓整片地面都變得平坦無垠。羅根停下腳步，目光掃視著眼前的大地。那道足跡原本從房子外面直接延伸到了黑暗之中。然而現在卻已經消失了。

他憤怒地咒罵了幾聲。

被他拖出來的那名警員在他身後也跟著停了下來。「現在怎麼辦，長官？」他喘著氣問道。

羅根看著他，試著要猜測馬丁．史崔生帶著瓦森警員往哪裡走。可惡！稍早，他曾經告訴過尹斯克，只留下他們兩人在屋裡並不妥！「分頭進行，」他終於決定。「我們需要盡量擴大範圍。」

「你要我往哪邊——」

「隨你便！只要找到她就好！」

在那名警員看似受傷之際，羅根掏出他的手機，讓身體以四十五度的斜角在大雪中前進。

「麥雷警佐，」他對著電話那頭的女人說。「我的增援部隊呢？」

「等一下……」

羅根再一次掃視著眼前什麼也看不出來的雪地。放眼望去，世界彷彿被人擦拭過了一樣，除了一片白茫茫的原野和黃石板一般的天空之外，什麼也沒有留下。

「哈囉，麥雷警佐？尹斯克警司說他們已經在路上了。巴克斯本的警員在兩分鐘內也會和你碰頭。」

他可以聽到微弱的警笛聲了，大雪已經削弱了震天價響的警笛。羅根在降雪中拔腿前進，冰水緩緩地浸濕了他的長褲，讓他的雙腿更加地舉步維艱。他喘得像火車一樣，每一口氣都化成了厚厚的白煙，在靜夜裡圍繞在他的頭邊，形成了他個人的霧陣。

他覺得胸口有一股往下沉的感覺。要在黑暗和大雪中找到馬丁．史崔生的機會微乎其微。沒有狗的話很難做到。也許他應該等搜救犬抵達再行動？然而，他知道自己絕無可能乾坐在那裡，什麼也不做。他得要做點什麼。

前方的地面微微地隆起，羅根困難地往上一登，膝蓋以下的部分立刻陷進了雪裡。緊接著，他就發現自己正站在一個制高點，他的心幾乎要跳出了喉嚨，五臟六腑都在緬緊。地面消失了！他所在之處是一個懸崖邊緣，在一腳懸空之下，他只能不停地揮著手臂，企圖要保持住自己的平衡。

羅根蹣跚地往後退到紮實的地面上，然後才一吋吋地往前探，直到再一次站在懸崖邊緣為止。那是一座砂石場。遼闊的砂石場有四分之三的圓周都被牆壁所包圍，底部還有一座漆黑的湖泊。大雪不斷地飄落在他的腳下，讓那股暈眩的感覺越發嚴重。懸崖和那片漆黑的水面之間勢必有五、六十呎的垂直距離。

他的心還在劇烈地跳動，血液在他的血管裡衝撞，讓他感到一陣耳鳴。

距離湖邊不遠的懸崖底下有一間盒子狀的混凝土小屋。一絲微弱的黃色燈光從一扇破裂的窗戶裡滲透出來，隨即很快地熄滅。

羅根轉過身，拔腿飛奔而去。

手電筒並沒有為小屋增添一絲舒適感。手電筒散發出一道三角錐形狀的黃色燈光，讓小屋裡的影子看起來似乎比過去還要濃密。

瓦森警員呻吟地睜開一隻眼睛。她的頭顱裡彷彿塞滿了灼熱的棉花。她只能聞到一股銅臭的味道，同時感覺到自己的臉既黏又冷。她全身都在發冷，簡直要凍僵了。一陣顫慄攫住她，震動著她的骨頭，讓她的頭感到一陣抽痛。

一切都模糊不清，在她掙扎著想要釐清思緒時，她的腦子卻無法聚焦。她原本在做一件事。一件很重要的事……

她為什麼這麼冷？

「你醒了嗎？」

那是一名男子的聲音，聽起來緊張到幾乎害羞。顫抖。

一切都回到她的腦子裡了。

瓦森警員試著要跳起來，然而，她的手腳依然被綁住。她突然的動作讓房間繞著她的頭旋轉了起來，四周的牆壁不斷地在她腦子裡衝進衝出，活像在跳什麼邪惡的民俗舞蹈一樣。她緊緊地閉上雙眼，從齒縫之間發出嘶嘶的呼吸聲。當她再度睜開眼睛時，馬丁．史崔生那張憂慮的臉孔正湊在她的面前。

「我很抱歉，」他用一隻顫抖的手撥去她臉上的頭髮。「我不想傷害你。可是，我沒有選擇。我無意傷害你……你現在還好嗎？」

她所能做的只是透過嘴裡的抹布發出模糊不清的聲音。

「很好，」馬丁說道，他聽不出她那一連串罵他的髒話。「很好。」

他站起身，背對著她，在她旁邊那只大行李袋的上方彎下身，那是她之前在廚房裡看到過的那個袋子，他用一種輕柔耳語的聲音唱著兒歌《泰迪熊的野餐》。然後伸出手搓揉著袋子裡的東西。

瓦森的眼睛掃過眼前的這間小房間，尋找著可用的武器。這裡過去應該是某種辦公室。門邊的一面牆壁上釘著一個放有考勤卡的金屬架，另一邊則掛了一幅膨脹發霉的裸女日曆。所有的傢俱都被搬走了，只剩下塗鴉的牆壁和冰冷的水泥地。

她再度打了一個冷顫。怎麼會這麼冷？她低下頭，驚覺自己的衣服竟然被脫掉了。

「你不用擔心，小傢伙。」馬丁溫柔地說。

一道低微的啜泣聲從袋子裡傳出，讓賈姬的血液瞬間凝結。傑米・麥克里斯還活著。她即將眼睜睜地看著這個變態的混蛋殘殺一個小孩！

她縮緊全身的肌肉，企圖要掙脫開手腳上的束縛。然而，她被綁得太緊了。她的手臂和雙腿因為用力扭動而發抖，結果只是讓繩索進一步地深陷在她的皮膚裡。

「這不會和我所經歷過的一樣。」他繼續輕柔地撫摸著那個孩子，一邊發出安撫的聲音。

「我一輩子都要活在傑瑞德．克里維對我的暴行之下……你不會的。你不會有任何感覺的。」瓦森可以聽到他的聲音中含著淚水。「你會很安全的。」

她的背在地上蠕動，赤裸的肌膚貼緊在冰冷的混凝土地面上，讓她不自主地倒吸了一口氣。

馬丁把那個孩子從行李袋裡抓出來，放到瓦森旁邊的地上。

傑米身上依然穿著他的雪地服，頭上還戴著一頂有兩個圓球的毛線帽。他那雙大眼睛裡盈溢著淚水，兩條銀色的鼻水從鼻子一直流到了他扭曲的嘴裡。低聲的啜泣讓他渾身不停地在顫抖。

馬丁再度彎下身，從袋子裡拿出一條長長的電線。他熟練地在電線兩端各打了一個雙結，將電線拉緊。再將其中一個結放在左手手掌裡，將電線在握拳的手上繞了兩圈。然後在右手重複著一樣的動作，最後將繩子拉緊，滿意地點了點頭。

他抬頭看著正在和繩索對抗的瓦森，眼睛裡流露著悲傷。「在這之後就會沒事了，」他對她說。「我只是需要……」他紅著臉往下說。「你知道的……準備好。然後，一切就都會沒事了。我們會做那件事，不會有問題的。然後，我就再也不需要這樣了。」他咬咬嘴唇，再度拉了拉電線。「我會正常起來，一切也都會沒事了。」

語畢，他深深吸了一口氣，把懸垂在雙拳之間的電線做成了一個圓圈。圓圈的大小剛好可以套過傑米．麥克里斯的頭。

那個小男孩發出了恐懼的呻吟，他的眼睛盯在不停蠕動中的賈姬身上。

「如果你今天到樹林裡的話……」馬丁繼續地在唱著那首兒歌。

在一聲咆哮之下，瓦森警員將腿踢向空中，身體壓在手臂上往後回彈，然後拱起背，直到她幾乎已經頭上腳下。

當她盡可能地撐開雙膝、讓腿向他的頭衝撞過去時，馬丁揚起臉，唱到一半的兒歌消失在了他的唇邊。在她用腿纏著他的脖子、用盡全身的力氣夾緊雙腿時，他完全沒有時間躲開。

恐懼在馬丁．史崔生的臉上擴散，讓他的眼睛驚嚇地凸了出來。瓦森掙扎著要鎖住自己的腳踝——左邊在上、右邊在下——以凝聚更多的力氣來阻斷他的呼吸道。

史崔生的手被他自己臨時做成的套索纏住。他的手只能無力地捶打著瓦森的大腿。

瓦森發出勝利的咕噥聲，試圖要固定住她的腳踝。現在，她可以將全身的力氣都加諸在腳踝上了，於是，她帶著無情的滿足感，看著馬丁的臉孔開始變成紫色。在這個變態的混蛋斷氣之前，她是絕對不會罷手的。

馬丁在恐慌之中解開了雙手上的電線，兩手在他伸手可及之處胡亂地又捶又抓。拳頭更直接落在了瓦森的肚子上。

一陣劇痛在瓦森的腹部上炸開，她閉起眼睛，繼續夾緊勒住馬丁脖子的雙腳。

馬丁朝著她的大腿內側咬了一口，剛好咬在她的膝蓋上方。他用盡全身力量地咬住她，含住一口鮮血地搖晃著頭，企圖要咬掉她的一塊肉。

她在抹布的堵塞下尖叫，馬丁再度咬緊牙齒，雙手依舊不停地在攻擊。一個拳頭擊中她的腎臟，賈姬立刻癱軟了下來。

馬丁在幾秒之間就掙開了她的腿，他跌跌撞撞地往後退開，直到撞上小屋另一頭的角落才停下來。鮮血沿著他的下巴滑落，他用手按摩著喉嚨，大口大口地呼吸。「你……你和其他人一樣！」他大聲地高喊，聲音聽起來既沙啞又赤裸。

傑米．麥克里斯開始嚎啕大哭，他那高八度的尖叫聲迴盪在光禿禿的混凝土牆壁之間。

「閉嘴！」馬丁搖搖晃晃地站起來，一把抓住男孩的上臂，將他抓離了地面。「閉嘴！閉嘴！閉嘴！」

不過，這只是讓男孩哭叫得更大聲。

馬丁咆哮地用手背摑了男孩一掌，這一掌摑得又重又狠，男孩的嘴唇瞬間裂開，鼻子也流出了鼻血。

接下來是一陣靜默。

「噢，天啊……噢，天啊，不……」馬丁把孩子放到地上，一臉的驚恐。

他看著那個吸著鼻子、嚇壞了的小男孩，然後不停地搓揉著自己的手，企圖要搓掉那一掌帶來的刺痛。

「對不起！我不是有意要——」他往前靠近，然而，雙眼瞪得像盤子一樣大的傑米．麥克里斯卻用戴著手套的手蓋住自己的臉，一個勁地往後退縮。

史崔生在微弱的手電筒燈光下怒視著瓦森警員。她側躺在地上，透過抹布不停地在喘息，被咬傷的腿上鮮血直流。

「這都是你的錯！」他把她的血吐在地上。「是你讓我傷害了他！」語畢，一只靴子直接踢中了賈姬的腹部，將她從地上踢飛了起來。她感到一把火竄過了肚子，讓她的尖叫聲卡在了喉嚨裡。

「你和其他的人沒有兩樣！」

他又踹了一腳，這回命中了肋骨。

馬丁的怒罵聲變成了尖叫。「本來不會有事的！是你毀了一切！」

小屋的門突然被撞了開來。

羅根衝進昏暗的小屋裡。地上的手電筒散發出的微弱光線讓他看清了屋裡的狀況：瓦森警員半裸地側躺在地，雙眼痛苦地緊閉；傑米．麥克里斯臉上沾著血跡，正在往後退；馬丁．史崔生縮著腳，正準備再次踹出。

史崔生僵住了，就在他轉身的同時，羅根猛然向他撞去，讓兩人雙雙撞在了另一頭的牆壁上。一記拳頭從羅根的頭旁邊飛過，讓他的耳朵受到一陣氣流的震動。羅根無意於什麼公平的決鬥，他直接朝著馬丁的腹股溝攻擊：一拳重重地落在了馬丁．史崔生的褲襠。骨架巨大的馬丁倒吸了一口氣，跌跌撞撞地往後退，臉色死灰地抓住了自己的生殖器。他東倒西歪地吐了自己一身。

羅根沒有等到他停止嘔吐，只是揪住史崔生後腦的頭髮，一把將他撞向牆壁。馬丁的頭發出一道沉重的撞擊聲，力道之大讓那幅裸女月曆都從釘子上掉了下來。他蹣跚地往後退，臉上的血流如注，羅根再度抓住他的手臂，將它扭到馬丁背後。

馬丁突然揮出他那隻巨大的手肘，撞向羅根的肋骨下方，劇烈的疼痛立刻飛竄過他舊傷未癒的胃部。讓他在痛苦的喘息中摔倒在地。

史崔生搖搖晃晃地走到房間中央。咕噥地拭去臉上的血跡。隨即一手猛然抓住傑米．麥克里斯的雪地服前襟，另一手拾起那只旅行袋，衝出了小屋。

羅根跪起身，在原地停留了幾秒鐘，不停地喘氣，試著不要讓自己的五臟六腑全部散掉。最後，當他終於站起身的時候，他立刻衝向門口。

不過，他在門檻停下了腳步。他絕對不能讓瓦森就那樣留在那裡。他蹣跚地往回走到她所躺的位置。掉落在地上的手電筒照耀在她身上，只見她的腹部和上半部的腿都被踢得發紅，鮮血從兩道咬痕湧出，滴落到了混凝土地面上。當他解開她被綁住的雙手、扶著她坐起來時，他可以感覺到她的肋骨在皮膚底下移動。

「你還好嗎？」他試著拿出她嘴裡的抹布。只見她的嘴唇四周都留下了一道深深的紅印。

她把那塊濕布吐在地上，不停地咳嗽，咳到她的臉都因為疼痛而皺了起來。她抱緊斷裂的肋骨。「快去！」她咬著牙說。「去抓那個混蛋……」

羅根將自己的外套披在她赤裸的肩膀上，然後步履蹣跚地衝出小屋，奔向大雪之中。

砂石場邊緣閃爍著手電筒的燈光，此起彼落的狗吠聲迴響在人造懸崖之中。越來越多的手電筒燈光從南邊逐漸聚攏，降雪在光線底下看起來熠熠生輝，彷彿著了火一樣。

一道剪影在不到兩百呎之外停住了腳步。

史崔生。

他轉過身，笨拙地抓著那個不停扭動的孩子，四下張望地尋找著出路，交織的手電筒燈光照亮了他的臉。

「好了，馬丁，」羅根一瘸一拐地在雪中走向他，一手緊緊覆蓋在自己宛如火燒的腹部上。「一切都結束了。你無處可逃。到處都有你的照片，每個人都知道你的名字。結束了。」

馬丁再度轉身，臉上充滿了恐懼。「不！」他嚎叫著，絕望地找尋著出路。「不！他們會把我關進監獄的！」

羅根覺得把他關起來實在是顯而易見的事，因此，他也如實說了。「你殺害小孩，馬丁。你殺了他們，你性侵他們。你還把他們分屍。你以為你能去哪裡？度假營嗎？」

「他們會傷害我！」史崔生開始哭泣，一團團的白霧隨著他的啜泣飄散在黑暗之中。「就像他那樣，就像克里維！」

「好了，馬丁，已經結束了……」

小傑米．麥克里斯又扭又踢，用盡了全身的力氣在尖叫。為了抓穩傑米，史崔生扔下了那只旅行袋，不過，傑米還是從他手中滑下，掉落在雪地上。

羅根立刻往前衝去。

史崔生也掏出了一把小刀。

羅根步履不穩地急停下來。小刀的刀刃在黑夜裡發亮，讓羅根的腸子感到了一陣收縮。

「我不會進監獄的！」馬丁的哭泣轉為了尖叫，他的目光在羅根和逐漸包圍過來的警察之間來回閃爍。

在馬丁不注意之下，傑米．麥克里斯從地上站起來，拔腿就跑。

「不！」馬丁緊急轉身，看著那雙小腿極盡所能地在雪中飛奔。只不過，傑米並沒有朝著警方的手電筒燈光跑去。而是朝著狗群的狂吠聲而去。他直接跑向了砂石場。

馬丁拔腿跟隨在他身後，手中依然握著那把晶亮的小刀，他不停地大喊，「回來！那裡不安全！」羅根咬緊下巴，忍著腹部劇烈的疼痛也跟在他們身後，然而，他們之間的距離已經拉大了。

隱藏在地上的一道溝壑吞沒了史崔生的腳，讓他突然跌倒，一臉撲在了雪地上。雖然他立刻就爬了起來，然而，傑米已經遠遠超前地朝著花崗岩的砂石場深處而去。奔向那座黑色的湖泊。突然之間，小男孩連走帶滑地停了下來。他已經盡可能地跑到了他所能及的最遠處。前方除了一片冰冷的黑水之外，什麼也沒有。他轉過身，臉上寫滿了恐懼。

「那裡不安全！」馬丁繼續跑向他。

然而，馬丁．史崔生的重量遠遠超過一個小男孩的體重。支撐傑米的冰層並沒有為史崔生這樣一個大塊頭做好準備。一道爆裂聲在砂石場裡轟然響起。那個大塊頭突然止住腳步，雙臂大開，完全靜止在原地。又一道爆裂聲響起，比第一次還要大聲，隨即是馬丁的尖叫。

十二呎之外的傑米帶著驚恐的眼神看著他。

冰層在一聲咆哮之下裂開了，一個貨車大小的洞在他的腳下打開，馬丁．史崔生瞬間消失了。他直接掉了下去。黑色的湖水淹沒了他的尖叫聲。

在洞的另一邊，傑米慢慢地走向前，低頭瞄向那一片漆黑。

馬丁再也沒有爬上來。

39

羅根站在輕輕飄落的降雪裡，看著救護車的燈光漸去漸遠。他們把瓦森帶走了：腦震盪、失溫、嚴重瘀青、肋骨斷了幾根。至於那些咬傷，他們會幫她注射破傷風疫苗。救護人員表示，沒什麼需要擔心的。確實如此，如果相較於稍早可能發生的事情……羅根爬進他從警察總部停車場借來的小車，發動引擎，將暖氣開到最大。他把頭靠在方向盤上，發出了呻吟。賈姬．瓦森警員和傑米．麥克里斯在前往醫院的路上，那個混蛋賽門．雷尼已經在醫院裡了。不過，馬丁．史崔生死了，他的母親也是。

他抬起頭，及時看到了一輛昂貴的車子停下來。一雙包裹著優雅服飾的長腿從駕駛座探出來，伸進了雪裡。病理學家到了。羅根感到自己的心下沉得更厲害了。

伊莎貝兒．麥克艾利斯特穿著某種龐德女郎的冬季服裝，一身的駝皮和毛絨。最糟的是，那樣的裝扮和她很相配。

她把一小縷髮絲塞回那頂毛帽底下，輕輕地拍了拍腳上的靴子，然後拿出了她的醫用包。

伊莎貝兒和米勒
在一棵樹上
玩親．親……[20]

如果他明早的第一件事就是到專業標準處去的話，那個紅頭髮的臭臉納皮爾一定會以迅雷不及掩耳的速度將她的雙手反扭在身後，押出警察總部的大樓，快到你連一句「嚴重違紀」都來不及說出口。至少，那會讓納皮爾不再煩他。

羅根憂鬱地凝視著史崔生家。她會被毀了。全國沒有任何警力會想要和伊莎貝兒打交道。失業。米勒是怎麼說的？她只是需要有人分擔她白天的經歷……有人讓她依靠……就像羅根過去也曾經讓她依靠那樣。那是很久很久以前的一段悲慘歲月。

如今，羅根若想再度感受到那雙冰涼的手對他的撫觸，唯一的可能性就是等他躺平在停屍間裡的時候。到時，他的腳趾上還會有一個掛牌。

「太好了，」他在擋風玻璃上的霧氣終於散盡時說道。「美好的想像畫面。很健康……」他嘆了一口氣，把車子開離了路邊。

當他穿過北安德森大道時，城市裡一片安靜。只有計程車和聯結車還在路上穿梭，在雪地裡留下了兩道黑色的緞帶。聯結車的車輪所捲起的泥濘和融雪，在羅根的車燈下化成了金色的煙火。

車裡的警察無線電不斷地發出劈啪聲和喊叫聲：消息傳播得很快。史崔生死了！那個孩子生還了！瓦森只穿了胸罩和內褲！

羅根大吼一聲地關掉了無線電。然而，靜默卻遠比那些噪音還要糟糕。靜默讓那些「如

⑳ 惡作劇的童謠，意在作弄互有好感的小男孩和小女孩。

果……該怎麼辦？」開始浮現在他的腦子裡。

如果稍早他是朝著左邊、而非右邊走的話呢？如果他晚了五分鐘到呢？如果他沒有在馬丁·史崔生掏出小刀時靜止在原地不動呢？如果他及時逮住他的話……羅根決定不能再想下去，於是他打開收音機，搜尋著頻道，直到一名北方之音的DJ悅耳的聲音從喇叭裡傳送出來為止。這是一個小小的暗示，讓他知道這個世界還在原來的地方，一切如常。

羅根的手指隨著音樂輕輕地打著拍子，他覺得肩膀上的緊繃稍微受到了解放。也許這樣的結果也不錯。也許馬丁死了比較好。也許比被關在彼得赫德監獄裡好，在那裡，每三名犯人裡就有一個傑瑞德·克里維那樣的人。

不過，羅根知道自己還是會作惡夢的。

他把車子駛離車道，從城北抄了近路，那裡的路上沒有任何車輛，只有他，只有雪，只有街燈圓球形的光影。收音機裡的音樂突然停了。在沉寂了大約十秒鐘之後，DJ在咯咯的笑聲中為自己的失誤致歉，然後是新聞時段。電台仍然在宣傳馬丁·史崔生的長相外型，仍然在告訴大家要密切注意。即便他已經死了。

等羅根回到皇后街的時候，時鐘上顯示已經快要十點半了。他把車子丟在警察總部後面，無精打采地走進了總部裡，不知道所有人都到哪裡去了。總部大樓裡安靜得有如墳場一樣。真是再適合不過了。

再等半個小時吧。然後，他就會打電話到醫院，看看瓦森警員的狀況如何。首先，他要喝點咖啡。茶。任何溫熱的東西都可以。就在他行經前台時，有人大聲叫住了他。

「拉撒路！」

是大塊頭蓋瑞，隨著他的一聲喊叫，他嘴裡的坦諾克斯焦糖威化餅噴得到處都是。他臉上的笑容大到足以塞進一個衣架。

他的同伴探出頭來，電話還夾在耳朵上。他也笑開了嘴，從玻璃後面熱情地對羅根翹起了大拇指。大塊頭蓋瑞從側門衝出來，給了羅根一個熊抱。「你這個小可愛！」

雖然是個讚美，不過，還是讓羅根傷痕累累的胃部發出了尖叫。「夠了！夠了！」

大塊頭蓋瑞放開他，往後退開一步，臉上泛起父親式的驕傲。不過，當他看到羅根臉上痛苦的表情時，他的笑容立刻消失了。「天啊，對不起！你還好吧？」

羅根揮揮手把他趕走，隨即咬著牙，試著要放緩呼吸，就像他們在疼痛科教他的那樣。吸氣呼氣。吸氣呼氣……

「你真是他媽的英雄，拉撒路，」蓋瑞說。「不是嗎，艾瑞克？」

講完電話的那名前台警佐表示認同，羅根確實是一位英雄。

「其他人呢？」羅根盡可能地轉移話題。

「隔壁。」意指酒吧。「警察局長請客。我們一直在試著用無線電聯絡你！」

「噢……」他笑了笑，沒有告訴蓋瑞無線電早被他關掉了。

「你最好快點過去，拉撒路，我的兄弟。」蓋瑞看起來彷彿就要再給他一個壓斷肋骨、撕裂腹部的擁抱。

羅根往後退開，示意自己會到酒吧去的。

阿奇波·辛普森在週三晚上通常不會這麼吵雜。羅根放眼望去，酒吧裡擠滿了大口大口喝著啤酒的男女警員。酒吧裡的氣氛宛如在過節，就像除夕夜一樣，只不過沒有人在打架。

等到有人認出羅根之後，原本的吵雜聲更大了，而且很快就響起了《他是個快樂的小伙子》[21]的足球看台版本。無數隻手拍打在他的背上，一堆酒杯紛紛舉向他，大家爭相和他握手、親吻他，每個人都根據自己當時喝醉的程度做出不同的反應。

終於，羅根穿過群眾，走到一個相對安靜的角落。他看到尹斯克龐大的身軀，便一屁股在他旁邊那張空凳子上坐了下來。尹斯克抬起頭，臉上蕩漾著笑容，那隻大手用力地拍了拍羅根的背。羅根可以看到桌子對面坐著愛丁堡代表團。那名警司和他那幾名面色微紅、興高采烈的警佐，正在大聲喊著恭喜，不過，那名臨床心理學家看起來彷彿他臉上的微笑將會對他造成永久性的傷害一樣。

「警察局長宣布今晚由他買單！」尹斯克笑著，再度拍了拍羅根的背。「只要在吧檯亮出你的警證，就可以不用付錢！」語畢，他往後仰頭，一口灌下了半杯的黑啤。

羅根環視著酒吧裡的人群：格蘭坪的精銳盡出。今晚，警察局長的荷包恐怕要大失血了。

40

週四上午的格蘭坪警察總部裡氣氛沉悶。主要是因為百分之九十五的工作人員都處於嚴重的宿醉之中。沒有人知道昨天晚上的帳單最後的數字是多少，不過，想必是個鉅額。在喝了一堆的啤酒、拉格啤酒、伏特加和紅牛之後，整間酒吧變成了龍舌蘭的派對。嚴格來說，酒吧應該要在最後一名狂歡者蹣跚離開之前的三個小時就打烊了。然而，誰會檢舉他們違反了酒類營業執照？畢竟，亞伯丁四分之三的警察都在那裡尖叫著要更多的檸檬和鹽。

以碳酸飲料和止痛劑取代早餐之後，羅根皺著眉頭地走去上班。他無法嚥下任何固體的食物。今天早上終於出現了藍天，涼爽的風讓昨夜的積雪表面結了一層冰霜。

九點半的記者會讓羅根感到憂心忡忡。有人爬進了他的腦袋裡，企圖要把他腦子裡的東西從耳朵裡擠出來。在正常情況之下，他那雙眼睛應該呈現水晶藍的顏色，但此刻他看起來卻像是從德古拉的新娘[22]裡走出來的怪物。

[21] 他是個快樂的小伙子（For He's a Jolly Good Fellow）是適用於不同場合的一首兒歌，多用於慶祝聚會，如生日、升遷、運動比賽奪冠等等。

[22] 德古拉的新娘（TheBrides of Dracula）是1960年的英國超自然恐怖電影，由特倫斯·費雪執導，講述范海辛醫生阻住吸血男爵德古拉的故事。

當他走進簡報室的時候，房間裡響起一陣輕微的掌聲，不過更多的是眉頭緊蹙的臉孔。他和房間裡的人揮揮手打過招呼，然後一屁股坐在他慣常的座位上。

尹斯克警司發出一道噓聲讓眾人安靜下來，然後開始了今早的簡報。警司的語氣一反常態地輕快。即便今天凌晨兩點的時候，他還點了一杯蘇格蘭威士忌利口酒。真是沒有天理。

尹斯克描述著前一天晚上發生的事情，台下的聽眾適時地給出了更多的掌聲。接下來就和平常一樣了：搜索隊、找資料、挨家挨戶……

當所有人都離開之後，房間裡只剩下羅根和尹斯克。

「好吧，」警司坐回桌上，掏出一包新的水果含片。「你還好嗎？」

「除了有一支管樂隊在我的腦子裡用力地敲鑼打鼓之外，我還可以。」

「很好。」尹斯克停了一下，摳著糖果的包裝紙。「潛水員在今天早上六點十五分的時候找到了馬丁．史崔生的屍體。他被冰層底下的野草纏住了。」

羅根連笑都懶得笑。「噢。」

「順便告訴你，你昨晚的表現會受到表揚。」

他無法正視警司的雙眼。「可是，史崔生死了。」

尹斯克嘆了一口氣。「是啊，他是死了。他母親也是。不過，傑米．麥克里斯沒死，瓦森警員也沒死。而且，再也不會有別的孩子死了。」他把熊掌般的手放在羅根的肩膀上。「你表現得很好。」

記者會現場彷彿牲口市場一樣：記者高聲叫嚷、相機的鎂光燈閃爍、電視評論員對著鏡頭咧嘴而笑……羅根使出最大的能耐禮貌地應對。

記者會結束的時候，柯林．米勒不安地待在房間後面等著他。他對羅根表示，羅根能找到那個小孩有多麼地了不起。每個人都以他為傲。他給了羅根一份那天的早報，標題上寫著：「警察英雄擊退了兒童殺手！！！傑米．麥克里斯安全回到他母親的懷抱！照片刊登在三到六頁……」

他咬著嘴唇，深深地吸了一口氣，然後說，「現在呢？」

羅根知道米勒不是在談這個案子。整個早上，他一直都在問自己這個問題。自從他走進警察總部，但卻沒有直接去見納皮爾警司和專業標準處的其他傻子時，他一直都在思考這件事。如果他舉報伊莎貝兒的話，她就鐵定毀了。然而，如果他不說的話，同樣的事有可能再度重演：另一場調查可能會受到危及，在另一個兇手再度下手之前，他們可能會喪失另一個抓到他的機會。羅根嘆了一口氣。他只能這麼做了。「在你刊登任何新聞之前，她告訴你的任何事，你都必須先和我釐清。如果你不這麼做的話：我就直接去找地方檢察官，那她的名聲就毀了。還得面對刑事起訴。坐牢。等等的。好嗎？」

米勒面無表情，他的目光緊緊地盯著羅根的雙眼。「好。」他終於說道。「就這麼說定。」他聳聳肩又說：「從她所說的聽起來，我以為如果你發現的話，你會嚴懲她。她說你會抓住機會把她趕走。」

羅根臉上的笑容就和他的話一樣牽強。「那她就錯了。我希望你們會幸福。」他無法注視著米勒的眼睛。

當米勒離開之後，羅根漫步到前台區域，透過偌大的玻璃門，看著外面緩緩飄落的雪花。感謝這片刻的喘息機會，他在一張不舒服的紫色椅子上坐下來，把後腦靠在玻璃上。

賈姬會好起來的。他今天下午會去探視她，帶著一堆葡萄、一盒巧克力，以及一份晚餐的邀約前去。誰知道呢，也許這會是什麼好事的開始？

他帶著笑意在椅子上伸了伸懶腰，開心地打了個呵欠，就在此時，一名魁梧的男子推開前門，一邊拍去大衣上的雪花，一邊走進了大廳。男子年約五十幾歲，那一臉小心造型過的鬍子幾乎已經要全白了。他果斷地走向前台的接待區。「哈囉，」他不斷地扭動著身體，彷彿身上有蝨子一樣。「我要找那個和聖經人物同名的警探。」

前台的警佐指著羅根。「聖經英雄，就在那裡。」

那名男子堅決地走過油氈地板，不管他喝了多少威士忌才鼓足了勇氣來到這裡，他的腳步都不至於太蹣跚，只是輕微地搖晃而已。「你就是那個聖經警探嗎？」他的聲音尖細，還有點含糊不清。

羅根明知不應該直接回應，但他還是承認了。

男子立刻立正，彷彿一根地毯桿一樣，他抬頭挺胸地揚起了下巴。「我殺了她，」他彷彿在射擊機關槍似地脫口而出。「我殺了她，我是來這裡承擔後果的……」

羅根用手揉了揉額頭。他現在最不需要的，就是另一宗花費心思的案子。「誰？」他試著不要讓聲音裡流露出不耐煩。不過，他並未能做到。

「那個女孩。他們在那間農場建築裡發現的那個女孩……」他的聲音破了，羅根這才注意到他的眼睛紅得有如櫻桃一樣，他的臉頰和鼻子也因為哭泣而泛紅。「我一直在喝酒。」他顫抖地陷入了回憶。「我沒有看到她……我以為……長久以來……當你們逮捕那個人的時候，我以為一切都會結束了。但是他被殺了，不是嗎？他因為我而被殺了……」他用手臂後面擦了擦眼睛，淚水卻還是流了下來。

這就是殺了羅娜・韓德森的那個人。那個讓伯納德・杜肯・菲利普為之喪命的人。那個韓德森護士想要殺的人。

羅根發出一聲嘆息，從椅子上站了起來。

又一件案子破了。又一個人生毀了。

Storytella 179

亞伯丁連續殺人案

Cold Granite

亞伯丁連續殺人案/史都華.麥克布萊德作；李麗珉譯. -- 初版. -- 臺北市：春天出版國際文化有限公司, 2023.12
面； 公分. -- (Storytella ; 179)
譯自：Cold Granite.
ISBN 978-957-741-773-2(平裝)

873.57　　112016930

ISBN 978-957-741-773-2
Printed in Taiwan

First published in English language by HarperCollins Publishers Ltd. 2005

作　者　史都華・麥克布萊德
譯　者　李麗珉
總編輯　莊宜勳
主　編　鍾靈

出版者　春天出版國際文化有限公司
地　址　台北市大安區忠孝東路四段303號4樓之1
電　話　02-7733-4070
傳　眞　02-7733-4069
E－mail　bookspring@bookspring.com.tw
網　址　http://www.bookspring.com.tw
部落格　http://blog.pixnet.net/bookspring
郵政帳號　19705538
戶　名　春天出版國際文化有限公司
法律顧問　蕭顯忠律師事務所
出版日期　二〇二三年十二月初版

定　價　570元

總經銷　楨德圖書事業有限公司
地　址　新北市新店區中興路二段196號8樓
電　話　02-8919-3186
傳　眞　02-8914-5524
香港總代理　一代匯集
地　址　九龍旺角塘尾道64號 龍駒企業大廈10 B&D室
電　話　852-2783-8102
傳　眞　852-2396-0050